GIAN PAOLO LORENZELLI

GHENESIA

PROLOGO

Gherson, principe ereditario del reame di Urwan, ha trascorso come pastore gli ultimi sette anni della sua vita nella sperduta valle di Isador sul pianeta Arvhèia; suo zio Varanis infatti, una volta divenuto re, l'aveva fatto arrestare per gelosia uccidendone in seguito il figlio appena nato e costringendo Rhiannon, la moglie di Gherson a divenire sua concubina. Durante un tentativo di fuga lo sfortunato principe era stato poi gravemente ferito, ma un pastore di nome Ramson l'aveva salvato conducendolo proprio a Isador.

La nostra storia ha inizio una notte, quando un misterioso personaggio invita Gherson a seguire un gruppo di cavalieri provenienti dal regno di Adamant, nazione in perenne contrasto col suo popolo d'origine, giunti appositamente per condurlo a Elevar, la loro capitale; prima di andarsene lo sconosciuto gli affida il suo falco Ierax.

Durante quel viaggio Gherson ha modo di conoscere i nuovi compagni, in particolare Teirios, il focoso comandante della compagnia e nel corso del cammino la comitiva soccorre un bambino di nome Elazar rapito dagli Urwaian; il piccolo però si mostra schivo sin da subito e rifiuta di parlare con chiunque.

Giunto a Elevar, durante la cena di benvenuto con il re Alcain, Gherson viene identificato da alcuni presenti; il sovrano esterrefatto decide di interrogarlo ma esita a pronunciare la sua sentenza per i troppi dubbi: proprio lui aveva ordinato di cercare Gherson, tempo prima infatti gli era apparso in sogno uno sconosciuto predicendogli una guerra imminente contro Urwan e il buon esito della battaglia sarebbe dipeso dall'avere quel giovane come alleato.

Per alcuni giorni Gherson rimane a Elevar facendo innamorare di sé la giovane principessa Ainousa; in seguito il sovrano lo invia con alcuni suoi fidi a Khareem Vasta, la dimora degli awox vaimer[1], sperando di poter chiarire le sue perplessità. Giunto sul posto tuttavia, Gherson scopre che gli uomini sacri sono stati massacrati dagli Urwaian inviati dal tiranno Varanis per cercare un misterioso ragazzo; solo uno di loro è scampato alla strage, il vecchio Valdor. Questi conduce di notte Gherson in una cripta e gli mostra il Libro della Vita, un testo, dove scorre la magia e che permette di visualizzare eventi passati, presenti e il possibile futuro, non solo di Arvhèia ma anche di altri mondi. Sempre quella notte Gherson rivede l'enigmatico personaggio incontrato all'inizio della storia nella valle di Isador, che gli rivela nuove verità. Gherson discende da Elaiar, l'angelo che custodiva il passaggio tra Arvhèia e Ghenesia, l'antico mondo, dove Yrshar, il creatore dell'universo, aveva generato tutte le razze. L'invidia di Darkos, un angelo maledetto aveva tuttavia causato la divisione tra gli uomini e le altre genti; il Creatore era dunque intervenuto esiliando il genere umano su Arvhèia.

Comincia così a delinearsi il compito di Gherson: dovrà ricondurre l'umanità su Ghenesia e convincere i popoli che ancora vi abitano a riaccogliere il genere umano. Tale incarico è però ostacolato dalle forze del male, in particolare proprio dallo stesso Darkos che, sebbene relegato in una regione indefinita dell'Universo, sta cercando di osteggiare Gherson in tutti i modi attraverso i suoi servitori, una in particolare di nome Malion.

Nel viaggio di ritorno Gherson incontra Tamar, la schiava di Arsen, un signorotto prepotente alleato degli Urwaian; la bontà della donna placa le ire del principe che avrebbe voluto uccidere Arsen per alcuni torti subiti. Tornato a Elevar, Gherson viene a sapere che Ainousa è stata

---

1) Uomini sacri: al singolare awax vaimar

promessa in sposa a Sirion, principe ereditario di Arvor, una nazione alleata degli Adamaint; in tal modo Alcain desiderava rafforzare l'amicizia tra i due regni in previsione dell'imminente guerra contro Urwan. Ainousa non è felice e una notte decide di concedersi a Gherson ma lui rifiuta, perché ancora innamorato della moglie Rhiannon.

Nel frattempo il perfido Varanis si sta preparando a invadere il regno adamant e casualmente scopre che Gherson è ancora vivo e si trova proprio a Elevar; escogita allora un tranello per attirarlo nelle sue terre e invia Rhiannon gravemente malata a Carvaria, una cittadina portuale ai confini del suo regno. Gherson cade nella trappola; informato che la moglie si trova a soli quattro giorni di distanza, all'insaputa del re Alcain scappa per andare a liberarla. Il suo tentativo però fallisce miseramente, la moglie muore durante la fuga e lui stesso è fatto prigioniero. Nel corso del trasferimento a Valaur, la capitale del regno di Urwan, Gherson è soccorso da Arvaj, suo amico d'infanzia e appartenente all'etnia lachvain, alleata degli Urwaian. Rientrato a Elevar, Gherson contribuisce a organizzare l'assetto difensivo della città, ora che la guerra contro Varanis è alle porte.

La sera prima dell'attacco Gherson ha un'intuizione; mentre l'esercito nemico si appresta a espugnare la capitale, lui fugge dalla vallata e raggiunge un isolotto vicino alle cascate del fiume Kaleidon. Attraverso un passaggio segreto entra in una grotta e scopre la tomba di Antàlia, moglie dell'antico custode Elaiar. In quel luogo gli appare di nuovo il misterioso individuo incontrato nella valle di Isador, che gli rivela di essere proprio lui Elaiar; in quella tomba inoltre sono nascoste la sua spada Altair e la sua armatura, entrambe dotate di poteri straordinari. Gherson le indossa e ritorna subito a Elevar scoprendo che gli Urwaian sono già entrati in città a causa del tradimento di Efaialtos, uno dei consiglieri del re. Durante i feroci combattimenti Alcain muore, Gherson allora sfida a duello il cugino Arcadis, comandante delle truppe nemiche e lo uccide; nei giorni seguenti gli Urwaian subiscono un'ulteriore pesante sconfitta e sono costretti a ritirarsi.

A quel punto Gherson chiede ad Ainousa di allontanarsi per cercare il figlio superstite; prima di morire, infatti, la moglie Rhiannon gli aveva confidato di aver dato alla luce due gemelli; uno di questi era sopravvissuto allo scellerato odio di Varanis ed era stato inviato di nascosto dalla cugina Eleanor, regina dell'arcipelago delle isole Ghelàos. Gherson raggiunge la parente insieme ad Arvaj appena in tempo per sventare l'attacco dei pirati, ma apprende proprio da Eleanor che il bimbo non si trova più lì; era stato inviato tempo prima sulla terraferma perché Varanis ne aveva scoperto l'identità. Proprio durante quel colloquio Gherson scopre che suo figlio altri non è che Elazar, il bambino salvato in passato.

Gherson allora riprende il mare da solo, perché Arvaj è rimasto ferito durante gli scontri coi pirati e nel corso del viaggio naufraga su un'isola misteriosa, dove incontra una donna che ha le stesse sembianze della moglie morta e ne rimane soggiogato.

Sarà il falco Ierax a liberarlo dall'incantesimo e così Gherson scoprirà di essere stato ingannato da Malion, il demone inviato da Darkos su Arvhèia per contrastarlo. Durante lo scontro però Ierax è ferito mortalmente ma dalle sue ceneri sorge un Aldeivar, una nuova creatura simile a una fenice e così Gherson e Ierax tornano a Elevar, scoprendo che Elazar, fin allora ospite di Ainousa, è stato rapito. Gherson si getta di nuovo alla ricerca del figlio e lo trova prigioniero di Malion; i due si affrontano ancora una volta, ma il demone riesce a fuggire col piccolo in un vortice comparso all'improvviso raggiungendo l'antico mondo di Ghenesia: anche Gherson ne è risucchiato per alcuni istanti ma riprecipita subito dopo su Arvhèia dove viene soccorso da Tamar la schiava del conte Arsen. Durante il viaggio che intraprendono Gherson e Tamar scoprono che Darkos sta facendo costruire un esercito di pietra pronto a servirlo in un prossimo futuro, che proprio Gherson avrebbe dovuto comandare negli intenti originari del demone.

I due infine raggiungono la dimora degli uomini sacri, dove Valdor invita Gherson a partire per Ghenesia insieme a Ierax, sollecitando allo stesso tempo Ainousa e il suo promesso sposo a pianificare una guerra contro Varanis che sta riorganizzando le sue truppe. Valdor inoltre, rivela che gli Awox Vaimer sono angeli inviati su Arvhèia da Yrshar per sostenere l'umanità, di uno di loro però, un certo Asman, si sono perse le tracce da tempo. Al momento di lasciare Arvhèia, Gherson viene raggiunto da Tamar che gli rivela i suoi sentimenti; Ainousa li scorge a loro insaputa e ordina a Teirios di uccidere la ragazza. Tamar tuttavia nutre dei sospetti proprio verso Teirios e cerca di eluderlo in ogni modo ma durante la fuga cade rovinosamente in un precipizio; Teirios stesso credendola morta si allontana disperato perché non era sua intenzione assassinarla. Ramson sopraggiunto sul luogo salva la ragazza, riportandola a Khareem Vasta. Dopo alcuni giorni Tamar riprende conoscenza e ha modo di colloquiare con Ramson, anche lei infatti è un angelo con un compito prestabilito, raggiungere Darkos e convincerlo a redimersi; Tamar tuttavia non aveva mai accettato quella missione fuggendo ovunque le capitasse; durante la convalescenza però si persuade del contrario e sceglie di obbedire.

Nel frattempo Asman, l'angelo disperso, ha deciso di passare al nemico e si reca a Valaur, proponendo a Varanis un'alleanza con gli Ulauar, il popolo che abita le terre insalubri; il tiranno nonostante alcune perplessità, è tuttavia costretto ad assecondare il volere di Asman.

Arvaj intanto ristabilitosi dalle ferite, incontra Valdor che lo convince a tornare dalla sua gente; il lachvain lascia Xantios controvoglia perché innamorato della regina Eleanor e nel viaggio di ritorno incontra Teirios che gli racconta le sue disavventure. Durante il tragitto i due vengono affrontati da Asman che riesce ad avere la meglio su entrambi; Valdor però interviene in loro soccorso favorendone la fuga: nel corso del successivo duello con Asman, Valdor però viene sconfitto e precipita in un burrone. In seguito Asman raggiunge Khareem Vasta intenzionato a uccidere Ramson e Tamar, ma entrambi sono avvolti da un turbine e spariscono misteriosamente da Arvhèia. Teirios e Arvaj invece si ripresentano a Elevar, dove la regina Ainousa è in procinto di intraprendere la nuova campagna militare contro Varanis. Dopo aver lasciato la città insieme all'esercito, Ainousa scopre che l'intera armata di Sirion suo promesso sposo, è stata distrutta e pertanto ordina il rientro immediato delle truppe che però vengono attaccate e sconfitte; la regina stessa rimane gravemente ferita e Teirios a stento riesce a proteggerne la fuga, mentre Arvaj viene imprigionato nella città di Volturion dagli Ulauar.

Elazar intanto, dopo aver raggiunto Ghenesia, con l'aiuto di un angelo di nome Mishael riesce a convincere Malion a ripudiare Darkos e le sue menzogne.

CAPITOLO I

All'improvviso si aprì un varco nel luminoso vortice che aveva avvolto il principe urwain e Gherson si trovò sopra un mare di nuvole candide e soffici come neve; insieme a Ierax precipitò giù a velocità impressionante dritto verso il suolo. Una rigogliosa foresta dalle diverse sfumature di verde si estendeva sotto i loro occhi ben oltre l'orizzonte.

Reggiti forte!» Ierax inclinò il corpo in avanti, spiegando entrambe le ali all'indietro.

«È una parola...» replicò lui di rimando accovacciato sul corpo dell'Aldeivar e stringendolo forte quasi fossero un tutt'uno mentre cadevano in picchiata, nonostante il vento in quota si opponesse a quella folle discesa.

«Laggiù, quella radura!» Indicò Gherson con un dito, gli occhi ricoperti di lacrime per l'attrito con l'aria.

Ierax aveva già notato quell'impercettibile manto erboso circondato dall'immenso polmone di foglie ondeggianti e stava virando proprio lì con tutte le sue forze. Mentre si avvicinavano, scorsero due strane creature che, accortesi del loro imminente arrivo, si stavano nascondendo nella boscaglia.

«Non siamo soli...» considerò Gherson ad alta voce.

Le parole di Ierax raggiunsero vivide la sua mente: «Beh che ti aspettavi? Che fosse un pianeta disabitato? Sappi che ne conoscerai di esseri viventi, di ogni genere e non tutti saranno felici di incontrarti; cerca di abituarti subito all'idea!»

Gherson non rispose, stupito da quel poco che aveva potuto vedere.

"Chi diamine saranno?" Rifletté ma non ebbe il tempo di ragionarci sopra, perché un attimo dopo piombarono rudemente al suolo nonostante l'abilità di Ierax. Il principe fu sbalzato dall'Aldeivar e capitombolò alcuni diacron[2] più in là rischiando di farsi male davvero, per fortuna però la sua armatura attutì il colpo. Gherson urlò a squarciagola più per la paura che per il dolore e in un batter d'occhio si rialzò toccandosi dappertutto per sincerarsi se avesse delle ossa rotte; alla fine tirò un respiro di sollievo e si diresse verso il compagno esclamando: «Però... che razza di atterraggio!»

Ierax, in piedi sulle zampe, ripiegò le ali dietro di sé. «Benvenuto su Ghenesia.»

Gherson si guardò intorno, poi abbracciò il compagno al collo e cominciò a ridere, probabilmente per scaricare la tensione di quel viaggio siderale piuttosto che per un motivo concreto.

«Ora che facciamo?» Gli domandò poi.

«Penso che sia saggio aspettare, saranno gli eventi a presentarsi per trascinarci verso la volontà di Yrshar; non ti ricordi quei due individui che scappavano mentre stavamo precipitando?»

Gherson annuì e controllò preoccupato se le armi fossero a portata di mano; sì, aveva ancora tutto con sé, la spada al suo fianco, lo scudo legato al corpo di Ierax, così come l'arco e le frecce. Allora si sedette vicino a Ierax attendendo pazientemente; difatti, poco dopo dal folto della foresta comparve un individuo vestito con un saio grigio, seguito a breve distanza da un enorme felino simile a una

---

2) Misura delle distanze su Arvhèia:
Siricron = Decima parte di un acron
Acron = 19 centimetri (secondo il sistema decimale in uso)
Diacron = Dieci acron
Galacron = Cento acron
Verocron = Mille acron
In realtà nel linguaggio comune, per calcolare le distanze, si diceva più semplicemente: un giorno di cammino... una giornata a cavallo... o frasi del genere. Talvolta, anche se erano valutazioni grossolane, si faceva riferimento alle ballate dei luoghi e si diceva: "Il tempo che ci metti a cantare o a narrare la storia di Elesian, ad esempio..."

tigre dal manto argentato. Gherson si alzò aspettandoli accanto a Ierax accarezzandone le piume allo stesso tempo, mentre quest'ultimo muoveva il collo compiaciuto. Lo sconosciuto, alto quasi un diacron, aveva i capelli canuti che scendevano morbidamente lungo le spalle fino a metà dorso e una barba bianca ben curata. Scuoteva adagio la testa da entrambi i lati e si aiutava nel deambulare con un solido bastone chiaro ben levigato e privo di nodi; le sue pupille erano vitree, la pelle candida e inspiegabilmente priva di rughe.

"Di sicuro avrà perso la vista..." meditò Gherson.

Quando furono a pochi passi di distanza, lo sconosciuto si arrestò e alzando lo sguardo verso il nuovo arrivato, accennò un sorriso dicendo: «Benvenuto su Ghenesia, figlio dell'uomo.»

Gherson d'istinto si strofinò la fronte ed esclamò sorpreso: «Ma allora tu vedi!»

«Vedo il tuo cuore figlio dell'uomo e conosco le profezie.» rispose l'altro.

Gherson tirò dentro di sé un respiro di sollievo, riusciva a comprenderne il linguaggio; non era lo stretto idioma urwain, né tanto meno il gergo utilizzato usualmente tra i popoli di Arvhèia per comunicare fra loro: era però una lingua molto affine, a dire il vero più raffinata, da cui presumibilmente derivavano quelle parlate sulla sua terra. Si sentì sollevato, il problema della comunicazione sembrava risolto. Il felino, nel frattempo, si era accostato al suo padrone fino a sfiorarne il fianco. Era lungo più di un diacron e la testa arrivava quasi alle spalle dello sconosciuto che istintivamente accarezzò il capo dell'animale lisciandone il folto pelo. Il quadrupede invece scrutava Gherson coi suoi occhi azzurri, tornando poi a fissare il padrone, quasi volesse comunicargli altre informazioni sul nuovo arrivato; dalla bocca semiaperta trasparivano solide zanne ben affilate e anche gli artigli delle zampe erano acuminati e ben curati.

"Non deve essere piacevole affrontarla in duello..." considerò Gherson.

Il felino lo rimirò nuovamente quasi compiaciuto scrollando il capo, come se avesse compreso le sue riflessioni.

Un brivido percorse la schiena dell'Urwain che alla fine si rincuorò e disse: «Il mio nome è Gherson, figlio di Tanis, vengo dal lontano mondo di Arvhèia e appartengo al popolo di Urwan ma non mi chiedere come sia finito qui...» esitò poiché non sapeva cos'altro precisare in quel momento.

Lo sconosciuto si accorse del suo disagio dal timbro della voce e decise di presentarsi a sua volta per mitigare quell'atmosfera imbarazzante: «Sono Aumar, un Elvain o Elfo come dite voi umani, che vive solitario nei boschi.»

Gherson esclamò: «Un Elvain davanti ai miei occhi?! Non ci credo! Come nelle favole raccontatemi da bambino... No, deve essere sicuramente un sogno!» Terminò dandosi un pizzico sulla coscia.

Il nativo intervenne di nuovo sorridendo: «Sei sveglio, e questo mondo che ti circonda è più reale di quanto tu possa immaginare.» indicò con la mano il paesaggio intorno. Gherson rimase in silenzio e fu allora che percepì il cinguettio di uno stormo di uccellini azzurri che disegnavano nel cielo complesse figure geometriche.

Aumar riprese: «Ora vieni con me, seguimi, ti porterò alla mia dimora, così potrai narrarmi la tua storia mangiando un buon pasto caldo; sarai certamente stanco e non è giusto lasciare a stomaco vuoto un ospite proveniente da molto lontano.»

Dopo quelle parole l'Elvain s'incamminò di buon passo verso la foresta seguito dalla tigre e subito dietro da Gherson; Ierax invece si alzò in volo, accompagnandoli dall'alto.

Mentre procedeva senza indugio, Aumar continuò: «Sai Gherson, Tanisvar Tinvaril[3], la notizia del tuo arrivo non passerà inosservata... ho la vaga impressione che la tua comparsa smuoverà le fondamenta di Ghenesia come quel minuscolo sassolino che genera a una valanga rotolando giù dalla montagna; molte forze da tempo sopite si risveglieranno.»

Gherson si sentì cogliere nuovamente da un fremito e rabbrividì. «Se ne sei convinto tu... spero solo di non compiere sciocchezze.»

L'Elvain sospirò: «Ci ha già pensato qualcun altro in precedenza... comunque per ora non ti preoccupare, nessuno è in grado di prevedere con certezza il futuro ma ho scrutato il tuo animo e non mi sembri malvagio; d'altra parte, non credo proprio che Yrshar si sia sbagliato inviandoti qui. Pur tuttavia è bene tu sappia che...» si arrestò un istante volgendosi a lui. «...non tutti gli abitanti di Ghenesia saranno contenti della tua venuta; anche coloro che all'apparenza ti sembreranno amici, potrebbero invece pensarla diversamente, perlomeno all'inizio.»

«Questo vale anche per te?» Chiese Gherson pungente.

Aumar non si aspettava quella domanda a bruciapelo e rimase meravigliato dalla sua schiettezza; dopo una pausa di riflessione abbozzò un sorriso. «Molto dipenderà dal tuo comportamento; ricordati che qui sei uno straniero, un estraneo, anzi peggio ancora... il discendente di una razza che, seppur circuita, ha comunque permesso al male di insinuarsi in questo mondo; è meglio però affrontare certi argomenti con calma e comodamente seduti davanti a un tavolo.»

All'inizio Gherson preferì non proseguire quella conversazione e continuò a camminare dietro all'Elvain ad-

____

3) Gherson figlio di Tanis: su Arvhèia avrebbero detto Tanisdar Tindaril.

dentrandosi sempre più nel folto della foresta, ma ripensando ai primi momenti del loro incontro, si ricordò che lo sconosciuto aveva parlato di una profezia; perciò, mosso dalla curiosità, gli si avvicinò domandando: «Che cosa intendevi quando hai affermato che conoscevi le profezie?»

Aumar respirò profondamente e poi rispose deciso: «Quel che ho detto! Abbi pazienza, capisco la tua curiosità, ma avremo modo di trattare tali questioni in luoghi più sicuri.»

Gherson comprese dal tono della voce che era meglio non rivolgere altre richieste e tornò a seguire l'Elvain in silenzio. Percorrevano un sentiero filiforme in leggera pendenza in mezzo a un fitto sottobosco gremito di felci, biancospini, agrifogli e allori. Davanti ai suoi occhi si paravano querce imponenti, intervallate da faggi e roveri insieme ad altri alberi mai visti prima. La loro corteccia era ricoperta da uno spesso strato di muschio che guardava verso Noren[4], mentre edere e altri rampicanti salivano sinuose lungo i tronchi cercando quasi disperate la luce. Alcuni fusti avevano una circonferenza di almeno quindici se non venti diacron e un'altezza che ne poteva anche superare i cinquanta; per quanto si potesse sollevare la testa all'insù, era davvero difficile riuscire a scorgerne la cima. La vegetazione era così fitta che in alcuni tratti i raggi del sole non riuscivano a filtrare oltre le foglie; eppure le forme di vita abbondavano: miriadi d'insetti si adoperavano laboriosi e indaffarati nelle loro faccende, volatili dalle dimensioni e dai colori più svariati saltellavano di ramo in ramo scrutando curiosi il nuovo arrivato. Mentre avanzavano, il fogliame lambiva sempre più le loro gambe, tanto che in alcuni tratti Aumar doveva scostarlo col bastone. L'aria era fresca, l'odore del sottobosco gradevole ed entrambi

---

4) I punti cardinali su Arvhèia sono: Noren (Nord), Soren (Sud), Garth (Est), Donau (Ovest)

lo respiravano con piacere. Candidi gigli, ciclamini viola, margherite dai petali bianchi e gialli spezzavano con le loro tinte la verde monotonia circostante. Di tanto in tanto, dalla folta macchia spuntavano anche degli strani fiori alti mezzo diacron, il cui gambo terminava in un unico petalo viola avvolto su di sé e da cui emergeva un esile pistillo; emanavano un profumo intenso ed erano circondati da un'infinità di minuscoli insetti ronzanti.

L'Elvain, leggendo la curiosità nella mente di Gherson, intervenne: «Sono Neviroun, ma sta' attento a non avvicinarti troppo; chi ne respira la flagranza oltre il dovuto può perdere i sensi e incorrere in incubi terribili. Da questa pianta si estrae un succo che utilizziamo per lenire i dolori ma se ne abusi rischi di morire.»

Gherson annuì, aveva già sperimentato recentemente a sue spese gli effetti nocivi provocati da alcune piante.

Il tempo scorreva lento, un siklin[5] forse anche più, e quell'angusto viottolo continuava ad addentrarsi nella selva senza una meta apparente; ora in alcuni tratti pure l'aria sembrava venir meno e le fronde parevano continuarsi con quelle vicine, formando così un'unica entità. A un certo punto Gherson temette che si fossero persi o che qualcuno avesse gettato loro addosso un incantesimo; si domandò se fosse stato giusto fidarsi di quello sconosciuto: in fin dei

---

5) I giorni su Arvhèia sono suddivisi in venti periodi chiamati siklein (siklin al singolare) paragonabili grossomodo alle nostre ore e ognuno di loro conteneva circa 4000 dei nostri secondi. L'ora decima corrisponde al nostro mezzogiorno. La ventesima ora alla mezzanotte. I viriklein (sottomultipli di un siklin), contengono circa 1000 secondi.
Per la loro misurazione venivano di solito utilizzati dei pali piantati in terra, rivolti all'alba verso il sole, che proiettavano l'ombra su un'asta graduata, oppure dei dischi in pietra affissi sui muri delle case, simili a meridiane. I sottomultipli di un siklin (viriklein), ognuno dei quali ha la durata di un/quarto di siklin, venivano calcolati utilizzando un piccolo recipiente di vetro graduato, nel quale ad intervallo costante venivano versante delle gocce da un tubo. Una volta riempitosi, il contenitore si svuotava automaticamente, in base al principio dei vasi comunicanti, per poi venire nuovamente riempito attraverso il tubo. Molto diffuso era anche l'uso di congegni simili a clessidre a sabbia.

conti, come poteva essere sicuro che gli avesse raccontato la verità? Subito però accantonò quella considerazione, infatti ebbe la netta percezione che Aumar ne avesse in qualche modo compreso il pensiero, per cui, quasi vergognandosi, chinò il capo e continuò a seguirlo: Ierax peraltro li stava accompagnando dall'alto e non aveva mostrato alcuna remora verso l'Elvain, almeno a questo doveva dar credito.

Gherson invece cominciò ad avere il sentore di nuove forme di vita attirate dalla sua presenza, come se numerosi occhi celati ovunque lo stessero spiando; non erano solo gli sguardi degli scoiattoli che scorrazzavano sui rami e lungo la via in cerca di ghiande o il muso di qualche cervo che, rigido sulle quattro zampe, cercava di intuire le loro intenzioni, non erano animali...

Considerò allora a quanto aveva alluso Aumar; lui era lo straniero, il diverso, lo sconosciuto che destava curiosità, ma in quel momento moriva dalla voglia di scoprire chi fossero le silenziose creature che li scortavano, timidamente nascoste dietro le foglie. Poi all'improvviso accadde un evento inspiegabile che lo lasciò basito; gli alberi iniziarono a muoversi e i rami si agitarono scostandosi al loro passaggio, tanto che gli uccellini nascosti tra le fronde fuggirono via impauriti.

Gherson anche lui intimorito, si girò verso Aumar. «Che magia è mai questa?»

L'altro imperturbabile, come se nulla fosse, replicò: «Nessuna magia! Riconoscono che sei una persona fuori del comune.»

Il giovane lo squadrò critico, per nulla convinto di quelle parole ma, sollecitato dai gesti dell'Elvain, continuò a percorrere il sentiero sempre in salita e ora più ampio, indicato dal movimento degli arbusti; così dopo aver camminato un altro paio di verocron all'interno di quel meandro che si apriva e chiudeva come un ventaglio al loro incedere, raggiunsero infine la dimora di Aumar.

Si trovava su una collina in una angusta radura ricoperta di primule bianche, rosse e violacee, disposte in minuscoli cespugli separati da un manto erboso ricco di muschio. Alle estremità del prato si scorgevano siepi di rose selvatiche, more, lamponi e piante di ribes maturi; al centro invece regnava incontrastato un imponente albero del diametro di almeno trenta diacron, che s'innalzava per una settantina in altezza. Il tronco, di una sfumatura tra l'amaranto e il marrone, sembrava formato da numerose radici contorte avvinghiate tra loro; le ramificazioni si diramavano poi diffusamente, ricche di foglioline lanceolate e ricoperte da un'infinità di fiorellini bianchi profumati, tanto da dominare l'intera vallata. Gherson rimase a studiarlo alcuni istanti; non aveva mai visto infatti niente di simile.

"Quante altre meraviglie scoprirò nell'immediato futuro?" Rifletteva tra sé.

«Lo chiamiamo Daiandros.» soggiunse Aumar serenamente.

«Che cos'è?» Domandò Gherson curioso.

L'altro sorrise: «In realtà sarebbe più corretto dire che cosa sono; una specie di alberi che vivono fusi tra loro aiutandosi a vicenda.»

Ierax era già planato e li aspettava da un po', L'Elvain allora si avvicinò al Daiandros e sussurrò alcune parole; subito gli arbusti in prossimità dei suoi piedi si discostarono aprendo un passaggio nell'enorme creatura arborea, quindi Aumar invitò Gherson, sempre più affascinato, a seguirlo. All'interno su alcune fronde erano appese delle lampade a olio; il vecchio ne accese una e l'ambiente fu illuminato da una luce fioca. Un soffice strato di muschio rivestiva il terreno e, a ridosso del profilo interno dell'albero, erano sistemate varie dispense insieme a casse di legno. La tigre si accoccolò al suolo e il padrone le accarezzò la criniera, poi a un suo cenno, alcuni rami si disposero lungo il fusto a mo' di scalini e Aumar esortò Gherson a salire con lui. Dopo aver percorso due giri completi all'interno del tronco, raggiunsero un livello superiore creato dalle robuste estensioni del Daiandros attorcigliate tra loro. All'interno Gherson scorse un letto a baldacchino ricoperto con fini lenzuola di seta e un tavolo con due sedie al centro; sul lato opposto era situato un piccolo armadio con fini intarsi d'avorio e subito accanto uno scrittoio. La luce del sole filtrava tenue attraverso alcune fenditure tra i grovigli della pianta e Gherson vi si accostò; davanti ai suoi occhi si estendeva un tappeto verde di foglie che sembrava non aver mai fine, agitate come onde dall'esile brezza di vento.

L'Elvain gli accostò una delle sedie. «Accomodati, è tempo di mangiare qualcosa.» Gherson assentì. Aumar nel frattempo, rovistando qua e là, tirò fuori due scodelle e un paio di bicchieri; poco dopo tornò con del pane e del miele, offrendoli al suo ospite. «Assaggia, è molto buono e nutriente.»

Poi gli versò un liquido chiaro nel bicchiere. «È una tisana rinfrescante ottenuta da erbe naturali, provala.»

Gherson ne bevve un sorso e trovò che il sapore era gradevole; quando ebbe finito di mangiare, Aumar che stava ancora in piedi, si sedette anche lui e quasi scusandosi, gli confidò: «A proposito, sono proprio imperdonabile... dobbiamo terminare le presentazioni, non ti ho rivelato il nome del mio fedele scudiero.»

Sorrise massaggiando il folto pelo della tigre che continuava a seguirlo ovunque come fosse un cagnolino; lei ricambiò quel gesto con un verso simile a un miagolio.

«Si chiama Roskar, l'ho trovato nella foresta quando era ancora un cucciolo abbandonato e da allora vive con me.»

Il felino socchiuse gli occhi senza smettere tuttavia di fissare Gherson.

Dal tono della voce si percepiva che Aumar era di buon umore e che aveva una gran voglia di parlare, per cui Gherson lo assecondò.

Il vecchio allora si prese una pausa e abbassò il tono della voce, avvicinando il viso a quello del suo interlocutore: «Avremmo potuto dialogare anche fuori, il paesaggio è così incantevole... per i miei gusti però ci sono troppi occhi e orecchie indiscrete! Per questo ho preferito portarti quassù, staremo più tranquilli.»

Gherson titubante annuì scuotendo il capo; su quest'aspetto non era certo in grado di esprimere opinioni, inoltre chi poteva essere così interessato alla sua venuta?

Aumar continuò: «Sai, devi comprendere la mia emozione... è da molti anni che non siede un uomo alla mia tavola.»

Ecco, questa era un'affermazione che Gherson non si sarebbe mai aspettato di udire, difatti spalancò subito la bocca: «Come sarebbe a dire!? Tu hai già visto altri esseri umani!? Quando? Non vorrai farmi credere davvero che la tua vita sia così lunga da giungere fino al tempo della creazione!? Non si può dar credito a una cosa del genere!»

«Quante domande... quante perplessità, sei davvero così curioso? Sì, voi umani lo siete sempre stati...» rifletté lui chinando il capo e accostando la mano al mento.

Gherson allora si mise diritto sulla sedia con le braccia poggiate sul tavolo e con occhi e orecchie ben aperti.

Aumar emise un lungo respiro e riprese: «Bene, cerchiamo di riordinare un po' le idee e soddisferò le tue richieste. La mia età...» sorrise malinconico dandosi una pacca sulla gamba, «...quasi non la ricordo più, però ti assicuro che quando l'uomo fu creato, io ero lì. Lo vidi crescere, esultare per le sue prime conquiste e ammirai il suo desiderio di apprendere, di superare gli ostacoli e di andare sempre oltre; ma scorsi anche altro...»

Aumar si trattenne sospirando, poi domandò: «...Ma dimmi un po', tu, in realtà, che cosa sai di Ghenesia?»

Gherson portò avanti il palmo delle mani quasi per scusarsi e abbozzò imbarazzato una parvenza di discorso: «In verità, ne so ben poco... racconti narratimi quando ero piccolo, quasi fossero favole e niente più; miti, leggende cui non dar credito, almeno fino a quando l'Impossibile è entrato a far parte della mia vita.»

S'ammutolì alcuni istanti con gli occhi fissi nel vuoto, poi, come se si fosse appena destato da un lungo sonno, riprese a parlare con calma: «Conosco la storia della creazione dell'universo e dei primi esseri viventi e so di come nacque il genere umano; so anche di come l'uomo fu ingannato e della sua cacciata da questo mondo, però da allora per me è buio assoluto[6].» e scosse il capo tristemente.

Aumar rimase un attimo pensieroso, infine ricominciò a parlare di getto: «Noi Elvaian fummo tra le prime creatu-

---

6) Euleos e Havaris erano due giovani fratelli appartenenti al genere umano vissuti nella prima era di Ghenesia. All'inizio dei tempi Yrshar aveva creato l'universo e tutti vivevano in armonia aiutandosi reciprocamente, ignorando che cosa fossero il dolore e la morte. L'uomo era ammaliato dalla conoscenza e per tale motivo era solito frequentare gli Elvaian e le altre magiche creature: Euleos in particolare conobbe Erianna, figlia di Ascalon, re degli Elvaian e s'innamorò di lei; anche Erianna scoprì di amare il giovane. Darkos, l'oscuro signore delle tenebre, scorse quella passione nascente e decise di sfruttarla per i suoi interessi. Costui odiava l'universo e non potendo realizzare la vita dal nulla, aveva deciso di manipolare tutto; soprattutto detestava gli uomini perché generati ad immagine dell'essere primordiale. L'oscuro allora instillò nella mente di Havaris una malsana attrazione per la principessa elvain che non lo corrispose, per cui Havaris geloso del fratello lo uccise. Dopo aver compiuto l'insano gesto, l'assassino fuggì via in preda al panico. Erianna rinvenne il corpo dell'adorato e ne rimase sconvolta; restò accoccolata accanto al cadavere di Euleos, finché dalle proprie membra spuntarono esili propaggini che avvolsero il giovane e i due divennero un tutt'uno. Il sonno eterno di Euleos mutò il corpo di Erianna che s'irrigidì, i suoi capelli dorati si trasformarono in rami sottili mentre alcune sue ramificazioni penetrarono la terra; quest'ultima si lasciò commuovere dalle lacrime dell'amata accettando che l'afflizione della principessa si riversasse nelle sue profondità. In quel modo però la natura prese coscienza del male ormai entrato nel mondo. Erianna diventò così Elèsian, la creatura arborea che prima fra tutte aveva sperimentato il dolore.

re generate: alti, longilinei dai lunghi capelli dorati, argentei o color platino, con occhi grandi e profondi. Di carnagione pallida, eravamo amanti della musica, della poesia, del canto e dello studio. Colti e raffinati ci adoperavamo alla continua ed eterna ricerca del bello nella sua essenza profonda: anche i dettagli più insignificanti erano per noi fondamentali e andavano curati in ogni più piccolo particolare. Trascorrevamo gran parte del tempo ad abbellire le nostre dimore; costruivamo monumenti e statue di elevata fattura, vivevamo in simbiosi con la natura conoscendone le necessità, parlavamo il linguaggio delle piante e degli animali. Eravamo fieri, legati alle nostre tradizioni e ci consideravamo creature nobili, sagge e importanti. Erianna la figlia del re era la più bella tra tutte le fanciulle. Alta, dai fluenti capelli d'oro ornati di gemme preziose, gli occhi blu come il cielo, amava passeggiare per i boschi insieme alle amiche, abbigliata in candide vesti di seta ricamate con fili di argento; le sue braccia erano sempre agghindate con gioielli di raro splendore. Ascalon suo padre, stravedeva per lei ma non solo lui. Ovunque andasse, Erianna era come la primavera e regalava a chiunque il sorriso, ammaliava con il canto chiunque la ascoltasse e mai più si è udita su Ghenesia una voce così melodiosa. Erano quelli tempi privi di preoccupazioni, la gioia e l'armonia regnavano ovunque tra tutte le creature viventi, non c'erano mura a difesa delle città e le armi non esistevano. Ogni sera gli angeli scendevano dal cielo e passeggiavano nei prati in mezzo a candidi gigli e gladioli parlando amabilmente con noi Elvaian...»

All'improvviso la sua voce tradì l'emozione, deglutì e si fermò, mentre lacrime sincere di commozione ne irrigarono le gote; si asciugò gli occhi con le mani, poi si fece coraggio e riprese: «...La morte di Erianna trascinò via tutto con sé. Il sovrano impazzì dal dolore e il suo lamento rabbuiò ancor più i cuori già tristi dei sudditi, incapaci di affrontare questa nuova tragica esperienza. Yrshar stesso scese su Ghenesia sotto forma di nube per confortare il re ma quel folle non Lo volle ascoltare, anzi Lo cacciò via in malo modo maledicendoLo; così Ascalon si ripiegò in sé stesso allontanando tutti, persino la moglie. Il vuoto che riempiva il suo cuore, tuttavia chiedeva di essere colmato e poco alla volta si fece strada nell'animo un nuovo sentimento: il desiderio della vendetta. Nuvole dense e scure come la pece comparvero sopra la sua dimora, accompagnate sempre più spesso dal minaccioso fragore dei tuoni che non lasciavano presagire nulla di buono. Alla fine lo si vide uscire dal salone dove si era rintanato; ricordo ancora tutto come fosse ieri... Aveva il volto più buio di quella notte tempestosa e solcato da numerose rughe, quasi che la scure del tempo si fosse abbattuta tutta d'un colpo: solo Aster, la più splendente tra le gemme conosciute che portava sempre appesa al collo, illuminava coi suoi mille colori quell'ambiente saturo di angoscia. Ascalon si era rifiutato di assaggiare cibo per giorni. –Chiamate il fabbro! – Ordinò stentoreo. Qualcuno si avvicinò quasi tremante, temendo di aver compreso male. –Chiamate il fabbro!!!– Ruggì di nuovo, –Non siete più in grado di ubbidire a un comando? – I servi intimoriti si allontanarono di corsa per eseguire gli ordini e da quel momento le fucine degli Elvaian lavorarono senza posa giorno e notte per forgiare ogni sorta di arma concepita dalla fervida mente del sovrano: spade, archi, frecce, asce, lance e quant'altro di necessario per portare a termine i suoi intenti e così avvenne.»

Aumar chinò il capo avvicinando le mani alle orecchie, quasi non volesse udire le sue parole. «Ricordo ancora il rumore degli zoccoli in quella notte, cavalcammo come furie verso la valle di Engàr, dove risiedeva la stirpe di Havaris. Il sovrano intimò a tutti di uscire dalle proprie abitazioni, uomini, donne e bambini; il terrore era dipinto sui volti di quei poveretti perché non riuscivano a darsi una spiegazione, specialmente i più piccoli che nascondevano il viso nelle gonne delle loro madri. Ascalon chiese a più riprese dove fosse l'assassino sbraitando come un ossesso e agitando la spada ora a destra ora a manca senza però ottenere risposta; l'omicida era già fuggito nascondendosi come un verme, roso dai rimorsi.»

Aumar strinse i pugni digrignando i denti, poi riprese: «Il re allora nella sua pazzia ordinò di mettere a ferro e fuoco l'intera regione finché gli avessero condotto il colpevole; era convinto di placare così la sua collera ma purtroppo andò diversamente. Gli uomini si ribellarono e scoppiò un tumulto; il re incapace di frenare l'odio che lo divorava, distrusse la dimora degli uomini passandone molti a fil di spada e disperdendo i pochi superstiti. Nuovi lamenti, nuove urla, nuovi pianti e singhiozzi dei bimbi accucciati sui cadaveri dei loro cari rattristarono quelle ore. La terra si bagnò ancora una volta del sangue dei viventi e non approvò affatto, anzi rumoreggiò a lungo; un terremoto scosse la regione e molte fenditure si aprirono tra le colline. Neanche questo tuttavia placò il cuore indurito di Ascalon che di villaggio in villaggio andava compiendo simili nefandezze sostenuto dai suoi soldati; nell'intimo gli era sorto un nuovo proposito, sterminare l'intero genere umano dal creato. Questi ultimi, dal canto loro, inferiori di numero e meno abili a costruire armi, chiesero aiuto ai Sarmaian[7], che si frapposero tra le due schiere. Il loro capo cercò inutilmente di far ragionare Ascalon, ma fu invece insultato e minacciato; Aurun, questo era il suo nome, avvampò come una fiamma ardente tanto che i suoi occhi parevano braci: da lì a poco sarebbe di certo accaduto l'irreparabile. Fu

---

7) Altro popolo di Ghenesia

allora che intervenne l'Altissimo; passò come una nube in mezzo a quelle genti che si nascosero intimorite. –Perché fuggite? Di che avete paura? Non sono forse Vostro Padre? Dov'è l'armonia che regnava nel creato?– Nessuno però ebbe il coraggio di rispondere. Yrshar domandò di nuovo: –Che cosa è successo? Perché tutto questo livore?– A quel punto sorse una gran confusione: tutti parlavano e ognuno accusava l'altro difendendo le proprie ragioni. In verità l'esperienza della morte aveva cambiato la nostra natura, chiunque adesso percepiva la sua fragilità ed era terrorizzato dalle malattie e dal declino ineluttabile, tanto da alienarsi in altre occupazioni. Il legame con l'autore della vita si era spezzato e l'immortalità, un tempo patrimonio comune, era ormai un mero ricordo, mentre un profondo senso di solitudine regnava invece nei nostri cuori; adesso ognuno pensava solo ai propri interessi e non era più in grado di comprendere le necessità di chi gli stava accanto, anzi l'altro era divenuto un nemico, un individuo da evitare o da sfruttare per i propri bisogni. Da quel momento non riuscimmo neanche più a intendere il resto della creazione che, astiosa, si ritrasse da noi.»

Aumar sospirò con l'amaro in bocca: «Yrshar allora prese la sua decisione; Darkos fu bandito e il genere umano, il primo a cadere nei suoi lacci, fu esiliato dove ben sai. Non c'erano più i presupposti per una serena convivenza con gli Elvaian; troppi erano i rancori insanabili dopo le offese subite da entrambe le parti. Ascalon invece fu allontanato nelle terre del Noren; si era lasciato trascinare dall'inganno della vendetta, macchiandosi di colpe ben più gravi di quelle di Havaris. Il re abbandonò il suo regno roso dal livore maledicendo tutti; un giorno però sarebbe tornato, oh sì che sarebbe tornato... e avrebbe ripreso tutto ciò che gli spettava.»

Aumar esitò un istante. Un raggio di luce entrò nella

stanza accompagnato da un usignolo che svolazzò attraverso una fessura del Daiandros, si posò sul tavolo e dopo aver beccato una briciola di pane, volò via così com'era comparso.

Gherson approfittò di quella pausa e intervenne subito: «Aspetta un attimo... hai appena affermato che ogni vivente aveva perso l'immortalità ma tu prima hai asserito che sei stato spettatore di questi eventi, com'è possibile?»

L'Elvain sospirò e accennò un sorriso. «Questa è una storia che ti narrerò un'altra volta, ora non ha importanza, invece lasciami terminare il racconto! In quel tempo, prima dell'intervento di Yrshar, accadde un altro evento degno di nota; in uno dei villaggi rasi al suolo da Ascalon vi fu un sopravvissuto, un piccolo cucciolo d'uomo di nome Sandor; la madre l'aveva nascosto in un rifugio sotto l'abitazione che sbucava poco distante dalla riva del fiume Dolnir. Il bimbo riuscì a fuggire la notte dell'attacco e, rintanato lungo l'argine, assistì coi propri occhi al massacro dei suoi cari e alla distruzione del piccolo borgo; allora fuggì nella foresta in preda al panico, finché stremato cadde esausto lungo il corso d'acqua. Il fiume commosso l'accarezzò con le sue onde e lo trascinò via, tanto che il piccolo approdò esanime molto più a valle, dove fu casualmente rinvenuto da Isalan giovane principessa elvain, figlia di Artisia, la perfida sorella di Ascalon. La ragazza incuriosita si fece narrare la sua triste storia, quindi impietositasi, per timore che gli accadesse qualche altra disgrazia, lo nascose in una grotta accudendolo di persona. Isalan, di qualche anno più grande, gli tenne però segreto il suo legame di parentela con lo zio, responsabile della morte dei suoi genitori; temeva che Sandor non si fidasse più di lei e scappasse cacciandosi in guai ben più seri. Trascorsero gli anni e tra i due, giorno dopo giorno, si creò un forte legame che presto sfociò in un sentimento che andava oltre la semplice amicizia. Isalan però era titubante, entrambi appartenevano pur sempre a razze diverse e la triste storia di Euleos ed Erianna sembrava esser più che un monito; tuttavia non si poteva arrestare il corso degli eventi, la vita che scorre nelle vene dei mortali è più forte delle loro paure, così come più forte della morte è l'amore. La ragazza sciolse un voto all'Altissimo chiedendo di accumunare la sua esistenza a quella dell'amato e di condividere con lui la medesima sorte nel bene e nel male. Ciò le fu accordato, anzi Yrshar vide che era cosa buona e benedisse quell'unione, come peraltro doveva essere nel suo originario intento, sebbene i loro consanguinei avessero guastato tutto a causa dell'odio reciproco. Un giorno Isalan scoprì di essere incinta e i due fuggirono nelle selvagge terre del Noren, brughiere nebbiose e desolate, dove però avrebbero potuto vivere felici lontano da ostilità e rancori. Ebbero molti figli e fu così generata una nuova razza con singolari caratteristiche: i loro appartenenti, infatti, avevano la chioma di un colore tra l'indaco e il violaceo, occhi a mandorla e carnagione chiara come la neve con una strana chiazza turchina sulla fronte a forma di stella. In seguito furono chiamati Tindainuin, figli dell'unione.»

Gherson lo interruppe stupito: «È incredibile quanto mi stai raccontando, non sapevo che un figlio d'uomo fosse rimasto su Ghenesia.»

Aumar rispose: «Nessuno ne era a conoscenza perché i due avevano tenuto ben nascosto il loro segreto, ma una fredda notte di Noldair un Elvain bussò alla loro porta e ti sfido a immaginare chi fosse...»

Si arrestò un istante, gli occhi vitrei fissi nel vuoto, mentre l'altro lo ascoltava tutt'orecchi. «...Era Ascalon in persona! Dimagrito, semiassiderato e in pessime condizioni di salute; nel corso del suo peregrinare era giunto in quei luoghi solitari. Immaginati la sorpresa della nipote quando vide lo zio... il gelo cadde sulla casa. Sandor aveva davanti a sé, alla sua mercé, l'assassino dei genitori! Il viso dell'uomo s'indurì e nella sua mente tornarono vividi i ricordi del tempo che fu. Strinse i pugni e un lampo d'odio gli balenò in volto, poi volse lo sguardo sui primi due figli che studiavano con curiosità lo straniero, infine si rivolse alla moglie silenziosa: –Perché non me l'hai detto prima? – Le domandò e lei chinò il capo. L'amore tra i due era profondo e Sandor comprese che la condotta di Isalan era stata dettata dai sentimenti che provava per lui. Ancora una volta adocchiò i suoi piccoli e solo allora porse la mano ad Ascalon accogliendolo nella sua dimora; in quel momento per il sovrano sarebbe stato meglio morire. Il re rimase pochi giorni, solo il tempo di riprendersi dai suoi malanni esteriori e non parlò quasi mai, infine una mattina Sandor lo chiamò ma non ottenne risposta; Ascalon era scomparso insieme ai suoi rimorsi e non tornò più.»

Di nuovo calò il silenzio tra loro, sembrava che Aumar volesse riordinare le idee.

«La cacciata dell'uomo però non risolse nulla; ancor prima di essere bandito, Darkos ebbe modo di diffondere le sue menzogne anche tra gli Elvaian e le altre creature. Molti decisero di seguirne le orme, persino alcuni angeli che col tempo mutarono il loro aspetto fisico, assumendo nuove sembianze sempre più mostruose. Dopo che Darkos fu esiliato, costoro si unirono e crebbero di numero con l'unico scopo di continuare la loro opera di distruzione; furono chiamati Mavourg[8]. Nel frattempo gli Elvaian erano rimasti senza un re. Alcuni mesi dopo la cacciata di Ascalon, sua moglie già incinta, gli aveva partorito un figlio di nome Diniar; la regina però era morta la settimana seguente a causa di una grave emorragia. Chi avrebbe governato il

---

8) Ingannati

paese in attesa che il bimbo divenisse adulto? Fu deciso di nominare un consiglio di dieci saggi che avrebbero dovuto occuparsi delle sorti della nazione fino a quando il piccolo fosse stato in grado di regnare al posto del padre. Non tutti però erano d'accordo, Artisia in particolare, la sorella di Ascalon, bramava il potere più di chiunque altro e così convinse il marito Elision a impadronirsi del trono, a suo dire infatti i sovrintendenti erano degli usurpatori. Ogni notte nella loro intimità instillava nelle orecchie del consorte parole dolci come il miele per coinvolgerlo ancor più nei suoi intrighi; così quando i due furono sicuri di poter raggiungere il loro scopo, decisero di agire.»

Aumar si interruppe un attimo e sospirò, poi dopo aver sorseggiato anche lui la tisana per schiarirsi la gola ormai asciutta, riprese: «Era la notte del tredici di Nizar[9], la notte dei coltelli, come fu in seguito tristemente ricordata. Mentre i sovrintendenti erano riuniti a discutere attorno al tavolo, comparve nel salone la subdola figura di Artisia, avvolta in un abito nero come la sua anima; subito alcuni si alzarono visibilmente alterati, sollecitandola a lasciare la sala. Le loro minacce tuttavia furono accolte con un sorriso sarcastico, la nobildonna infatti sapeva di non correre alcun pericolo. A un suo cenno Elision entrò nella stanza con alcuni suoi fidi compiendo una carneficina; solo Lorthan, uno dei saggi, fuggì gettandosi dalla finestra e, prima di abbandonare quelle terre, riuscì a sottrarre Diniar agli intenti omicidi della perfida zia. Artisia però li fece inseguire finché il consigliere, messo alle strette, nascose il piccolo in una spelonca tra la folta vegetazione; il poveretto poi affrontò gli scherani dell'usurpatrice ma fu ucciso. Nonostante le pressanti ricerche nessuno rin-

---

9) I mesi nel calendario di Arvhèia sono dodici e fanno riferimento al ciclo delle due lune. Sono tutti di trenta giorni: Avrist, Meron, Nainur, Enver, Kougar, Avar, Nizar, Elar Kistar, Tamir, Silvar, Elidar

venne traccia del bambino che fu invece scoperto da Angar, una lupa dei boschi; l'animale tuttavia non lo divorò, anzi ne provò pietà e lo prese con sé. Tempo dopo Elision morì in circostanze misteriose e qualcuno sussurra che fù avvelenato dalla moglie; qualunque sia la verità, Artisia aveva raggiunto il suo scopo, divenire sovrana indiscussa degli Elvaian. Fu proprio in quel periodo che ebbe inizio la costruzione delle imponenti mura a difesa di Sivarin, la capitale del regno. Artisia dominò il popolo con pugno di ferro e chi non condivideva i suoi metodi fu messo a morte; molti allora preferirono andarsene disperdendosi ovunque. Diniar, nel frattempo, cresceva nella foresta come un selvaggio imparando a conoscere il linguaggio degli animali, sempre più ostili verso gli altri esseri viventi; poco alla volta divenne forte e robusto con un marcato istinto ferino nelle vene. Fra tutte le bestie, Zivros il serpente era il più astuto, fermamente determinato a seguire le orme del suo antico maestro Darkos; con il tempo irretì la mente del ragazzo con languide parole, seminandogli nel cuore rancore e zizzania. Gli raccontò del suo passato e lo convinse di essere stato la vittima innocente delle torbide trame della zia, pertanto era legittimo che rivendicasse quanto gli spettava di diritto; a nulla valsero i più miti consigli di Angar e delle altre fiere. Divenuto adulto, Diniar se ne andò dalla foresta e raggiunse la valle di Sescon, dove si erano rifugiati alcuni Elvaian scampati alle angherie di Artisia; il giovane rivelò loro la sua identità e li convinse a ribellarsi contro la regina. Questi disordini durarono diversi anni senza né vinti né vincitori, con l'unico effetto di inasprire ancor più gli animi rendendoli inclini agli inganni di Darkos. Il giovane principe, infatti, fu nuovamente avvicinato da Zivros che lo riteneva ormai maturo per un'alleanza con i Mavourg. L'odio e il malcontento avevano accecato Diniar che accettò quell'offerta ed in breve divenne uno dei più temibili condottieri di quella coalizione, tanto che la sua fama raggiunse ogni angolo del globo. Cambiò il nome in Torkul[10] e mutò anche aspetto: era divenuto massiccio e possente come un toro, la pelle si era scurita e ricoperta di una folta e ispida peluria. Si unì a Zigàra, una creatura demoniaca ed ebbe un figlio chiamato Helgrund[11], in seguito il più audace comandante delle truppe di Darkos su Ghenesia; anche i compagni, mescolandosi con i Mavourg, subirono la medesima sorte divenendo simili a demoni.»

Aumar si ammutolì e, alzatosi dalla sedia, si portò con passo stanco verso una fenditura del Daiandros, lasciandosi accarezzare la barba da una brezza leggera.

«Ti ho annoiato con tutte queste storie?» Domandò infine a Gherson.

«Nient'affatto!» Rispose lui che invece pendeva dalle sue labbra.

Aumar allora continuò: «Perdonami se ti sembrerò dispersivo, ma non è facile riassumere in poco tempo gli eventi accaduti in centinaia di anni; vedi, sebbene mortali, gli Elvaian hanno comunque una vita media di circa quattrocento anni e quanto ti ho narrato ne riveste un arco temporale di almeno duecento.»

Gherson tossì debolmente. «Da noi su Arvhèia un uomo vive di solito settant'anni, ottanta i più robusti.»

«Avrete così modo di soffrire meno...» fu l'amara considerazione di Aumar a bassa voce.

Gherson rimase meravigliato da quell'affermazione e subito replicò: «Perdonami se ti contraddico, ma nel mio mondo le persone anziane sono quelle che desiderano vivere più a lungo; a volte ho l'impressione che Yrshar abbia seminato dentro di noi un germe d'immortalità che ci fa anelare una vita eterna.»

______

10) Il sanguinario
11) Malvagio

Aumar rimase a riflettere su quelle parole. "Per quanto la mia mente torni indietro nel tempo, non ricordo che un giovane abbia mai proferito niente di simile... è senza dubbio fuori del comune!"

Poi come se nulla fosse, riprese la sua narrazione: «Torniamo allora a parlare di Ascalon. Come ti avevo accennato, l'antico re viveva ramingo e scacciato da tutti; la sua storia era rinomata ovunque e molti, a ragione, lo additavano come uno dei principali responsabili delle disgrazie di Ghenesia. Pure gli animali gli erano avversi, tanto che quando giungeva in un nuovo territorio, veniva allontanato bruscamente pure da costoro; solo e reietto, questo era il suo destino. In quel lungo peregrinare raggiunse i monti Traunir, dove incontrò i loro abitanti, i Sarmaian: la maggior parte aveva la barba lunga, era di carnagione rubiconda, alta in media tra i sette e gli otto acron e di carattere gagliardo e irascibile. Costruivano le loro dimore all'interno delle montagne e scavavano lunghe gallerie che s'intersecavano l'una nell'altra, per poi terminare in gigantesche grotte a cielo aperto. Le città nascevano proprio in queste imponenti spelonche ed erano costituite da immensi agglomerati di case in pietra rosso fuoco ammassate l'una sull'altra attorno a piazze circolari. L'interno delle abitazioni era di solito intonacato e sui muri i Sarmaian amavano raffigurare scene di vita domestica o pitture sacre che spesso ritraevano Natael, il loro angelo protettore. Vivevano in clan e non sempre andavano d'accordo a causa del loro carattere irascibile. Avresti vagato per mesi in quel dedalo di caverne se eri inesperto del luogo e probabilmente non ne saresti mai uscito. Ascalon all'inizio non fu riconosciuto, il suo aspetto, infatti, era cambiato: smagrito, con la barba lunga, gli occhi infossati, un lontano ricordo della persona che fu. Nondimeno il re si presentò sotto falso nome per timore di essere rifiutato; si faceva chiamare

Hastod[12] e rimase lì alcuni anni, imparando ad apprezzare i loro usi e costumi. I Sarmaian scavavano la roccia in cerca di pietre preziose utilizzandole per abbellirne le abitazioni o per costruire splendidi monili che barattavano con i popoli vicini in cambio di cibo e altre materie prime. Erano, infatti, abili orafi e la loro fama nella lavorazione delle gemme si era sparsa già da tempo in tutto il mondo conosciuto. Alla fine però, Ascalon si tradì da solo; i Sarmaian erano anche accaniti bevitori e durante una festa lo invitarono a gareggiare con loro: fu così che la sua lingua si sciolse e come un fiume in piena che travolge gli argini, il re narrò a tutti la sua vera identità e le sue disavventure. La sala, gremita di gente, si ammutolì e poco alla volta i volti da gioviali che erano, si rabbuiarono; tutti lo scansarono come un appestato e l'antico re rimase solo con le sue verità. I clan si riunirono per deciderne la sorte ma, ancor prima che fosse pronunciata la sentenza, Ascalon si era già allontanato con le sue poche cose. Ramingo e ripudiato vagò per altri due anni tra le montagne e il suo carattere s'indurì ancor più; abbatteva senza pietà chiunque attraversasse la sua strada. Si narra che, all'approssimarsi di un gelido Noldair[13], riuscì persino a sconfiggere un orso con le sole mani impossessandosi del suo antro. Nel suo girovagare lungo le imponenti dorsali montuose giunse quasi all'estremo Soren e qui incontrò uno strano individuo alto, con lunghi capelli neri; i suoi occhi brillavano come le stelle del cielo e indossava una veste candida come la neve e un lungo mantello nero...»

Aumar si interruppe di nuovo, lo sguardo perso nel vuoto, sembrava stesse scavando in qualche oscuro mean-

---

12) Il solitario

13) Le stagioni dell'anno sono quattro: Eivan (Primavera; inizia il 15 di Nainur) Solesan (Estate: inizia il 15 di Avar), Othgar (Autunno: inizia il 15 di Kistar), Noldair (Inverno: ha inizio il 15 di Elidar).

dro della mente.

«...Era in piedi su Divion, la vetta più alta e stava ammirando il panorama; il suo nome era Valdor.»

Gherson trasalì. «Valdor?!» Ripeté ad alta voce, sbigottito.

«Sì...» rispose lui riprendendo il discorso esitante poiché non si aspettava quell'interruzione.

«Conosco anch'io su Arvhèia una persona che si chiama così.» obiettò Gherson a bassa voce.

"No, non può essere..." rifletté poi fra sé e invitò l'altro a continuare la sua narrazione con un gesto della mano.

«Ebbene, questo Valdor conosceva Ascalon e le sue vicende ma non lo cacciò, anzi lo prese con sé; stava infatti lavorando alla costruzione di una roccaforte tra le fenditure della montagna che a suo dire avrebbe dovuto ospitare le Parole di Yrshar riportate in un Sacro Testo...»

Gherson strabuzzò gli occhi e per poco cadde sul pavimento.

«Che hai?» Domandò Aumar, sentendo fremere il giovane.

Questi rispose a fatica: «La persona di cui parli, è probabilmente la stessa che conosco. Su Arvhèia, alcuni mesi or sono, incontrai un awax vaimar col medesimo nome che mi diede la possibilità di scrutare il Libro della Vita... così lo chiamava. Una volta aperto, si formò davanti a me una spirale, dove si potevano chiaramente percepire immagini del passato, del presente e scenari di un possibile futuro, non solo di Arvhèia ma anche di altri mondi. Proprio in quell'occasione ebbi modo di osservare creature che ritenni fossero Elvaian, perlomeno da come me li avevano descritti da piccolo.»

Aumar si intrattenne a riflettere. «Le tue affermazioni potrebbero anche avere un senso... ti spiegherò poi perché, intanto lasciami continuare! Bene, come ti stavo spiegando, Valdor accolse Ascalon perché nelle sue intenzioni anche l'antico re avrebbe dovuto collaborare alla costruzione di una nuova dimora insieme ai membri delle altre razze già presenti: c'erano, infatti, pure i Centauri, gli Ardirock e altri ancora...»

«Scusami, puoi ripetere meglio?» Domandò Gherson sempre più perplesso.

Aumar accennò un debole sorriso. «Centauri, Ardirock e altri ancora, perché me lo chiedi? Forse non sai chi sono?»

Gherson, quasi fosse un ebete, negò rimanendo a bocca aperta.

Aumar dopo un breve sospiro riprese pazientemente la narrazione, come se stesse insegnando a un bimbo i principi basilari della vita: «Sono abitanti di Ghenesia, mio caro, i primi hanno la parte inferiore del corpo simile a un cavallo, mentre dal torace in su il loro aspetto ricorda quello di un uomo; sono molto irascibili, selvaggi e brutali ma se li fai ragionare, possono divenire validi alleati. I secondi, invece, sono creature di pietra, alte il doppio di un comune mortale, imponenti a vedersi e terribilmente forti. Che cosa siano in realtà è per molti un mistero... non si vedono spesso, perché sono restii a mostrarsi. Chi come me li ha conosciuti, li considera l'aspetto animato di quella parte del mondo naturale che riteniamo inerte, come le rocce ad esempio.»

Gherson, incredulo, non si perdeva neanche una parola.

Aumar riprese a dire: «Sei confuso? In fondo dovremmo essere noi a spalancare gli occhi guardandoti; qui l'estraneo sei tu! Comunque, andiamo avanti. Ascalon dapprima titubante, alla fine accettò l'ospitalità offertagli e contribuì coi suoi sforzi alla costruzione dell'opera nascente. Quel soggiorno fu per lui salutare come una boccata d'aria e il suo cuore tornò finalmente a sperimentare quella pace che l'aveva abbandonato da tempo; riuscì persino a sentirsi amato da Valdor...»

Una lacrima di commozione solcò il viso di Aumar che alzò gli occhi al cielo quasi sognante.

«...L'edificio poi era bellissimo! Era costruito su tre livelli con pietre color ocra in una rientranza tra i monti. Due imponenti torri circolari alte una cinquantina di diacron lo cingevano ai lati e vi si accedeva attraverso un sentiero sinuoso che correva lungo lo scosceso versante occidentale. La stradina terminava in una piazza proprio di fronte all'ingresso, rivestita di un mosaico che raffigurava due unicorni bianchi sollevati sulle zampe posteriori. Il portone era in spesso legno di quercia e il muro di cinta, intonacato di rosso, s'innalzava per circa sei diacron con merli a nido di rondine. Uno stemma a forma di scudo situato sopra l'ingresso, riportava Einemos, come noi chiamiamo anche il Libro della Vita, tenuto aperto da due cherubini in candide vesti. Una volta all'interno il visitatore poteva ammirare un primo patio lungo una quindicina di diacron con un fontanile circolare al centro, sormontato da un leone di marmo che spruzzava acqua dalla bocca. Una siepe delimitava la via disegnando strane figure geometriche sul piazzale, mentre quattro palme dall'alto fusto riparavano i residenti con la loro ombra. Superato un portone di bronzo, si entrava nel palazzo vero e proprio. La caratteristica principale del primo livello erano i quattro saloni adiacenti tra loro che convergevano al centro in una biblioteca circolare, simili ai petali di un fiore. Ogni sala simboleggiava uno dei principali elementi naturali: la terra, l'acqua, l'aria e il fuoco. Le pareti interne erano decorate in stucco con motivi che raffiguravano conchiglie, fiori e stelle, mentre le finestre circolari riprendevano in diverse sfumature i colori tipici di ogni elemento: il verde, il blu, l'azzurro e il rosso. Le lastre sul pavimento formavano una spirale che dal centro si portava verso la periferia fino a raggiungere il muro ed anche sulle volte a botte risaltavano le stesse tinte. La biblioteca era rivestita di marmo verde striato di bianco, mentre il soffitto blu scuro ritraeva l'universo conosciuto con le sue galassie. L'intera parete era contornata da un'imponente libreria ricolma di volumi e rotoli di diversa grandezza, mentre rilievi dorati su sfondo chiaro adornavano quella parte del muro lasciata libera dagli scaffali in prossimità della volta. Valdor aveva fatto sistemare al centro dell'ambiente un bellissimo tavolo ovale intarsiato in legno di rovere, gli interni infine erano riscaldati con bracieri e illuminati con lampade a olio. Il piano superiore era stato adibito a luogo di riposo e di ristoro; c'erano infatti, le camere dei consueti abitanti e quelle per gli ospiti, la cucina e il refettorio. Valdor, infatti, desiderava che Leiksar Karim[14] divenisse nel tempo un luogo di culto e di studio; chiunque desiderasse abbracciare una vita contemplativa o approfondire le proprie conoscenze sul nostro mondo, avrebbe potuto soggiornarvi senza problemi. Questo secondo livello si affacciava su un giardino lussureggiante, ricolmo di fiori dai vivaci colori e di alberi da frutto delle più svariate specie. Al terzo piano, mirabile per eccellenza, sorgeva l'immenso salone centrale di forma circolare; il pavimento era di marmo color indaco con marezzature chiare e chiunque vi camminasse sopra, aveva l'impressione di passeggiare nel cielo. Proprio al centro s'innalzava un leggio in tanzanite finemente lavorato con due cherubini ai lati dalle ali chiuse dietro la schiena; ospitava Einemos sempre aperto, rivestito da una fodera d'oro impreziosita con gemme d'inestimabile valore. Tutta la sala era circondata da un portico, delimitato da una cin-

---

14) "Dimora Sacra"

quantina di colonne bianche dal fusto sottile con capitelli cubici intarsiati d'iscrizioni. Le pareti erano riccamente decorate con stucchi e maioliche, mentre l'elemento dominante nella volta a cupola era l'enorme vetrata dai colori cangianti che creava all'interno effetti di luce sempre differenti, incantevoli e magici secondo le ore del giorno e la luminosità...»

Aumar emise un sospiro, poi come svegliatosi da un sogno bellissimo, ritornò in sé. «...Ora, però veniamo a noi, ci sarà ancora tempo per parlarti di quel luogo e delle sue arcane simbologie, non basterebbe una vita per svelartele. Più a Noren intanto, la guerra tra gli Elvaian e Torkul continuava sempre più cruenta. La regina si era ammalata e molti erano ormai convinti che sarebbe morta da lì a poco; il suo unico figlio maschio tra l'altro era stato ucciso in un agguato perpetrato dai Mavourg. Poiché le sorti del conflitto non sembravano più così favorevoli, tra gli Elvaian si ipotizzò che solo il ritorno di Ascalon avrebbe potuto capovolgere la situazione che pareva ormai compromessa. Non tutti però erano d'accordo; sarebbe stato prudente disobbedire alla volontà di Yrshar? La morte di Artisia tuttavia fu la classica goccia che fece traboccare il vaso; in mancanza di una figura carismatica, adatta ad affrontare la crisi, gli Elvaian decisero di inviare ovunque esploratori alla ricerca dell'antico sovrano e vennero così a sapere che Ascalon risiedeva a Leiksar Karim. Allora gli fu mandata un'ambasceria con la richiesta di tornare a governare la nazione, ma non fu così semplice come gli Elvaian speravano. Ascalon era titubante e assillato dai dubbi, era stato molto tempo in esilio, avrebbe ritrovato la sua terra come l'aveva lasciata? I sudditi poi l'avrebbero riabbracciato con gioia oppure gli avrebbero riservato una fredda accoglienza, dettata solo dal pericolo contingente? Ma ciò che più lo turbava, era la certezza di rivedere Elesian e il solo pensiero gli procurava un dolore indicibile; quella ferita non si sarebbe mai rimarginata. Gli Elvaian però, avevano un'ultima carta da giocare, gli svelarono la vera identità di Torkul; Diniar il figlio che lui non aveva mai conosciuto. Per Ascalon fu un altro duro colpo da accettare; la creatura generata dai suoi lombi era alleata con i Mavourg di Darkos! Sembrava proprio non esserci mai fine al peggio...»

Aumar sospirò scuotendo la testa; man mano che procedeva nella narrazione, pareva che un'oscura cappa l'ottenebrasse sempre più, aveva anche difficoltà a trovare le parole adatte. Gherson lo fissava attentamente con entrambe le mani davanti alla labbra e i gomiti poggiati sul tavolo.

«... Il re alla fine accettò; forse nel suo cuore sperava di far recedere Diniar dai propri intenti, in fin dei conti era pur sempre suo padre e non gli aveva fatto nulla di male. Valdor però, al momento del commiato, lo ammonì: –Sta' attento! Temo che soffrirai molto. – gli disse. –Posso fare altrimenti? – Replicò Ascalon ma Valdor non aggiunse altro. Il re lasciò Leiksar Karim carico di perplessità; a turbarlo ancor più erano state le parole pronunciate dal suo amico, seguite da quel silenzio pesante più di un macigno. Che cosa significava quell'avvertimento? Qual era il senso di quel monito? – Purtroppo lo avrebbe compreso molto presto... Infatti, nonostante alcuni inutili tentativi di mediazione tra i due schieramenti, si arrivò allo scontro finale nella valle di Naiman, dove la battaglia durò tre giorni e tre notti con esito incerto; fu un massacro di dimensioni inaudite da ambo le parti e il suolo, intriso del sangue dei caduti, si adirò talmente da rumoreggiare a lungo...»

Aumar s'interruppe ed ebbe un singulto, evidentemente non doveva essere piacevole ricordare quegli avvenimenti, sospirò, poi riprese la narrazione: «...Si giunse così a quel fatidico quarto giorno. Ascalon incontrò il figlio, non l'aveva mai visto prima ma anche in quel caso non l'avrebbe assolutamente riconosciuto; Diniar, anzi Torkul ricordava più un demone bestiale che un Elvain: imponente con la pelle scura e irsuta aveva il viso taurino ricoperto da una folta barba senza baffi, i due enormi zigomi pronunciati celavano gli occhi minuscoli dalle pupille di fuoco. Si confrontarono sul campo di battaglia anche se il re non voleva ucciderlo, perché provava per lui una pietà sincera; spesso nei giorni antecedenti si era chiesto quali fossero le motivazioni che avevano spinto il figlio a comportarsi in quel modo, giungendo alla conclusione che anche Torkul in fondo era vittima degli errori paterni. Il figlio invece, agiva spinto solo dal livore e, convinto di sconfiggere facilmente l'avversario, si avventò furiosamente su Ascalon che, nel tentativo di difendersi, lo colpì inavvertitamente all'inguine lacerandogli l'arteria. Torkul si piegò sulle gambe e cadde riverso al suolo senza vita, il re allora, desiderando morire pure lui, s'inginocchiò disperato accanto al cadavere del figlio che aveva ripreso come per magia le antiche sembianze. Il cielo sembrò ascoltare il suo grido, tanto che apparvero subito all'orizzonte nubi scure e inquietanti, seguite da lampi sempre più minacciosi e pericolosamente vicini; si alzò poi un vento freddo che sollevò vortici di polvere tra gli innumerevoli cadaveri disseminati nella valle. Le stesse fondamenta di Ghenesia si sollevarono sdegnate dal profondo degli abissi, la superficie tremò tutta e fu scossa più volte. Si udì infine un gran boato, tanto che faticammo a rimanere in piedi e smettemmo di combattere, anche perché la paura aveva invaso i nostri cuori; molti fuggirono via da entrambe le parti. Era ormai chiaro che a momenti sarebbe accaduto qualcosa di sconvolgente, non trascorse molto infatti, che dal profondo del mare si levarono onde gigantesche alte decine di diacron con una spaventosa forza d'urto; investirono la terraferma spazzando via chiunque si opponesse, modificando per sempre l'aspetto del nostro continente. Intere vallate furono sommerse e in un batter d'occhio le loro popolazioni annientate, ma il peggio doveva ancora venire. La terra emersa sobbalzò come un ariete impazzito, il suolo fu lacerato da crepe profonde che lo divisero in due parti separate da un oceano di acque: a oriente la regione di Mudrùn attualmente sotto il controllo di Helgrund, a Occidente le terre di Avigar dove, per intenderci, ci troviamo noi. Il mondo non era più quello di prima; erano sorte nuove catene montuose, altre invece sparirono per sempre o cambiarono di aspetto. Ascalon fu trascinato di peso dai suoi fidi sulla cima di un alto colle e vide i flutti inondare la pianura portando via i cadaveri e annegando allo stesso tempo chi non era riuscito a fuggire; si narra che quelle furono le ultime immagini che rimasero impresse nei suoi occhi. La collera della natura adesso esigeva il suo prezzo, un fulmine cadde a pochi passi di distanza e il sovrano fu sbalzato via e se ne perse ogni traccia...»

Aumar abbassò il capo tristemente lasciando cadere il silenzio sulla stanza, Roskar allora si alzò e scese al piano di sotto fiutando l'aria.

Allora Gherson prese coraggio e domandò: «Poi? Che cosa accadde da allora?»

Aumar continuò in un filo di voce: «Tutto questo avvenne molto tempo fa... come ti ho detto, Ascalon svanì nel nulla e di lui ne rimase solo il triste ricordo. Gran parte degli esseri viventi non sopravvisse a quegli sconvolgimenti, alcune specie si estinsero e vivono ormai solo nei nostri ricordi, altre s'indebolirono senza più riprendersi; dei Sarmaian, ad esempio, si sa poco o nulla, ogni tanto c'è chi giura di averne scorto qualcuno ma di fatto è da tempo che non si incontrano più. I sopravvissuti decisero di vivere ognuno per conto proprio, poiché la sfiducia regnava nei loro cuori; troppe discordie, troppi rancori, troppe differenze di pensiero impedivano qualsiasi tentativo d'intesa. Ancor più grave era l'ostilità che gli elementi naturali provavano nei confronti degli esseri viventi; solo il tempo e la pazienza di alcuni riuscirono a ricucire in parte questo rapporto.»

Aumar si alzò e si accostò alla parete toccando il Daiandros con la mano; per alcuni istanti le due creature sembrarono fondersi e l'Elvain cambiò aspetto rasserenandosi, come se nuova linfa scorresse nelle sue vene, quindi tornò a sedersi.

«Terminò così la prima era su Ghenesia. Sei stanco Gherson?»

«No di certo! Continua pure.» rispose lui.

Aumar riordinò un attimo le idee e poi riprese: «Senza che ti racconti in modo particolareggiato tutto quello che accadde in seguito, sappi solo che i superstiti cominciarono a ripopolare lentamente il mondo conosciuto. Una parte degli Elvaian rimase a Sivarin, dove tuttora vive Uveron il loro re, altri invece decisero di trasferirsi altrove. Alcuni ad esempio, raggiunsero le coste e qui fondarono varie città, la più importante delle quali è Sicron, famosa per il suo porto; divennero un popolo di marinai, abili costruttori d'imbarcazioni e il loro spirito di avventura li condusse alla scoperta di nuove terre sconosciute dove fondarono diverse colonie. Con il tempo anche il loro aspetto cambiò; la pelle si scurì così come la loro chioma e oggi vengono chiamati Feleraian, i senza pace. I Tindainuin invece emigrarono in una valle di origine vulcanica circondata dal mare e collegata al continente solamente da una sottilissima lingua di terra; continuarono a vivere per conto loro, anche se in seguito furono raggiunti da alcuni Elvaian che desideravano condividerne la stessa sorte. Sulle alte vette dei monti Elderrim abitano i Cardaian, i signori del cielo insieme ai loro Woikain, le grandi aquile: fieri e orgogliosi volano fra le nuvole, da sempre incuranti di quanto accada sul resto di Ghenesia. I centauri invece puoi vederli scorrazzare tra le pianure del Noren e le montagne. Nell'arcipelago di Salavar risiedono i Mikeraian, il popolo del mare; sono così chiamati perché in grado di vivere sia all'aria aperta che sott'acqua. Anche i Mavourg però ebbero modo di riprendersi; Helgrund il loro nuovo comandante, cercò più volte di conquistare Avigar, dando inizio a un periodo di guerre sanguinose che durarono a lungo causando nuovi lutti e dolori indicibili. In quegli anni però accadde anche un altro evento rimarchevole: Valdor aveva terminato di costruire la sua roccaforte. Leiksar Karim era rimasta incredibilmente illesa dagli sconvolgimenti geografici di cui ti ho parlato senza subire danni, ma adesso si affacciava su un costone roccioso a strapiombo sul mare, ancorata alla parete della montagna. Abitavano con lui altri studiosi, con il compito di tramandare le conoscenze apprese alle generazioni future; compilavano senza posa trattati da consultare e aggiornare di volta in volta. La loro occupazione principale tuttavia era quella di vegliare a turno il Libro della Vita leggendolo e scrutandolo quotidianamente, perché da ciò sarebbe dipesa la salvezza stessa di Avigar. Sbaglio o prima mi hai accennato che ne esiste uno identico anche su Arvhèia?»

Gherson annuì.

Aumar riprese a parlare: «Mi hai anche riferito di averlo aperto e di aver visto plasmarsi davanti ai tuoi occhi immagini di eventi passati o di un futuro possibile; in realtà questa è una delle sue caratteristiche ma non l'unica: ogni volta che qualcuno pronuncia le parole di Einemos, queste si disperdono nell'aria per essere colte da tutti gli organismi viventi. È difficile spiegarlo, ma è come se tutta la creazione si nutrisse di quei vocaboli; essi svelano a ognuno il senso profondo della propria esistenza e allo stesso tempo creano una barriera magica invisibile chiamata Ilvàren, che separa Avigar da Mudrùn impedendo ai Mavourg di accedere alle nostre terre. Non oso neanche immaginare cosa potrebbe accadere, se Ilvàren dovesse un giorno venir meno...»

Terminò la frase sospirando e abbassò il capo reggendosi la fronte con la mano.

Gherson, pensieroso, avvicinò le sue al mento. «Suppongo che in quei testi si parli anche di me...»

«In quelle pagine c'è la vita di tutti noi, anche la tua, se è questo che vuoi sapere.» rispose Aumar.

Gherson appariva davvero intrigato da quei discorsi. «Mi sono sempre chiesto come sia possibile...»

Aumar non si espresse subito e Gherson comprese che il vecchio lo stava studiando per sincerarsi se potesse fidarsi di lui.

Solo dopo alcuni istanti l'Elvain soggiunse: «Le parole del Libro della Vita, se hai notato, non sono separate tra loro ma unite le une alle altre. A una prima lettura superficiale tu comprendi solo ciò che vedi e che comunque ha un significato preciso, perché davanti agli occhi si compongono frasi di senso compiuto; c'è però un'altra maniera, anzi altri infiniti modi di interpretare quel testo. Se tu applichi alle lettere determinate progressioni matematiche, si plasmeranno nuove frasi che hanno sempre attinenza con la nostra vita e con quella di ogni vivente, comprendi ora? Einemos è un codice, anzi molto di più: è il modo attraverso cui l'Altissimo ci parla e si fa presente tra noi. Esistono infinite formule per svelarne il contenuto, una per ogni persona; questo è il motivo per cui Valdor e i suoi discepoli costruirono una dimora degna di un re: in quel luogo si fa presente la parola dell'Unico!»

Vi furono attimi di silenzio carichi di riflessioni.

«In tutti quegli anni Valdor ebbe modo di trasmettere agli allievi parte delle sue conoscenze, ma quando comprese che il suo tempo su Ghenesia stava volgendo al termine, scelse un successore che continuasse la sua opera; poi un bel giorno svanì nel nulla e di lui non si ebbe più notizia: oggi chi porta il suo fardello è un Elvain di nome Luvomir.»

Gherson continuava a non dir nulla.

«Che hai? Forse non credi alle mie parole?» Domandò Aumar.

«Ti credo, oh se ti credo... anzi ne sono sbalordito! In realtà più cammino lungo il sentiero della vita, più scopro di non aver compreso nulla fino a oggi. Quante verità mi sono ancora sconosciute...»

Aumar respirò profondamente. «È proprio così... anch'io sono ormai giunto a questa conclusione; come può pretendere una creatura di racchiudere nella sua mente il disegno che sottende l'universo intero? Solo un folle può permettersi un'ambizione così smisurata.»

«Questo mondo è pieno di folli che ogni giorno vogliono cambiare il loro destino e quello degli altri in base ai propri interessi...» sorrise il principe con amarezza.

«Già, è proprio così... è proprio un mondo pieno di pazzi.» ridacchiò Aumar.

Poi all'improvviso il vecchio si dette un colpetto in testa con la mano ed esclamò: «Il primo sono proprio io! Ti avevo invitato qui per raccontarmi di te e invece ho parlato solo io annoiandoti con tutti questi discorsi... mi sono proprio rimbambito.»

«Non mi hai annoiato, anzi come ti ho detto, sei stato di grande aiuto; se non altro, ora ho le idee un po' più chiare.» replicò Gherson.

La curiosità di Aumar però non aveva limiti e così l'anziano riprese: «Adesso narrami di te, figlio dell'uomo, soprattutto sono curioso di sapere perché indossi quest'armatura; è di ottima fattura e, se ben ricordo l'ho già vista in passato. Mmm... addosso a una creatura alata.» accostò la mano al mento pensieroso.

«Forse il tempo ha distorto i miei ricordi, giovane mortale?»

Gherson si prese una pausa per riordinare le idee. Aumar gli aveva raccontato vicende a lui sconosciute che l'avevano aiutato a comprendere la storia di Ghenesia ma c'era dell'altro che ancora gli sfuggiva... Il vecchio non gli aveva rivelato tutto e anche questo era ovvio, non era possibile esporre eventi di centinaia di anni in così poco tempo. Aumar però aveva tenuto volutamente nascosto qualcosa d'importante che aveva a che fare con la sua stessa vita; perché gli era stato concesso di vivere così a lungo, ad esempio? Già, perché... Per il momento Gherson decise di soprassedere, sicuro che un po' alla volta anche le altre verità sarebbero venute a galla.

Il giovane allora alzò gli occhi e disse: «Hai ragione, quest'armatura non è mia, mi è stata donata da un mio antenato di nome Elaiar.»

Aumar scosse la testa e sospirò. «Dunque è proprio vero... tu sei il discendente dell'angelo sceso su Arvhèia? Non poteva essere altrimenti.»

Roskar comparve all'improvviso dietro le sue spalle e gli posò una zampa sulle cosce.

Aumar sorrise bonario e accarezzò la testa del felino. «Hai fame cucciolone, vero? Stai tranquillo, non mi ero dimenticato di te.»

Poi si rivolse di nuovo a Gherson: «Spero non ti dispiaccia se scendiamo giù, penso proprio che avrai una lunga e interessante storia da raccontarmi e non è giusto iniziare un discorso per terminarlo a metà; mangiamo qualcosa all'aria aperta, avremo tutta la sera per ascoltare con calma le tue avventure.»

CAPITOLO II

Tornati all'aperto, Gherson si sedette accanto al Daiandros. Era ormai pomeriggio inoltrato, il sole stava completando il suo arco nel cielo e presto sarebbero calate le prime ombre della sera; si era alzata una piacevole brezza che aveva portato con sé un gradevole profumo di eucalipto. Aumar raccolse della legna secca e accese il fuoco in un piccolo forno di pietra poco distante, mentre Roskar lo seguiva come un'ombra. Gherson osservava interessato ogni movenza dell'Elvain, domandandosi come facesse a destreggiarsi così disinvolto nonostante avesse perso la vista; forse era la tigre a guidarlo, i due comunicavano senza dubbio tra loro, il problema era capire come. Di una cosa però l'Urwain si era ormai convinto, Aumar doveva essere una persona fuori del comune per la stessa Ghenesia.

Un po' alla volta ricomparvero tra le foglie quegli sguardi che li avevano accompagnati la mattina lungo il cammino, poi delle strane creature uscirono circospette dal bosco. Erano di aspetto femminile con occhi grandi e luminosi, ricoperte di fogliame, erba e muschio; la loro pelle olivastra era simile alla corteccia degli alberi, mentre la chioma riproduceva nelle infinite sfumature i colori delle fronde nel susseguirsi delle stagioni: una piacevole flagranza di rose permeava ora tutta la radura.

Una di loro si avvicinò a Gherson, sfiorando con i piedi nudi l'erba del prato e lo accarezzò; subito l'Urwain avvertì una strana energia diffondersi nel suo corpo e ne provò piacere.

«Chi siete?» Domandò ancora confuso.

«Siamo spiriti dei boschi.» sussurrò la creatura con voce incantevole. Il suo volto, dai lineamenti perfetti, era tuttavia velato da un alone di tristezza.

«Siete tantissime...» riprese Gherson quasi bisbigliando, mentre guardava tutti quegli occhi luccicanti di curiosità che lo fissavano.

«Sì, e ci chiamano Maidaian; siamo belle, più belle e appassionate delle sinuose Elvaian ma più fragili degli angeli... anche noi, infatti, siamo inesorabilmente portate via dal tempo.»

Mentre parlava, la Maidain arrotolò con un dito una ciocca dei suoi capelli riccioluti che le coprivano le spalle come un manto.

«Tu chi sei, straniero?» Chiese infine la magica creatura.

«Il mio nome è Gherson e vengo da un paese lontano.»

«Tu sei un figlio dell'uomo, vero? Raccontaci di te!»

Era una seconda Maidain dal viso gioviale a parlare ma, subito imbarazzata, accostò la mano alla bocca per timore di aver detto qualcosa di troppo; in effetti, le sue compagne la fissarono contrariate.

Il giovane le sorrise e appoggiò la schiena contro il Daiandros, mentre Aumar estrasse una pipa da una tasca e la accese, immerso in chissà quali misteriose riflessioni; poco alla volta il fumo sparse nell'aria un gustoso aroma di tabacco alla vaniglia.

Gherson alzò un attimo il capo e fece mente locale, poi cominciò a narrare la storia della sua vita quasi fosse una favola; le altre Maidaian si avvicinarono interessate, sedendosi intorno e ascoltandolo rapite.

Il sole ormai tramontato aveva lasciato il posto alle prime stelle che, svegliatesi dal loro letargo, avrebbero presto illuminato il firmamento come diamanti.

Quando Gherson ebbe concluso il racconto, alcune Maidaian dallo sguardo sognante intonarono delle dolci melodie con flauti e cetre, rallegrando l'ambiente con le loro armonie; altre si alzarono e, acceso un fuoco con della sterpaglia, iniziarono a danzarvi intorno muovendosi leggiadre.

La prima ninfa che l'aveva avvicinato si sedette al suo fianco; i suoi occhi viola lo fissavano intensamente, tanto che Gherson ne fu quasi turbato.

«Non hai paura di noi?» Gli sussurrò.

Lui negò scuotendo la testa senza riuscire a pronunciare neanche una sillaba, paonazzo in viso per l'imbarazzo.

«Neanche della nostra magia?» Proseguì l'altra.

Gherson negò di nuovo, anche se questa volta meno convinto.

Lei continuava a scrutarlo. «Fai male... almeno quella dovresti temerla.»

"Mi sta leggendo nella mente anche lei o vorrà ipnotizzarmi?" Considerò Gherson. Cercò allora di distogliere gli occhi da quelli della Maidain ma non vi riuscì.

«Come ti chiami?» Le chiese infine, titubante.

Lei sorrise di rimando. «Aìsian è il mio nome.» poi lasciò scivolare la sua mano sul volto di Gherson e l'accarezzò.

«Riposa ora.» gli sussurrò soavemente.

Il giovane si rilassò quasi subito. "Mi ha sfiorato come faceva mia madre prima di addormentarmi..." Fantasticò tra sé e infine, dimentico delle sue preoccupazioni, si assopì tra le braccia della sconosciuta.

Aumar allora invitò le Maidaian ad allontanarsi e a tornare alle loro dimore nella foresta; quelle obbedirono subito e, spento il falò, svanirono nel bosco in rispettoso silenzio, lasciando scemare il loro dolce canto nei meandri della selva.

E Gherson fece un sogno...

Si trovava in un luogo angusto, umido, dalle pareti ruvide, e scorse un giovane alto dai capelli lunghi dorati con gli occhi di un blu intenso, che seduto accarezzava dolcemente il capo di un bimbo addormentato sulle sue ginocchia. Gherson guardò meglio e un brivido gli percorse le ossa, quel piccolo era suo figlio!

«Elazar!» Gridò allora nel sonno.

Il misterioso giovane si voltò verso di lui e lo fissò; le paure di Gherson cessarono all'istante.

«Non temere, non aver paura per tuo figlio...» la sua voce era armoniosa, simile al canto di Ierax, «...Presto lo rivedrai, ma non è ancora il momento; abbi pazienza, fra non molto ti sarà svelato tutto, per ora fidati di me! Veglierò io su Elazar e lo proteggerò da ogni male.»

Gherson si agitava nel sonno, muovendosi in modo confuso. «Qual è il tuo nome? Dimmi chi sei! Dimmi che è tutto vero e non un sogno.»

Aumar era lì accanto insieme a Roskar e l'osservava senza battere ciglio.

«Mishael.» rispose lui e quel nome pervase l'animo di Gherson come un balsamo; solo allora le sue membra si rilassarono. «Al momento opportuno Orhel verrà a cercarti per indicarti dov'è nascosto tuo figlio.»

Infine la visione divenne sempre più sfocata e svanì.

Gherson si svegliò tutto trafelato portando le mani avanti, come se volesse afferrare qualcosa.

«Elazar! Elazar!» Gridò Gherson con la chioma intrisa di sudore freddo.

Di fronte però, trovò solo la sagoma di Aumar. «Che cosa ti turba, ragazzo? Hai avuto delle visioni? Vuoi condividere con me le tue ansie?»

L'altro respirò profondamente e abbassò il capo, il cuore batteva ancora forte nel petto.

Aumar si accostò a una robusta quercia poggiandovi la schiena; la sua pipa liberava ancora una tenue scia di fumo. «Il canto delle Maidaian è dolce e melodioso, rilassa la mente ma può anche rivelare segreti che turbano gli animi; non aver timore giovane principe, forse parlarne allevierà le tue angosce.»

Gherson, con le mani aperte appoggiate sulle ginocchia, narrò il sogno cercando di mantenere la calma.

«Mishael, hai detto?» Domandò Aumar quando l'altro ebbe terminato il racconto.

Gherson alzò gli occhi verso di lui, annuendo.

«Se questi sono i fatti, siamo davvero testimoni di eventi straordinari... non sai proprio chi è Mishael?»

Gherson negò scuotendo il capo.

Aumar a bassa voce soggiunse: «È uno degli spiriti celesti, il più valoroso sin dai tempi della creazione e la sua presenza qui ha un solo significato; sta per accadere qualcosa di eccezionale.»

Gherson ebbe un fremito e s'irrigidì: «Perché dici qui? Stai forse asserendo che Malion si trova su Ghenesia?»

L'Elvain portò la mano al mento, pensieroso. «Per quanto ne sappia Malion abita coi suoi servi tra i ghiacci eterni, lassù nel Noren di Mudrùn.»

Gherson d'impeto si alzò in piedi. «Devo andarci subito!»

Aumar posò un braccio sulla spalla dell'Urwain per rabbonirlo. «Calmati, non essere impulsivo, nessuno di noi può raggiungere quei luoghi; la barriera... ricordi quel che ti ho raccontato? Ilvàren non ti permetterà mai di attraversarla; poi credi davvero di sconfiggere quella strega? Anche se l'hai ferita, rimane sempre più forte di te, è più astuta e non ha pietà di nessuno.»

«Proprio per questo devo andare, mio figlio è nelle sue mani!» Replicò Gherson alzando il tono della voce.

Aumar rispose bonario: «Ancora non hai compreso? Se Mishael è con lui, non ti devi preoccupare, Elazar è al sicuro tra le sue braccia, molto più di quanto tu possa immaginare.»

Gherson si sedette di nuovo accanto al Daiandros, reggendosi la testa con le mani e scuotendo il capo sconsolato. «Come fai a esser certo che la visione dica il vero e non sia frutto della mia fantasia?»

Aumar lo interruppe subito: «Le visioni delle Maidaian non mentono mai! Inoltre, mi hai accennato anche un altro nome o sbaglio?»

«Orhel...» bisbigliò Gherson, cercando di rivivere il sogno nella sua mente.

Aumar aveva gli occhi sbarrati, fissi nel vuoto. «Su Ghenesia esiste una sola creatura chiamata così, Orhel la signora delle fate; sai, anch'io non la incontro da molto tempo...»

Gherson si domandò se stesse ancora sognando e si diede un pizzico.

"Si, sono sveglio!" Considerò poi tra sé.

L'Elvain ne intuì i pensieri. «Comprendo che per te è difficile accettare tutto questo, sei qui da neanche un giorno... Ghenesia non segue le tue regole, però se ci rifletti un momento, capirai che è tutto meno complicato di come sembri. Immagino che anche su Arvhèia la realtà non seguisse sempre le tue aspirazioni, qui è identico, quindi accetta la vita per come viene.»

Gherson era perplesso. "No! Non ci riuscirò mai." pensò.

«Non credo proprio! Ho fiducia in te, più di quanta ne abbia tu in te stesso. Qualcuno sopra di noi ha disposto la tua venuta.» rispose Aumar.

Gherson rimase a bocca aperta; non si poteva proprio nascondergli niente, leggeva la sua anima come fosse la pagina aperta di un libro.

Il vecchio non parlò più, lasciando che intorno calasse la quiete, mentre i loro corpi adesso erano illuminati dai raggi della luna.

«Come troverò Orhel?» Sospirò infine Gherson.

«Non è un tuo problema, sarà lei a farsi trovare al momento opportuno.»

~ 52 ~

CAPITOLO III

Più a Soren, in quello stesso momento, una leggera brezza accarezzava il viso di Luvomir a Leiksar Karim. Si era svegliato di soprassalto poco prima con un tremito lungo la schiena e la mente ottenebrata da oscuri pensieri; levatosi dal suo giaciglio, era salito al terrazzamento più alto della rocca appoggiandosi al parapetto merlato. I suoi occhi fissavano preoccupati l'orizzonte, là dove il buio della notte si confondeva con le onde del mare, mentre i capelli scuri scivolando lungo le spalle, nascondevano parte della tunica che indossava.

Da alcuni giorni ormai le pagine del Libro della Vita non facevano altro che evocare uno stuolo di nubi dense e tenebrose, che in breve avrebbero oscurato Avigar soffocando ogni forma di vita; persino i suoi discepoli avevano ricevuto i medesimi ammonimenti! Luvomir pertanto era pressoché certo che una serie di eventi drammatici, a lui purtroppo ancora ignoti, avrebbe ben presto stravolto l'ordine prestabilito e che Ghenesia sarebbe cambiata attraversando una fase critica forse senza precedenti; la visione per fortuna terminava sempre allo stesso modo, una nuova radiosa alba avrebbe dissipato le ombre della notte. Tuttavia più ci rimuginava, più Luvomir stentava a immaginare i possibili scenari di quel futuro misterioso; il Libro infatti, non aveva chiarito alcun aspetto in merito e quindi l'Elvain era molto turbato: probabilmente però era colpa sua, perché non aveva afferrato in modo esatto quegli avvertimenti. Come se non bastasse, c'era anche la questione di Naivàra ad angustiarlo. La giovane Tindainun era giunta alcuni anni prima a Leiksar Karim chiedendo di esservi ammessa come novizia; di lei non si sapeva un granché, la ragazza infatti, si era sempre mostrata restia a parlare del suo passato. Di sicuro aveva perso il fratello in circostanze misteriose che l'avevano profondamente segnata, ma Luvomir era convinto che Naivàra avesse patito anche per altri motivi; aveva un carattere difficile e non amava stare in compagnia. In tutto quel tempo però, la giovane non aveva mai creato problemi, anzi si era sempre distinta per intuito e audacia; alcuni mesi prima però era improvvisamente fuggita senza un valido motivo e solo di recente Luvomir aveva appreso che era tornata tra la sua gente. Nessuno era mai stato costretto a rimanere a Leiksar Karim controvoglia ma allontanarsi così... Aveva sbagliato lui in qualcosa? Oppure, quale grave motivo l'aveva indotta ad allontanarsi? Possibile che nessuno si fosse accorto di nulla? Provò una gran nostalgia per Valdor, quanto mancava la sua presenza...

La verità era che Luvomir non si riteneva degno del compito assegnatoli; troppi dubbi, troppe preoccupazioni, troppe incertezze.

Un'ultima circostanza l'aveva poi del tutto sconvolto; alcune sere prima, scrutando gli astri, aveva scorto un insolito allineamento di alcuni corpi celesti e Mehrit, la stella più luminosa della costellazione di Aldeivar, era apparsa più splendente del solito. Consapevole che la volontà di Yrshar potesse palesarsi anche attraverso eventi naturali, era subito andato a rileggere i vecchi appunti di Valdor e il suo stupore fu grande quando apprese che quella congiuntura lasciava presagire il ritorno dell'uomo su Ghenesia; da allora si era rinchiuso nella sua camera, non sapendo più cosa pensare.

Sua sorella Arjan aveva cercato di confidarsi con lui ma Luvomir l'aveva congedata sbrigativamente per non darle preoccupazioni, dato che le voleva troppo bene; entrambi erano Elvaian di sangue reale e sin da piccoli avevano deciso di lasciare Sivarin per intraprendere una vita contemplativa. Non fu tuttavia una scelta facile a causa delle critiche di parenti e amici che cercarono in ogni modo di farli recedere dalle loro intenzioni; per non parlare poi degli eventi drammatici che lui dovette affrontare in seguito e che stravolsero completamente la sua esistenza... ricordi di un tempo che fu. Quanti anni erano ormai trascorsi, troppi anche da contare.

Si voltò allora alla sua destra cercando di visualizzare il sentiero ondulato che costeggiando i ripidi pendii delle vette, raggiungeva l'ingresso della dimora. Le tenebre continuavano ad avvolgere Luvomir con la loro quiete indecifrabile e non si percepivano rumori sospetti; se invece tutti quei timori si fossero rivelati infondati? Decise allora di entrare nell'immenso salone centrale, attraversò il piazzale e schiuse la porta d'oro che dava accesso al colonnato; scese alcuni scalini e calcò il marmo azzurro del pavimento.

Ganthor, un giovane Cardain, stava scrutando il Libro della Vita poco distante; alla vista del maestro, alzò il viso perplesso. «Perché sei qui mio signore? Non è il tuo turno...»

Luvomir rispose di rimando: «Ci sono novità?»

L'altro però negò scuotendo il capo.

«Vai a letto, riposati, veglierò io questa notte.» soggiunse Luvomir.

Ganthor obbedì e si allontanò in silenzio. Luvomir allora prese a leggere le pagine di Einemos ed ecco che davanti ai suoi occhi si materializzarono immagini di violenza proprio all'interno di Leiksar Karim; i suoi discepoli erano tutti morti, riversi nel loro sangue.

D'istinto chiuse il libro con sgomento.

"È davvero inevitabile, mio Dio? È proprio necessario?!" Ripeteva sgomento tra sé.

Lacrime di disperazione gli rigavano il volto e l'aria venne meno; allora uscì di nuovo all'aperto perché aveva bisogno di respirare.

Strinse forte i pugni guardando l'orizzonte, quand'ecco un cupo calpestio di passi proprio dietro di lui. Non si voltò e rabbrividì fin dentro le ossa; allora era tutto vero... Quello che aveva intravisto stava per avverarsi.

L'ombra, avvolta in un mantello scuro, sogghignò.

«Chi sei?» Domandò Luvomir.

«Come, non mi riconosci?»

Quella voce... Luvomir era costernato. «Non è possibile! Che ci fai qui?»

«Come!? Tutta una vita trascorsa a studiare non ti ha aperto la mente alla verità dei fatti?» Stigmatizzò lo sconosciuto in tono sprezzante.

«Chi ti ha mandato?» Lo incalzò Luvomir senza però ottenere risposta.

Vi furono attimi di silenzio, poi Luvomir, sempre voltato di schiena, riprese con un filo di voce: «Ti rendi conto delle conseguenze del tuo operato?»

«Il mio compito è eseguire gli ordini, mi è stato assicurato che da questa missione dipende la salvezza di noi Elvaian.»

«Uccidere non è mai una scelta giusta.» obiettò sconsolato Luvomir.

«Forse è come affermi tu, ma talvolta è inevitabile.» fu la secca risposta.

Luvomir si girò verso lo straniero in un ultimo disperato tentativo di farlo recedere dal suo intento. «Che cosa ti spinge veramente? Non puoi assassinare impunemente persone innocenti che non ti hanno fatto alcun male.»

Lo sconosciuto non riuscì a reggere il suo sguardo e abbassò il volto.

«Dunque è così...» riprese Luvomir rassegnato. «... Dunque l'insensata passione per quella donna ti ha obnubilato del tutto la mente? Non ti accorgi che sei diventato un burattino nelle sue mani?»

L'altro però non obiettò nulla.

«Stai attento! Anch'io in passato ho provato per lei un intenso sentimento.»

Gli occhi dello sconosciuto brillarono. «Stento a crederlo... un povero barbagianni come te?»

Luvomir si avvicinò e lo implorò con voce tremante: «Per l'ultima volta, ritorna sui tuoi passi, ciò che stai per compiere è orribile! Avrai sulla coscienza non solo la nostra morte ma anche quella di un'infinità di persone! Che diranno di te un domani?»

L'altro lo guardò ironico. «Proprio un bel nulla! Credi davvero che sarò accusato di qualche crimine? Mi è giunta voce che uno straniero dovrebbe presto giungere su Ghenesia, forse è già arrivato; ne sai qualcosa, tu che passi il tempo a scrutare profezie prive di fondamento?»

Luvomir tremò di rabbia. «Tu sei pazzo! Volete incolpare il prescelto delle vostre malefatte? Non vi rendete conto dell'enorme sbaglio che state per compiere. Lasciate stare quell'uomo o ne ricaverete solo guai!»

Lo sconosciuto lo scansò a muso duro. «È troppo tardi ormai.»

Si udirono dei passi e comparvero dal nulla altri due individui nei loro grigi mantelli, trascinavano sul piazzale un corpo senza vita.

«Arjan! Arjan!»

L'urlo disperato di Luvomir echeggiò tra le cime, mentre si gettava sul corpo della sorella prendendola tra le braccia.

«Che ti hanno fatto... che cosa ti hanno fatto!»

Purtroppo Arjan non poteva rispondere, un rivolo cremisi fuoriusciva dalla bocca e il suo vestito era inzuppato di sangue raggrumato, doveva essere stata pugnalata più volte.

Le lacrime velarono gli occhi del fratello mentre gli altri tre in piedi sembravano statue di pietra; allora Luvomir fu colto da un raptus, poggiò a terra il cadavere della sorella e si scagliò contro di loro.

«Maledetti, maledetti!» Gridò.

Il primo Elvain però, afferrato il coltello, glielo conficcò nel ventre. Luvomir ansimò mentre l'assassino si divertiva a rigirare il pugnale nella ferita. «Hai la pelle dura... ma alla fine creperai come tutti gli altri.»

Il poveretto cadde sulle ginocchia con le mani intrise del suo sangue caldo.

«Andiamo ora!» Ordinò l'omicida ai suoi degni compari dopo aver sferrato un calcio a Luvomir ormai morente.

«Completate l'opera! Fatevi aiutare dai vostri compagni e uccideteli tutti! Nessuno deve rimanere vivo, nessuno!»

Detto questo, si diresse all'interno del salone, agguantò una lampada a olio e la gettò a terra dando tutto alle fiamme.

Luvomir nel frattempo si era rialzato ed entrò anche lui barcollando; cercava di raggiungere il Libro della Vita ormai lambito dalle fiamme in un ultimo quanto vano tentativo di portarlo in salvo: lo sconosciuto però, gli sferrò un calcio all'addome e Luvomir si accasciò sul pavimento, questa volta per sempre.

Un'ombra nascosta dietro una colonna aveva assistito impotente a tutta la scena e un attimo dopo scomparve silenziosa nel vento, divenuto improvvisamente gelido come la morte; un Videar era riuscito a sfuggire a quell'orribile massacro.

«Chiamatemi Vrakur!» L'urlo terrificante risuonò

nell'immenso antro di basalto e fu subito seguito da un tonfo cupo che scosse le fondamenta stesse della montagna, udendosi anche a lunga distanza. Chiunque si trovasse nei paraggi fuggì via nascondendosi in ogni più piccolo anfratto e di posti dove rintanarsi ve ne erano a bizzeffe in quella sconfinata landa desolata nel bel mezzo di Mudrùn. Il territorio infatti era arido e sassoso, di un grigio monotono con rare ondulazioni cromatiche simili a tende mosse dal vento, probabile frutto d'inondazioni avvenute in epoche passate; gli altipiani di Dumbar, così erano chiamati, contraddistinti da gole irregolari e frastagliate che si estendevano a perdita d'occhio per centinaia di leghe e che in alcuni tratti potevano raggiungere profondità inaudite. In quelle lande desolate gli unici corsi d'acqua erano sparuti rigagnoli che scorrevano all'interno dei canaloni più profondi riprendendo vigore solo durante la breve stagione delle piogge. Le temperature erano elevate di giorno, per scendere poi bruscamente durante la notte. In lontananza un vulcano stava ora rumoreggiando e il cielo si era coperto di nubi scure e di polvere.

Helgrund aveva appena scagliato un enorme martello contro la parete e ovunque erano sparsi a terra frammenti di pietra. Il demone alto più di un diacron era visibilmente nervoso; di aspetto corpulento, aveva il volto grintoso con due imponenti corna taurine rivolte in avanti, gli occhi erano infossati nelle orbite e la cute color vermiglio era ricoperta di una folta peluria. Camminava senza posa avanti e indietro con la testa carica di preoccupazioni, almeno questa fu l'opinione di Vrakur quando entrò silenzioso nella grotta strascicando la coda. Costui era un enorme Nuràrgh, una delle creature più terrificanti di Ghenesia; il lungo corpo affusolato ricordava quello di un serpente, gli arti superiori avevano quattro lunghe dita con artigli acuminati ed erano tutte intercorse da un'esile membrana trasparente. Le sue ali avevano un'apertura di circa trenta diacron; la testa, dalla forma allungata, era sormontata da dieci corna e la mascella larga, circondata da possenti muscoli, conteneva formidabili denti aguzzi. Un esile fumo grigio gli usciva dalla bocca.

«Che cosssa di turba, mio sssignore?»

«Ci sono novità... grosse novità!» Ringhiò Helgrund.

Il Nuràrgh non rispose ma rimase in attesa abbassando il capo con lo sguardo fisso sul suo comandante.

«Il divieto è crollato questa notte, capisci?»

«Ne sssei certo?» Obiettò Vrakur aggrottando le ciglia.

Helgrund annuì scuotendo il capo.

«Allora Ghenesssia è nelle nossstre mani.» sibilò malevolo il Nuràrgh.

Helgrund con lo sguardo perso nel vuoto, continuò come se non stesse ascoltando. «C'è dell'altro... un uomo, lo straniero di cui parlava Darkos è giunto!»

Vrakur ruggì, mentre i suoi occhi brillarono improvvisamente di perfidia. «È mio! Dove sssi trova adessso?»

«Non lo so per certo, perciò ti ho chiamato: scovalo e portalo da me! Vivo o morto!» Urlò Helgrund digrignando i denti.

Due nuove scie di fumo grigio uscirono dalle narici del Nuràrgh. «Ho già un'idea in mente... è da troppo tempo che vago inoperosso sssenza far nulla; fidati di me, farò come mi hai ordinato.»

Un attimo dopo l'enorme rettile alato spiccò il volo perdendosi tra le nubi ceree.

«Chiamate tutti a raccolta! È finito il tempo di poltrire, dobbiamo mettere Avigar a ferro e fuoco!» Tuonò Helgrund rivolgendosi alle guardie impaurite e ancora nascoste dietro le colonne.

CAPITOLO IV

La mattina seguente Gherson si destò svegliato da un vento fastidioso. Il tempo era cambiato in modo brusco; il cielo, infatti, era coperto da nubi minacciose e la temperatura si era abbassata.

L'Urwain aveva dormito sereno tutta la notte appoggiato al Daiandros e avvolto nel suo mantello, ma quella repentina mutazione climatica suscitò in lui più di una preoccupazione; è vero, era appena giunto su Ghenesia e quel mondo gli era ancora sconosciuto, avvertiva però qualcosa di strano. Cercò Aumar senza trovarlo e anche questo non parve un buon segno.

Gli si avvicinò invece Ierax, pure lui rabbuiato. «Vieni con me, andiamo a perlustrare i dintorni dall'alto.»

Il compagno annuì e così entrambi si alzarono in volo. Gherson, a schiena ritta, cercava di memorizzare i luoghi ma tutto ciò che ravvisava sotto di lui era un'interminabile distesa di verde che ondeggiava sotto le folate di vento; di tanto in tanto qualche volatile si approssimava curioso seguendo la loro scia, per poi tornare subito dopo al suo stormo.

Più tardi scorsero un limpido laghetto ai margini di una radura e, invogliati, scesero giù in picchiata; il cinguettio dei fringuelli che svolazzavano spensierati era attutito dal fragore di un torrente che si gettava nello specchio d'acqua. Giunto a terra, Ierax, dopo essersi abbeverato, si posò su un'enorme roccia grigia lungo la riva; Gherson invece si guardò intorno nel timore di essere spiato: non vide nessuno ma aveva la netta sensazione che qualcuno lo stesse osservando.

"Forse è solo un'impressione..." pensò; dopotutto non erano luoghi familiari e aveva tutte le ragioni per sentirsi a disagio.

Quando ritenne che non vi fossero pericoli nelle vicinanze, raggiunse la sponda del lago e s'inginocchiò, accostando le mani all'acqua per dissetarsi; intravedeva il suo viso riflesso come in uno specchio e fu allora che tra le flebili onde circolari si materializzò l'immagine di Aìsian.

Gherson si girò di scatto ed ebbe la conferma che la Maidain era in piedi dietro di lui; aveva il corpo rivestito di foglie intrecciate fra loro che lasciavano scoperti gli arti e parte dell'addome, mentre i folti riccioli erano ornati di fiorellini azzurri. I due rimasero a guardarsi alcuni istanti e ancora una volta Gherson percepì nell'aria quel piacevole profumo di rose già respirato la sera precedente nel corso del loro primo incontro; allo stesso tempo però rimase turbato dallo sguardo malinconico di Aìsian.

Infine prese coraggio e disse: «È questa la tua dimora?»

«La mia dimora è ovunque.» dichiarò lei imperturbabile.

«Sei venuta a cercarmi o ti trovavi qui per caso?» Domandò Gherson in evidente imbarazzo, non sapendo proprio che altro chiedere in quel momento.

«Potrei risponderti con la stessa domanda.» replicò lei, accennando un debole sorriso.

"Mmm... come inizio niente male." considerò Gherson, quindi si alzò e fece alcuni passi in silenzio. «In realtà non sapevo che vivessi qui.»

«Qualcuno avrebbe potuto indicartelo.»

«Perché avrei dovuto cercarti?»

«Non lo so, dovresti spiegarmelo tu.» Aìsian impassibile socchiuse lievemente gli occhi.

La conversazione tra i due non accennava a sbloccarsi. Due piccoli viriun[15] dalle piume azzurre svolazzavano

---

15) uccellini

intorno alla Maidain; lei aprì il palmo della mano e ne accolse uno, poi sussurrò al minuscolo volatile alcune parole impercettibili e infine alitò su di lui. Questi alzò il capo e cinguettò tutto felice, allontanandosi infine insieme al suo compagno.

Gherson osservò la scena con interesse e alcuni istanti dopo domandò: «Se non sono indiscreto, potrei sapere che cosa gli hai detto?»

Lei sorrise. «Gli ho confidato di star tranquillo e di non chiamare nessuno in mio aiuto; non sei pericoloso come sembri... posso tranquillamente badarmela da sola.»

Gherson si strofinò la testa tutto imbarazzato. «Fa sempre piacere sapere che qualcuno ha fiducia in te, comunque per curiosità, chi sarebbe dovuto accorrere in tuo soccorso?»

Aìsian alzò la testa con lo sguardo rivolto verso le nubi. «Bah, non so... forse i giganti o i centauri, forse qualche altra strana creatura.»

«Ah sì, certo...» Gherson annuì un po' perplesso, poi prese coraggio e le domandò: «Puoi rivelarmi chi è Aumar? Posso fidarmi di lui? Sono qui da poco e non conosco che voi.»

Aìsian lo squadrò con fare inquisitorio. «Perché me lo chiedi? Ti fidi a tal punto di me?»

L'Urwain non replicò, la considerazione della Maidain infatti era più che legittima.

Lei invece continuò a parlare con calma: «È un Elvain, non te l'ha detto? Vuoi sapere se puoi fidarti di lui? Di sicuro un tempo ti avrebbe ucciso subito senza pensarci due volte, solo all'idea che tu fossi un uomo; se non l'ha fatto, ha le sue buone ragioni. Questo è un mondo pericoloso, Gherson, un mondo dove in passato le creature vivevano in armonia e purtroppo non è più così. Ghenesia ha subìto ferite profonde, già fra noi siamo guardinghi e sospettosi, figuriamoci poi nei confronti di uno straniero, umano per giunta... devi stare attento! Non fidarti di nessuno, neanche di me!»

«Perché dici così?» Ribatté lui sconsolato.

«Perché è la verità. Tu sei stato scelto per un compito ben preciso, riportare la pace e l'accordo tra le genti, almeno a quanto si narra... ti pare poco? Non tutti però la pensano allo stesso modo; su Ghenesia, come nel tuo mondo immagino, vi sono abitudini ormai consolidate e forse qualcuno potrebbe non condividere questi cambiamenti, perché spesso le novità incutono timore. Ha senso rischiare, quando le nostre sicurezze già ci soddisfano? Per molti sarai un intruso, un inopportuno guastafeste.»

«Per te invece chi sono?» Domandò allora lui con un pizzico di curiosità.

«Una persona sacra!» Rispose lei d'istinto, quindi, dopo una pausa di riflessione, continuò: «Come lo è ognuno di noi in virtù del fatto stesso di esistere. Noi abbiamo bisogno di te perché desideriamo la pace ma questo non significa nulla, perché la paura della morte può mutare le nostre intenzioni nel momento del pericolo. Per questo ti consiglio di stare attento, molti cercheranno di usarti per i loro scopi fingendo di esserti amici, ma non sempre le situazioni sono come sembrano, col tempo potrebbero mostrarsi ben diverse; altri invece proveranno a ucciderti fin da subito.»

«Se non posso fidarmi di nessuno, come potrò aiutarvi?» Riprese Gherson sempre più scoraggiato.

Aìsian si intrattenne a riflettere, quindi dopo averlo indagato a lungo, spostò lo sguardo in alto esaminando preoccupata il cielo uggioso. «Ascolta Aumar! Lui più di tutti ha bisogno di te. Adesso non posso spiegartene il motivo, ma sono convinta che avrai presto una risposta ai tuoi dubbi, devi solo aver pazienza... segui i suoi consigli per cominciare.»

Tra i due calò il silenzio e Gherson rabbrividì a causa del vento sempre più fastidioso.

A quel punto fu Aìsian a esortarlo: «Ora vai figlio dell'uomo, non ti accorgi che anche la natura è in subbuglio? Questo non è più il tempo delle parole.»

Ierax, che fino a quel momento aveva assistito in silenzio accovacciato sulla roccia, alzò il capo. «La Maidain ha ragione, dobbiamo andare, forse Aumar è tornato e si starà preoccupando per noi.»

Gherson assentì e si appressò all'Aldeivar che nel frattempo era planato al suo fianco.

Aìsian sorrise e salutò entrambi: «Arrivederci figlio dell'uomo, sono certa che ci incontreremo ancora e tu Ierax, veglia su di lui come fossi la sua ombra.»

Con un solo balzo i due volarono via, mentre la Maidain li guardava allontanarsi tra le nubi sempre più dense, quindi si voltò dietro le spalle e domandò: «Tu che dici? Ci sarà da fidarsi?»

Allora si udì un frastuono e all'improvviso un Ardirock si materializzò dal masso su cui era posato Ierax, come destato dal letargo: era alto almeno due diacron, tutto di pietra, rivestito qua e là da ciuffi di muschio; aveva tre occhi, quello al centro proprio sopra l'enorme naso.

Questi rispose con voce aspra, grattandosi via la terra dalla bocca: «Umani... bah... mi sembra un po' flaccido. Hhhmmmrrr... come del resto tutta la sua razza.»

I due erano ancora in volo, quando udirono un forte boato provenire dal basso, subito seguito da un intenso fumo grigio che saliva al cielo.

«Che altro starà mai accadendo?» Domandò Gherson

indicando alla loro destra il luogo dell'esplosione.

Ierax ebbe un sussulto e virò immediatamente in quella direzione.

In men che non si dica si trovarono ai margini di una radura attorniata da uno stuolo di faggi, nei pressi di un dirupo dalle aspre pareti che si continuava a perdita d'occhio fin quasi all'orizzonte. Dall'alto si aveva la netta sensazione che la terra avesse subito una profonda spaccatura e che uno dei lembi interessati fosse franato, creando un dislivello di parecchi diacron.

"Che siano le conseguenze di quel famoso terremoto descrittomi da Aumar?" Rifletté Gherson.

Facendosi strada nel fumo, scorsero infine le figure di Aumar e di Roskar nei pressi di un minuscolo cratere che esalava un odore acre di bruciato.

Una volta al suolo Gherson brandì Altair e corse subito da Aumar con il volto in parte annerito. «Che ti è successo?»

«Nulla, nulla di grave, stai tranquillo...» ribatté l'altro.

«Che magia è mai questa?» Domandò Gherson con gli occhi spiritati.

«Nulla di grave... stai tranquillo! Sono stato io.» ribadì Aumar di nuovo, portando le mani ai fianchi con l'espressione preoccupata in volto.

Gherson continuava a fissarlo esterrefatto, per niente convinto dalle sue parole.

Aumar allora si sedette vicino a un masso, mentre Roskar si accoccolò ai suoi piedi lasciandosi accarezzare il pelo dall'Elvain. «Vedi Gherson, tu definisci magici i fatti che non comprendi e questo accade perché i tuoi sensi ti consentono di conoscere solo alcuni aspetti della realtà che ti circonda, ma non ti permettono di afferrarne completamente l'essenza.»

Il giovane continuava a guardarlo sempre più smarrito.

«Vieni accanto a me.» lo esortò Aumar.

Gherson si accostò esitante abbassando la spada.

L'altro estrasse da una tasca una strana polvere nera e la gettò a terra dicendo: «Vornir!»

All'istante si sprigionò una fiamma.

Gherson balzò indietro e afferrò di nuovo Altair senza neppur sapere contro chi.

«Che magia e mai questa?» Domandò di nuovo.

Aumar riprese con calma: «Questa sostanza che tu definisci magica, in realtà deriva dalla fusione di tre elementi che una volta assemblati, sprigionano insieme la forza già posseduta in loro; di sicuro ne avrai sentito parlare, probabilmente li conoscerai pure.»

Gherson lo studiava taciturno; subito gli sovvennero quegli strani composti utilizzati tempo prima da Kauros, quando aprì una falla nel lago di Endèia.

Aumar riprese: «La prima la chiamiamo barùn e si ricava mescolando ceneri, terra e letame. Di solito raccolgo il tutto in un bidone con un filtro sul fondo e lo bagno con l'urina; dopo circa un anno asciugo quanto rimasto facendolo cristallizzare. La seconda è il comune carbone, la terza infine è il sufiron, quella pietra giallastra che si trova spesso nei pressi dei vulcani.»

Gherson fece cenno di aver capito.

«Vuoi sapere come si prepara?»

L'altro annuì a bocca aperta.

Aumar allora continuò: «Basta ridurre in polvere questi elementi con un mortaio e un pestello. È molto importante calcolarne la giusta quantità utilizzando una piccola bilancia, infatti l'entità della deflagrazione cambierà secondo la loro concentrazione; il fragore che avete sentito è proprio la conseguenza degli esperimenti che ogni tanto conduco qui.»

In effetti, Gherson si guardò intorno e intravide, sparse qua e là, una serie di buche annerite, probabile risultato di precedenti tentativi.

Aumar, come se nulla fosse, proseguì nella sua spiegazione: «Ora però fai attenzione! Una volta che hai miscelato il tutto, non devi assolutamente fumare o avvicinare le fiamme al composto; anzi, è fondamentale tenerlo lontano dal calore, altrimenti esploderà: puoi invece aggiungere dell'acqua e continuare a mescolare, finché il prodotto acquisterà una consistenza simile all'argilla. Dopo averlo essiccato, lo passerai in un setaccio riducendolo in polvere sottile per riporlo poi in appositi contenitori lontano dal fuoco o dalle alte temperature; ricordati, la polvere più è fine, più velocemente brucia.»

Gherson rimase assorto nei suoi pensieri, poi accostò una mano alla bocca e abbozzò una domanda: «Tu mi hai appena riferito che questa sostanza è molto infiammabile, però io ho visto che si è incendiata anche quando hai proferito quella parola; com'è possibile?»

Aumar alzò il capo e respirò profondamente. «Adesso hai un velo davanti agli occhi che in parte ti oscura la vista. Come ti ho accennato, ci sono diversi aspetti della realtà che ancora non riesci a captare ma che esistono; riflettici, è intuitivo. Se siamo tutti creature di uno stesso mondo, di certo parliamo la medesima lingua; ogni elemento ha un suo proprio nome che ne rappresenta l'essenza profonda, quindi se lo invochi, egli si mostrerà per quello che è. Devi comprendere questo linguaggio, figlio mio, devi solo trovarlo, poiché esso è già parte di te.»

Gherson pendeva dalle sue labbra, desideroso di afferrare come una spugna tutto quanto gli era sconosciuto.

Fu Ierax allora a intervenire: «Tocca quell'albero laggiù.» e indicò con l'ala destra un enorme faggio all'estremità della radura.

Gherson pareva perplesso e l'Aldeivar lo esortò di nuovo: «Prova a parlagli.»

Gherson allora, esitante, si avvicinò alla pianta e poggiò la mano sulla corteccia; rimase immobile per un tempo interminabile ma non accadde nulla, come lui peraltro già si aspettava.

Di nuovo Ierax lo incitò: «Coraggio! Hai compreso finalmente che pure tu sei un awax vaimar? Anche in te scorre il sangue di Elaiar! Non rammenti che ieri le piante si sono piegate al tuo cospetto? Loro sanno chi sei!»

Gherson continuò a sfiorare il tronco ma non avvertì alcuna sensazione, quindi sconsolato, si sedette chinando il capo e mormorando a bassa voce: «Che cosa volete da me?! Loro sanno chi sono? Lo so pure io! Io non sono niente! Non sono in grado di affrontare questa situazione, sono un soldato e basta! Se guardo il mio passato, mi accorgo di aver combinato solo guai. Che cosa volete che ricostruisca?! Un'alleanza tra popoli che non si sono mai amati? È una follia! Più passa il tempo più mi domando che cosa stia facendo qui...»

Strinse forte i capelli riflettendo su tutte quelle assurdità. Ierax lo osservava in silenzio così come Roskar; dagli occhi del principe sgorgarono lacrime di frustrazione e in quell'istante le fronde del faggio si chinarono su di lui, accarezzandolo dolcemente. Per la prima volta da quando era giunto su Ghenesia, Gherson si sentì parte di un'armonia e non più un pesce fuor d'acqua; percepì un sentimento di tenerezza scaturito da quell'albero nei suoi confronti: era stato compreso nella sua fragilità.

Nel medesimo istante, nascosti dietro i cespugli della foresta, due Elvaian stavano scrutando la scena con attenzione; erano esili di costituzione, con ampi occhi a mandorla e indossavano divise di pelle grigia con stivali di cuoio.

«Che storia è questa?» Domandò il più giovane.

L'altro lo ammutolì accostando l'indice alla bocca.

«Chi sarà mai costui? Di sicuro uno straniero.» riprese il primo per nulla intimorito dal gesto del compagno.

«Ma non capisci? È un uomo!»

Il più giovane aggrottò le ciglia. «Possibile?! Che sta facendo qui con quell'enorme volatile?»

Il compagno gli rispose quasi seccato: «Quello è un Aldeivar, non ti hanno mai narrato le storie del passato?»

Il secondo preoccupato corrugò la fronte. «Allora sarà meglio avvisare Sieglind.»

Era ormai notte e Gherson aveva appena chiuso gli occhi con le spalle adagiate al Daiandros, riflettendo su quanto accaduto durante la giornata. Nel tardo pomeriggio erano rientrati alla dimora di Aumar e il vecchio aveva preparato un gustoso minestrone caldo che il giovane aveva mostrato di gradire; quella sera tuttavia Aumar non aveva parlato molto rimanendo stranamente taciturno. Gherson gliene aveva chiesto il motivo ma l'Elvain era stato piuttosto evasivo, fiutando invece l'aria parecchie volte come un animale irrequieto; infine scuotendo la testa ancor più preoccupato, il vecchio aveva borbottato qualcosa tra sé recandosi poi all'interno del Daiandros. Gherson, al contrario, era rimasto da solo all'aria aperta avvolto nel mantello, perché continuava a far freddo; per ora però non desiderava seguire il misterioso individuo, nonostante le nuvole sempre più minacciose lasciassero presagire un imminente temporale. Si chiedeva se le Maidaian fossero venute a visitarlo anche quella sera; al momento però, non se ne percepiva neppure l'ombra. Allora tornò a pensare ad Aìsian; era rimasto incantato dalla sua bellezza ma anche sconcertato dall'alone di malinconia che la circondava: la ninfa aveva subito qualche grave torto portandone tuttora i segni? D'altra parte, chi non aveva sofferto a questo mondo...

All'improvviso Roskar si avvicinò silenzioso e gli alitò sul viso, Gherson schiuse le palpebre ed ebbe un sussulto; benché conoscesse la tigre da quasi due giorni, non era proprio piacevole trovarsi quel muso davanti al volto, il felino gli avrebbe potuto staccare la testa di netto se solo avesse voluto: i loro occhi rimasero incollati quasi fossero attratti come poli magnetici.

Gherson ebbe la netta sensazione che la tigre volesse comunicare con lui, allora in cuor suo seppur titubante, decise di rompere quel magico silenzio: «Che cosa vuoi da me?»

«Principe Gherson, Tanisvar Tinvaril, credi di esser giunto su Ghenesia solo per dormire? La tua venuta era attesa da tempo e questo è il tuo momento! Qualcuno ora ha bisogno di te. Groarrr!»

Il ruggito si perse nella notte, annichilendo il brusio della foresta.

«Di me?» Domandò Gherson sbadigliando e sgranchendosi le braccia.

«È accaduto qualcosa di molto grave, fidati! Il male si è destato nuovamente e con veemenza, una terribile sventura sta per abbattersi su tutti noi. Ilvàren è crollata! Groarrr! Se non agisci subito, molti moriranno; forse è già troppo tardi! La paura sta prendendo piede su Avigar risvegliandola dal torpore in cui era assopita.»

«Come fai a saperlo?»

La tigre sconsolata girò il muso verso destra. «Le creature di Ghenesia comunicano tra loro in un modo a te ancora sconosciuto. Ascoltami, vola questa notte con Ierax verso il Soren e raggiungi l'arcipelago di Salavar, là avranno presto bisogno di te! Vrakur è stato liberato.»

«Chi è Vrakur?» Domandò Gherson sempre più perplesso.

«Noi lo chiamiamo Nuràrgh.» rispose Roskar socchiudendo le palpebre. In silenzio fissò il giovane come se volesse leggergli il pensiero. «Sì, nelle tue fantasie un Nuràrgh potrebbe assomigliare a un drago.»

L'Urwain si sentì percorrere la schiena da un brivido. «Un drago! Ma io non ho mai affrontato un drago...»

«Tu sei un prode guerriero e hai un cuore puro, soprattutto la verità scorre nelle tue vene. Alzati ora e vola verso il tuo destino! Vai Gherson, non perdere altro tempo, ogni istante che passa trascinerà via con sé la vita di tanti poveri innocenti, uccisi dalla furia assassina di quel mostro senza pietà.»

Gherson si alzò e ancora esitante entrò nella dimora di Aumar per indossare la sua armatura. Quando uscì, trovò l'Elvain immobile avvolto nel suo manto grigio e alla sua destra Ierax, fulgido come mai. Calzava sul dorso una sella impreziosita da rifiniture in oro e fissata alla schiena attraverso un comodo sottopancia; ai lati vi erano anche le custodie per lo scudo, la lancia, un nuovo arco e la faretra colma di frecce bianche dalle piume color zaffiro. Gli occhi dell'Urwain si soffermarono proprio su quelle armi; allora afferrò l'arco corto accarezzandone la superficie intarsiata e infine lo tese: doveva avere una straordinaria potenza di tiro.

Si voltò poi verso Aumar che gli sfiorò amichevolmente il braccio. «Sono un dono per te, so che ne farai buon uso. Ora va, Ghenesia attende con ansia di conoscere il tuo valore, combatti per tutti noi.»

Gherson non ribatté nulla, s'inchinò e prese commiato, quindi insieme a Ierax spiccò il volo salutato dal ruggito di Roskar.

In quella notte carica di timori due angeli si libravano veloci nel cielo verso l'ignoto, lasciandosi dietro una luminosa scia di speranza.

CAPITOLO V

I primi raggi del sole già tinteggiavano le onde vitree del mare e un nuovo splendido giorno privo di nuvole all'orizzonte stava sorgendo in quell'angolo di Ghenesia. Il vecchio Lamhiur, come di consueto, era uscito dalla sua dimora lungo la spiaggia di Alghior, una delle numerose isole dell'arcipelago di Salavar. Ogni mattino infatti, si alzava presto per ammirare l'aurora; un'altra opportunità da vivere, la possibilità di apprezzare ancora le meraviglie del creato.

Rifletteva tra sé: "I giovani carichi di energia fantasticano sul futuro e non si accorgono di quanto sia meraviglioso il presente da godere in ogni istante; infine quando ne prendono coscienza è ormai troppo tardi, com'è capitato a me..." Scosse il capo sconsolato.

Come tutti i Mikeraian, gli abitanti delle isole, aveva la pelle glabra dai fianchi in su e squamosa agli arti inferiori; il colore era di un verde intenso simile allo smeraldo e andava sfumando verso l'indaco alle estremità e sulla schiena. In quelle zone la cute era più sottile e lasciava traspirare l'ossigeno quando i loro corpi rimanevano immersi molto tempo sott'acqua; le dita delle mani e dei piedi erano unite tra loro da una sottile membrana. Lamhiur era alto quasi un diacron e aveva il corpo longilineo: il viso ovale aveva occhi di forma ellittica disposti in modo obliquo, con l'estremità che raggiungeva quasi il margine delle orecchie a punta; i suoi lunghi capelli bianchi terminavano in treccioline adornate con fini monili e un pizzetto cereo appena accennato ne incorniciava le labbra e il mento.

Continuava a scrutare l'orizzonte, commosso dalle sue infinite sfumature; a un certo punto però si strofinò le braccia con una smorfia di disappunto: sentiva freddo, fatto insolito per quella stagione. All'improvviso il suo sguardo focalizzò una strana figura in lontananza; allora portò la mano sopra la fronte per proteggere la vista e vedere meglio. Man mano che si avvicinava, la forma misteriosa assumeva contorni sempre più definiti: un'enorme creatura alata con il corpo rivestito di scaglie rosse come il fuoco. Impallidì; sì, ora ne era sicuro: un Nuràrgh! Il solo nome gli evocò terrore nell'animo; aveva appena avvistato uno dei demoni più spaventosi e crudeli di Ghenesia.

La bestia alata volteggiava muovendo lentamente la testa ora a destra ora a sinistra, Lamhiur cominciò a gridare disperato ed in breve l'isola si risvegliò dal torpore. I primi a sbucare dalle abitazioni, ancora insonnoliti, si strusciarono gli occhi con le mani rimanendo a bocca aperta; la paura ne deformò i volti all'istante perché avevano già compreso che quello non sarebbe stato un giorno come gli altri.

Dalle alture si udirono i suoni dei corni, erano i segnali di allarme che ora si diffondevano tra le isole lacerando l'aria; tutti i Mikeraian erano ormai usciti dalle case e si guardavano intorno, molti indicavano il cielo sopra di loro, poi in un batter d'occhio si diedero alla fuga. Chiunque aveva ascoltato almeno una volta i racconti delle prime ere, dove si narravano le terribili crudeltà compiute da Vrakur nel corso delle guerre che avevano stravolto il mondo antico.

«Troppo tempo era trascorso da allora...» qualcuno aveva ammonito.

Adesso come un vulcano dormiente destatosi inatteso dal suo torpore, anche Mudrùn si era risvegliato inaspettatamente dal letargo, e per Alghior, la prima isola dell'arcipelago, la sorte sembrava ormai segnata...

Vrakur era ancora in volo quando soffiò il suo fuoco devastante investendo in pieno le abitazioni e causando morte e terrore. L'aria era satura del fumo e delle grida di dolore dei feriti e di chi aveva perso i propri cari, straziati dalle vampate e dagli artigli della bestia. Dopo aver inondato di fiamme l'intero villaggio, Vrakur poggiò le sue enormi zampe a terra fracassando i resti delle case; chiunque finiva sotto le sue grinfie era stritolato o veniva lanciato in aria ricadendo poi esanime al suolo, oppure era arso vivo. Vrakur godeva delle sue efferatezze, era nato per uccidere e raggiungeva facilmente il suo scopo; lasciava dietro di sé soltanto i resti delle costruzioni ormai annerite e fumanti e i cadaveri sventrati o ridotti a brandelli degli sfortunati Mikeraian: alcuni giacevano sulla nuda terra, altri galleggiavano nell'acqua. I lamenti degli agonizzanti e i pianti dei bimbi innocenti aggrappati alle salme dei propri genitori, attiravano ancor più la sua crudeltà; la belva infatti si dirigeva verso quei gemiti per completare l'opera. Fu così che giunsero alle sue orecchie le grida di un piccolo Mikerain, disteso sul corpo senza vita della madre nei pressi del bagnasciuga e subito i suoi occhi brillarono di perfidia: «Non preoccuparti, tra poco sssmetterai anche tu di sssoffrire!» Sibilò minaccioso e così dicendo, si avvicinò alla creatura intenzionato a schiacciarla.

Allora apparve un altro segno nel cielo, un guerriero rivestito di un'armatura splendente stava dirigendosi in picchiata contro la bestia; cavalcava un Aldeivar circondato da un alone sfavillante di luce.

Il tempo sembrò arrestarsi in quell'attimo, poi Gherson, ancora in volo e con la spada in mano si lanciò giù da Ierax, gridando a gran voce: «Vartaxar!»

Atterrò sul dorso di Vrakur e senza rifletterci, conficcò Altair nelle squame del gigantesco rettile; questi si voltò di scatto e ruggì furioso, poi si dibatté e cadde a terra pesantemente provocando un fragore incredibile. Gherson perse l'equilibrio e riuscì giusto in tempo a estrarre la lama dalle carni dell'animale, precipitando poi dal dorso di Vrakur; tuttavia non stramazzò al suolo perché fu artigliato al volo da Ierax che lo allontanò dalle grinfie dell'avversario, atterrando infine su un promontorio roccioso poco distante, circa una cinquantina di diacron sopra il livello del mare.

«Sei un pazzo temerario! Non hai alcun rispetto per la tua vita!»

Gherson per tutta risposta afferrò lo scudo, serrandolo al braccio sinistro.

Intanto il Nuràrgh, furibondo, continuava a dimenarsi con gli occhi cremisi, mentre un fiotto di sangue scuro fuoriusciva dalla ferita; nessuno era mai riuscito a scalfire quella spessa corazza squamosa e la lesione bruciava in modo insopportabile: ruggì di nuovo inferocito in cerca dell'assalitore.

Gherson alzò al cielo la sua lama e la punta, colpita dai raggi del sole, abbagliò la bestia. Vrakur, infastidito, abbassò lo sguardo ma fu un attimo; un fumo nero gli uscì dalle narici, mosse nervosamente le ali frantumando quel che restava in piedi delle abitazioni vicine e si alzò in volo raggiungendo l'Urwain.

Le onde del mare s'infrangevano schiumose sulla scogliera sottostante, impregnando l'aria di salmastro.

Vrakur era davvero impressionante, Gherson non aveva visto niente di simile in vita sua, neanche la sua immaginazione aveva mai partorito un essere così mostruoso, persino nel peggiore degli incubi. Il Nuràrgh colava saliva untuosa dalle enormi fauci, scrutandolo allo stesso tempo con le pupille dilatate e lo sguardo assassino. Per un istante Gherson ripensò ai resti degli animali mastodontici vissuti su Arvhèia in ere dimenticate, avvistati nella valle degli scheletri ma fu un attimo, perché subito tornò in sé; doveva restare calmo e non era facile, sentiva il sangue scorrere veloce nelle vene così come il battito del cuore che pareva un rullio di tamburi, pure la sua mente era un turbinio di pensieri che si susseguivano l'un l'altro.

"Sì, Ierax ha ragione, come ho potuto essere così sventato da compiere una follia simile? Affrontare questa bestia equivale a morire! Ma in fondo poi che importa? Quante volte ho messo a repentaglio la vita per molto meno? No, questa volta è diverso, non è solo il desiderio di provare l'ebbrezza del pericolo, il pianto di quell'orfano mi ha lacerato l'animo! Si vive una volta sola, combattiamo allora per chi non può difendersi!" Aveva concluso.

Una raffica di vento lo colpì in pieno volto, scacciando definitivamente quelle considerazioni; adesso davanti agli occhi aveva solo quell'essere immondo e un'unica certezza: doveva affrontarlo.

Vrakur emanava una sgradevole sensazione di disagio e di terrore, eppure Gherson non pensò neanche un attimo a fuggire. Più trascorreva il tempo, più era certo di dover sostenere quel duello anche se non sapeva come, sicuramente non per la sua gloria; un'insolita energia intanto stava prendendo corpo nelle sue membra. Qualcuno stava combattendo per lui, anzi con lui.

La voce di Ierax che volteggiava nel blu raggiunse la sua mente come un balsamo liberatorio: «Non aver paura, lo hai già colpito e quella ferita, oltre a bruciargli dentro, lo ha intimorito; nessuno ha mai superato prima le sue difese. Stai attento però, il suo furore impregna l'aria ed è agghiacciante, potrebbe schiacciarti come una formica; confida nell'Altissimo e spera in Lui! Spera in Lui che agirà.»

Vrakur, intanto, continuava a studiarlo, finché, mostrando la lingua biforcuta, sibilò: «Ssso chi sssei, figlio dell'uomo, anche ssse da molto tempo non vediamo esssseri cosssì ssstolti sul nossstro sssuolo, ssscc... perché sssolo un folle avrebbe l'ardire di affrontarmi.»

«Come fai a conoscermi?» Domandò Gherson esitante,

mentre con la mano faceva cenno a Ierax di rimanere in volo.

Il Nuràrgh sbuffò, emettendo una grigia esalazione dalle narici. «La mia presssenza qui non è casssuale... tutti quesssti morti, questa devassstazione ssservivano sssoltanto ad attirarti in quessto luogo.»

Chinò l'enorme capo verso il basso, poi con mossa repentina alzò nuovamente il collo e vomitò in aria una fiammata rovente portata via dal vento, quindi tornò a fissare l'avversario. «Sssapevamo che eri sssu Ghenesia, Gherssson, Tanisssvar Tinvaril... le notizie corrono veloci, più di quanto tu posssa credere e noi non abbiamo tempo da perdere! Non c'era bisssogno di ssstanarti, Helgrund aveva ragione... sssaresti caduto tu nelle nossstre mani come una mela matura, povero piccolo sssprovveduto.» Di nuovo esalò un grigio miasma dalle froge.

Quest'ultima rivelazione turbò non poco il giovane. "Possibile che in così poco tempo si sia già sparsa la voce della mia venuta? Accidenti, allora è proprio vero! Qui ogni essere comunica con gli altri!"

Subito dopo Gherson ebbe un'intuizione. "Se hanno deciso di uccidermi scomodando un mostro simile, significa che in fondo mi temono; anche se ne ignoro il motivo, devo proprio dare fastidio."

«Chi è questo Helgrund?» Domandò Gherson più che altro per guadagnare il tempo necessario a comprendere come affrontare la bestia; in fondo già sapeva qualcosa sul comandante dei Mavourg.

Vrakur strabuzzò gli occhi e ringhiò di piacere: «Sssei veramente una nullità... quasssi mi offendo a doverti affrontare. Helgrund? Non sssai chi è Helgrund?»

Avvicinò con un sol balzo l'enorme muso a breve distanza da Gherson e la sua lingua scivolò sul terreno fin quasi a lambirne lo scudo.

«Helgrund è il sssupremo sssignore dei demoni sssu Ghenesssia ma non preoccuparti... le tue ceneri avranno modo di conossscerlo, quando gliele porterò persssonalmente!»

Gherson per tutta risposta rimase immobile senza abbassare lo sguardo: più rifletteva, più era disgustato da quell'inutile massacro. "Uccidere innocenti solo per pretesto... sì, affrontarlo è la cosa giusta!"

Un nuovo impeto gli sgorgò dal profondo dell'animo, così alzò minaccioso la spada sfidandolo apertamente: «Non ho paura di te e delle tue inutili chiacchiere! Non m'importa neanche chi sei o chi ti manda, perché so che oggi sarai sconfitto di fronte allo scempio di cui ti vanti! Non da me ma da Chi mi ha inviato, Lui mi aiuterà, perché non può certo rimanere insensibile a questa carneficina.»

Vrakur ricambiò lo sguardo muovendosi lentamente e ondulando la coda, pure lui studiava il suo avversario, sebbene in tutta franchezza non lo tenesse in gran considerazione. «Bene, bene, Gherssson... mostrami allora di che passsta sssei fatto!»

Vrakur emise una vampata dalla sua possente bocca; all'istante fu Altair stessa a dirigersi da sola contro le fiamme guidando le braccia del suo padrone e le divise in due, creando una via di fuga in quel mare di fuoco.

Il giovane strabuzzò gli occhi. "Allora non era una mera sensazione... non sono solo, non sono solo! Qualcuno combatte con me... mio Dio, mostrami dove sei, indicami come comportarmi!"

Intanto la fiammata era terminata lasciando il suolo annerito e fumante ai lati ma sul corpo di Gherson non vi erano bruciature; lui stesso si guardò intorno incredulo così come Vrakur, ora meno convinto di imporsi agevolmente. La bestia furente ruggì verso il cielo e un istante dopo scatenò una seconda vampata; l'elsa della spada si dimenò ancora una volta nel polso di Gherson separando l'ondata di fuoco direttagli contro. Dalle narici del drago uscirono due getti di fumo, mentre le sue sclere gialle squadravano minacciose l'avversario ancora indenne.

"Non sono io che combatto! È in gioco qualcosa di più importante, non è un semplice duello. La lotta tra il bene e il male… la lotta tra il bene e il male! Queste armi forgiate per combattere hanno una propria energia vitale; devo comprenderle… già, ma come? Che devo fare? Che cosa devo fare?"

Questo era adesso il ritornello che mulinava frenetico nella testa di Gherson.

Ierax intanto continuava a volteggiare nervoso sopra di loro, pareva volesse intervenire da un momento all'altro.

Vrakur si avventò sull'avversario con un balzo repentino cercando di calpestarlo. «Ssse non ti ridurrò in cenere, almeno ti ssschiaccerò come una formica!»

Gherson riuscì giusto in tempo a schivarlo, tuttavia inciampò in un sasso e perse l'equilibrio cadendo a terra; nell'urto restò privo dello scudo e scivolò nel baratro sul mare.

Fu un attimo, l'Aldeivar emise uno stridio agghiacciante dal cielo gettandosi in picchiata nel tentativo di salvarlo, mentre il bestione ruggiva tutta la sua gioia alzando il collo in alto. No, Gherson non era caduto, era riuscito ad appigliarsi miracolosamente a uno spuntone di roccia con la mano sinistra e ora penzolava nel vuoto. Vrakur si avvicinò minaccioso fissandolo spietato, già pregustava il succulento sapore della vittoria.

"Il bene, il bene… anch'io sono stato creato per compiere il bene, come queste armi!" Ripeteva Gherson, terrorizzato dentro di sé.

Quando tutto sembrava ormai perduto, sfidando con lo sguardo la bestia che già si accingeva ad afferrarlo con le sue grinfie, Gherson gridò dal profondo: «Entrare nella tua volontà! Amarti, o Altissimo, con tutto me stesso!!!»

Poi si lasciò cadere nel vuoto e nel medesimo istante la sua armatura già splendente divenne una sfera di luce, Ierax vi fu attirato come una calamita e i due corpi si riunirono a mezzaria quasi a fondersi in un unico essere; allora l'Aldeivar si librò verso l'alto insieme al suo cavaliere.

Vartaxar esclamò: «Ora comprendo, ora siamo pronti per sconfiggerlo! Coraggio, andiamo!»

Vrakur d'istinto scostò il muso per non esser abbagliato da quell'improvviso fulgore, nel cielo infatti sembrava sorto un nuovo astro; colto dal timore il mostro socchiuse le palpebre e si alzò in volo in direzione opposta ma gli altri due non erano minimamente intenzionati a lasciarlo fuggire.

Il Nuràrgh, vedendosi raggiunto, si girò a mezz'aria decidendo malvolentieri di affrontarli. «Non ne hai avute abbassstanza? Pensssi di intimorirmi? Vattene e ringrazia la tua buona sssorte!»

Per la prima volta Vrakur non era più così certo di vincere quel duello, aveva intuito che non aveva di fronte un avversario qualunque, difatti Gherson deciso a persistere nei suoi propositi si avventò sul Nuràrgh; ebbe così inizio un epico scontro, dove i contendenti si aggredivano a vicenda lasciandosi per poi riprendersi come in una danza furiosa. Ogni vivente assisteva trepidante, spettatore silenzioso in quell'anfiteatro naturale, persino i Mikeraian superstiti nascosti nei loro rifugi; erano consapevoli di essere testimoni di un evento straordinario da cui sarebbe dipesa la loro stessa vita. Un cavaliere alato splendente come Astris, la prima stella del tramonto, era comparso dal nulla per soccorrerli e ora stava combattendo contro Vrakur, demone di Mudrùn, risvegliato dal letargo. Alla fine la bestia, ormai stanca, atterrò su un irto promontorio che scivolava a picco sul mare ma Gherson lo incalzò toccando il suolo a breve distanza.

«Vattene o ti ssschiaccierò come una formica!» Sibilò malevolo il drago, mentre un denso fumo gli usciva dalle narici.

Gherson al contrario era risoluto a sconfiggerlo, anzi più il tempo scorreva, più le forze e la convinzione nei suoi mezzi aumentavano a dismisura a differenza dell'avversario.

Vrakur indispettito alzò la zampa sinistra per schiacciarlo, ma Gherson si scansò fulmineo sulla destra scalfendo contemporaneamente l'arto del drago con Altair. Un gemizio di sangue scuro scaturì dalla ferita e l'animale ululò calpestando il manto erboso che rimbombò fragorosamente; la terra franò e Vrakur perse l'equilibrio, per alcuni istanti si dimenò a mezz'aria, poi precipitò all'indietro. Gherson allora, senza rifletterci, si lanciò sul dorso dell'avversario in caduta, mentre la bestia stava disperatamente muovendo le ali per tornare in assetto. Il guerriero atterrò sul collo dell'animale e, reggendosi in bilico, affondò Altair nell'occhio destro del drago.

Uno stridio terribile lacerò l'aria, Vrakur si contorse violentemente, tuttavia Gherson non accennò a estrarre l'elsa, finché fu sbalzato via cadendo vorticosamente all'ingiù con la spada ancora stretta in mano, mentre la bestia si allontanava gemendo. Ierax si avventò immediatamente sul giovane che stava precipitando in mare, tuttavia non riuscì ad afferrarlo in tempo; l'armatura attutì l'urto coi flutti ma l'impatto fu comunque tremendo e Gherson perse i sensi: prima che gli si annebbiasse la vista però, intravide due enormi cetacei azzurri simili a delfini venirgli incontro, poi tutto si fece buio.

CAPITOLO VI

Si svegliò tempo dopo disteso sulla sabbia bianca di un isolotto mentre le flebili onde del mare gli lambivano le gambe e Ierax era alla sua destra.

«Cos'è successo?» Furono le prime parole che Gherson pronunciò toccandosi la testa indolenzita. Subito gli tornarono in mente le immagini della sua caduta, i delfini che si avvicinavano, addirittura gli era parso di aver visto delle costruzioni sotto il livello dell'acqua o qualcosa del genere.

L'Aldeivar lo fissava severo. «Perché cerchi la morte in ogni azione della tua vita?»

Gherson abbozzò una risposta ma rimase annichilito dallo stupore, di fronte a lui c'erano anche tre Mikeraian; non aveva mai visto creature simili: alti, longilinei con la cute verde che sfumava nel blu alle estremità e il capo ovale rasato.

Lo stupore fu ancor più grande quando i tre s'inginocchiarono a terra proferendo a gran voce: «Sharkùm raidavan! Sharkùm raidavan![16]»

Gherson si levò in piedi e andò loro incontro invitandoli ad alzarsi con un cenno della mano, ma questi intimoriti, indicarono un gruppo di isole a occidente distanti alcuni verocron. «Bashuar, Bashuar!»

Gherson non capiva e si voltò esitante verso Ierax.

«È la dimora del loro re, t'invitano a raggiungerlo. Sono terrorizzati, cerca di comprenderli... sono convinti che tu sia una divinità o qualcosa di simile. Non temere, comprendono la tua lingua.»

Gherson allora si rivolse loro dicendo: «Non abbiate paura, sono solo un uomo e vengo da un mondo lontano;

---

16) "l'annienta demoni"

sono qui per aiutarvi e per essere da voi aiutato a capacitarmi di quanto mi stia accadendo.»

Non aveva ancora terminato di parlare che dalle onde sbucarono altri due Mikeraian, questa volta però dall'aspetto femminile e la meraviglia si dipinse sul suo volto: i loro lineamenti erano più fini e avevano capelli lunghi e fluenti, le parti intime erano coperte da sottili indumenti ornati con conchiglie e dalla vita in giù il loro corpo si continuava in una lunga coda squamosa che terminava con una pinna colorata.

Ierax lo guardava divertito. «Su Arvhèia le chiamate sirene, non rammenti i racconti di quando eri bambino? Sappi che questo è il loro aspetto fino alla pubertà che raggiungono intorno ai sedici anni, a quell'età infatti subiscono una muta: la parte inferiore si schiude e compaiono due gambe vere e proprie ma anche così i Mikeraian possono continuare a vivere sott'acqua.»

Gherson si toccò la nuca pizzicandosi poi la guancia, non era per nulla convinto di essersi ripreso dall'impatto con le onde ma dovette ricredersi; il viso, infatti, era indolenzito. Le due Mikeraian lo guardavano sorridendo e sembrava volessero invitarlo a scendere con loro in acqua; avevano una voce suadente e incantevole. Da lontano però Gherson intravide le vele di alcune imbarcazioni che stavano dirigendosi verso Alghior; il suo pensiero tornò allora allo scontro sostenuto poco prima e alle vittime del Nuràrgh.

«Dobbiamo andare a controllare se ci sono sopravvissuti!» Esclamò.

I Mikeraian lo guardarono attoniti, quindi annuirono gettandosi in mare e nuotando in direzione dell'isola; Gherson rimasto solo montò su Ierax invitandolo a levarsi in volo.

«Perché me l'hai tenuto nascosto?» Gli domandò.

«Che cosa?»

«Che io e l'armatura siamo un tutt'uno nelle mani di Yrshar.»

«Certe verità non si possono insegnare, si apprendono col tempo; l'incontro con l'Altissimo non è un concetto filosofico ma un'esperienza personale, perciò non creder mai di aver compreso tutto. Ricordati le parole di Roskar, non sei qui per riposarti, ogni giorno dovrai combattere e affrontare creature temibili, forse anche più di Vrakur, esseri mostruosi che non potrai sconfiggere da solo; per quanto tu sia abile in battaglia, sarai sempre chiamato a confidare in Dio, solo allora sarai invincibile.»

Gherson lo ascoltava attentamente comprendendo in cuor suo che quelle parole erano vere.

«Vieni ora, andiamo! Non sei curioso di conoscere meglio i Mikeraian e il loro re?»

«No! Prima voglio assicurarmi se vi sia ancora vita tra le macerie, forse qualcuno ha bisogno di noi.» ribatté Gherson.

«Ecco perché sei stato scelto, il tuo animo è sempre in pena per i più deboli.»

Tornarono così su Alghior. Il centro abitato era una distesa di rovine brucianti e di cadaveri; ne contarono almeno un centinaio. Qua e là si udivano ancora i rantoli degli agonizzanti, Gherson si chinò su alcuni di loro ma si accorse subito che per la maggior parte c'era davvero ben poco da fare; i loro corpi erano ustionati o dilaniati dagli artigli di Vrakur e l'aria era pregna dell'odore acre di carne carbonizzata.

Lo colse allora un forte malumore; le onde con il loro malinconico sciabordio, riportando verso riva le salme dei dispersi, sembravano condividere i suoi sentimenti. Un'immagine in particolare gli rimase impressa negli occhi: poco distante giaceva il cadavere di un piccolo mikerain rannicchiato su sé stesso, mentre la madre agonizzante, con un arto inferiore amputato, si sforzava invano di sfiorarlo con le dita; Gherson allora corse dalla poveretta e s'inginocchiò prendendola fra le braccia.

«Perché... perché... perché?» Continuava a ripetere invano la sventurata. Dai lineamenti del viso sembrava molto giovane, non doveva avere più di venti anni.

Gherson le accarezzò il capo dolcemente cullandola, mentre lei continuava a singhiozzare cercando di accarezzare il figlio.

Un'infinità di emozioni scaturì nell'animo di Gherson che, con le lacrime agli occhi, iniziò a cantilenare una nenia, ricordo del suo passato.

Sfumano lente le nubi nel cielo
Mentre sfioro il tuo viso, mio bello.
La luce fioca rischiara il castello
ma tu ora dormi, figlio mio bello.
La tua mamma sempre ti veglierà,
la sua carezza giammai mancherà.

Rimasero così incuranti del tempo, finché Gherson sentì un sussulto provenire dalla ragazza, chinò allora il capo e la vide esalare l'ultimo respiro, mentre un rivolo di sangue le scaturì dalla bocca.

«Che tu possa scorgere la luce che distinsi anch'io un tempo e rallegrartene insieme a tuo figlio...» così sussurrando, le chiuse gli occhi.

Dalle colline intorno scendevano ora mesti i Mikeraian scampati al massacro, qualche sopravvissuto emerse anche dai flutti del mare cercando con gli occhi smarriti i propri familiari. Qualcuno si avvicinò a Gherson e s'inchinò intimorito ma lui, dopo aver deposto la povera donna a terra accanto al figlio, rispose: «Non è il momento degli ossequi, cercate invece tra le macerie se vi sono ancora persone che hanno bisogno di aiuto, io non ne ho trovate.»

Poi si alzò avanzando nella direzione verso cui era fuggito Vrakur e proferì a pugni stretti le seguenti parole: «Un giorno c'incontreremo di nuovo e quello sarà per te l'ultimo... Te lo giuro!»

Adesso l'aria era satura delle urla di disperazione dei sopravvissuti; quasi tutti, infatti, avevano ritrovato i corpi senza vita dei loro cari e li stringevano sconfortati al petto. Intanto dalle isole vicine erano giunte le prime imbarcazioni. La maggior parte erano lunghe canoe con galleggianti laterali in legno collegati allo scafo da un certo numero di traverse; al centro avevano un albero con la vela quadrata, su cui erano disegnati animali marini o strani simboli a lui sconosciuti. Le barche erano colorate in modo vivace e sulla prua era raffigurato uno strano mostro, la cui testa ricordava vagamente quella di un pesce; potevano contenere tranquillamente una ventina d'individui.

In breve Alghior si trasformò in un formicaio di persone che si adoperavano ovunque, cercando di portare il loro aiuto.

Ierax allora invitò l'Urwain a seguirlo alla volta di Bashuar: «Vieni Gherson, andiamo via, qui ormai non c'è più bisogno di noi.»

Erano ancora in volo quando uno stormo di gabbiani li raggiunse e li circondò, accompagnandoli nel loro viaggio tra le isole; l'aria si riempì di un piacevole gorgheggio che annunciava a tutti i Mikeraian l'arrivo degli stranieri. Dalle isole circostanti si udivano rullii di tamburi e suoni di corni che si rincorrevano l'un l'altro, talora sovrapponendosi.

«Che gran confusione!» Commentò Gherson.

«Non sei contento? Stanno segnalando la tua venuta.»

«Proprio quel che desideravo... un bel comitato di accoglienza.» sorrise ironico l'Urwain.

In effetti, dall'alto già s'intravedevano alcuni Mikeraian che lo indicavano lungo le spiagge, qualcuno accennando un segno di saluto, qualcun altro addirittura prostrandosi a terra.

«Sia quel che sia, intanto godiamoci il panorama.» terminò Gherson estasiato dallo scenario sotto i suoi occhi.

L'arcipelago di Salavar era formato da centinaia di isole quasi tutte abitate, alcune grandi e montagnose, altre poco più che atolli sabbiosi. Le dimore dei Mikeraian erano di solito in pietra, per lo più disposte sulle scogliere o lungo le coste con accesso diretto al mare; avevano la forma di un tronco di cono con più ambienti interni disposti su due piani. Le acque vi penetravano all'ingresso attraverso un canale che, simile a un corridoio, raggiungeva una sala centrale di forma circolare terminando in una grande vasca; ai lati erano disposte enormi conchiglie per ospitare i piccoli Mikeraian. La stanza si restringeva progressivamente in altezza, chiudendosi a mo' di cupola; alcuni passaggi lungo le pareti davano accesso alle camere. Il livello superiore era di solito organizzato in locali utilizzati come deposito o in piccole nicchie. I muri erano spessi mezzo diacron e il diametro esterno dell'abitazione poteva raggiungere i venti diacron alla base per poi diminuire progressivamente verso il vertice. Si accedeva al tetto tramite una scala elicoidale illuminata da alcune finestre lungo il percorso. A volte questi edifici comunicavano tra loro attraverso cortine murarie che racchiudevano all'interno dei cortili forniti di un pozzo. Non tutti i Mikeraian tuttavia, abitavano sopra il livello del mare, alcuni infatti avevano preferito trovare dimora in grotte naturali situate sott'acqua e qui trascorrevano la maggior parte del loro tempo.

La residenza reale invece, si trovava proprio in mezzo a una laguna, in un tratto di mare delimitato da due vaste isole a forma di semiluna che si lambivano alle estremità. Avevano alte scogliere sul versante esterno, mentre nella parte interna i rilievi digradavano progressivamente dando vita a deliziose spiagge, dove sorgevano per l'appunto le abitazioni dei Mikeraian. Bashuar s'innalzava sopra un esiguo piazzale che serviva da approdo per le imbarcazioni; sembrava galleggiasse sulle acque, dove riposavano placide in superficie una moltitudine di ninfee dai più svariati colori, mentre intorno vi ondeggiavano placidi una decina di natanti. La reggia aveva forma piramidale a pianta quadrata e si slanciava verso l'alto per almeno una cinquantina di diacron; era stata eretta con voluminosi blocchi di roccia chiara ben levigata, due ampie balconate situate a mezza altezza e in prossimità della cima ne interrompevano l'ascesa dividendo la struttura in tre tronchi. Durante le belle giornate da quelle logge si poteva ammirare un panorama incantevole e respirare la piacevole brezza marina. La parte inferiore, la più massiccia, lunga circa venticinque diacron per lato, era stata arricchita con una ventina di colonne su ogni fianco e terminava con il primo terrazzo. Il secondo tratto, più snello, era caratterizzato dalla presenza di numerose vetrate semicircolari. La struttura terminava poi in una grande cupola con una guglia a lanterna alta nove diacron; al suo interno, giorno e notte brillava Drilion, una pietra luminosa simile a un gigantesco diamante: secondo la tradizione era una lacrima di Yrshar caduta dal cielo dopo il maremoto che aveva sconvolto Ghenesia, cristallizzatasi a contatto con l'aria. L'ingresso della reggia guardava a Soren ed era evidenziato da un pronao esastilo con colonne tortili.

Ancor prima di approdare, Gherson scorse sul piazzale una decina di Mikeraian, già pronti ad attenderlì.

«Speriamo bene...» inspirò profondamente con un filo di preoccupazione nel tono della voce.

«Beh, che ti aspettavi? Ascoltami, una volta a terra, mi allontanerò e ti aspetterò in volo.»

Gherson lo guardò perplesso. «Che fai, mi lasci solo?»

«Qui non ti accadrà nulla, stai tranquillo, purché tu non vada a cercare guai come al solito.»

«Grazie per la fiducia.» mugugnò Gherson.

«Non c'è di che, comunque se hai bisogno, chiamami e tornerò subito.»

Appena approdato, gli si fecero incontro le guardie del palazzo. Indossavano una strana armatura color rubino, che ricordava lo scheletro di un crostaceo; ne rivestiva il corpo, seguendone in modo quasi naturale la fisionomia. In testa calzavano un elmo con punte acuminate al centro che scendevano giù, continuandosi sul tratto dorsale della corazza. I soldati s'inchinarono al suo cospetto invitandolo a entrare con ampi gesti della mano; lo introdussero così all'interno della reggia ma inspiegabilmente, invece di salire ai piani superiori, come Gherson s'immaginava, lo condussero giù, scendendo un'ampia scalinata di marmo alla sua sinistra.

"Dove mi staranno portando? A questo punto dovremmo trovarci sotto il livello del mare..." considerò Gherson pensieroso.

Scesero per almeno una decina di diacron fino a raggiungere un'imponente sala circolare con volta a cupola, sorretta ai lati da colonne ottagonali. Il pavimento era un immenso mosaico, dove erano raffigurate creature marine dall'aspetto sconosciuto; dal soffitto scendevano giù enormi candelabri che illuminavano l'ambiente quasi a giorno: al centro si ergeva un trono d'oro rialzato a forma di conchiglia aperta. Gherson rimase tuttavia ancor più impressionato dalle pareti di quell'ambiente, dove erano state ricavate delle grandi vetrate trasparenti e spesse simili a cristallo, che permettevano di ammirare l'ambiente sottomarino.

In quel momento il salone era vuoto e le guardie s'inchinarono ancora una volta per uscire subito dopo. Gherson si guardò intorno circospetto, quindi si accostò a quelle finestre appoggiando entrambe le mani esterrefatto. Di fronte ai suoi occhi, si aprì un nuovo mondo mai contemplato prima: i Mikeraian si muovevano leggiadri nell'oceano, fluttuando sereni, sembravano quasi danzare nel blu, mentre svolgevano invece le loro occupazioni quotidiane; c'erano anche i loro piccoli che giocavano nuotando dietro a banchi di pesciolini dei più svariati colori. Lungo il sinuoso fondale marino, tra le rocce ricoperte da alghe rigogliose, erano disegnati un'infinità di sentieri, simili a una fitta ragnatela e lastricati con pietre chiare ben rifinite; di tanto in tanto si scorgevano alcune abitazioni sommerse e statue di antichi abitanti del mare. Lunghe file di coralli dalle tinte variegate dall'arancio, al rosso e al viola, ma anche gialli e verdi, contribuivano ad adornare quelle stradine come fossero siepi; gamberi, granchi, aragoste e calamari vi camminavano sopra tranquillamente: il fondale era anche disseminato di conchiglie dalle forme più varie.

Un improvviso rumore di passi lo distolse dalle sue attenzioni.

«Sei stupito?»

Gherson si voltò e si trovò davanti un Mikerain poco più alto di lui con il dorso nudo e una tunica che gli copriva solo le cosce; portava in testa una corona a cinque punte e il viso era ricoperto fin dietro le orecchie da una maschera d'oro dai lineamenti perfetti.

«Chi sei?» Domandò Gherson.

«Otharion è il mio nome e sono il re dei Mikeraian.» rispose lui.

Gherson s'inchinò ossequioso di fronte al sovrano.

«Tu chi sei invece?»

«Sono Gherson, un uomo e vengo dal lontano mondo di Arvhèia.»

Il re rimase un momento in silenzio, poi riprese: «Se vuoi, continua pure a guardare. Ti piace?»

Gherson annuì.

«Sai, un tempo non era così... queste strade, le statue che ogni tanto compaiono tra le rocce così come alcuni palazzi, erano sopra il livello del mare; poi vi fu una grande catastrofe e l'oceano si alzò, inabissando una parte di Ghenesia. Molti morirono ma la nostra gente riuscì a sopravvivere perché in grado di vivere anche sott'acqua; la maggior parte però, preferì ricostruire le proprie dimore lungo le coste. Per volere dei miei antenati questo palazzo rimase in parte sommerso, anche se furono necessarie alcune modifiche per renderlo impenetrabile alle acque.»

Gherson mostrò d'aver compreso.

«Ti hanno già informato di queste vicende?»

«Sì, nei giorni scorsi un Elvain di nome Aumar mi ha raccontato la storia del vostro mondo, anche se per sommi capi.»

«Aumar il vecchio...» Otharion chinò il capo pensieroso.

«Lo conosci?» Domandò Gherson.

«Sì, ho avuto modo di incontrarlo tanto tempo fa a Leiksar Karim, ora però perdonami, non ti ho ancora ringraziato per le tue imprese; mi hanno riferito che hai sconfitto Vrakur, il terribile demone del passato, salvando così la mia gente.»

«Non tutta purtroppo...» rispose Gherson a bassa voce.

Otharion sospirò annuendo e portò le mani dietro la

schiena. «Lo so... Coraggio, ora parlami di te e di quanto accaduto.» quindi lo invitò a sedersi ai piedi del suo scranno.

Nel frattempo comparvero una decina di guardie armate di lancia che si piazzarono davanti alle colonne. Gherson obbedì e narrò brevemente la sua vita e le avventure accorse dal suo arrivo a Ghenesia, mentre Otharion lo ascoltava interessato. Al termine del racconto entrò un Mikerain che si approssimò al re, bisbigliandogli qualcosa nell'orecchio, probabilmente doveva essere un suo consigliere.

Il sovrano, dopo averlo ascoltato, lo congedò, quindi si rivolse a Gherson: «Ora devo andare, voglio appurare di persona la situazione su Alghior, ritengo sia mio dovere, non trovi? Nel frattempo ti affiderò a uno dei miei servi più fedeli. Tornerò domani con le prime luci dell'alba, così potremo riprendere la nostra conversazione.»

Gherson s'inchinò di nuovo e il re batté le mani; subito si aprì una porta e un altro Mikerain si presentò nella sala. Il suo nome era Laikin: alto pressappoco come il suo sovrano aveva il capo rasato tranne la parte centrale che si continuava in una lunga treccia dietro la schiena; pure lui indossava una corta tunica che lasciava scoperte le gambe e il torace. Doveva essere molto curioso a giudicare dal modo in cui guardava lo straniero e la prima impressione di Gherson fu confermata dall'infinità di domande che gli rivolse subito dopo, cui faticò a rispondere. Laikin lo condusse al secondo livello della reggia, dove si trovavano gli appartamenti degli ospiti e lo invitò ad accomodarsi in una stanza.

«Ecco, questa è la tua camera, così potrai riposarti un po' dalle fatiche. Sarò da te tra un paio di siklein.»

Quel nuovo ambiente dai colori chiari aveva al centro una vasca circolare del diametro di circa due diacron già colma d'acqua calda, che sprigionava tutt'intorno fumi di vapore dall'aroma gradevole e intenso. Alla sua sinistra invece, si apriva un secondo vano privo di porte ma separato dal resto della camera da una tenda trasparente, al cui interno s'intravedeva un letto a due piazze; di fronte, una finestra dalle enormi vetrate schiudeva una splendida visuale sull'orizzonte. L'aspetto della vasca era invitante e così Gherson decise di spogliarsi e si calò dentro per ritemprarsi; poco dopo avvertì un fruscio dietro il tendaggio, d'istinto si girò e vide comparire una Mikerain.

«Chi sei?» Domandò Gherson imbarazzato, nascondendo il corpo nell'acqua fino al collo e coprendosi le parti intime con le mani.

«Il mio nome è Dilàia, mi è stato chiesto di raggiungerti e occuparmi di te.»

Aveva i capelli scuri come gli occhi e portava una veste bianca aderente, che lasciava intuire la perfezione delle sue forme.

Gherson era imbarazzato, da molto tempo non era abituato a quel genere di attenzioni.

La Mikerain si accorse del suo disagio. «Forse non gradisci la mia presenza?»

«No, non è questo, sono molto stanco… perdonami.»

Dilàia allora si sedette su una sedia in disparte. «Sai che potrei ammaliarti con il mio canto?»

«Ne sono sicuro e per questo ti chiedo di evitare, di certo non potrei resisterti… ho già ascoltato la vostra voce e so quanto sia incantevole. Chi ti ha ordinato di venire qui?»

«Il mio re, mi ha intimato di non lasciarti solo.»

"Solo…" Ripeté Gherson tra sé; già, la solitudine, quella sensazione amara che da anni non gli dava tregua e per la quale non sembrava esserci rimedio.

"Nessuno può alleviare la mia solitudine…"

Poi rivolse lo sguardo su Dilàia. «Tu non hai un compagno?»

Lei chinò il capo e rispose con un filo di tristezza nella voce: «No, sono vedova, mio marito è stato divorato tempo fa da un Mourkadis.»

«Da cosa?» Domandò Gherson aggrottando le ciglia.

«Da un Mourkadis, un enorme pesce, il flagello dei mari! Uccide e si nutre di chiunque gli capiti a tiro.»

Gherson intuì di aver risvegliato in lei tristi ricordi e cercò di scusarsi. «Perdonami, non volevo farti soffrire...»

Lei comprese e annuì giustificandolo, come se non fosse accaduto nulla.

L'Urwain allora le chiese di passargli un asciugamano e subito dopo la Mikerain uscì dalla stanza tornando con un vassoio che posò su un tavolino; era colmo di prelibati frutti di mare che, alla sola vista, avrebbero invogliato chiunque ad assaggiarli: Gherson infatti ne gustò più d'uno e, dopo aver congedato Dilàia, si rivestì.

Laikin lo stava aspettando di fronte all'ingresso della reggia con un sorrisetto malizioso. «Hai avuto modo di riposare?»

L'altro assentì evitando ulteriori commenti.

Il Mikerain allora indicò le acque cristalline intorno a loro. «Che dici, ti va di conoscere il nostro mondo più da vicino?»

Gherson annuì accostandosi alla riva.

«Che fai non ti spogli?» Domandò Laikin incuriosito.

«Quest'armatura è fatta con una lega speciale che mi permette di nuotare senza affondare, inoltre il bagliore che emana nell'oscurità mi aiuterà a vedere meglio là sotto.»

Laikin lo squadrò con interesse. «Come vuoi... comunque non preoccuparti, il mare è talmente limpido che potresti ammirare la bellezza del fondale senza bisogno di alcuna luce. Stai tranquillo, non scenderemo molto, al massimo una decina di diacron, e così quando ti mancherà l'aria, potrai riaffiorare subito.»

Prima di tuffarsi Gherson inspirò ed espirò lentamente per immettere nei polmoni la maggior quantità possibile d'ossigeno, poi entrambi si gettarono fra le onde. Pur nuotando quasi in superficie, era possibile apprezzare il fascino di quella realtà sommersa; tra le bianche rocce calcaree e le chiare distese di sabbia, la vita infatti era rigogliosa. Davanti ai suoi occhi si estendevano praterie di piante marine; un groviglio multicolore di alghe, coralli, anemoni e spugne tra cui si muovevano indisturbati una notevole varietà di pesci dalle forme e dimensioni più strane, alcuni del tutto ignoti. Era un mondo con regole e caratteristiche tutte sue che bisognava imparare a conoscere; anche qui però vigeva la legge del più forte: più volte l'Urwain si dovette scansare per evitare tonni e ricciole che inseguivano sardine o piccole acciughe. Altri pesciolini azzurri con bellissime pinne gialle invece si avvicinavano a Gherson tutti insieme; una volta sfioratolo, si separavano per ricongiungersi subito dopo e con quelle movenze sembrava volessero invitarlo a giocare con loro. Ovunque focalizzasse lo sguardo, c'era qualche particolare che destava la sua attenzione; le scogliere in alcuni tratti della costa erano dolcemente modellate e arricchite dal benthos, altrove apparivano interrotte da fenditure sporgenti e da profonde cavità, tane ideali per saraghi, cernie e murene. Vongole e telline erano infossate nella sabbia in compagnia di vermi e gasteropodi. Rimase incantato nel vedere i delfini che giocavano con i piccoli Mikeraian, rincorrendosi a vicenda; talvolta i cetacei assumevano una posizione verticale e si facevano accarezzare, erano così vicini che sembravano conversare tra loro: un abitante del mare addirittura ne abbracciò uno e per alcuni istanti parve che danzassero insieme.

Ogni tanto Gherson risaliva per riprender fiato ma

era questione di pochi istanti, perché la sua curiosità lo spingeva di nuovo a tornare giù.

Nulla sembrava turbare quella calma irreale, quando all'improvviso i pesci cominciarono ad agitarsi muovendosi in modo disordinato e andando a nascondersi tra i coralli e le rocce; gli stessi Mikeraian si guardarono impauriti e fuggirono via. Gherson smarrito, diede un'occhiata a Laikin che indicò alla sua destra un'enorme sagoma in avvicinamento. Il terrore aveva trasfigurato il viso del Mikerain che esortò Gherson con gesti assai espliciti a scappare sebbene fosse ormai tardi: il Mourkadis infatti li aveva avvistati e adesso stava dirigendosi proprio verso di loro. Aveva un corpo allungato fino a dieci acron che terminava a coda di pesce ed era ricoperto da squame bruno rossicce, i grandi occhi erano iniettati di sangue e dalla bocca sporgente fuoriuscivano due lunghe zanne.

Laikin raggiunse la superficie seguito a ruota da Gherson. «È un Mourkadis, l'incubo dei nostri mari!»

L'altro, ricordandosi delle parole di Dilàia, assentì indicando la sagoma che si appressava rapida fra le onde. «Svelto, andiamo via!»

Laikin fece giusto in tempo a rituffarsi e schivò il Mourkadis di un soffio.

Gherson dal canto suo riempì i polmoni d'aria e s'immerse nuovamente anche lui. "Ancora un combattimento in acqua... comincia a diventare un'ossessione; prima i Torshakis, poi quel dannato serpente sull'isola, ora questo bestione!"

Il Mourkadis con un guizzo fulmineo si girò verso Gherson, la preda più vicina e più allettante per il bagliore dell'armatura.

"Se almeno Ierax fosse qui... ma che sto vaneggiando? Come potrebbe aiutarmi in questi abissi?" Rifletté sconsolato.

Purtroppo per lui quella era una lotta davvero impari, Gherson infatti doveva riemergere di continuo per riprender fiato a causa del dispendio di energie nel tentativo di schivare il Mourkadis, quindi non poteva certo ragionare su come affrontarlo. Ancora una volta la bestia aprì le enormi fauci e Gherson riuscì a salvarsi di poco, aveva però una gran fame d'aria...

Proprio in quel momento pervenne uno stridio dal cielo e quasi all'unisono Ierax piombò sul mostro a pelo d'acqua, perforandone le carni coi propri artigli; il Mourkadis si divincolò in modo innaturale, cercando invano di scrollarsi il nuovo venuto. Gherson comprese che era l'occasione giusta per attaccarlo e, dopo essere risalito in superficie per rifiatare, si gettò contro il serpente marino, estrasse Altair e ne penetrò il fianco. Il Mourkadis si contorse ancor più trascinando Gherson con lui, mentre Ierax, risollevatosi sopra le onde, ammoniva allo stesso tempo il proprio compagno: «Lascialo andare, fuggi via!»

Gherson invece, restò avvinghiato al Mourkadis continuando a lacerarne il fianco con la spada, finché fu sbalzato dall'ennesimo strattone della bestia; Laikin venne in suo aiuto afferrandolo per un braccio e indicandogli di seguirlo: l'acqua nel frattempo era divenuta torbida, tanto da non riuscir più a distinguere l'ambiente circostante. Il Mourkadis, liberatosi di Gherson, ora si rigirava intorno minaccioso per scovarlo, finché, attirato dal fulgore della corazza, gli si scagliò addosso infuriato dal dolore. Laikin intanto si era addentrato in una fenditura tra le rocce e intimò a Gherson di fare altrettanto; fu questione di poco, perché la bocca del Mourkadis, già spalancata intorno alle gambe dell'Urwain, finì per impattare fragorosamente contro le pietre.

Era l'ingresso di un tunnel sottomarino largo circa mezzo diacron che si districava tortuoso tra massi spigolosi. Di nuovo Gherson aveva esaurito le sue riserve d'aria e si sentiva scoppiare il petto, Laikin se ne accorse e gli tese una mano per aiutarlo, sollecitandolo a proseguire con lo sguardo; poco alla volta le acque si schiarirono ed entrambi sbucarono dentro un'enorme grotta, dove Gherson poté finalmente respirare a pieni polmoni.

Laikin tirò un sospiro di sollievo e gli diede una pacca sulle spalle. «Hai visto, ce l'hai fatta!»

Gherson ansimò ancora alcuni istanti, poi girò il capo tutt'intorno e ancora una volta trasalì per l'emozione; adesso si trovavano all'interno di un'imponente caverna in parte sommersa e la luce filtrava da una fessura nella volta, che faceva brillare di un verde intenso i numerosi smeraldi incastonati nelle pareti. Il tratto di terra emersa era un semicerchio delimitato da due file di sedili di pietra e il mosaico sul pavimento raffigurava un grande arcobaleno che si gettava nelle onde del mare; al centro un'enorme conchiglia di marmo aperta poteva tranquillamente contenere due persone. Un secondo mosaico rivestiva la parete di quella nicchia e rappresentava un feto nell'utero materno su uno sfondo completamente dorato.

Laikin lo esortò a raggiungere la terraferma: «Coraggio, vieni! Ci troviamo in un antro nei meandri di Irìdia, una delle due isole che circondano Bashuar. Questo è l'ambiente più caro al mio popolo, dove gli amanti si uniscono per la vita. L'arcobaleno disegnato esprime la riconciliazione tra Yrshar e gli esseri viventi dopo il maremoto che scosse le fondamenta di Ghenesia. L'unione di un Mikerain con la sua amata è il segno di quest'alleanza, da cui si genera la vita per altre creature; per noi è un evento sacro da onorare col dovuto rispetto. Le nostre donne poi tornano a partorire qui i loro figli, se ci rifletti, il cunicolo che abbiamo appena attraversato, rappresenta proprio questo passaggio a una nuova esistenza.»

Gherson continuava a osservare affascinato. «Ci vorrebbero giorni per rispondere a tutte le domande che vorrei porti... in effetti però, perdonami se sono indiscreto, ma c'è una questione che mi incuriosisce più di tutte.»

Laikin lo invitò a proseguire: «Coraggio, dimmi!»

«Il fatto che il tuo re nasconda il viso dietro una maschera d'oro è una vostra consuetudine?»

L'altro non rispose e invece si rabbuiò in volto.

«Ho chiesto qualcosa di sbagliato?» Domandò subito Gherson, resosi conto del cambiamento d'umore del compagno.

«No, non è così, la tua domanda però, riporta alla mente vicende tristi, di cui non è bene parlare; sappi solo che una volta era tutto diverso. Il re era una persona orgogliosa e superba e trascorreva le giornate a divertirsi godendosi la vita; si innamorò perdutamente di una Mikerain e la prese in moglie ma lei in seguito fuggì e da allora il sovrano si è chiuso in sé stesso indossando quella maschera che non si è più tolta. Chiunque gliene abbia chiesto il motivo, non ha fatto altro che scatenare la sua ira, perciò ti consiglio vivamente di non affrontare mai con lui questo genere di argomenti.»

Decisero infine di tornare alla reggia. Fu Laikin ad andare in avanscoperta; dopo aver superato il tunnel ed essersi sincerato che non vi fossero pericoli in vista, tornò indietro ad avvisare Gherson. Una volta all'aperto, si diressero verso la terraferma.

Ierax scese dal cielo e atterrò vicino all'Urwain. «Non posso lasciarti solo un attimo che subito vai in cerca di guai!»

Gherson accennò una risposta, poi però preferì soprassedere; forse aveva ragione l'Aldeivar, anche Arvaj tempo prima si era espresso allo stesso modo quando erano approdati su Xantios: già, forse era proprio così.

Il sole stava ormai tramontando e Gherson si trovava sulla prima loggia del palazzo; osservava uno stormo di gabbiani che volava radente alle onde, quando all'improvviso le sue orecchie furono raggiunte da una melodia soave che lo irretì progressivamente nelle sue note.

«Senti anche tu questa voce?» Domandò allora a Ierax, che si librava nell'aria e l'Aldeivar annuì virando verso il palazzo.

«Portami da lei, chiunque sia, persino l'armatura non è in grado di difendermi da questo canto, ne sono completamente soggiogato.» riprese lui impaziente.

«Sei davvero sicuro?»

«Sì! Devo sapere chi è, non posso farne a meno.»

Ierax allora lo prese con sé e, seguendo la musica, volò sopra le isole che sembravano schiudersi al loro passaggio. Giunsero così in prossimità di un atollo a prima vista abbandonato, lungo non più di mezzo verocron e coperto quasi tutto da una folta e rigogliosa vegetazione. Una volta atterrati, si diressero verso gli scogli, il suono infatti proveniva proprio da dietro. Entrambi si nascosero senza farsi notare e scorsero una Mikerain dai capelli scarlatti seduta di spalle su quello che a prima vista sembrava un enorme sasso con delle insolite striature grigioverdi; aveva i fianchi e il seno coperti da una sottile striscia di perle. Gherson, estasiato, continuò ad ascoltare la canzone. Narrava la storia di una giovane Mikerain di nome Vasuada, innamoratasi di Therim, un pescatore di etnia Felerain. Ogni giorno il ragazzo usciva in mare con la sua barca e Vasuada lo seguiva curiosa da lontano. Un mattino però un'improvvisa burrasca travolse Therim che fu salvato dal naufragio proprio da Vasuada; la Mikerain lo riportò a riva e con il tempo i due divennero amanti. In quella regione purtroppo abitava un sovrano arrogante e molto ricco, cui non mancava nulla; una volta, nel corso di uno dei suoi viaggi, si trattenne a chiedere ristoro presso la loro abitazione. Therim lo accolse con tutti gli onori e in quell'occasione il re conobbe Vasuada e s'invaghì di lei; rientrato a corte, trascorreva le giornate a rodersi d'insana passione, rimuginando sul modo di averla. Niente gli recava sollievo, anche se a Bashuar non mancavano certo svaghi e distrazioni. Divorato dal desiderio, decise di utilizzare le arti magiche; assunse così le sembianze di Therim e ingannatala, giacque con lei. In seguito il re invitò il pescatore e la moglie alla reggia per ricambiare la precedente cortesia e li riempì di regali ma nel viaggio di ritorno Therim cadde in un'imboscata tesagli da alcuni sconosciuti. Il sovrano allora fece condurre Vasuada al suo cospetto e trascorsi i giorni del lutto, la sposò. Una notte però, rientrando ubriaco nelle sue stanze, le rivelò quanto aveva architettato, compreso l'omicidio del marito. Vasuada era inorridita e maledisse il re e la sua stessa bellezza.

Gherson ascoltava commosso quelle meste note e non si accorse di aver smosso alcuni sassolini che caddero a terra.

La Mikerain smise di cantare e si voltò verso di lui: «Chi sei?»

«Gherson è il mio nome.» rispose lui imbarazzato, portando le mani avanti.

«Sei l'uomo di cui tutti parlano?»

Il suo viso sembrava di cera, privo di rughe ma anche profondamente triste, gli occhi poi irradiavano una forte malinconia che turbò alquanto Gherson.

Questi, ancora intimorito, annuì.

«Continua pure il tuo canto.» le disse infine, ma lei chinò la testa.

Di nuovo Gherson la esortò: «Ti prego... voglio sapere come termina la tua storia.»

«Non sei l'unico ad aver sofferto eventi dolorosi...» replicò lei, indagandolo da cima a fondo.

«Tu che ne sai di me?» Domandò l'Urwain sconcertato.

Lei però non rispose subito, intenta adesso a disegnare strane figure con le dita sull'enorme masso, poi si sfiorò i capelli con la mano e studiò di nuovo Gherson coi suoi occhi verdi: «Non è ancora finita... l'ultimo capitolo deve essere ancora scritto e molto dipenderà anche da te.»

Allora ai lati del macigno comparvero quattro zampe imponenti e sul davanti, un'enorme testa rugosa; in realtà la sconosciuta era distesa sopra una gigantesca testuggine. La tartaruga si trascinò lentamente nell'acqua e scomparve tra le onde insieme alla Mikerain, lasciando l'Urwain in un mare di confusione.

Tornato a Bashuar, quella notte Gherson non riuscì a prender sonno e salì di nuovo sul primo terrazzo perché voleva star solo a riflettere; aveva provato molte emozioni quel giorno: il duello con Vrakur, la lotta con il Mourkadis ma soprattutto l'avevano sconcertato quell'ultimo incontro con la Mikerain dalla voce incantevole e quella storia lasciata volutamente incompleta. Quanti misteri avvolgevano quei luoghi e lui, strano a dirsi ma sembrava proprio uno scherzo della natura, si sentiva proprio un pesce fuor d'acqua.

Alzò gli occhi su Drilion; emetteva un bagliore pulsante, simile al battito del cuore e non recava fastidio agli occhi per quanto uno s'intrattenesse a guardarla. "Le lacrime di Yrshar... allora anche Tu ti commuovi per le vicende di questo mondo, allora pure Tu comprendi le nostre sofferenze."

Lo sguardo tornò poi nel blu del mare che si perdeva nel buio.

"Le lacrime di Yrshar... le Tue lacrime sono lampada per il cammino di ogni uomo."

L'oceano era calmo e la luna rifletteva la sua luce sull'increspatura delle onde.

Da lontano Gherson vide avvicinarsi delle imbarcazioni, probabilmente era Otharion che tornava da Alghior; decise allora di scendere per andargli incontro.

«Che ci fai qui?» Gli domandò il re una volta approdato.

«Non riuscivo ad addormentarmi.» rispose Gherson.

«Ti capisco... Allora vieni con me!»

Il re lo condusse nella sala del trono e ordinò alle guardie di allontanarsi, così i due rimasero soli.

Otharion si accostò a una delle grandi vetrate, un banco di pesci rossi si avvicinò incuriosito e lui sfiorò il cristallo; quelli rimasero a fissarlo alcuni istanti coi loro occhi tondi, per poi allontanarsi subito dopo.

«Sono lacerato nell'animo per quanto ho trovato su Alghior... non credevo di dover assistere a uno scempio del genere.» sospirò il re affranto in un filo di voce.

«La guerra ci rende simili a mostri.» fu lo scarno commento di Gherson.

«Non c'è bisogno della guerra per essere dei mostri.» replicò Otharion sempre a voce bassa, chinando il capo.

Seguì un lungo silenzio fra i due.

Gherson allora prese coraggio e, dimentico dei precedenti consigli di Laikin, cambiò genere di discorso domandogli: «Perché indossi quella maschera?»

Otharion non rispose subito rimanendo di spalle, infine strinse i pugni e tagliò corto: «È una questione che non ti riguarda!»

Gherson però non intendeva mollare la presa. «Di che hai paura? Forse di svelare i tuoi sentimenti?»

Il re s'irrigidì senza replicare, si accostò invece al trono e si sedette. «Ci sono vicende che non conosci, straniero, e ti assicuro che è meglio rimanerne all'oscuro; la mia è una storia maledetta e non desidero invischiarci altre persone, è già sufficiente che paghi io per le mie colpe.»

«Che cosa temi di nascondere?»

Otharion lo fissò negli occhi e rispose spazientito. «Quello che non saresti in grado di sopportare.»

Gherson per nulla intimorito proseguì: «Questo lascialo decidere a me!»

Il re allora alzò la voce: «Ora basta! Tu non capisci... io sono un mostro! Dietro questa maschera è nascosto un essere orribile; non puoi neanche immaginare quante volte mi sia guardato allo specchio in questi anni, sperando di tornare quello di un tempo ma non è così! Io già mi disprezzo da solo, figurati se gli altri potrebbero reggere la mia vista! Fuggirebbero e se anche non lo facessero, si volterebbero dall'altra parte o peggio ancora, mi tratterebbero con pietà!»

Di nuovo un cupo silenzio calò sulla sala.

Gherson continuava a studiare Otharion che ora stringeva forte i pugni sul capo cercando di trattenere la stizza, poi però si accostò a lui. «Che ti è successo?»

Il sovrano di fronte a tanta insistenza si arrese e abbassò gli occhi in un sospiro. «Sono vittima di una maledizione, straniero, anche se è tutta colpa mia.»

«Se vuoi, puoi parlarmene.»

Lo sguardo del re si rivolse di nuovo su Gherson. «Lo fai per curiosità?»

«Assolutamente no, in realtà vorrei aiutarti.»

Otharion sconsolato scosse la testa. «Nessuno può aiutarmi, nessuno!»

«Perdonami mio signore se la penso diversamente, ma ho i miei buoni motivi; ieri sera ho conosciuto una Mikerain su un'isola deserta che mi ha narrato la storia di un re e del suo amore per un'awaixa di nome Vasuada.»

Otharion trasalì. «Chi era?»

«Non mi ha rivelato il suo nome e non mi ha raccontato tutta la vicenda, perché è misteriosamente scomparsa tra le onde.»

«Com'era?» Domandò a questo punto il re.

«Era bellissima, i capelli color rame e gli occhi verdi smeraldo.»

«Vasuada... non può esser che lei.» sospirò Otharion.

«Allora è come sospettavo... e tu sei suo marito.»

L'altro confermò: «Sì, è proprio così.»

Gherson riprese: «Perdonami se ho risvegliato in te tristi ricordi ma volevo conoscere la verità, tra l'altro Vasuada, prima di andarsene, ha affermato che anch'io avrò parte al vostro destino, sebbene non mi abbia svelato come; perciò desideravo avere qualche chiarimento in merito.»

Una lacrima scivolò lungo la maschera di Otharion. «C'è poco da raccontare, tutto quello che ti narrerò, sono solo meschinità partorite nel profondo del mio cuore; a questo punto tuttavia è giusto che tu sappia la verità. Immagino che Vasuada ti abbia riferito della mia insana passione e di come la ingannai fino a uccidere il povero Therim, non è vero?»

Gherson annuì.

«Bene, in seguito lei fuggì. Sai come riuscii a circuirla?»

«Vasuada non me ne ha parlato.»

«Come ti ho già accennato ieri, ho vissuto parte della mia giovinezza a Leiksar Karim, dove appresi la possibilità di utilizzare la magia per trasformare la realtà, come è poi accaduto. Divorato dalla lussuria infatti, mutai il mio aspetto in quello di Therim, sebbene fossi consapevole che quel genere d'incantesimi avrebbe potuto procurare conseguenze irreversibili sulla mia stessa persona; non m'importava però, io volevo Vasuada e basta! Tempo dopo Luvomir si presentò al mio cospetto perché Vasuada gli aveva raccontato tutto; proprio lui mi confermò che la magia usata con l'inganno avrebbe rivelato al mondo la mia vera identità...»

A quel punto Otharion si tolse lentamente la maschera e mostrò il volto. Gherson dovette controllarsi per non rabbrividire; il viso del re, infatti, era deturpato da orribili cheloidi e da piaghe pustolose ancora aperte.

«Queste cicatrici sono il marcio che ho dentro! Nel corso della sua vita ognuno di noi palesa una falsa immagine di sé per nascondere agli altri chi sia realmente; a me non è stato più concesso e così ho dovuto proteggermi, dovevo celare al mondo la mia vera identità.»

Gherson non commentò rimanendo pensieroso.

Otharion allora abbozzò una smorfia e rimise la maschera. «Vedi, non puoi aiutarmi neppure tu...»

L'Urwain si accarezzò la fronte e, per nulla persuaso da quelle parole, replicò: «Forse hai ragione, però se Vasuada ha pronunciato quella frase, un motivo ci sarà. Una cosa è certa, tu hai sofferto abbastanza! Sono convinto che nessuno sarà mai condannato in eterno per le sue colpe.» quindi si accostò a Otharion e lo abbracciò.

Sul far del mattino Gherson, dopo essersi congedato dal re, decise di tornare su Alghior; il suo animo era inquieto e Ierax se ne accorse subito. «Che ti succede? Un'ombra vela il tuo volto.»

«Non lo so amico mio... sento che devo tornare sul luogo del massacro, ho avuto l'impressione che qualcuno mi chiamasse e non so neanche spiegarmi il perché.»

I due raggiunsero così l'isola; dall'alto scorsero i Mikeraian che continuavano ad adoperarsi senza posa, abbattevano i resti degli edifici cadenti e cercavano di metter ordine tra le macerie. Qualcuno, sbirciando verso il cielo, si trattenne per un attimo dalle sue occupazioni e li salutò.

Gherson ricambiò con un cenno della mano, poi ordinò a Ierax di virare verso il centro dell'isolotto. «Non è questo il posto.»

I due sorvolarono l'intera lingua di terra, finché videro brillare qualcosa tra la fitta vegetazione ai margini di un dirupo.

«Laggiù!» Esclamò Gherson, indicando il luccichio.

Ierax si gettò in picchiata in quella direzione.

Atterrarono vicino a un torrente spumeggiante che seguiva il pendio roccioso e trovarono un vecchio disteso a terra. Gherson si inginocchiò accanto; il poveretto era agonizzante e respirava a fatica con il corpo ricoperto di numerose escoriazioni, stringeva il petto con la mano destra a pugno e dalla bocca usciva una saliva schiumosa e rosea.

Alla vista del nuovo arrivato, il vecchio schiuse gli occhi a fatica ed ebbe un sussulto. «Sei forse un angelo... venuto a prendermi dal cielo?»

Gherson scosse il capo.

«Come ti chiami?» Gli chiese poi con dolcezza.

Lui rispose ansimando: «Lamhiur è il mio nome.»

L'Urwain comprese subito che al Mikerain era rimasto poco da vivere e gli sollevò il capo. «Che ti è successo?»

Lamhiur emise un lungo respiro, poi riprese: «Ieri il mio villaggio è stato attaccato da un Nuràrgh... molti sono morti, anche mio figlio e sua moglie...» e una lacrima gli rigò le guance.

«...Io sono riuscito appena in tempo a scappare con

mio nipote in braccio...» mosse le pupille in direzione di una rientranza tra le rocce.

«...Nel corso della fuga sono caduto slogandomi la caviglia e da allora non sono più riuscito a muovermi... Ho dovuto accudire il bimbo che ha pianto tutto il giorno e la notte per la paura; si è addormentato poco fa stremato dai lamenti e dalla fame...»

Lo sguardo di Gherson si spostò verso la gamba destra di Lamhiur, tumefatta e di un colorito nerastro che lasciava pochi dubbi; era sicuramente fratturata.

Il vecchio ansimava. «Da questa mattina poi ho un forte dolore al petto... non riesco più a respirare... Sto morendo, non è vero?»

Gherson guardò lo sventurato negli occhi, continuando a stringergli la mano, poi in un filo di voce gli disse: «Penserò io a tuo nipote, non rimarrà solo.»

«Chi sei?» Domandò Lamhiur.

«Il mio nome è Gherson.»

Il poveretto tossì, poi si fece forza sulle braccia e si sedette, scuotendo la testa. «No, tu sei molto di più! Ora comprendo, tu sei il figlio dell'uomo, quello di cui parlano le profezie... allora è davvero giunto il mio tempo... ora posso lasciare questo mondo... i miei occhi hanno visto colui che riporterà la pace tra i popoli e Ghenesia tornerà al suo antico splendore.»

Il suo viso si rasserenò in un lampo, poi chinò il capo e spirò.

Gherson gli chiuse gli occhi, quindi si alzò e andò dal piccolo che ancora dormiva nascosto tra le rocce, non doveva avere più di un anno; lo prese in braccio e il cucciolo si svegliò, agitò le pinne ed ebbe un vagito.

Gherson l'accarezzò delicatamente. «Non aver paura, so già chi si prenderà cura di te.» così dopo aver sepolto Lamhiur, ripartirono alla volta di Bashuar.

~~~

Il sole aveva da poco superato il suo apice nel cielo quando Otharion si avvicinò a Gherson, già pronto a cavalcare Ierax sul piazzale antistante la reggia. «È giunto il momento di salutarci, anche se sono convinto che ci rivedremo presto. Sappi che io e il mio popolo ti saremo grati in eterno per quanto hai compiuto.»

Detto questo, Otharion prese un sacchetto che aveva con sé e glielo consegnò. «È tuo! Al suo interno ci sono due pietre simili a cristallo. Quando sarai in pericolo, estraine una e invoca il mio aiuto, si dissolverà in polvere che volerà a cercarmi. Fa' attenzione però! Una volta utilizzata, andrà persa per sempre, quindi non sprecarle inutilmente, sono gemme rare anche per noi e non si trovano ovunque.»

Gherson lo ascoltava prestando attenzione a ogni singola parola.

Otharion strinse con forza le sue braccia: «Fidati, è come ti ho detto. Vai ora, torna da Aumar e riferisci a tutti che anche noi siamo pronti a difendere Avigar dai Mavourg. Ci incontreremo di nuovo figlio dell'uomo, forse proprio sotto le mura di Sivarin.»

Gherson si accostò a Ierax e prese il piccolo che dormiva tranquillo, porgendolo a Otharion. «Anch'io ho un dono per te; questa mattina ho trovato un cucciolo del tuo popolo rimasto orfano su Alghior dopo l'attacco di Vrakur, penso sia giusto affidartelo.»

Il re restò sorpreso con le mani tremanti. «Non puoi farlo...»

«Perché no?»

Otharion era davvero confuso. «Non sarei un buon padre.»

«Perché?»
~~~

«Il bimbo ha bisogno di una madre e di un padre, non di un mostro.»

«Il piccolo ha bisogno di essere amato come tutti noi. La tua sofferenza ti ha insegnato ad amare, sono certo che troverai un'awaixa disposta a vivere con te.»

Una lacrima brillò sugli occhi del re. «Quel che dici è impossibile.»

«Ciò che è impossibile a noi mortali, Yrshar lo può compiere. Affidati a lui, la creatura nelle tue braccia è un segno, sei stato perdonato; abbi fiducia almeno in questo.»

Le perplessità di Otharion si sciolsero come neve al sole. «Che tu sia benedetto Gherson Tanisvar Tinvaril, che tu sia benedetto, ora e sempre!»

L'altro, visibilmente imbarazzato, ricambiò il saluto e si accomiatò da lui.

CAPITOLO VII

Le prime ombre della notte stavano velando la foresta, quando Ierax atterrò di fronte al Daiandros in mezzo alla radura. Gherson si aspettava che Aumar fosse nei paraggi ma non scorse nessuno, anzi intorno a lui regnava un silenzio quasi irreale.

Il cavaliere chiamò più volte il padrone di casa ma non ottenne risposta, allora guardò preoccupato il compagno. «Quest'atmosfera non mi piace affatto...»

D'istinto portò la mano all'elsa della spada mentre scendeva dall'Aldeivar.

L'altro assentì scuotendo il capo.

Il tempo scorreva adagio senza che accadesse nulla, Gherson camminava avanti e indietro taciturno, immerso nei suoi pensieri e sempre più nervoso, tuttavia a un tratto percepì un fruscio tra le foglie.

«Chi è là?» Gridò ad alta voce sguainando Altair.

«Aumar sei tu?» Soggiunse ma non ottenne risposta. «Chiunque tu sia, fatti avanti!»

Alcuni istanti dopo dal folto della boscaglia comparvero tre figure avvolte in manti grigi, erano Elvaian.

Il più alto di loro scoprì il cappuccio rivelando la sua lunga chioma argentea; aveva gli occhi neri dallo sguardo penetrante.

«Allora è vero! Un uomo è qui tra noi.» esordì in tono sprezzante, guardando Gherson dal basso verso l'alto.

I tre si avvicinarono minacciosi con lunghe lance in mano.

«Chi siete?» Domandò Gherson per nulla intimorito.

Ierax racchiuse le ali dietro la schiena e si levò sulle zampe; la luce che emanava, rischiarava quasi a giorno l'intera radura.

Giunto a poca distanza, il primo riprese a parlare: «Il mio nome è Sieglind e comando la guardia del corpo dei reali Elvaian. Tu invece chi sei, straniero, che osi calpestare impunemente il nostro suolo? Sei davvero un uomo? Mi risulta che il tuo genere sia stato bandito in passato a causa delle sue colpe!»

Il suo volto era scarno, il naso lungo e affilato.

«Sono Gherson e... sì, sono un uomo! Vengo dal lontano mondo di Arvhèia.»

«Non ti vogliamo! Vattene, non sei desiderato!»

A parlare fu l'Elvain alla destra di Sieglind, il viso pallido come la neve.

Gherson fissò il suo volto astioso. «Non sono venuto spontaneamente ma per obbedienza e non andrò via finché non avrò terminato la mia opera.»

Sieglind lo guardò stizzito. «Obbedienza?! Obbedienza a chi?! Opera?! Ma di che stai parlando?! Vattene! Non hai capito che non ti vogliamo?» Così dicendo, scagliò la lancia contro Gherson.

Lui la scansò facilmente rispondendo a tono: «Sono venuto in pace tra voi, è questa la vostra ospitalità verso gli stranieri?»

Vi fu un attimo di silenzio e gli altri guardarono Sieglind imbarazzati, non sapendo come agire; nessuno aveva mai osato apostrofare il loro capo in quel modo.

Sieglind avvampò in viso. «Ora basta! Se non te ne vai con le buone, ti darò una lezione che ricorderai a lungo!»

Quindi, sguainata la spada, si diresse contro il suo avversario.

Ierax sollevò minaccioso le ali ma l'Elvain non riuscì neanche a raggiungere Gherson, perché i rami del Daiandros lo afferrarono e lo ritrassero indietro imprigionandolo tra le fronde.

«Che state facendo? Liberatemi!» Ordinò Sieglind ma

l'albero non obbedì.

«Com'è possibile?!» Gridarono i suoi compagni esterrefatti, non avendo mai assistito a niente di simile.

Gherson fremette nell'intimo, quindi s'inginocchiò a terra e disse: «Sangar![17]»

Subito i rami si snodarono e Sieglind rovinò al suolo pesantemente.

L'Urwain si rialzò guardando Sieglind negli occhi. «Vattene ora! Non ho nulla contro di te, torna dal tuo sovrano e riferiscigli che ho intenzione di incontrarlo, se vorrà ricevermi.»

«Dunque sei tornato Vartaxar... così ti chiamano, non è vero? Ero convinto che la sconfitta di Vrakur ti avesse montato la testa e invece guarda che cosa mi combini, hai pure imparato a dialogare con gli alberi. Mmm... molto bene, molto bene.»

Era la voce di Aumar accompagnato dal fedele Roskar, comparsi all'improvviso dal folto della macchia.

Gherson arrossì, imbarazzato per quelle parole.

Aumar invece, accostando assorto la mano al mento, continuò: «Se le mie orecchie ancora funzionano, ho proprio sentito bene? Vuoi davvero presentarti al sovrano degli Elvaian?»

Gherson annuì.

Aumar questa volta si rivolse agli altri tre con voce sonante: «Ascoltatemi! Vartaxar incontrerà il vostro re fra una settimana, so che avete lasciato i destrieri qui vicino, raggiungeteli! Correte più veloci del vento, giorno e notte e avvisate Uveron!»

Ierax li terrorizzò con uno stridio acuto e i tre fuggirono via, imprecando contro i nuovi venuti.

Gherson a quel punto si avvicinò al Daiandros e lo

---

17) "lascialo"

sfiorò con le dita; in quel momento i loro corpi si fusero, quasi fossero un tutt'uno e allora lui comprese... Percepì la vita scorrere all'interno della pianta, la comunione tra un'infinità di esseri che vivevano in sinergia con un unico scopo: quello di esistere e di donarsi l'un l'altro. Era un organismo superiore, molto complesso, con una storia antica e aveva dei sentimenti. Avvertì la sua sofferenza, il timore che quest'armonia potesse terminare a breve. Sì, il Daiandros stava chiedendo a Gherson di intervenire, non per aiutare lui ma per salvare l'intera Ghenesia dal male.

Ierax osservava la scena con attenzione contento nell'animo; il suo cavaliere stava imparando a comunicare con quell'angolo di universo.

Alla fine Gherson si discostò dalla pianta, i suoi occhi si erano illuminati. «È una strana sensazione Ierax, meravigliosa. Essere un tutt'uno con un'altra creatura...»

Aumar intervenne tra i due: «Quello che hai provato oggi con il Daiandros, è possibile con ogni essere vivente. Ascoltami ora, ti darò un consiglio; quando incontrerai Uveron, stai attento a come parli! È il sovrano di un popolo fiero, lui stesso è una persona astuta e molto orgogliosa, se vuole, è in grado di leggerti nel pensiero.»

Gherson aggrottò le ciglia. «Come se fosse l'unico qui...»

Aumar, senza dar troppo peso a quel commento, continuò: «Non fidarti di sua moglie poi... è una donna di straordinaria bellezza e di certo la utilizzerà per ammaliarti, cerca di comprendere sempre le loro vere intenzioni. Ricordati, difficilmente troverai qualcuno davvero felice della tua venuta, non ti fidare di nessuno!»

«Neanche di te?» Domandò Gherson con una punta d'ironia nel tono della voce.

L'altro indurì il volto per poi abbassarlo rabbuiandosi,

senza però replicare.

Nei giorni seguenti Gherson e Aumar ebbero modo di approfondire ancor più la loro conoscenza; spesso camminavano insieme nei boschi e il giovane apprese altre informazioni su Ghenesia. Gherson si dimostrava sempre curioso verso qualsiasi novità e subissava l'Elvain di domande, cui Aumar di solito rispondeva prontamente senza apparire contrariato; alcuni aspetti della sua storia tuttavia rimanevano ancora oscuri e quindi numerosi interrogativi affollavano la mente di Gherson. Perché Aumar era vissuto così a lungo? Perché poi se ne stava sempre da solo? Doveva essere accaduto qualcosa di molto grave per costringerlo a prendere una tale decisione... Aveva commesso qualche orribile delitto? Infine il giovane si chiedeva che cosa Aumar pensasse di lui. Non era facile estorcergli quel tipo di confidenze, anche perché il vecchio, quando meno te l'aspettavi, spariva senza fornire spiegazioni; ritornava poi all'improvviso insieme a Roskar come se nulla fosse. Durante le sue assenze Gherson non rimaneva ozioso, spesso volava con Ierax imparando così a destreggiarsi sempre più in quel nuovo ambiente; i progressi più rilevanti tuttavia li ottenne girando da solo nella foresta, poco alla volta infatti Gherson scoprì che quei luoghi erano abitati da una miriade di creature a lui sconosciute. Queste ultime, superate le loro iniziali perplessità verso lo straniero, cominciarono a mostrarsi, dapprima timide e titubanti poi sempre più cordiali. Erano per lo più minuscole come funghi e gli volteggiavano intorno con le loro ali dai variopinti colori; di solito avevano forme umane che rasentavano la perfezione con i visi gioviali e allo stesso tempo ingenui. Spesso saltellavano tra l'erba con gli occhi splendenti nel buio della notte; altre volte Gherson le scorgeva distese sui petali dei fiori, oppure mentre si lasciavano cullare dalle flebili onde dei ruscelli. Le Dryaian, cosi si chiamavano, lo fissavano coi loro occhioni innocenti e spesso dopo aver scambiato qualche parola con Gherson, ridevano scherzose tra loro appena l'Urwain si allontanava. Più volte Gherson incontrò pure le Maidaian accompagnate da qualche animale della foresta o addirittura da fauni allegri e spensierati che amavano suonare il flauto.

Il soggiorno in quel nuovo ambiente gli permise di familiarizzare anche con le realtà che reputava fin allora inanimate; così, senza neanche accorgersene, quasi fosse del tutto naturale, cominciò a comunicare con gli alberi che si rivolgevano a lui sempre più fiduciosi e lo accarezzavano con le loro foglie tra lo stupore delle fiere che abitavano la foresta. Aveva così appreso che le piante si stavano ammalando; avevano perso la voglia di vivere perché non erano più nutrite dalle magiche parole di Einemos. Già s'intravedevano le prime tracce di quel malessere: le foglie dei ramoscelli più superficiali si stavano ingiallendo e i fiori avevano smesso di sbocciare.

Aumar in realtà era informato di tutto e, la sera antecedente la partenza di Gherson per Sivarin, mentre preparava un minestrone accanto al Daiandros, conversando con Roskar, scuoteva allo stesso tempo perplesso la testa. «Non riesco ancora a farmene una ragione, sai? È diverso da tutti gli altri uomini conosciuti in passato; a volte sembra non aver alcuna considerazione di sé... eppure ha sconfitto Vrakur! Lo sai anche tu che non c'era mai riuscito nessuno prima. Forse non se ne rende conto... No! A pensarci bene, lui ne è consapevole; eppure non se ne vanta, prova invece interesse per le creature semplici: le foglie, le formiche, gli arbusti...»

«Quando si torna dalla morte, solo allora si comprende quanto sia prezioso vivere. Ho ancora una missione da compiere...»

Aumar s'irrigidì, Gherson era dietro di lui e non se ne era accorto. «Come hai fatto a sorprendermi? Credevo tu fossi ancora nel bosco.»

«Oggi ho incontrato Marvauror, l'antica quercia millenaria e ho trascorso molto tempo con lui. A un certo punto, mentre sfioravo la sua corteccia, mi pareva davvero di esser diventato anch'io un albero... forse è per questo che non mi hai notato mentre tornavo.» rispose Gherson serenamente.

«Mmm... devi stare attento quando parli con le creature di Ghenesia, specialmente con quelle più antiche; sono potenti e potrebbero soggiogare la tua mente. Tu sei ancora inesperto e non conosci bene questo mondo e i suoi abitanti.» brontolò Aumar girandosi lentamente verso di lui.

Gherson però non sembrò prendersela più di tanto, anzi riprese subito il discorso: «Veramente Marvauror si è mostrato gentile, mi ha parlato della sua vita, di quando era un piccolo arbusto e di tutti i figli nati dalle sue ghiande che hanno infoltito la foresta. Mi ha narrato degli scoiattoli e degli uccellini che vivono tra le sue fronde allietandolo coi loro canti, mi ha raccontato delle altre creature che calpestano questo suolo; degli Elvaian, che più non comprendono l'essenza della vita e si sono chiusi nel loro orgoglio... Mi ha raccontato delle guerre contro i Mavourg, cui ha assistito da spettatore silente. Sarebbe potuto intervenire ma non lo fece, perché si era rotta quell'armonia che regnava tra voi tanto tempo fa; infine mi ha parlato di te...»

Aumar era divenuto pallido come la cera, sospirò a lungo e infine gli domandò: «Che cosa ti ha detto? Non mentirmi, tanto sai bene che me ne accorgerei subito.»

Gherson stava in piedi con le braccia conserte e rispose con calma: «Non ho motivo di farlo; mi ha accennato che eri potente tra gli Elvaian e che hai sofferto molto, ti è stata però concessa una lunga vita che probabilmente avrà termine con il ritorno della pace su Ghenesia. Che strano destino ci accomuna... io avevo già intravisto la luce eterna ma son dovuto tornato tra i vivi per realizzare un'impresa che ancora non so come affrontare, tu invece non puoi morire, perché devi vederla conclusa.»

Gherson s'interruppe, stava scrutando Aumar nel profondo, come questi aveva fatto con lui tempo prima; non era facile però, perché il vecchio sapeva difendersi a dovere.

Si udì allora una brusca folata di vento, Ierax era sceso giù dal cielo all'improvviso. «Smettila! Lascialo in pace!»

Il suo cavaliere allora abbassò lo sguardo.

Trascorsero alcuni istanti, poi Gherson riprese a parlare: «Non lo nego, la tua vita m'incuriosisce, ci sono molti lati oscuri che non comprendo... ma va bene così! Sarai tu a raccontarmi tutto, quando lo riterrai opportuno. Vorrei però che almeno mi chiarissi questo dubbio; quando c'incontrammo la prima volta, accennasti a una profezia assicurandomi che ne avremmo riparlato, in realtà non c'è mai stata occasione... anche il vecchio Lamhiur prima di morire ha alluso a qualcosa del genere.»

Aumar sospirò, poi invitò il giovane a sedersi. «Nelle pagine di Einemos sta scritto che il figlio del reietto tornerà un giorno su Ghenesia e unirà a sé tutte le genti, allora la morte sarà sconfitta per sempre!»

Poi sollevò il capo e un sentimento di speranza accompagnò le sue parole: «Chi crede nell'Infinito e nella sua potenza, vive in attesa di questo giorno.»

«Sei più tornato a Leiksar Karim?» Domandò Gherson, la cui curiosità sembrava non aver mai fine.

«Più di una volta, mio caro, più di una volta...» Aumar

ora scuoteva il capo lentamente.

«Perché non ci sei rimasto?»

«Ognuno ha il suo destino; la vita è simile a un campo di grano appena arato e la felicità sta nel rimanere ognuno nel proprio solco. Piuttosto, ormai è da un po' che ti trovi su Ghenesia, che ne pensi?»

Gherson si sedette con le gambe incrociate e alzò gli occhi al cielo sorridendo. «Che vuoi che ti dica... qui è tutto così fantastico, Elvaian, Mikeraian, Maidaian... Ogni giorno poi scopro qualcosa di nuovo.»

«Però?» Domandò Aumar non convinto dal tono della voce.

Gherson continuava a fissare le stelle. «Però... vedi, non so come spiegarlo, non vorrei offenderti. Da piccolo, quando mia madre mi parlava di Ghenesia, m'immaginavo un mondo perfetto, senza guerre né dolore, dove tutti vivevano insieme felici e invece non è così.» chinò il capo un po' sconsolato.

«Te ne ho già spiegato il motivo, ricordi?» Replicò Aumar in un soffio.

Lui annuì semplicemente.

Il vecchio allora prese la pipa dalla tasca e l'accese accennando un sorriso. «Poi, scusami, ora non ci sei forse tu per rimettere tutto a posto?»

Gherson strabuzzò gli occhi. «Ti stai forse burlando di me? Guarda che non è divertente!»

Aumar invece rimase serio in volto. «Non ti sto prendendo in giro, tu per noi sei davvero importante, abbiamo tanta fiducia in te. Ascoltami, voglio essere franco: hai un compito arduo da affrontare e non t'invidio per niente. In questo momento i Mavourg stanno sicuramente preparandosi per attaccare Avigar e temo che presto scorreranno fiumi di sangue sul nostro suolo; l'aspetto più drammatico della questione però è che nessuno di noi può arrestare questa tragedia, nessuno! Neppure Uveron con tutte le sue schiere! È paradossale, ma dopo la caduta di Ilvàren Ghenesia rischia di sprofondare nel caos più totale perché i popoli che l'abitano non hanno intenzione di coalizzarsi per difenderla, separati da rancori insanabili; la natura poi è malata e sta perdendo la voglia di vivere. In questa situazione così critica la nostra unica speranza sei tu, un uomo, il primo a essere stato cacciato. Forse è giusto così... il nostro orgoglio ci aveva portato a credere di essere padroni del mondo e di poterlo gestire a nostro piacimento; forse questi eventi e la tua venuta ricondurranno gli animi a più miti consigli. È giunta l'ora che le genti aprano gli occhi e chiedano perdono a Yrshar della loro superbia. A questo punto vai da Uveron senza timore, esortalo ad abbandonare la sua arroganza e ad affidarsi nelle mani dell'Altissimo; convincilo a farlo per il bene di tutti!»

«Non è bene confidare negli uomini, alla fine potrei deluderti.» rispose Gherson sinceramente preoccupato dalle parole del vecchio.

Aumar chinò il capo e sospirò. «Se qui c'è qualcuno che ha deluso tutti, questo non sei certo tu.»

Gherson lo guardò di nuovo e fu allora che ebbe un'intuizione. "Non è possibile... non può essere! Ierax, dimmi che non è vero, ti prego, dimmi che è solo una mia fantasia!" Tremò dentro come una foglia agitata dal vento, mentre il suo volto divenne cereo.

L'Aldeivar però questa volta non rispose.

Tutto rimase sospeso come un quadro, Aumar continuava a soffiare scie di fumo nell'aria, mentre Gherson lo fissava immobile a bocca aperta.

Alla fine l'Urwain si alzò e si avvicinò al vecchio, sguainò la spada e la puntò a terra davanti a sé, poi s'inginocchiò tenendo Altair con le mani sull'elsa. «Mio signore, non so come ma cercherò di rimediare alle colpe dei miei avi; questo almeno te lo prometto!»

Aumar non replicò, posò una mano sul capo del giovane e lo benedisse.

Gherson allora si rimise in piedi e si allontanò, mentre il vecchio continuò a rimanere assorto nelle proprie meditazioni.

CAPITOLO VIII

Gherson e Ierax partirono a notte fonda. Aumar, prima di accomiatarsi da loro, aveva abbracciato e baciato l'Urwain sulla fronte, quindi gli aveva offerto un piccolo specchio ovale in una custodia d'argento. «Voglio farti un regalo, prendilo con te e abbine cura. È realizzato col Maiclon, una sostanza più unica che rara che possiede particolari proprietà; se lo strofinerai con forza riflettendoci il volto con quello di un'altra persona pronunciando poi "àmeltan ucòsevar", le vostre sembianze si scambieranno. Fai attenzione però, l'effetto non durerà a lungo, le particelle di Maiclon si disperderanno nell'ambiente, lo specchio svanirà e con esso la sua magia.»

«È questo l'elemento di cui parli?»

Gherson aveva estratto dalla tasca il sacchetto datogli alcuni giorni prima da Otharion e ne erano sbucate le due pietre trasparenti.

«Dove le hai prese?» Aveva domandato Aumar con un filo di preoccupazione nella voce e Gherson gli aveva narrato brevemente quanto avvenuto al momento della partenza da Bashuar.

«Perché non me ne hai parlato prima?» Aveva allora chiesto Aumar serio in volto.

Gherson, quasi scusandosi, aveva risposto: «Non pensavo fosse importante...»

Aumar aveva aggrottato le ciglia. «Se dici così, significa che Otharion non ti ha raccontato come le ha avute. Conosco la loro storia... il dono del re di Salavar è più prezioso di quanto tu immagini, ha a che spartire con la sua stessa vita! Ora non posso spiegarmi meglio, se non l'ha fatto lui, si vede che non è ancora il momento! Quando tornerai e ne sono certo, proverò a chiarirti il segreto legato a queste gemme; sappi fin d'ora però che se dovessi utilizzarle, sprigionerai una furia inimmaginabile dal più profondo dei mari. Stai attento allora e usale solo se necessario.»

Gherson aveva chinato il capo in segno di obbedienza riponendo le due pietre nel sacchetto.

Aumar allora l'aveva di nuovo stretto a sé, tanto che sembrava non volesse lasciarlo partire. «Mi raccomando, dovrai affrontare molte difficoltà lungo il cammino. Non vorrei ammonirti ma sono molto preoccupato e non perché dubiti di te; come ti ho accennato, le forze del male sono all'opera e cercheranno di contrastarti in ogni modo: la pace è ormai un lontano ricordo e tutti, che ci piaccia o no, dovremo prender parte a questa guerra.»

Dopo un ultimo inchino Gherson si era alzato in volo con Ierax.

Adesso era quasi il nono siklin di quel malinconico mattino, l'aria era fredda e nubi scure e minacciose rumoreggiavano qua e là accompagnandoli nel loro viaggio; sempre più spesso il cielo era rischiarato da improvvisi lampi e bagliori. La foresta sotto di loro andava gradualmente diradandosi lasciando il corso a colline ondulate e mostrando quasi ovunque i segni di un evidente malessere: le foglie erano ormai ingiallite sebbene si fosse ancora in pieno Solesan e sui rami cominciavano ad apparire strane chiazze grigie di forma irregolare che non lasciavano presagire nulla di buono.

Gherson era inquieto, a parte i timori più che giustificati per l'imminente incontro con il re degli Elvaian, lo assillavano una serie di dubbi sorti la sera precedente; tra l'altro Ierax, dopo quel brusco intervento in difesa di Aumar, si era chiuso in un mutismo inconsueto e non sembrava voler cambiare atteggiamento: quel riserbo però, non valeva forse più di mille conferme?

"Segreti, segreti, solo segreti... è mai possibile? Vengo

catapultato in un mondo sconosciuto dove non so un bel niente di nulla e le persone qui, invece di chiarirti le idee, te le complicano ancor di più. Ora pure le pietre... che razza di mistero nasconderanno?"

Tuttavia, per quanto si scervellasse, non era in grado di trovare una risposta adeguata e così sospirò dandosi per vinto.

Fu allora che udì la voce dell'Aldeivar: «Finalmente ti sei quietato.»

«Che vuoi dire?» Domandò Gherson un po' irritato ma in fondo contento di riascoltare il compagno.

«Come pretendi di capire, se intendi solo te stesso e le tue lamentele?»

«Mah...» balbettò Gherson, senza riuscire a proferire altro.

Ierax allora intonò una melodia incantevole.

> *«Se abiterai al riparo dell'Altissimo,*
> *Lui sarà tuo rifugio e roccia.*
> *Sotto le sue ali troverai riposo, la sua*
> *fedeltà ti sarà da scudo.*
> *Mille cadranno al tuo fianco ma nul-*
> *la ti potrà mai colpire.*
> *Egli darà ordine ai suoi angeli di cu-*
> *stodire tutti i tuoi passi.*
> *Camminerai su serpenti velenosi,*
> *schiaccerai leoni e draghi.*
> *Yrshar sarà al tuo fianco e ti salverà,*
> *perché a lui ti sei affidato.»*

Quelle parole sopirono le inquietudini del giovane principe restituendo calma e fiducia al suo animo.

Infine a giorno inoltrato, superato l'ennesimo pendio, si trovarono davanti a un'immensa vallata, in fondo alla quale in cima a una collina si ergeva Sivarin. Il verde dei prati era celato da un'infinità di minuscoli fiorellini azzurri chiamati Livynin, che fluttuavano per le forti raffiche di vento, tanto che la città stessa sembrava dondolare nel cielo. Il centro abitato era circondato da un'imponente cinta di mura argentate che aveva la forma di un dodecaedro; a ogni angolo sorgeva un torrione ottagonale, alto almeno cinquanta diacron e lungo venti, protetto da un tetto piramidale rivestito da lamine d'oro, dove svettavano bandiere rosse agitate dalle correnti d'aria.

Già da lontano Gherson scorse sugli spalti alcuni soldati che lo stavano additando. «Siamo stati avvistati. Bene, ascoltami! Atterriamo laggiù!» Indicò poco più distante.

Una volta smontato da Ierax, estrasse una sacca dalla sella e disse: «Riprendi pure il volo, vai via da qui e nasconditi; quando avrò bisogno di te, ti chiamerò.»

Lo sguardo dell'Aldeivar brillò. «Almeno porta Altair con te.»

«Sono qui in pace, non per combattere; stai tranquillo, mi sarai più utile da lontano. Se dovesse succedermi qualcosa, potrai sfruttare l'effetto sorpresa.»

Ierax, seppur a malincuore, si separò dal compagno.

Non trascorse molto tempo che si aprirono le porte della città e una decina di cavalieri armati di tutto punto uscì nella sua direzione; lo raggiunsero poco dopo circondandolo minacciosi con le frecce già incoccate negli archi.

Gherson alzò entrambe le mani dicendo: «Sono disarmato.»

Il loro comandante si fece avanti; era un uomo alto dai lunghi capelli chiari e imberbe, indossava un'armatura color argento come tutti i suoi soldati con sopra raffigurato un sole splendente. «Chi sei straniero?»

«Il mio nome è Gherson e vengo a chiedere udienza al tuo re.»

L'ufficiale lo squadrava dall'alto in basso, il viso fiero non lasciava trasparire alcuna emozione: «Perché il nostro re dovrebbe ascoltarti?»

«Mi sta aspettando, dovresti saperlo.» dichiarò Gherson senza timore.

«Dov'è finita quella strana creatura?» Domandò l'altro scrutando curioso il cielo.

«È volata via, aveva terminato il suo compito e se n'è andata.»

L'Elvain, per nulla convinto, scosse le spalle. «Il mio nome è Galdwjr. Coraggio, monta sul mio cavallo, ti accompagnerò fino all'ingresso di Sivarin, là decideremo il da farsi.»

Gherson obbedì e nel giro di alcuni istanti ripartirono al galoppo verso la città.

Giunti al cancello principale, Gherson smontò dal destriero e aspettò nei pressi del corpo di guardia; poco dopo Galdwjr tornò da lui recando un'altra cavalcatura per le redini. «Prendilo, ti scorteremo fino a palazzo.»

Gherson si attenne a quelle disposizioni senza ribattere e si accodò all'ufficiale, subito seguito da altri sei Elvaian. Durante il tragitto nessuno parlò e l'Urwain ne approfittò per dare un'occhiata in giro. Le mura della città erano spesse almeno sette diacron ed erano percorse all'interno da un tunnel che dava accesso alle feritoie e ai torrioni; un fossato le circondava all'esterno, rendendo ancor più difficoltoso l'ingresso alla fortificazione, più in alto il camminamento di cinta era difeso da una merlatura a nido di rondine.

La città si districava inerpicandosi su per la collina; le case erano immerse nella folta vegetazione ricca di querce ricoperte di licheni, di felci e di pini sontuosi che emanavano un gradevole profumo. Le abitazioni si sviluppavano in altezza su due o tre livelli con ampie finestre e tetti spioventi; ponti a gobba d'asino collegavano tra loro quelle dimore, ornate da ampi giardini che si fondevano nel paesaggio circostante. Di solito ai piani alti si trovavano le stanze da letto, più in basso invece le cucine e le sale per i banchetti, dove le persone s'incontravano per passare il tempo insieme. Le botteghe erano vicine le une alle altre: vi lavoravano sarti, erboristi, guaritori, forgiatori di armi, fabbri e abili orafi. Una dozzina di strade lastricate in marmo s'inerpicava lungo la collina, simili ai raggi di una ruota; terminavano in corrispondenza di un lungo viale perimetrale delimitato da un alto muro che demarcava i giardini del palazzo reale. Di tanto in tanto si udivano soavi melodie provenire dalle vie laterali, alcuni Elvaian in lunghi abiti sgargianti sedevano in gruppo tra i prati cantando; qualcuno si voltò incuriosito verso Gherson, qualcun altro si appressò alla strada per guardare meglio ma nessuno proferì una parola.

"Che bella accoglienza... in passato ho visto gente più contenta durante le cerimonie funebri." rifletté Gherson ironico ridendo sotto i baffi, quindi cercò di non pensarci più; iniziò invece a ragionare su quello che sarebbe accaduto da lì a poco. Innanzitutto, come si sarebbe comportato Uveron nei suoi confronti? Che cosa gli avrebbe chiesto? Lui invece, sarebbe stato in grado di rispondere correttamente? Il sovrano poi gli avrebbe mai creduto? Era lecito aspettarsi che Uveron avrebbe nutrito molti dubbi e non sarebbe stato certo da biasimare per questo. Più ci rimuginava, più aveva voglia di fuggire ma alla fine lasciò correre. "Ormai siamo qui e andiamo avanti; tanto, se continuo ad analizzare la questione, mi convinco che è tutta una follia...»

Giunsero così davanti ai cancelli della reggia, decorati con rami e foglie d'oro bianco; dopo averli oltrepassati, si trovarono di fronte un vasto giardino su più livelli. Una via centrale saliva dritta fino a una piazza circolare, proprio davanti all'ampia scalinata di marmo che dava accesso al palazzo reale. Dalla strada principale si dipanavano una serie di vialetti laterali ricoperti di ghiaia e delimitati da siepi di rose e fiori bianchi, che si dirigevano verso laghetti, fontane, ninfei e grotte; lungo questi percorsi si potevano ammirare statue raffiguranti bellissime Elvaian disposte a intervalli regolari. Lecci, cipressi, pini silvestri, querce secolari e altri alberi d'alto fusto contribuivano con le loro forme a ingentilire il paesaggio, dando origine a macchie boscose adiacenti al muro di cinta.

Il palazzo reale era poi una struttura imponente e allo stesso tempo armonica, scolpita in marmi chiarissimi su cui s'inerpicavano decorazioni floreali, che ricordavano i rami intrecciati degli alberi. All'interno la reggia si sviluppava su vari piani; i più alti ospitavano terrazze per festeggiare ricorrenze o per studiare i moti celesti degli astri, mentre più in basso si trovavano gli appartamenti. Questi avevano l'aspetto di vere e proprie case silvane, decorate con fronde, fiori e con riproduzioni della volta celeste sui soffitti; lungo i corridoi facevano bella mostra di sé statue di Elvaian dal volto austero armati di archi e spade.

I nuovi arrivati scesero da cavallo e salirono l'enorme gradinata, trovandosi davanti al maestoso portone d'oro intarsiato di gemme; quattro soldati armati fino ai denti vi stavano di guardia ma alla loro vista si fecero subito da parte.

Dopo alcuni istanti la porta si spalancò su un immenso salone rettangolare lungo una quarantina di diacron con due file di colonne di marmo ai lati, dove erano scolpite le effigia di guerrieri dal portamento fiero; alte almeno quindici diacron, sorreggevano un soffitto completamente rivestito d'oro: le pareti invece erano adornate con mosaici che raffiguravano episodi della storia di Ghenesia. La luce filtrava attraverso una serie di vetrate cangianti, che riversavano le loro tinte sul pavimento di marmo bianco, rendendolo simile a un prato.

Lungo il colonnato era assiepata una folla di Elvaian in abiti lunghi e sfarzosi.

"È proprio vero, mi stanno aspettando..." considerò Gherson tra sé, corrugando la fronte un po' preoccupato, mentre avanzava adagio guardandosi da ambo le parti.

L'atmosfera intorno a lui era pesante come un macigno; quanto odio, quanto rancore, quanto timore e curiosità, quanti altri sentimenti si celavano nelle anime di quelle persone...

Il salone si allargava in fondo al colonnato, terminando in uno spazio circolare; in alto al centro c'erano due troni occupati dal re Uveron e da sua moglie Jesavel, più in basso, sei per lato, gli scranni dei loro consiglieri.

Gherson dovette sforzarsi per non tradire l'emozione, Aumar l'aveva avvisato in merito alla straordinaria bellezza della regina ma la realtà era ben superiore a ogni immaginazione. La nobildonna era alta, aveva la cute pallida come la neve e il viso mostrava lineamenti perfetti che tuttavia non rivelavano alcun sentimento, così come il suo sguardo glaciale; i lunghi capelli d'oro erano raccolti in una treccia che scendeva giù oltre i fianchi. Indossava un vestito attillato di seta azzurro che metteva ancor più in risalto l'armonia delle sue forme; sopra il capo portava una corona impreziosita da diamanti di pregevole fattura.

«Quindi tu sei Vartaxar...» prese a dire il re squadrandolo con interesse da capo a piedi. I suoi occhi profondi sembravano studiarne anche l'animo.

Gherson ne ebbe la chiara percezione ma non si difese, peraltro che cosa avrebbe mai dovuto nascondere?

Uveron era alto e robusto con i lunghi capelli color platino; di età indefinibile, il volto privo di rughe, aveva lo sguardo austero. Indossava una veste chiara, lunga fino ai piedi, decorata con ricami in oro.

«Il figlio dell'uomo... già si raccontano cose straordinarie su di te. Sharkùm raidavan, così ti chiamano, l'annienta–demoni... prima Malion, poi Vrakur, un punto a tuo favore si direbbe, anche se non ne sono poi così convinto; un demone ferito è più pericoloso di uno sano!» Aggrottò le ciglia, quindi si alzò dal trono e gli s'avvicinò con l'espressione in viso dura come la pietra. «Qui i figli dell'uomo non sono i benvenuti, ma immagino tu ne sia già informato.»

«Non sono stato io a voler venire, Qualcun altro mi ha condotto qui!»

Gherson rispose d'impeto ma si accorse subito di aver sbagliato, aveva interrotto il sovrano senza essere stato invitato a parlare; purtroppo in quella circostanza il suo orgoglio aveva preso il sopravvento, chinò allora il capo in cenno di scusa.

Difatti uno dei presenti lo riprese all'istante: «Come ti permetti di interrompere così il nostro re? Si può morire per molto meno!»

L'Urwain riconobbe la voce e d'istinto si girò in quella direzione. Sì, era proprio lui, Sieglind e aveva il volto ancora tumefatto per la recente caduta dal Daiandros.

Il re alzò la mano verso il suo suddito per farlo tacere. «Anche temerario il nostro uomo... molto bene! Ricordati però che la sorte non ti sarà sempre benigna, il vento spesso cambia direzione.»

Poi si mise a passeggiare silenzioso intorno a Gherson con la mano incollata al mento.

«Sei figlio di re?» Domandò infine, ma Gherson non rispose.

Uveron allora irritato riprese: «Che fai, non parli? Di colpo ti sei ammutolito? Non sai che ho su di te potere di vita o di morte?»

«Il potere che hai viene dall'Alto, perciò mi sottometto alla tua volontà. Tu sei stato scelto per un arduo compito, regnare sul tuo popolo con giustizia, ma ricordati, c'è un tempo per nascere e uno per morire, un tempo per seminare e uno per mietere. I giorni vissuti ci insegnano che la vita non ci appartiene, è un dono dell'Altissimo per portare a termine i suoi propositi, non i nostri. Se Vrakur è stato sconfitto non è certo merito mio, qualcuno l'ha permesso, se oggi Yrshar ha stabilito che io muoia per mano tua o di chiunque altro, non posso che accettarlo.»

Uveron lo guardò sbalordito. «Stento a crederlo! Ci è stato inviato un saggio… molto bene! Non hai però ancora risposto alla mia domanda: chi sei? Quale sangue scorre nelle tue vene?»

«Il mio nome è Gherson, provengo dalla terra di Arvhèia e sono figlio di un principe di Urwan di nome Tanis, morto quando ero ancora piccolo. Sono stato educato in un'accademia militare e per una serie di circostanze che se desideri vi racconterò, ho trascorso gli ultimi sette anni della mia vita a pascolare un gregge di pecore.»

S'interruppe subito perché avrebbe voluto esprimersi diversamente, quelle parole però erano uscite spontanee senza che avesse avuto il tempo di frenarle e in effetti nella sala si diffuse un mormorio di disapprovazione.

Uveron alzò lo sguardo al cielo e sorrise sarcastico. «Un pastore di pecore!? Bah, francamente questa proprio non me l'aspettavo… Ti stai burlando di me? Ti stai burlando di me??? No, tu non mi convinci, ci dev'essere dell'altro!»

Di nuovo il sovrano lo scrutò attentamente e un rivolo di sudore scese lungo il collo di Gherson.

In quel mentre si udì un trambusto. «Fate largo, fate largo! Lasciatemi passare!»

Le due imponenti ante si schiusero di nuovo ed entrò

un individuo robusto, seguito subito dopo da altre sette persone, vestite allo stesso modo. Avevano tutti la barba lunga e ben curata; un elmo decorato con finiture d'oro ne copriva il capo e la piramide nasale, mente il busto era rivestito da una corazza metallica con l'effigie di un'aquila dorata al centro. Calzavano pantaloni grigi e un lungo mantello purpureo scendeva giù lungo la schiena.

«Lyanchor! Dovevo immaginarlo...» commentò Uveron con disappunto.

«...Da quando il re dei Cardaian osa presentarsi al mio cospetto senza invito?»

Il nuovo arrivato però non si curò neanche di rispondergli. «Dov'è il figlio dell'uomo? Dov'è?»

Lyanchor continuava a guardarsi intorno finché i suoi occhi inquadrarono il principe di Urwan.

«Interessante... interessante!» Continuava a ripetere ad alta voce, accostando pensieroso la mano al mento.

«Allora che fai? Non rispondi? Possibile che l'aria rarefatta delle tue montagne ti abbia fatto scordare le buone maniere?» Domandò nuovamente Uveron stizzito.

«Non desidero esser motivo di discordia tra voi.» intervenne Gherson.

Uveron sbuffò: «Tu motivo di discordia tra noi? Sono ben altre le ragioni per cui non andiamo d'accordo.»

«Perché ci sono forse attriti tra noi?» Replicò pungente Lyanchor.

Uveron lo fulminò con gli occhi: «No! Non ci sono mai state dispute tra noi, se non altro perché passate la vostra vita tra le nuvole, incuranti dei problemi di questo mondo, ruavar eidoun![18]»

Il Cardain divenne violaceo in viso: «Barhùn eidoun![19]

---

18) Letteralmente: "creature d'aria" ma in un contesto del genere, l'epiteto ha più una valenza dispregiativa simile al nostro "buono a nulla"

19) Appellativo denigratorio propinato dai Cardaian agli altri abitanti di Ghenesia. Si potrebbe tradurre in: "Creatura dai piedi incollati a terra." equivale per noi a "persona ottusa".

Se la questione fosse come sostieni, allora perché sarei qui?»

I due erano così vicini che quasi si sfioravano, sfidandosi con lo sguardo carico di livore e i muscoli tesi come corde; chiunque avesse un'arma a seguito, la strinse nel pugno.

«Ora basta! Se i vostri rapporti sono così deteriorati, allora è davvero giunta l'ora che sia proprio un uomo a riportare l'unità su Ghenesia!»

La voce di Gherson stemperò per un istante gli animi ed entrambi i sovrani, seppur controvoglia, si voltarono verso di lui.

Uveron lo guardò scettico e ribatté: «Credi davvero nelle tue affermazioni o sei solo uno stupido arrogante? Stai attento, se scoprirò che vuoi burlarti di me, non avrò alcuna pietà!»

Questa volta fu Lyanchor a intromettersi: «Piano con le parole! Prima di giudicare quest'uomo è bene ascoltarlo; sentiamo che cosa ha da dirci.»

Uveron mormorò disgustato: «È quello che stavo cercando di fare, prima che t'intromettessi in quel modo!»

Lyanchor si rabbonì e sorrise compiaciuto, per lui infatti era un immenso piacere riuscire a esasperare il re degli Elvaian.

Allora Uveron stese in avanti il braccio destro, invitando Gherson a parlare: «Suvvia Tanisvar Tinvaril, dicci chi sei realmente e per quale motivo ti trovi qui, sarai stato pure un pastore di pecore ma, a quanto pare, sembra tu sappia cavalcare un Aldeivar, una creatura leggendaria anche qui da noi; nessuno della tua razza si è mai cimentato in un'impresa simile.»

Nel grande salone calò il silenzio, gli occhi di tutti erano fissi sull'Urwain e ogni orecchio pendeva dalle sue labbra. Gherson aspettò che il re tornasse a sedersi sul trono e con calma iniziò a raccontare le sue vicende, mentre Lyanchor si accostò ai suoi fidi in piedi lungo il colonnato. Durante la narrazione Gherson si sentì formicolare addosso, come se qualcosa d'impalpabile lo sfiorasse tentando di insinuarsi nell'animo; più di una volta si toccò per comprenderne la natura ma non trovò nulla fra le dita. Si ricordò allora delle parole di Aumar; qualcuno, forse il re stesso, lo stava sondando, cercando di comprendere se stesse dicendo il vero. Girò gli occhi intorno ma era difficile intuire chi fosse, poiché gli sguardi di tutti erano su di lui; quando ebbe terminato il suo resoconto, il salone rimase immerso nel silenzio.

Uveron portò il busto in avanti con le mani poggiate allo scranno. «Dimmi un po', figlio dell'uomo, dopo quanto ci hai raccontato di te, della tua storia, delle tue origini diciamo quasi divine, credi davvero che adesso mi getterò ai tuoi piedi per implorarti aiuto?»

La frase terminò con una risatina sarcastica che fu seguita da un brusio di approvazione da parte dei sudditi.

«Ti ripeto, non sono qui per mia volontà; fino a pochi mesi fa la mia vita seguiva un altro corso.» ribatté Gherson per nulla intimorito.

Uveron allora replicò contrariato, alzando il tono della voce: «Anch'io te lo ripeto di nuovo, pensi davvero che noi accetteremo la tua presenza senza batter ciglio? Uno straniero venuto da lontano, figlio di una razza maledetta che non sa proprio un bel nulla di Ghenesia? Forse ti concedo ancora di vivere solo per questo, forse... tu non ti rendi conto di quel che sostieni e men che mai della gravità della situazione attuale! Ilvàren è caduta, casomai non ne fossi al corrente, e i Mavourg stanno organizzandosi per invaderci; presto i demoni busseranno alle nostre porte e non certo con intenzioni amichevoli! Sarà già un'impresa provare a difenderci, figuriamoci poi realizzare un'alleanza con le altre genti! Inconcepibile!»

«Non credi che Yrshar possa accorrere in nostro aiuto?» Domandò Gherson.

«Yrshar?!» Tuonò Uveron infervorandosi ancor più per poi ergersi dal trono in tutta la sua maestà. «Yrshar, come lo chiami tu, ci ha abbandonato da tempo ai nostri guai! Siamo dannati per sempre a causa di colpe commesse da altri e ricadute inesorabilmente su di noi. Sarò sincero con te, io non vedo amore in tutto questo, penso invece che il tuo Dio sia geloso di noi, della nostra forza, della nostra bellezza! Noi siamo in grado di cavarcela da soli, piccolo uomo, come abbiamo sempre fatto in passato e non abbiamo bisogno di nessuno!»

Gherson, senza scomporsi, riprese: «Ho già sentito affermazioni simili su Arvhèia e non sono d'accordo.»

Il re non replicò ma lo guardò con interesse, invitandolo a proseguire con un cenno della mano.

L'Urwain invece domandò: «Che cosa è successo a Leiksar Karim? Perché Ilvàren è crollata?»

Il re ribatté con una punta d'astio: «Bella domanda... purtroppo non lo sappiamo con certezza; i nostri esploratori hanno raccontato che tutti gli abitanti sono stati passati a fil di spada: per non parlare poi dei danni prodotti alla struttura... Sfortunatamente però, non conosciamo il mandante; forse è proprio il tuo Dio, forse è proprio Lui che ha armato la mano di qualcuno perché vuole la nostra fine! Forse sei stato tu, che te ne pare, non potrebbe esser questa la verità?»

«Hai chiesto tu di nascere o sai già quando morirai? Perché Chi ti ha creato, oggi dovrebbe desiderare la tua morte?»

La frase uscì spontanea dalla bocca di Gherson, tanto che ne fu sorpreso anche lui,

Uveron rimase senza parole, non sapeva che rispondere e un nuovo brusio si diffuse tra i sudditi.

«Come ti permetti di parlare così al nostro re?» Sieglind s'intromise furente, portando la mano alla spada e fu trattenuto a stento dai vicini. «Ti credi qualcuno solo perché sei giunto qui cavalcando una creatura fantastica che non sorvolava i nostri cieli da chissà quanto? Attento, il risveglio può rivelarsi amaro per chi è abituato a vivere tra le nuvole e poi all'improvviso si ritrova coi piedi per terra. Io non ti temo e nemmeno la mia spada!»

«Piano con le minacce!» Esclamò Lyanchor, lanciando uno sguardo malevolo verso il comandante delle guardie.

«Ora basta!» Tuonò il re.

Uveron scese alcuni gradini e si rivolse a Gherson: «Tu saresti quello che vorrebbe unirci? Mi vien quasi da ridere... la divisione, ecco che cosa porta la vostra razza, la divisione! Se non fossero bastati i racconti del passato, oggi ci hai mostrato che cosa è in grado di fare l'uomo! Adesso per favore esci da questa sala! Voglio parlare con il mio consiglio e decidere il da farsi. Tu Lyanchor, giacché ti sei degnato di scendere tra i comuni mortali, rimani con me, così potrò ascoltare anche il tuo illustre parere... Eviterò di inviarti messaggeri fra i monti per riferirti le mie decisioni.»

Due guardie si appressarono a Gherson per accompagnarlo fuori; questi s'inchinò e percorse a ritroso il lungo salone uscendo all'aperto, dove si sentì subito meglio: alzò le braccia al cielo, si stiracchiò respirando l'aria a pieni polmoni, quindi scese la scalinata accompagnato da Zavron uno degli scudieri di Lyanchor. Il Cardain doveva avere una trentina d'anni, era alto poco più di lui con i lunghi capelli e la barba castani e si rivolse così a Gherson: «Complimenti! Non è da tutti parlare in quel modo a Uveron, solo il nostro re l'ha fatto in alcune circostanze. Hai davvero un bel fegato, oppure devi essere proprio pazzo...»

Gherson però non lo stava ascoltando, guardava invece con interesse quei dieci enormi volatili che sedevano appollaiati alla base delle scale, custoditi da altri due Cardaian.

«Sono i nostri Woikain, impariamo a cavalcarli sin da piccoli volando con loro per tutta la vita.» affermò Zavron orgoglioso.

Erano lunghi almeno tre diacron, robusti e prestanti con un becco potente e uncinato, la testa grande e un'ampia apertura alare. Avevano l'intero corpo ricoperto da piume argentate che si scurivano gradualmente in prossimità della testa e degli arti, provvisti di unghie ricurve e affilate. Sopra il becco portavano un diadema d'oro a forma di sole e sul dorso una sella di cuoio fissata con cinghie sotto la pancia.

«Dove abitate?» Domandò Gherson.

Zavron si girò verso noren–donau indicando con la mano destra. «Laggiù oltre l'orizzonte, sulle maestose catene dei monti Elderrim.»

L'attenzione dell'Urwain si rivolse allora a occidente e s'incamminò verso la parte opposta del piazzale; da quell'altezza si poteva contemplare un paesaggio davvero suggestivo, sebbene in quel momento oscurato dal fronte di nubi fosche e minacciose che ottenebrava il cielo. Oltre le mura, le verdi colline si rincorrevano tra loro per poi immergersi in boschi dagli alti fusti; in particolare Gherson fissò lo sguardo su un'altura distante alcune leghe. Già prima di atterrare aveva scorto dall'alto quella strana sporgenza diversa dalle le altre, perché di un colore più scuro e di forma irregolare; anche da lontano s'intuiva che l'intero rilievo era ricoperto da un'insolita e intricata vegetazione.

Allora accostò la mano alla fronte riflettendo. "Sento un forte richiamo verso quel luogo, non capisco... ma sì, Elesian!"

Quel nome scaturì spontaneo nell'animo, facendolo vibrare come le corde di una lira. Elesian si trovava dentro quell'intricato groviglio di rovi, dove nessuno aveva più messo piede da chissà quanto tempo; l'ultimo vivente a vedere Erianna trasformata in albero era stato suo padre Ascalon, nonostante quel luogo fosse poco distante dalla città. In seguito il lago Islandar si era prosciugato e attorno ad Elesian era cresciuto un gigantesco roveto irto di aculei velenosi che si era progressivamente esteso, generando una barriera invalicabile che ne impediva a chiunque l'accesso.

"Sento di non sbagliarmi, qualcuno mi sta chiamando e vuole che vada lì. Devo solo trovare il modo di arrivarci."

«Questa notte ti verrò a cercare e ci andremo insieme.»

La voce di Ierax lo raggiunse nell'intimo; seppur distante e nascosto tra le nubi, l'Aldeivar era ormai divenuto un tutt'uno col suo cavaliere e ne conosceva i più reconditi pensieri.

CAPITOLO IX

Gherson rimase ad aspettare a lungo nel piazzale, finché due soldati scesero la scalinata dirigendosi verso di lui. Il più alto, giunto nei pressi, si arrestò e disse: «Il re ha deciso che sarai suo ospite e ci ha ordinato di accompagnarti nella tua stanza.»

Gherson annuì e si lasciò scortare dalle guardie.

Risalirono rapidamente i gradini entrando questa volta da una porta laterale, voltarono poi a sinistra seguendo un corridoio, lungo il quale si aprivano alcune sale decorate con arazzi damascati sulle pareti; giunsero così di fronte a una scala che li condusse al piano superiore. Dopo aver attraversato un lungo androne con numerose porte su entrambi i lati, arrivarono alla sua camera. Uno degli armigeri aprì l'uscio intimando a Gherson di entrare e lui obbedì, quindi la guardia chiuse la porta ma dopo non si udì alcun rumore di passi; probabilmente gli Elvaian erano rimasti ai lati dell'ingresso.

"Ospite o prigioniero?" Considerò Gherson tra sé sorridendo ironico; si sfregò i capelli, quindi decise di dare un'occhiata all'alloggio. In realtà era un piccolo appartamento con un'anticamera che, attraverso un robusto arco in legno di quercia, proseguiva nella stanza vera e propria. Il pavimento era in parquet color ciliegio e sull'intera parete era affrescato un bosco nel periodo autunnale, le cui foglie sfumavano progressivamente dal verde al giallo e al rosso; al margine destro era poi rappresentato un cervo con gli occhi rivolti all'ingresso, mentre al centro alcuni Elvaian suonavano il flauto attorno al fuoco. L'effetto era così realistico che Gherson rimase un'istante attonito, credendo di trovarsi davvero in mezzo alla natura. Il letto alla sua sinistra era ricoperto con lenzuola di seta e proprio davanti, accanto alla finestra semiaperta velata da tende chiare, c'era un minuscolo scrittoio. Un armadio dalle spesse ante di rovere era sistemato di fronte al letto e Gherson l'aprì distinguendo all'interno alcuni lunghi abiti dai colori vivaci; dopo averli esaminati tutti, decise che non facevano al caso suo e si affacciò alla finestra. Tornò di nuovo a fissare la collina di rovi sempre più assorto, infine si distese sul letto per riposare un po' dal lungo viaggio ma non si tolse l'armatura, l'unica difesa che ancora lo proteggeva e che gli dava un po' di sicurezza in quell'ambiente ostile. Chiuse gli occhi e si addormentò; dopo un paio di siklein sentì bussare alla porta, allora si alzò e andò ad aprire.

Entrò un soldato dall'aspetto gagliardo e fiero ma dallo sguardo gelido: «Devi venire con noi!»

Gherson abbozzò una risposta: «Dove dobbiamo andare?»

«Lo saprai al momento opportuno.» rispose l'altro rudemente.

Gherson lo seguì in silenzio, scortato a sua volta dalle altre due guardie di prima che lo tallonavano come segugi.

Si ricordò allora del precedente soggiorno tra gli Adamaint: "Roba da non crederci... pensare che a Elevar ero convinto di aver toccato il fondo."

Attraversarono lo stesso corridoio di prima ma questa volta in direzione opposta e, dopo aver superato due biblioteche con gli scaffali ricolmi di libri e pergamene, scesero giù per una scala a chiocciola in pietra; raggiunsero così una porta che si apriva sui giardini reali. A quel punto percorsero un lungo un sentiero tra due siepi di pitosforo bianco; doveva essere ormai pomeriggio inoltrato e il cielo continuava a essere coperto da nubi plumbee: per illuminare la via, erano state accese delle lampade di carta sottile tese tra gli alberi con fili trasparenti. Alcuni Elvaian camminavano nei viali adiacenti parlando tra loro a bassa voce, ma alle orecchie di Gherson giunsero anche le note di dolci canti che rasserenarono un po' il suo animo. L'ultimo tratto del sentiero era circoscritto ai lati da alcune fontane zampillanti che disegnavano archi d'acqua di diversa ampiezza; poi inaspettatamente Gherson si trovò di fronte Jesavel la regina degli Elvaian.

"Questo proprio non me la sarei mai aspettato!" Esclamò tra sé.

Jesavel era seduta con le sue ancelle su una panchina d'avorio e ascoltava una giovane in piedi intenta a recitare una poesia; all'arrivo dello straniero ordinò alle sue dame di allontanarsi con un semplice schiocco delle mani.

Gherson s'inchinò e la regina ricambiò il gesto accennando un movimento del capo, poi si alzò, invitandolo a camminare lungo i viali; gli occhi vigili delle guardie non li abbandonavano nemmeno per un istante. Seguirono un sentiero che li condusse fino a una ripida scalinata di marmo con un corrimano ricco d'intarsi e scesero giù raggiungendo un laghetto artificiale, dove si gettava una piccola cascata; due cigni bianchi galleggiavano placidi tra le acque limpide in mezzo a ninfee azzurre.

Jesavel si fermò e fissò Gherson con i suoi profondi occhi blu.

"La stessa sgradevole sensazione percepita nella reggia durante il colloquio con Uveron... questa awaixa deve avere poteri straordinari." rifletté Gherson, che però avvertì anche una nuova forza in grado di sostenerlo; la sua armatura ancora una volta gli veniva in soccorso, difendendolo dalla curiosità della regina.

Quello scontro invisibile si protrasse per un po' e là dove Jesavel cercava di penetrare le difese dell'Urwain, subito la sua corazza interveniva chiudendo ogni possibile varco di accesso.

"Che cosa vorrà mai da me?" Si domandò il giovane.

"Il tuo intimo!" Fu l'anima stessa del principe a rispondere ai suoi dubbi.

Alla fine Jesavel non riuscendo a far breccia, lasciò trapelare una smorfia di disapprovazione sul viso. "Che forza ha costui, riesce a resistermi con tale ostinazione!"

Poi dopo aver esitato ancora un istante, esordì: «Ti ho convocato perché volevo parlare con te, da sola! Non capita tutti i giorni di discutere con un rappresentante della tua razza.»

«Ho già udito questo genere di affermazioni.» commentò Gherson sorridendo, cercando così di sdrammatizzare la situazione senza però sortire l'effetto sperato; sul volto della regina infatti comparve una smorfia di disappunto.

«Immagino che tuo marito sia informato di questo colloquio.» riprese Gherson.

«Mio marito è a conoscenza di tutto ciò che accade nel suo regno, principe, non devi preoccuparti di questo!» Replicò lei risentita.

Gherson accennò un gesto di scusa e rimase in silenzio a riflettere. "Cos'altro vorranno sapere da me? Non è bastato quello che ci siamo già detti?"

Ripresero a passeggiare tra filari di alberi a lui sconosciuti, alcuni dalla corteccia simile all'oro, rivestiti di fiori bianchi che ne oscuravano le foglie.

Jesavel ne sfiorò uno con delicatezza. «Si chiamano Adrijn ed emanano un profumo intenso.»

Gherson annuì.

Poi la regina riprese: «Che cosa ti ha confidato Elesian?»

Lui rimase di stucco, non si aspettava infatti quel genere di domanda; indugiò un attimo, poi decise di raccontare la verità. «Mi ha chiamato… mi ha chiamato e basta.»

Lei pensierosa, accostando la mano alle labbra, rispose: «Interessante, tu che hai intenzione di fare?»

Gherson allargò le braccia. «Non saprei, mi piacerebbe andare a vederla.»

«Non sai che Meldor, la collina dove si trova Elesian è Usthemar[20]?»

Lui non rispose, Jesavel allora si arrestò di nuovo e cambiò discorso: «Immagino tu comprenda le nostre perplessità, speri davvero di riuscire nella tua impresa? Non sarà semplice mettere d'accordo tutti gli abitanti di Ghenesia, troppi rancori ci dividono. Accettare poi che sia un uomo a indicare come comportarci, è davvero fuori discussione!»

Gherson alzò il viso, questa volta fu lui a guardarla negli occhi. «Forse è più facile ascoltare uno straniero e aver fiducia in lui, che dar credito a una persona conosciuta che magari ti ha deluso...»

Jesavel abbassò lo sguardo quasi imbarazzata, come non le capitava da molto tempo. "Quest'uomo mi rende insicura ed è la prima volta che ho timore di qualcuno."

Ripresero a camminare in silenzio lungo un nuovo viale con siepi di rose blu senza spine.

La regina ricominciò a dire: «Le tue affermazioni potrebbero anche avere senso, se tu non fossi un uomo.»

Gherson la interruppe subito: «Conosco bene questo ritornello, noi siamo la causa di tutti vostri mali...»

Jesavel però continuò impassibile: «Non devi offenderti se siamo prevenuti nei tuoi confronti, non è facile accettare che il genere umano torni su Ghenesia. Sì, gli antichi testi di Leiksar Karim l'avevano predetto, ma restano pur sempre parole arcane, proferite in un tempo che fu; augurarsi poi che le genti di questo mondo siano in grado di vivere in pace tra loro mi sembra davvero inconcepibile, da troppi anni siamo imprigionati ognuno nel proprio guscio diffi-

______

20) Maledetta

dando gli uni degli altri.»

Gherson replicò risoluto: «La verità è che l'uomo sbagliò all'inizio ma in seguito sono stati compiuti diversi errori e nessuno se ne è mai voluto assumere la responsabilità accusando gli altri dei propri torti; forse è il momento che facciate tutti un serio esame di coscienza.»

Jesavel rimase ammutolita, quelle parole dovevano averla colpita nel profondo; intanto erano giunti nei pressi di un poggio che schiudeva la vista sulle colline circostanti, delimitato da una balaustra di marmo.

Jesavel si appoggiò respirando l'aria gelida di quel tramonto uggioso e le sue mani sembrarono fondersi con la pietra. In basso tra gli alberi s'intravedeva un torrente, mentre in lontananza a fatica si riconosceva la macchia di Meldor, offuscata dalle ombre della notte ormai imminente.

Di nuovo la regina si rivolse a Gherson: «Quel che affermi è vero, ma ora rispondimi con sincerità; sei davvero convinto che tornerà a regnare l'armonia tra noi? Tu conosci la tua razza, come vive su Arvhèia? Stando a quel che hai raccontato stamattina, spesso le vostre azioni sono animate da basse passioni, tu stesso l'hai sperimentato in prima persona, o sbaglio? Quante guerre vi hanno diviso? Se non siete in grado di vivere in accordo tra voi, come potrete mai concepire di amare il diverso? Sei davvero convinto che l'istinto umano possa cambiare?»

Questa volta fu Gherson a non sapere cosa obiettare e il suo animo si fece triste e malinconico come l'ambiente intorno a loro. «Hai ragione, sono un folle, forse un visionario; la verità è che anch'io ho molti dubbi e non so fornirti risposte certe, mi fido però di quanto mi è stato rivelato. Obbedendo a quelle parole, infatti, sono sempre riuscito a cavarmela, anche nelle situazioni che superavano la mia immaginazione. So per certo che Yrshar ha vegliato su di me proteggendomi.»

La regina accennò una smorfia. «Potrebbe essere stata solo fortuna... attento a non sfidare la sorte.» terminò la frase con un sorriso forzato sulle labbra.

«Mia signora, rimane sempre il fatto che oggi sono qui e non certo per mio volere.»

Jesavel alzò lo sguardo preoccupata verso le nubi. «Potrebbe essere stato il frutto di qualche magia oscura, non trovi? Stanno accadendo tanti fatti strani, la caduta di Il-vàren, la distruzione di Leiksar Karim... in fondo anche tu potresti essere parte di un disegno preordinato per ingannarci.»

Una raffica di vento si frappose fra loro con il suo ululato.

«Hai il diritto di pensare quello che vuoi, non posso impedirtelo.» ribatté infine Gherson quasi rammaricato.

Jesavel si affacciò di nuovo sulla balconata.

«Hai mai paura?» Domandò in un filo di voce, cambiando discorso.

Gherson aggrottò la fronte. «Altroché!»

«Di cosa?»

«Spesso della conseguenza delle mie azioni.»

«Io invece ho paura della morte! Annienta tutto, se non la temessi, forse già...» la frase però rimase sospesa a mezz'aria.

Gherson la guardò esitante ma lei continuò subito dopo. «...Sono sempre vissuta su Ghenesia secondo le sue consuetudini, giuste o sbagliate che siano e sono terrorizzata al solo pensiero di dover abbandonare le mie sicurezze.»

Ancora una volta le sue parole si estinsero nel nulla.

«Esiste anche un'altra morte.» ribatté Gherson quasi in un sussurro e la regina parve incuriosita.

L'Urwain a questo punto riprese: «La morte del proprio io... la sensazione di vuoto interiore che ci pervade quando non comprendiamo il senso della nostra vita.»

«Perché tu l'hai forse compreso?» Domandò Jesavel scettica.

«Quando Elaiar venne a trovarmi nella valle di Isador, mi risvegliò dal torpore esistenziale in cui ero precipitato ricordandomi che ero stato creato da Yrshar non per caso; pur tra dubbi e incertezze ho creduto alle sue parole, perciò mi trovo qui. Ogni giorno provo ad accettare la mia storia, sapendo che non dipende da me; forse qui è più semplice perché non posso far progetti su realtà che non conosco; certo, voi avete le vostre abitudini e allora le mie parole ti sembreranno assurde, io invece non ho niente da perdere.»

«Già è proprio così, tu non hai niente da perdere.» dichiarò lei, riflettendo a bassa voce.

Gherson glissò sul commentò della regina e come se non avesse udito, continuò: «Tutti abbiamo paura della morte, anche se in alcune circostanze l'ho desiderata come uno stolto, però quando mi afferrò davvero con le sue mani gelide, mi ritrovai dentro un tunnel tenebroso in fondo al quale apparve una luce splendente; questa sensazione durò alcuni istanti, subito dopo infatti mi resi conto di essere nuovamente su Arvhèia... Oggi credo che la morte sia simile a un pozzo nero che ci congiunga a nuove realtà; spero un giorno di riattraversarlo per rivedere mia moglie e mio figlio. Io vivo in quest'attesa...»

Jesavel si staccò dal marmo e rimirò pensierosa il suo interlocutore. «Anch'io tempo fa ho rischiato di morire ma non ho visto nessuna luce, niente di niente, solo buio! Per questo ho paura di affrontare simili argomenti!»

Cominciò a cadere qualche goccia di pioggia, la regina sospirò e cambiò discorso: «Sarà difficile che mio marito accetti le tue condizioni.»

«Quali condizioni? Non ho preteso nulla da voi e non

ho intenzione di convincere nessuno, tantomeno voglio usurpare il suo posto e comandare una coalizione di popoli contro i Mavourg, se è ciò che temi.»

Jesavel scosse la testa. «Già, una coalizione di popoli che non vanno d'accordo tra loro... sei davvero sicuro che riusciremo a trovare il modo di allearci e difenderci dai Mavourg, ora che la barriera è stata infranta?»

Gherson guardò di nuovo la regina negli occhi. «Questo dipende solo da voi e da quanto lo vogliate, in fin dei conti ne va della vostra stessa sopravvivenza. Credimi, sono su Ghenesia solo da pochi giorni e ancora non la conosco bene, ma quello che ho visto mi ha lasciato senza parole; forse vi siete assuefatti alla bellezza che vi circonda e non ve ne rendete conto, da parte mia però farei di tutto per difendere questo mondo dal pericolo.»

«Davvero non sei interessato al potere giovane uomo?»

Gherson le parlò con il cuore in mano: «Scrutami se non mi credi, so che sei in grado di farlo.»

Jesavel fu tentata a lungo mentre il suo manto ondeggiava sotto i colpi del vento, alla fine però lasciò perdere: «Va bene così. Mi ha fatto piacere scambiare due parole con te, a questo punto ritengo che la nostra conversazione sia giunta al termine.»

La regina schioccò le mani con delicatezza e subito comparvero le due guardie nascoste dietro una siepe che si avvicinarono a Gherson; questi, senza dir nulla, s'inginocchiò sfiorando le dita gelide di Jesavel e poi si allontanò.

La regina rimase a lungo a fissarlo, finché scomparve alla sua vista; poi, sicura di non essere seguita, tornò al laghetto artificiale, si accostò alla roccia e la sfiorò con i polpastrelli; all'istante si disegnarono sulla pietra le ante di una porta che si aprirono con un rumore sordo e apparve così un antro dalle pareti irregolari, illuminato solo dalla tenue luce di alcune lampade a olio. Aiutandosi con le mani per non battere il capo, Jesavel raggiunse l'estremità opposta e dopo aver acceso una torcia appesa alla parete, scese lungo una scala scavata nella pietra.

Chi era in realtà Jesavel dalle lunghe chiome d'oro, la regina dallo sguardo spietato che incuteva timore solo al pensiero? Elegante nel portamento, indossava sempre vestiti raffinati impreziositi d'oro e gemme rare, gioielli di singolare fattura le decoravano le braccia e il collo perennemente scoperto; tutte le sue dita erano adorne di anelli e una splendida corona di diamanti le incorniciava il capo. Nessuno conosceva le sue origini tranne lei, che purtroppo le aveva apprese nel peggiore dei modi.

Taluni avevano ipotizzato che fosse la figlia illegittima di qualche nobile e per simili illazioni erano finiti a marcire nelle segrete della reggia; i sudditi avevano così imparato che non conveniva pronunciare affermazioni fuori luogo nei suoi confronti: Jesavel infatti aveva motivi ben validi per comportarsi in quel modo proprio a causa del suo triste passato.

Al momento della nascita fu abbandonata nella foresta come un oggetto ripugnante e due Sarmaian che si aggiravano solitari tra i boschi, la trovarono per caso; la circostanza già di per sé aveva dell'incredibile, poiché quelle genti vivevano ormai rintanate da tempo immemorabile tra le montagne: i due decisero di prenderla con loro ma nel corso del viaggio furono uccisi da un orso. Uno dei puledri su cui viaggiavano fuggì via con la neonata legata alla sella e raggiunse le pendici di Leiksar Karim; qui il pianto disperato della bimba fu udito dal piccolo Luvomir che la trasse in salvo. Entrambi crebbero insieme nella fortezza sacra, finché Jesavel divenne una donna; ogni giorno si faceva sempre più bella, tanto che era impossibile rimanere indifferenti al suo fascino: lo stesso Luvomir ne fu sedotto e poco alla volta la loro amicizia si tramutò in un sentimento profondo, un'attrazione e una passione sempre più travolgente difficile da arginare. Luvomir almeno all'inizio provò a reprimere quelle emozioni, non così Jesavel che cercava in quel modo di colmare il vuoto affettivo che l'aveva segnata sin dalla nascita; la sua indole infatti la spingeva a serbare tutto per sé, nonostante fosse stata accolta e ben voluta da tutti: così oltre a studiare il Libro della Vita, imparò anche a scrutare l'animo altrui ma esclusivamente per i propri interessi. In quel periodo Valdor dimorava ancora a Leiksar Karim, i suoi giorni su Ghenesia però stavano volgendo al termine, altri compiti gli erano stati affidati e così mandò a chiamare Luvomir.

Si trovavano all'interno della biblioteca e Valdor stava seduto di fronte al tavolo ovale con un libro aperto davanti. «Volevo informarti che presto me ne andrò, mi è stata assegnata una missione delicata su Arvhèia, quindi dovrò lasciare Ghenesia e avevo pensato a te come mio successore.»

Luvomir alzò lo sguardo perplesso e cercò di obiettare qualcosa ma fu subito trattenuto dal suo precettore. «Non devi preoccuparti, non rimarrai solo, Yrshar sarà sempre con te. Devo però accennarti una questione, fai attenzione a Jesavel, ho visto come vi guardate e conosco i vostri sentimenti... lei non è cattiva ma qualcosa non mi convince. Le sue afflizioni mai sopite potrebbero essere sfruttate dal nemico, anche se ancora non comprendo come.»

Luvomir lo guardava esterrefatto.

Valdor riprese con calma: «Fidati, è come ti dico! Einemos anche se in modo vago mi ha svelato che Jesavel sarà causa di sventure; credimi, non ho motivo di mentirti.»

Luvomir scosse il capo triste. «Non è possibile... non è possibile!»

Valdor girò distrattamente una pagina del testo, poi riprese: «Almeno ti rendi conto di non essere obiettivo? Non sei in grado di giudicare i fatti in modo imparziale, non ti accorgi che le tue emozioni ti nascondono la verità?»

Il giovane pareva disperato e fissò il maestro con le mani giunte, quasi stesse implorandolo. «Ma amare una persona, è accettare anche le sue debolezze...»

Valdor però non sembrava sentir ragioni: «Ascoltami! Ho riflettuto molto in questi giorni giungendo alla conclusione che tu sia la persona più adatta a sostituirmi quando me ne andrò. Sai che significa? Condurre Leiksar Karim non è solo insegnare o presiedere a cerimonie ma molto di più! Sarai il servo di tutti e dovrai prima provvedere alle necessità degli altri, poi alle tue; sarai chiamato a soffrire per il bene più grande di chi ti sta accanto. Tu hai queste qualità Luvomir, lei no! Per quanto si sforzi, Jesavel bada solo a sé cercando di riempire il vuoto interiore che l'attanaglia, sarà così finché non si riconcilierà col suo passato; non t'illudere, per quanto ti affanni, non riuscirai mai ad alleviare il suo dolore e non puoi fargliene una colpa.»

«Allora forse non sono ancora pronto.» furono le uniche parole proferite da Luvomir a bassa voce.

Valdor lo studiava con attenzione ma non replicò, finché il giovane chinando il capo cedette e sospirò: «Sia come vuoi.»

Quel colloquio però fu udito a loro insaputa proprio da Jesavel, nascosta in una delle stanze adiacenti e la donna ne fu dispiaciuta in cuor suo.

Dopo la partenza di Valdor, capitò in quei luoghi Uveron il re degli Elvaian; aveva deciso di condurre suo figlio a Leiksar Karim per farlo educare lì. Il sovrano era vedovo da poco tempo; sua moglie, infatti, era morta a causa di un'improvvisa malattia. Uveron s'invaghì di Jesavel sebbene molto più giovane di lui, tanto da proporle di diventare sua sposa; incerta sul da farsi, la donna si presentò di notte da Luvomir, bella come mai, cercando di sedurlo ma lui si rifiutò.

Jesavel allora si accese d'ira: «Anch'io ho udito le parole di Valdor quando parlava di noi e se oserai ancora negarti, io ti maledico sin da ora! Come puoi trattarmi così, dopo avermi salvato da una morte certa? Non sai quello che provo per te? Se ti ostinerai in quest'atteggiamento, me ne andrò concedendomi a chiunque voglia!»

Luvomir sollevò lo sguardo con le lacrime agli occhi: «Ti scongiuro, non minacciarmi più in questo modo, io ti amo veramente e se davvero hai ascoltato quella conversazione, allora comprenderai pure il mio stato d'animo!»

Jesavel però non era intenzionata a dargli tregua. «Decidi cosa vuoi fare prima che lo faccia io!»

A quel punto Luvomir si allontanò da lei e si chiuse nella sua stanza digiunando per giorni interi e pregando: «Aiutami mio Signore... aiutami a comprendere, non ho più discernimento sulla mia vita!»

In quelle notti insonni scrutò senza posa il Libro della Vita che gli rivelò soltanto immagini di sofferenza e dolore associate all'amata.

Luvomir tornò così da Jesavel con la morte nel cuore dicendole: «Perdonami... ma nonostante i sentimenti che nutro per te, temo proprio che non ci sarà futuro per noi.»

Il volto della donna si trasfigurò, carico di livore come mai. «Io ti odio! Non ti rendi conto dell'errore che stai commettendo!»

Dopo quella minaccia si allontanò da lui, voltandogli le spalle per sempre, Uveron infatti la portò via con sé e la sposò.

Trascorsero gli anni, Jesavel all'inizio sembrava felice della sua nuova vita, circondata dal rispetto e dagli omaggi dei sudditi; aveva tutto ciò che voleva, ma col tempo scoprì

che non le bastava, perché neppure gli ori e gli onori reca-
vano sollievo alle sue angosce. Un giorno si accorse di essere incinta ma quell'evento a prima vista lieto, si tramutò
invece nell'ennesimo tragico episodio della sua esistenza.
Mentre camminava nei giardini reali, giunta nei pressi del
laghetto artificiale, scivolò su un sasso e riuscì a malapena
a rimanere in equilibrio appoggiandosi su una pietra nascosta tra la folta vegetazione. In modo inspiegabile si aprì
la porta celata tra le rocce e la regina si trovò proprio davanti alla caverna segreta; colta da curiosità, nonostante i
pressanti avvertimenti della sua ancella, decise di entrare.
Dopo aver sceso le scale, giunse in una grotta contornata
di stalattiti con un minuscolo specchio d'acqua al centro; si
chiamava "Draidavar larkhùn[21]".

Secondo la leggenda era nato dal pianto di Aliar, la
moglie di Ascalon dopo la morte della figlia, in realtà era
l'ennesimo maleficio che Darkos aveva escogitato prima di
essere cacciato da Ghenesia; chiunque vi si fosse specchiato, avrebbe contemplato realtà veritiere, tali però da afflig-
gerne l'animo. Gli sconvolgimenti geologici accorsi al termine della prima era avevano intaccato pure quei luoghi,
occultando il pozzo agli stessi Elvaian. Fu così che Jesavel
vide riflesse nel laghetto le sue forme e subito inorridì; si
gettò poi a terra piangendo e si strappò le vesti maledicendo il mondo intero, perché aveva appreso esattamente
le sue origini: Uveron era suo zio ed era stato proprio lui
ad abbandonarla nel bosco insieme al fratello Tanathion.
Jesavel infatti era il frutto di una relazione clandestina fra
Tanathion e Maelen un'inserviente di corte. Uveron aveva
osteggiato quella tresca in ogni modo obbligando il fratello
al segreto per evitare inutili scandali. Subito dopo il parto
Maelen morì misteriosamente e così Uveron convinse Ta-

---

21) Il pozzo delle lacrime

nathion ad abbandonare la figlia. In seguito il re ordinò al fratello di raggiungere Sicron per salpare poi alla volta di Bashuar in missione diplomatica, ma la nave naufragò inspiegabilmente e dell'equipaggio si perse ogni traccia.

Una volta appresa la verità, Jesavel, in preda alla follia, dapprima uccise la sua ancella e ne occultò il cadavere, perché nessuno doveva conoscere quel terribile segreto, in seguito assunse una mistura di erbe per abortire il figlio dell'incesto; lei stessa rischiò di morire avvelenata ma alla fine i guaritori di corte la salvarono, anche se il figlio nato prematuro, spirò pochi giorni dopo. Quella non fu l'unica atroce notizia che Uveron dovette recare alla moglie; i medici, infatti, gli rivelarono che molto probabilmente Jesavel non sarebbe più stata in grado di partorire altri figli. Il sovrano non sapeva come riferirlo alla regina che, chiusa in sé stessa, rifiutava qualsiasi consolazione; solo dopo molti tentennamenti trovò il coraggio di parlarle e le raccontò la verità. Jesavel ascoltò il marito e non reagì, anzi inspiegabilmente sembrò più sollevata; al termine del colloquio chiese a Uveron di lasciarla sola e lui acconsentì.

La nobildonna allora si recò sul balcone della sua camera e rivolta al cielo, proferì queste terrificanti minacce: «Ti maledico Luvomir! Tu mi hai strappato a una morte certa che mi avrebbe liberato da una vita di sofferenze; col tuo rifiuto mi hai consegnata all'incesto e così sarò maledetta per tutti i giorni della mia vita. Sei responsabile della scomparsa di mio figlio e di tutti quelli che non potrò più avere, non avrò pace finché tu e Leiksar Karim sarete cancellati dalla faccia di Ghenesia!»

Con il trascorrere delle stagioni Jesavel divenne ancor più bella d'aspetto, il suo animo invece si abbrutì ulteriormente, carico di rancore e risentimento; non amava la compagnia, preferiva star da sola e partecipava in pubblico soltanto alle cerimonie ufficiali. Niente le recava sollievo, odiava tutti, la sua stessa vita e specialmente Luvomir che l'aveva abbandonata a quella tragica sorte.

All'inizio Uveron ne aveva giustificato il comportamento per il recente lutto ma quel continuo negarsi a lungo andare lo spazientì e contribuì a raffreddarne i sentimenti verso la moglie; non si spiegava quell'astio palpabile nell'aria tutte le volte che le si avvicinava, in fin dei conti, che cosa le aveva fatto di male? Di conseguenza il sovrano divenne ancor più irascibile e poco incline ai compromessi.

I giorni erano divenuti una maledizione per la coppia, monotoni e sempre uguali, poi accadde qualcosa di nuovo; durante una delle ormai numerose assenze del marito, Jesavel trovò casualmente conforto nelle braccia di un altro Elvain che riportò una parvenza di tranquillità nella sua vita: Sieglind il comandante delle guardie. Le loro mani si avvicinarono oltre il lecito e ne scaturì una passione insanabile che li divorava ormai da alcuni anni; i due amanti si appartavano proprio lì, al pozzo delle lacrime, dove consumavano il loro amore. Jesavel ne aveva un disperato bisogno, era come un balsamo per i suoi mali, il solo modo per non pensare ai propri guai, l'unico motivo per continuare a vivere; Sieglind, dal canto suo, era ammaliato dalla bellezza di Jesavel e avrebbe fatto qualunque cosa per lei.

La regina tra l'altro si recava spesso in quel luogo per scrutare le acque maledette, nonostante in passato le avessero rivelato quella tragica verità; a lungo andare infatti, la nobildonna aveva imparato a servirsene a modo suo, con la recondita speranza di acquisire qualche utile ragguaglio sul futuro, tanto che proprio recentemente aveva appreso dell'imminente ritorno di un essere umano su Ghenesia. Tale notizia l'aveva lasciata di stucco, lo straniero infatti avrebbe sicuramente portato una ventata di cambiamenti e quindi bisognava approfittarne subito; allora le sorse nell'animo un malvagio intendimento che avrebbe tuttavia risolto una serie di questioni rimaste in sospeso da troppo tempo, permettendole di vendicarsi delle ingiustizie subite: Jesavel ordinò a Sieglind di distruggere Leiksar Karim e di uccidere Luvomir e i suoi seguaci, in tal modo avrebbe placato una volta per tutte l'odio e il rancore che provava verso chi l'aveva rifiutata e soprattutto verso Valdor, artefice della dimora stessa e di tutte quelle assurde fandonie impiegate per manipolare i suoi discepoli e per rovinarle la vita. Incolpare poi il nuovo arrivato di quei delitti sarebbe stato un gioco da ragazzi, considerando che l'origine umana deponeva a suo sfavore; certo, la caduta di Ilvàren avrebbe indotto i Mavourg ad attaccare Avigar, ma gli Elvaian ne sarebbero senz'altro usciti vincitori com'era sempre accaduto in passato e magari nel corso della guerra... sì, nel corso della guerra lei avrebbe trovato pure il sistema di eliminare il marito!

Nuove visioni però le turbavano il cuore: immagini di violenza, di un duro confronto proprio tra Sieglind e lo straniero... l'amante giaceva esanime sul pavimento di un salone vagamente familiare, forse privo di vita.

Jesavel era davvero molto preoccupata e in quel momento stava fissando intimorita il pozzo delle lacrime; avvertiva una forte agitazione nell'animo per le emozioni che provava: da una parte la curiosità di apprendere il futuro, dall'altra il timore di scoprire nuovi drammatici segreti.

Un'ombra silenziosa comparve furtiva.

«Che cosa pensi di lui?» La voce di Sieglind ruppe il silenzio.

«Non lo so... tuttavia è molto forte e astuto; non sono riuscita a penetrare le sue difese, temo sia più pericoloso di quanto tu creda.»

Per tutta risposta Sieglind storse le labbra, mostrandosi scettico ma Jesavel obiettò all'istante: «Non è come pensi, crede davvero in quel che dice; anche se sembra remissivo, ha le idee ben chiare, non ha mezzi termini e va dritto per la sua strada. Se non l'arrestiamo subito, quest'uomo creerà uno scompiglio tale che dovremo dire addio ai tuoi sogni di gloria. Dobbiamo ucciderlo, poi ci dedicheremo con tutta calma a eliminare Uveron nel corso della guerra e questo, ti assicuro, sarà un gioco da ragazzi.»

Sieglind sbuffò nervoso, poi si accostò a Jesavel e l'abbracciò baciandole il collo. «Stai tranquilla, ci penserò io! Quell'uomo non vedrà mai più la luce del sole!»

CAPITOLO X

Una volta rientrato nella stanza, Gherson si sedette sul letto a meditare, quel colloquio non l'aveva proprio convinto, anzi era rimasto con l'amaro in bocca. La sua curiosità fu poi attirata dalle immagini sulla parete; il dipinto era così reale, gli Elvaian sembravano proprio veri, c'era un personaggio in particolare... ebbe un fremito: non si ricordava di averlo visto prima, quel volto poi gli era familiare.

«Galdwjr!» Esclamò infine, sobbalzando sul giaciglio.

L'Elvain si staccò dal muro e si avvicinò con le braccia conserte.

«Che ci fai qui?» Domandò Gherson ancora sbalordito.

Galdwjr accostò l'indice alla bocca. «Parla a bassa voce! Qualcuno potrebbe ascoltarci nascosto dietro le pareti. Non devono sapere che ci siamo visti.»

«Che ci fai qui?» Sussurrò di nuovo Gherson.

«Sono venuto a salvarti! Te ne devi andare subito, stai correndo un grave pericolo!»

Gherson era confuso. «Non posso andarmene, la mia missione... devo convincere Uveron!»

«Guarda il tavolino!» Lo frenò Galdwjr indicando alla sua destra.

Sopra lo scrittoio c'era una brocca d'acqua e poco più in là giaceva un passerotto senza vita.

«Non ci posso credere!» Esclamò l'Urwain incredulo.

Galdwjr allora scrollò Gherson per le spalle. «Ascoltami, non te la prendere più di tanto, già sapevi di non essere gradito da queste parti.»

Gherson continuava a fissare il passerotto, quasi inebetito.

«Perché mi hai salvato allora?»

«È una lunga storia... ma non è questo il momento di raccontartela.» rispose l'altro allontanandosi un poco.

«Chi sei?» Domandò Gherson.

Lui sorrise di rimando. «Galdwjr, figlio di Uveron.»

Le sorprese quel giorno erano davvero troppe anche per Gherson che, infatti, accostò la mano alla fronte esclamando: «Com'è possibile? Mi sei venuto incontro come un comune soldato!»

«Desideravo conoscerti dal vivo.» affermò Galdwjr imperturbabile.

«Che intendi dire?» Obiettò Gherson sempre più confuso, aggrottando le ciglia.

«Ti avevo già visto attraverso le Sacre Pagine di Einemos a Leiksar Karim. Te l'ho già accennato, è una lunga storia; da ragazzo vi fui condotto da mio padre per esservi educato e fu un periodo bellissimo. Conobbi Luvomir, il mio precettore...»

Un velo di tristezza gli oscurò il volto per un istante, poi si rincuorò e riprese a parlare: «...Anch'io ebbi modo di scrutare il Libro della Vita e ti vidi più d'una volta ammirando le tue gesta su Arvhèia, le stesse che hai raccontato oggi di persona, scorsi però anche le immagini di uno sconosciuto che tentava di avvelenarti; così già da allora compresi che dovevo intervenire per salvarti: ecco perché sono qui e perché mi sono precipitato stamattina fuori da Sivarin, volevo sincerarmi che fossi proprio tu lo straniero giunto su Ghenesia.»

«Se non avessi sfogliato anch'io quel Libro tempo fa, non ti avrei mai creduto... Tuo padre è informato di questa storia?»

«No! Meglio non rivelare certi segreti, potrebbero influenzare le sue decisioni e poi a corte ci sono troppi individui di cui non mi fido.»

«Davvero non sai chi ha voluto uccidermi?»

Galdwjr scosse il capo negativamente. «No, purtroppo no! Era avvolto in un mantello e voltato di spalle; ora però è meglio che ti allontani dalla città, mi adopererò io in tal senso. Vieni, non c'è tempo da perdere! Ho parlato con il re dei Cardaian, di lui ti puoi fidare, ti condurrà sui monti Elderrim e ti proteggerà nella sua dimora. L'ho convinto ad andarsene e in questo momento starà salutando mio padre; l'unico problema è come farvi incontrare.»

Gherson, ripresosi dallo stupore, si girò verso il letto ed estrasse dallo zaino lo specchio donatogli da Aumar.

Questa volta fu Galdwjr a rimanere di stucco. «Non ci posso credere… uno specchio di Maiclon! Ne ho visto uno simile a Leiksar Karim, chi te l'ha dato?»

«Aumar.» rispose Gherson, quasi divertito per aver lasciato a bocca aperta il suo interlocutore. «Pensi che utilizzandolo, riuscirò a fuggire?»

Galdwjr accennò un sorriso annuendo. «Dovevo immaginarlo… Aumar il solitario!»

Gherson allora si comportò come gli era stato suggerito; strofinò il vetro smerigliato, pronunciò le parole magiche, quindi i due vi riflessero le loro forme. Quasi immediatamente una strana polverina si materializzò nell'aria e davanti ai loro occhi avvenne la prodigiosa trasformazione; Gherson guardò Galdwjr e riconobbe sé stesso.

«Incredibile!» Esclamò.

L'Elvain, senza perdersi d'animo, sfiorò la parete e si schiuse una porticina.

«Ecco da dove sei entrato!» Costatò Gherson sempre più stupito.

Entrambi si appressarono a un pianerottolo buio che si affacciava su una ripida scalinata e scesero giù in fretta e furia, fino a raggiungere una parete in mattoni ocra. Galdwjr allora toccò una leva fissata al muro e parte del tramezzo si scostò con un rumore sordo, aprendo la via sui giardini reali.

L'Elvain indicò una siepe poco oltre e sussurrò nell'orecchio del compagno: «Ascoltami, laggiù ho fatto condurre un cavallo; quest'incantesimo renderà tutto più semplice, però sbrigati lo stesso a uscire dalla città, perché l'effetto del Maiclon non dura a lungo. Che cosa devo riferire a Lyanchor?»

Gherson lo abbracciò dicendogli: «Ti sono debitore, non dimenticherò mai quello che hai fatto per me. Vai da Lyanchor e avvertilo di aspettarmi oltre la collina di Meldor.»

Galdwjr corrugò la fronte. «La collina di Meldor!?»

«Non ti preoccupare... Fidati di me!» Replicò tranquillamente Gherson, cercando così di rassicurare il suo nuovo amico.

I lampi si abbattevano incessanti sulle alture intorno a Sivarin rischiarando quasi a giorno la notte buia; stava proprio sopraggiungendo un bel temporale, anche se in quel momento dal cielo cadevano solo sparute gocce. Il vento soffiava impetuoso e tutta la popolazione si era rifugiata nelle proprie abitazioni; a un certo punto parve che un fulmine fosse caduto proprio nel bel mezzo della pianura a un paio di leghe dalle mura. Le guardie sui bastioni si coprirono le orecchie ma inspiegabilmente non udirono alcun boato; quella stria di luce in realtà era Ierax, atterrato dove Gherson già lo stava aspettando. L'Urwain nel frattempo aveva riacquistato le sue sembianze; era riuscito a raggiungere l'ingresso della fortificazione senza particolari problemi, chiunque l'aveva incontrato infatti era convinto fosse Galdwjr. Alle porte della città tuttavia, più di un soldato aveva espresso qualche perplessità sul fatto che l'erede al trono uscisse di notte con quel tempaccio. Gherson non si era perso d'animo e aveva ordinato loro di spalancare i battenti minacciando di mettere ai ferri l'intera muta; questione di un viriklin al massimo e sarebbe rientrato.

«Complimenti... sei sopravvissuto anche stavolta, nonostante tu faccia di tutto per cacciarti nei guai.»

Gherson sorpreso da quell'affermazione sgranò gli occhi. «Io cercare guai!? Questa è bella... Vorrei ricordarti che non è stata mia la brillante idea di raggiungere Ghenesia.»

«Sai bene cosa intendo! Non dovevi andare da solo.»

«Stai tranquillo, non vedi che sono ancora tutto intero? Coraggio, andiamo! Credo proprio ci attenda un bel viaggio; prima però devo recarmi dove ben sai...»

Detto questo, montò su Ierax e volarono fino alla collina di Meldor.

Già dall'alto, la vista di quell'immenso groviglio di rami contorti e avvinghiati tra loro era motivo di sconforto, ma una volta al suolo l'altura si mostrò ancor più raccapricciante: le fronde, alte parecchi diacron, si estendevano su tutto il rilievo ed erano ricoperte di aculei, alcuni assai spessi con punte aguzze che s'intersecavano tra loro, tanto da rendere l'ingresso inaccessibile.

«Una vera e propria prigione, ora comprendo perché nessuno è mai riuscito ad attraversarla...» sbuffò Gherson meditabondo mentre scendeva da Ierax che aveva già racchiuso le ali dietro di sé.

L'Urwain allora si avvicinò al roveto cercando inutilmente un improbabile varco; il tempo intanto continuava a scorrere senza che accadesse nulla e la sola vista di quell'intrigo di rovi era sufficiente per tenersi a debita distanza.

«Eppure sento una voce che m'invita a entrare... non so come, ma deve esserci un modo.» continuava a rimuginare inutilmente Gherson tra sé.

Forse quel richiamo era solo un'impressione, perché in quel momento non si udiva altro rumore che il ticchettio sempre più fitto della pioggia sul terreno insolitamente arido; subito dopo il vento si mise a ululare con forza e Gherson, spinto dalla curiosità, sfiorò una delle spine: proprio in quel punto si udì all'istante uno strofinio di arbusti che iniziarono a disincastrarsi, creando un varco dove a stento poteva transitare una persona alla volta. Gherson indeciso si voltò verso Ierax, che l'invitò ad addentrarsi nel pertugio.

Il giovane si rincuorò, nonostante già gli frullassero in testa nuovi dubbi. "Se il cunicolo si chiudesse tutto di un colpo? Che rimarrà di me? Carne da macello..."

Alla fine però s'inoltrò nel roveto avanzando a fatica in quell'oscurità, dove non si percepiva alcun alito di vita.

"Possibile che non si veda neanche una formica?" Si domandò, mentre l'armatura lo proteggeva dagli aculei che lo serravano ai lati; sembrava un paradosso ma quei pungiglioni invece di avvelenarlo, indicavano il cammino da percorrere.

I viriklein intanto si susseguivano snervanti uno dopo l'altro e l'aria si faceva sempre più soffocante; Gherson adesso respirava a fatica mentre una nuova sensazione cominciò a rattristargli l'animo, un forte malinconia stava permeando le sue viscere. Elesian! Ecco cos'era! Sì, l'albero doveva essere vicino! Gherson ne percepiva il dolore che impregnava ogni elemento vivente. A occhio doveva aver percorso più di un verocron in quell'intrico di spine, quand'ecco che poco alla volta le fronde andarono diradandosi, finché comparve un'aspra radura secca e inaridita con crepe così profonde che laceravano il suolo simili a ferite ancora aperte; qui un tempo sorgeva il lago di Islandar. Al centro sopra un rialzo del terreno s'innalzava un albero solitario simile a un salice ma grigio come la cenere con infiniti rami privi di foglie che si lasciavano cadere giù lambendo il suolo.

"La lunga chioma di Erianna..." sospirò Gherson, rimasto muto e assorto in contemplazione.

Quante volte aveva sentito narrare quella storia, quante volte si era addormentato tra le braccia della madre ripensando a quelle favole... ora invece, proprio davanti ai suoi occhi, si presentava una realtà ben superiore a ogni immaginazione.

Gherson era profondamente commosso, proprio lì il male aveva attecchito per la prima volta spezzando l'armonia che regnava nell'Universo; quell'albero così insolito era la primordiale creatura che aveva sperimentato su di sé la violenza dell'uomo. Il giovane avvertì il bisogno di piangere, non per lui ma per Elesian; provava compassione per quella creatura: aveva ormai compreso che l'albero era vivo e stava soffrendo. Si sentì ancor più attratto da Elesian e si accostò, avrebbe voluto sfiorarla ma si trattenne; angoscia e afflizione trapelavano ovunque, come se la grigia corteccia traspirasse i suoi sentimenti. Elesian però lo chiamò e lui, seppur titubante, si chinò a terra e ne sfiorò il tronco. Nessuno aveva mai osato toccarla, se non Ascalon divorato dalla disperazione. Gherson fu allora avvolto da un alone di pallida luce ed entrò in simbiosi con l'albero, trasfigurandosi, mentre l'agonia di Elesian divenne sua. In quel momento Gherson comprese che in quella creatura si riversavano tutti i tormenti dell'universo e proprio lì si rese completamente conto della conseguenza delle sue azioni; scorse infatti i volti sfigurati di coloro che avevano sofferto per causa sua sperimentandone lo stato d'animo.

Ebbe un sussulto, si accasciò a terra sempre abbracciato al tronco e pianse amaramente. «Mio Dio, mio Signore, abbi pietà di me per i torti commessi...»

Rimase così incurante del tempo e della pioggia che

adesso cadeva scrosciante, mentre le sue lacrime inconsolabili penetravano il suolo fino a bagnare anch'esse le radici della pianta.

Allora si udì un fruscio fra i rami che si dondolarono tra loro.

«Figlio dell'uomo, figlio dell'uomo... non piangere più, come innocente ho preso su di me l'ingiustizia.»

Le esili fronde lambirono Gherson e ne accarezzarono i capelli.

«Come ti posso aiutare?» Sospirò lui, alzando gli occhi verso l'albero.

Si udì un nuovo sussurro: «Segui il tuo destino e libera Elazar. Vai ora e non temere.»

Poi quelle sottili propaggini si scostarono dal suo viso.

Gherson si rialzò e annuì asciugandosi il volto, indugiò ancora un po' a fissare Elesian, infine si allontanò da lei e tornò indietro; non si accorse così che un tenero germoglio era comparso su un ramo della pianta.

Nascosto fra le nubi che oscuravano il cielo, Lyanchor in sella al suo Woikan aveva osservato tutto rimanendone profondamente scosso. «Forse abbiamo davvero trovato chi riporterà Ghenesia agli antichi splendori...»

CAPITOLO XI

Un pallido sole riuscì a intrufolarsi nella spessa coltre di nubi che copriva il profondo Noren di Mudrùn come da molto tempo non accadeva e bastò quell'esile filo di luce per rendere la temperatura più mite; anche il vento turbinoso calò d'intensità e nell'immenso deserto di ghiaccio sbucarono qua e là dalle loro tane alcune sparute creature: si guardavano circospette l'un l'altra chiedendosi le cause di un tale mutamento, ignari di quanto stesse accadendo nell'animo di Malion.

Elazar viveva ormai con lei e la prigione era solo un pallido ricordo. Tornata alla sua dimora Malion aveva trascorso giorni terribili, combattuta tra un'infinità di rimorsi e paure; era terrorizzata da quello specchio maledetto cui evitava di avvicinarsi, sebbene fosse consapevole che prima o poi la nera sagoma di Darkos sarebbe ricomparsa a tormentarla. Che cosa gli avrebbe detto? Soprattutto, che cosa le avrebbe fatto? Domanda inutile, non era difficile indovinarlo, l'avrebbe uccisa fra atroci tormenti.

«Perché proprio a me, perché proprio io?»

Trascorreva il tempo rannicchiata in sé stessa singhiozzando, a volte malediceva Mishael per quanto accaduto imprecando anche contro la sua stessa mano. Valeva la pena aver riacquistato l'arto per poi perdere la vita? Fuggire... già, ma dove? Se non avesse risposto al richiamo del suo padrone, questi l'avrebbe fatta cercare ovunque.

«Che devo fare? Che cosa devo fare?» Quella domanda la ossessionava continuamente senza che riuscisse a trovare una valida risposta.

«Che ho fatto di male... Che cosa?» Si mordeva le labbra a sangue battendo i pugni sulla nuda terra, poi però tornava a riflettere convincendosi che l'origine di tutto era

stata la sua disobbedienza, la colpa era solo sua; traden-
do Yrshar si era messa nei guai e i nodi purtroppo erano
venuti al pettine: così si isolava da tutti evitando di farsi
vedere in quello stato e piangendo lacrime amare.

I servi si erano accorti di quel repentino cambiamento d'umore ma non sapevano come comportarsi, temendo
qualcuna delle sue memorabili sfuriate; in quel frangente
c'era solo una persona in grado di recarle sollievo, Elazar.
Un po' alla volta il bimbo aveva accantonato i suoi timori
verso Malion; lei d'altro canto gli aveva parlato del suo incontro con Mishael e aveva promesso che non l'avrebbe più
maltrattato.

Una sera il piccolo, scorgendola in quello stato, le si
era avvicinato a sua insaputa accarezzandole la chioma
cremisi e Malion, sentitamente commossa, l'aveva abbracciato stringendolo forte a sé. Nel corso dei giorni le scaturì
nell'animo l'intima speranza che il bimbo potesse rimanere sempre con lei, quasi fosse il figlio che non aveva mai
avuto.

Anche quella notte Malion fece accendere il fuoco nel
suo antro, poi invitò Elazar ad addormentarsi nel proprio
giaciglio sotto una morbida coperta di pelle d'orso; il bimbo
ubbidì di buon grado e si assopì quasi all'istante. Malion a
quel punto, invece di tormentarsi nei dubbi, si soffermò a
guardarlo; ne studiava i lineamenti sfiorandolo dolcemente con la mano destra, la stessa che, aveva giurato, non
avrebbe più procurato del male a nessuno.

All'improvviso però si udì un boato.

«Malion dove sei?»

La voce cupa scosse le fondamenta della grotta, rim-
bombando ovunque.

Malion rabbrividì nelle ossa, era giunta l'ora che in cuor suo aveva sperato non arrivasse mai; Darkos era tornato a farsi sentire.

Seppur controvoglia, s'avvicinò allo specchio e s'inchinò, nascondendo l'avambraccio destro col mantello.

«Eccomi, mio signore... che cosa desideri?» Rispose in tono dimesso a capo chino.

Nascosta nel fumo grigio, s'intravedeva la scura figura del demone.

«È da molto che non ho tue notizie... è forse successo qualcosa?»

«No mio signore, tutto precede secondo i tuoi piani.» rispose lei con un tremolio appena accennato nella voce.

«Sei informata di quanto sta accadendo su Ghenesia?»

Malion faceva fatica a parlare. «Mi è giunta voce che Ilvàren sia caduta e che il maledetto Urwain si trovi su Avigar e abbia ferito Vrakur; so pure che Helgrund sta per attaccare gli Elvaian. Desideri che anch'io prenda parte a questa guerra?»

«Vedremo ...» replicò Darkos che la esaminava da capo a piedi.

Lei si sentì venir meno, mentre gocce di sudore già ne imperlavano la fronte.

«Come procede l'addestramento del figlio dell'uomo?»

Malion esitò, poi respirò profondamente e disse: «Tutto sta andando secondo i tuoi desideri.»

«Ne sei proprio sicura?»

Malion tentennò un istante, infine annuì scuotendo il capo senza alzare gli occhi, temeva infatti di incontrare lo sguardo di Darkos.

Di nuovo questi tornò a tormentarla con le sue domande: «Che hai Malion? Non mi sembri la stessa... sei davvero certa che non devi riferirmi qualche novità?»

«Nulla... nulla di particolare.»

«Come va la tua ferita, si è cicatrizzata?»

Malion impallidì mentre il panico si stava ormai impadronendo di lei; già immaginava quel che sarebbe accaduto da lì a poco, sarebbe morta di tortura.

«Avanti, non aver paura, mostrami il moncherino!»

Lei però indugiava.

«Mostrami il moncherino ho detto!» Tuonò Darkos.

Malion fece scivolare adagio il manto e così scoprì la mano destra.

Dall'altra parte dello specchio si udì un sordo brontolio. «Non hai ancora nulla da dirmi?»

Malion però tacque tutta tremante a capo chino.

«Mi hai deluso... mi hai profondamente deluso!»

Darkos le puntò il dito contro e un attimo dopo il collare che Malion portava al collo si accese divenendo incandescente. La sventurata cadde a terra contorcendosi dal dolore e d'istinto afferrò il monile per strapparselo di dosso, ma subito dovette scostare le mani perché si erano ustionate; il collare intanto la stava soffocando, lasciandole oltretutto orribili piaghe lancinanti sulla pelle.

«Basta, basta! Ti prego lasciami!» Gridò disperata, mentre continuava invano a dibattersi.

Darkos era furente e stese di nuovo la mano contro di lei. «No Malion, tu mi hai tradito! Eri davvero convinta di ingannarmi? Povera illusa, ora morirai!»

Malion ebbe uno spasmo, forse l'ultimo, quand'ecco che Elazar si alzò dal giaciglio, destato dalle urla della poveretta.

Malion se ne accorse e cercò di allontanarlo gesticolando disperatamente. «Vattene! Vattene, ti prego... non farti vedere, scappa!»

La sua voce roca si percepiva appena e la bocca, contratta dal dolore, respirava a fatica.

Elazar invece non fuggì ma rimase a fissarla, finché

il suo corpo si trasfigurò divenendo candido come la neve e abbagliando allo stesso l'ambiente circostante; i suoi occhi adesso erano simili all'elettro.

Darkos allora distolse l'attenzione dalla sua vittima e posò lo sguardo su Elazar. «Bene bene... questo sarebbe il figlio dell'uomo? Avvicinati piccolo, abbiamo molte cose da dirci.»

Elazar però non gli rispose e si accostò a Malion, quindi si inginocchiò e l'accarezzò.

«Come stai?» Le domandò.

Malion palesò una smorfia di dolore e sfiorò il volto del bimbo con le dita. «Che cosa ti è successo piccolo mio, che cosa ti è successo... Non preoccuparti per me, quello che sto patendo è giusto, pago per le mie colpe ma tu vattene, lontano da questo mostro!»

Elazar al contrario proferì impavido ad alta voce le seguenti parole: «Ora basta! È giunto il momento di slegarti dalle catene!» Quindi spezzò il collare con le proprie mani senza ustionarsi.

Malion fu subito libera e nel medesimo istante la sua pelle e la chioma riacquistarono i colori di un tempo.

Darkos guardava impotente quella scena schiumando saliva dalla bocca. «Come ti permetti piccolo bastardo?»

Allora Elazar si rivolse a lui: «Ascoltami bene! Da oggi Malion è di nuovo libera!»

Poi sfiorò con le dita lo specchiò che andò in frantumi.

A quel punto un insolito silenzio permeò la grotta, interrotto solo dai singhiozzi di Malion che accarezzava il bimbo, tornato a essere quello di prima.

«Che cosa mi è successo?» Domandò Elazar come destatosi dal sonno.

«Niente, piccolo mio, niente... non ti è successo niente, sono i tuoi poteri che si stanno svegliando.»

Elazar la guardava confuso, ammirandone la primordiale bellezza, la cute di Malion infatti era nivea, la chioma lunga e riccioluta simile a oro zecchino.

«Come sei bella... assomigli a un angelo; allora l'incubo è finito per davvero.»

Malion scosse triste il capo. «No amore mio, purtroppo non è così... Darkos invierà subito qui i suoi scherani per catturarti.»

Una forte preoccupazione adesso le era dipinta sul volto.

Fu allora che comparve all'ingresso una figura rivestita di luce ed entrambi si voltarono coprendosi gli occhi per non essere accecati dal bagliore.

«Mishael!» Gridò Elazar alzandosi e gli corse incontro tutto contento abbracciandolo forte.

«Sei tornato finalmente, ho un sacco di novità da raccontarti.»

L'angelo accarezzò il viso del bimbo con lo sguardo rivolto a Malion. «Sono contento anch'io di rivedervi ma ora dovete andar via prima possibile, è troppo pericoloso restare qui!»

«Sì, l'ha detto pure lei.» confermò Elazar indicando Malion ancora stesa a terra.

Lei sconcertata e tuttora sofferente, domandò in un sospiro: «Ma dove fuggiremo? Siamo prigionieri su un'isola di ghiaccio in mezzo all'oceano...»

Mishael la prese per mano aiutandola ad alzarsi.

«Venite con me!» Li sollecitò così a incamminarsi verso l'uscita.

Ad attenderli c'erano due esemplari di Egalain, enormi volatili dalle folte piume chiare, lontani parenti dei Woikain con un'apertura alare di almeno quattro diacron per lato.

«Dove ci porteranno?» Domandò Malion.

«Alla rocca di Calaroth, lì starete al sicuro.»

Un lampo brillò negli occhi di Malion. "La rocca di Calaroth..." ripeté tra sé.

Cercò di obiettare qualcosa ma Mishael la frenò immediatamente con un gesto della mano: «Basta parlare! È tardi e non c'è tempo da perdere!»

Poi si rivolse ad Elazar e, dopo averlo baciato sulla fronte, gli sussurrò nell'orecchio: «Sei stato bravo e ubbidiente, sono orgoglioso di te! Hai visto? Tutto si è risolto per il meglio; ora rimani con Malion e stalle vicino, presto incontrerai tuo padre.»

Gli occhi del piccolo s'illuminarono, Mishael allora lo issò sull'Egalan e alcuni istanti dopo Elazar e Malion si sollevarono in cielo, divenendo in breve due minuscoli puntini all'orizzonte.

Non era ancora l'alba quando Elazar e Malion approdarono alla rocca di Calaroth; il castello era abbarbicato su un isolotto situato in mezzo a un lago dalle rive frastagliate, dove si rifletteva l'immagine della luna: tutt'intorno s'innalzavano aspre montagne dalle cime aguzze ancora innevate. L'accesso al maniero era possibile solo tramite imbarcazione ma in giro non se ne scorgeva neppure l'ombra, mentre ovunque regnava una calma davvero inquietante. Atterrarono sulla sponda dell'isola in prossimità di quello che un tempo doveva essere stato l'ormeggio; il legno era ormai marcio e cadente.

Salutarono i due Egalain che ripresero il volo e rimasero soli.

Oltre al rumore dei loro passi sul selciato udirono finalmente qualcosa di nuovo che spezzò quell'angosciosa monotonia; vicino alla banchina un pesciolino curioso saltellò fuori dall'acqua, facendo sorridere Elazar che richiamò subito l'attenzione di Malion: lei però era tesa a cercare un sentiero che portasse al castello. Alla fine, smuovendo il fogliame, Malion scorse tra i cespugli quel che rimaneva della via; le rocce che l'avevano delimitato in passato, adesso erano sconnesse e lungo il percorso erano cresciuti arbusti e rovi. Ciò nonostante i due non si diedero per vinti e mano nella mano, si avviarono lungo il viottolo che s'inerpicava sinuoso seguendo il ripido pendio, giungendo così davanti all'ingresso del castello situato su una scarpata alta una cinquantina di diacron. La porta d'ingresso, davvero malridotta specialmente alle estremità, era semiaperta; due torri, rivestite quasi tutte da edera e altri rampicanti, la difendevano ai lati: anche il resto delle mura non aveva un bell'aspetto, molte pietre infatti erano crollate e lungo le pareti s'intravedevano crepe preoccupanti, dove si era intrufolata ogni sorta di vegetazione.

Elazar rabbrividì. «Che atmosfera tetra... sembra la dimora ideale per i topi e le serpi.»

«A quanto pare, temo proprio di sì.» confermò Malion.

I due a quel punto varcarono la soglia ed entrarono nel piazzale interno. Il portone, appena sfiorato, cigolò in modo sinistro e i due si scansarono subito, convinti che gli sarebbe caduto addosso. Lo spiazzo aveva la forma di una enorme conchiglia, delimitato da quelle che un tempo dovevano essere state le abitazioni della servitù. Camminavano adagio guardandosi intorno circospetti, preoccupati che da un momento all'altro potessero comparire brutte sorprese; invece nulla, solo il silenzio.

Alla loro destra una scalinata di pietra tutta sconnessa li condusse a un secondo piazzale sovrastante dominato dal mastio; da questo slargo si godeva una splendida visuale sull'intero lago.

Elazar corse subito verso la balconata rivestita di merli a coda di rondine.

«Attento!» Gridò Malion.

Infatti, un attimo dopo parte della cinta sfiorata dal bambino rovinò fragorosamente giù lungo la china e il piccolo si trovò a un passo dall'abisso proprio sotto di lui. Elazar barcollò in avanti e Malion riuscì giusto in tempo a tirarlo indietro afferrandolo per la schiena.

«Che spavento mi hai fatto prendere, devi stare più attento!» Lo rimproverò.

Il bimbo imbarazzato si scusò e le rimase vicino in silenzio tenendola per mano.

A questo punto decisero di entrare nel mastio ma, appena varcarono la soglia, un nugolo di pipistrelli uscì squittendo ed Elazar gridò per lo spavento.

Malion sorrise. «Prima ti sei dimenticato di nominarli come inquilini di questa dimora e probabilmente ci sono rimasti male...»

Anche all'interno lo spettacolo era deprimente: le mura erano annerite e sporche con enormi ragnatele che si estendevano da una parte all'altra, la polvere alta almeno due dita ovunque; gli arazzi e i quadri che un tempo avevano decorato le pareti, adesso erano strappati e bruciati, quel che restava del mobilio era invaso dalle tarme.

Le travi del soffitto al piano superiore erano marce, alcune avevano ceduto e il tetto era pericolante.

«Non c'è proprio da stare allegri...» commentò Malion mentre continuava a perlustrare il castello abbandonato a sé stesso.

Decisero così di ritirarsi nella sala da pranzo, presero un po' di legna secca dai resti di un tavolo e accesero un fievole fuoco nel camino per scaldarsi; i vetri delle finestre infatti erano danneggiati e nella stanza si avvertivano ogni tanto degli spifferi fastidiosi.

«Avremo un bel po' da lavorare...» sospirò Malion sconsolata, scostandosi alcuni riccioli scesi davanti agli occhi.

Elazar le rivolse uno sguardo sgomento.

Lei, intuendo le sue perplessità, sorrise accarezzandogli la testa. «No, non aggiusteremo tutto, nessuno deve sapere che la rocca di Calaroth è abitata, però la renderemo più confortevole, non credi?»

L'altro annuì sbadigliando.

«Sei stanco, vieni, accostiamoci al camino, ci sentiremo meglio. Conosci la storia di Calaroth?»

Elazar negò scuotendo il capo.

«Allora te la racconterò mentre prenderai sonno.»

Così, dopo aver scostato la polvere dal pavimento, si adagiarono a terra avvolti nei loro mantelli e Malion cominciò a narrare quelle vicende sconosciute al bimbo: «Calaroth era un valoroso principe elvain vissuto dopo la prima era quando ancora non esisteva Ilvàren; a quel tempo i Mavourg, sebbene fossero già stati segregati su Mudrùn, salpavano spesso e volentieri alla volta di Avigar per cercare di conquistarla: anch'io partecipai a queste spedizioni, perché Calaroth era mio nemico. Anni addietro quel nobile aveva conosciuto una Maidain di nome Aìsian lungo le rive di questo lago e si era innamorato di lei.»

«Che cos'è una Maidain?» Domandò incuriosito Elazar.

Malion accennò un sorriso, poi riprese: «Una Maidain è una creatura dei boschi; su Arvhèia potreste definirla una ninfa o qualcosa del genere.»

Il piccolo assentì e fece cenno di proseguire.

«Come ti spiegavo, Calaroth s'innamorò di Aìsian e per tale motivo entrò in disaccordo col suo popolo che non vedeva di buon occhio le unioni tra razze diverse: il sangue degli Elvaian non doveva mescolarsi con le altre stirpi. Calaroth allora decise di abbandonare Sivarin e si ritirò qui costruendo questo castello e così visse felice con l'amata lontano da tutto e da tutti. Il destino però aveva in serbo per lui ben altra sorte; come ti ho accennato prima, i Mavourg, comandati da Helgrund, nel corso di una delle loro famigerate scorribande erano approdati lungo le rive meridionali di Avigar e, dopo aver messo a ferro e fuoco alcuni villaggi costieri, avevano deciso di proseguire verso Sivarin. Nessuno purtroppo era in grado di fermarli e gli Elvaian, ormai alle strette, mandarono a chiamare il loro miglior comandante, il principe Calaroth. Un alone di tristezza velò il volto di Aìsian quando scorse il marito parlare coi messaggeri; in cuor suo avvertiva che probabilmente non lo avrebbe più rivisto. Così, poco prima della partenza, gli si avvicinò preoccupata e gli disse: –Ascoltami bene, la spada che hai avuto da me in dono, Rhivial, un tempo apparteneva ad Ascalon e con essa il re degli Elvaian uccise suo figlio; ha già conosciuto il sangue nero di un demone ed è scritto che sarà lei a chiudere per sempre gli occhi di Helgrund. È però anche scritto che una donna porterà a termine quest'impresa, quindi bada bene, non affrontare mai il comandante dei Mavourg! Evitalo, se tieni alla tua vita e a noi! – Poiché gli Elvaian erano inferiori di numero rispetto al nemico, Calaroth decise di intraprendere una tattica volta a sfiancarlo con rapide imboscate, attaccando in particolar modo le salmerie e riuscendo così a creare gravi ritardi e difficoltà di movimento agli avversari. In tutte quelle occasioni si comportò sempre con valore coprendosi di gloria; era diventato l'incubo dei nemici e il solo nome ne incuteva timore. I Mavourg tuttavia giunsero nei pressi di Sivarin e durante l'assedio Calaroth ferì Helgrund che dovette ritirarsi; prima di tornare a Mudrùn tuttavia il comandante dei Mavourg decise di vendicarsi di Calaroth, ritenuto l'artefice della disfatta. Mentre il principe rientrava a casa, un demone che aveva assunto le somiglianze di Aìsian gli tese un tranello e lo catturò; Calaroth fu così condotto dinanzi a Helgrund che lo dette in pasto ai suoi cani. Dopo alcuni giorni un piccolo Elvain che andava ad attingere l'acqua al pozzo di casa udì una melodia malinconica provenire proprio dal fondo della cisterna; il bimbo impaurito scappò a chiamare i genitori. Quando questi giunsero in prossimità della cisterna, si accorsero che era circondata da una luce quasi impercettibile; anche loro ascoltarono una voce lamentosa che cantava di Calaroth e del suo amore per Aìsian. In breve la notizia fu risaputa, alcuni Elvaian si calarono in fondo al pozzo e trovarono il cadavere del giovane principe integro, come se non avesse mai subito alcuna ferita; il corpo fu così riconsegnato alla moglie e Aìsian lo seppellì in un luogo nascosto qui intorno insieme alla sua spada, nell'attesa che Rhivial sia impugnata da colei che ucciderà Helgrund. La Maidain subito dopo lasciò il castello che non fu più abitato da nessuno e tornò a vivere nella foresta, divenendo da allora la signora dei laghi. Alcuni sostengono che ancora si aggiri di tanto in tanto in queste regioni e che il suo lamento, trascinato via dal vento, strazi le anime di chi abbia la sventura di ascoltarlo; così nessuno si avvicina più a questi luoghi, dato che è impossibile sopportare un simile dolore.»

Malion guardò Elazar che nel frattempo si era addormentato tra le sue braccia; lo cullò un poco, poi a bassa voce sospirò: «Il cerchio sembra chiudersi... fui proprio io colei che t'ingannò principe Calaroth e oggi non sono qui per caso; ti ritroverò e m'inginocchierò sulla tua tomba per chiederti perdono, sarò io a brandire Rhivial per espiare le mie colpe.»

CAPITOLO XII

Un cavaliere percorreva veloce come il vento lo stretto cordone di terra che univa Avigar a Lauron, l'imponente conca del diametro di circa venti verocron dove vivevano i Tindainuin, separati dal resto del mondo nel loro esilio volontario; laggiù si erano rifugiati i pochi sopravvissuti alla catastrofe che aveva colpito Ghenesia al termine della prima era prosperandovi nel tempo. In verità nel corso degli anni quei luoghi erano stati anche meta di individui appartenenti ad altre razze che condividevano però i medesimi ideali di fraternità, contribuendo così allo sviluppo di una società multietnica, le cui regole fondamentali si basavano sul rispetto per la natura e per ogni forma di vita; da ciò ne scaturivano la compassione verso gli altri, l'onestà e la generosità: tutti gli esseri viventi, infatti, discendevano da Yrshar ed erano quindi accumunati dal medesimo flusso vitale che scorreva nelle loro vene.

La maggior parte era dedita all'agricoltura e all'allevamento ma c'era pure chi non disdegnava cimentarsi nell'arte della ceramica e del vetro o nella lavorazione dei metalli e delle armi. I Tindainuin, infatti, sebbene fieri assertori della pace, avevano vissuto sempre in ambienti ostili, scansati da tutti a causa delle loro origini; così sapevano ben difendersi da nemici d'ogni sorta o semplicemente da chiunque volesse infastidirli.

«Coraggio, mio fedele Lyung, Coraggio!» Continuava a ripetere il cavaliere senza posa al suo bianco destriero madido di sudore come mai.

«Ancora un piccolo sforzo e poi giuro che ti riposerai tutto il tempo che vorrai!»

L'altro ricambiò con un sonoro nitrito, che per un attimo coprì il frenetico scalpitio degli zoccoli sulla nuda terra.

Lingar, giovane guerriero dei Tindainuin, non avrebbe mai voluto trattare così il suo purosangue ma non poteva agire altrimenti, poiché recava con sé notizie di vitale importanza da recapitare immediatamente al suo signore.

Il cielo era ricoperto per intero da nubi dense e tenebrose che avevano oscurato la luce del sole; pareva quasi notte, mentre invece era solo il secondo siklin di quel cupo pomeriggio. Ogni tanto il bagliore dei lampi rischiarava la strada evidenziando ancor più il mare agitato e le sue onde che, sempre più minacciose, s'infrangevano sulla scogliera da ambo i lati, infradiciando il cavaliere con la loro schiuma fragorosa pregna di un intenso odore di salmastro. Giunto nei pressi dell'enorme conca, gli si parò dinanzi un cancello di ferro battuto, incastrato in una parete di roccia scura.

Da una delle torri che delimitavano l'ingresso, incastonate anch'esse nella rupe, si udì una voce stentorea: «Fatti riconoscere!»

«Andiamo Gavrin, non ho tempo da perdere! Sono Lingar e ho una missiva urgente per il nostro signore Samuyr.»

Seguì un rumore sordo, poi un lento cigolio, infine le due ante si aprirono e il cavaliere entrò in una galleria buia scavata nelle pendici dell'antico vulcano e lunga non meno di duecento diacron; due guardie gli vennero incontro ma Lingar le scostò in modo sbrigativo. «Lasciatemi passare ho detto! Porto notizie importantissime per il nostro re!»

Alcune lampade a olio fissate alle pareti illuminavano di luce fioca la strada acciottolata larga circa quattro diacron e alta altrettanti.

Lingar continuò a incitare il destriero lungo la via fino a raggiungerne l'altra estremità che si apriva all'interno della valle; qui si arrestò un attimo e sfiorò con la mano la folta chioma, raccolta dietro la schiena in una lunga ciocca viola come i suoi occhi. Squadrò l'intera vallata, probabilmente per sincerarsi che fosse tutto in ordine; gli apparve così quel paesaggio a lui consueto, dove aveva vissuto sin da piccolo: una vasta prateria coltivata per lo più a grano, divisa in appezzamenti da muretti di pietra grigia. Le abitazioni erano disposte in modo quasi simmetrico fin lungo le pendici; più in alto crescevano alberi di vario fusto, tra cui spiccavano pini slanciati che diffondevano nell'aria il loro caratteristico aroma. Al centro della valle si scorgevano in lontananza le luci di Ghorèl, il popoloso villaggio dei Tindainuin, delimitato da un'alta palizzata di legno. Aveva cominciato a piovere con una certa intensità e ovunque in quell'oscurità irreale s'intravedevano persone che correvano verso casa, cercando di ripararsi con quello che avevano a disposizione.

Lingar riprese a cavalcare lungo la strada lastricata, delimitata da rocce vulcaniche disposte ordinatamente dove ogni tanto spuntavano sparuti ciuffi d'erba; ormai era bagnato come un pulcino appena uscito dall'acqua ma non gl'importava.

«Dai, ancora uno sforzo... ti prego, ancora un ultimo sforzo!» Continuava a ripetere al cavallo accarezzandogli il collo.

Giunse infine alle porte del villaggio; le vedette, dall'alto delle torri, lo avevano già riconosciuto e avevano aperto il portone. Lingar entrò come una furia e si diresse senza indugio verso la residenza del re seguendo la strada principale.

Le abitazioni del borgo erano di pietra con tetti in paglia o di legno e seguivano il corso delle vie che si incanalavano verso il centro del paese come i raggi di una ruota; proprio qui, davanti alla piazza principale, sorgeva la dimora di Samuyr il signore dei Tindainuin.

Le costruzioni erano abitualmente su due piani: quello superiore, di solito, era circondato da una balconata di legno, abbellita in quel periodo dell'anno da un'intensa fioritura di gerani rossi.

Le minuscole pietre esagonali del selciato furono calpestate con veemenza dagli zoccoli di Lyung, per strada, d'altra parte, non si scorgeva anima viva; tutti erano ormai rintanati nelle loro dimore davanti al focolare o scrutavano il temporale al riparo delle finestre: la pioggia infatti cadeva sempre più scrosciante formando pozzanghere irregolari, mentre ai margini delle viuzze già correvano spediti i rigagnoli straripanti.

Lingar si arrestò davanti all'abitazione del re e smontò da cavallo; superati due gradini in pietra, si trovò di fronte un lungo corridoio perimetrale coperto dalla balconata del piano superiore.

Due guardie alla porta gli sbarrarono il passo con le loro lance.

«Porto notizie urgenti per il nostro signore!» Vociò il cavaliere tutto trafelato.

Quelli lo lasciarono passare, se non altro perché Lingar sembrava davvero stremato. Superò così la porta di legno dove erano intarsiate le figure dei loro antichi progenitori, uniti per mano sotto una stella a sei punte. Subito dopo l'ingresso, Lingar evitò accuratamente di sporcare il maestoso tappeto al centro del pavimento, su cui era raffigurato un albero di ciliege mature circondato da un'infinità di uccellini che svolazzavano intorno; di seguito una porta ad arco dava accesso al salone delle udienze.

Il cavaliere l'attraversò e all'istante avvertì il tipico odore di legna bruciata; tre spessi ciocchi stavano ardendo all'interno di un ampio camino grigio alla sua destra. Il pavimento della stanza era in cotto rosso ricoperto da tappeti finemente lavorati, adagiati uno accanto all'altro; per terra un bambino di pochi mesi stava gattonando in mezzo ai genitori che ridevano compiaciuti.

La madre, una donna di circa vent'anni dai lunghi capelli violacei avvolti in due trecce ai lati, stava in ginocchio; appena vide il nuovo arrivato, diede uno sguardo al marito, che subito si voltò verso Lingar.

«Che cosa desideri?» Domandò.

Il messaggero sapeva di aver interrotto Samuyr in un raro momento d'intimità familiare, ciò nondimeno si fece forza e con voce imbarazzata, esordì: «Perdonami mio signore... avrei evitato volentieri di disturbarti, ma reco notizie di estrema importanza per tutti noi.»

Samuyr aggrottò la fronte pensieroso, poi indicò alla moglie di allontanarsi col piccolo. Lei abbozzò un sorriso di circostanza e, senza proferire parola, afferrò il bimbo per le braccia; dopo aver accennato un inchino nei riguardi del marito e di Lingar, prese congedo in silenzio.

Si avvertiva ora solo il crepitio del focolare.

Samuyr, alto quasi un diacron aveva lunghi capelli neri con sfumature viola alle estremità, indossava degli sgargianti pantaloni rossi con stivali di cuoio e un giubbotto di pelle marrone; i suoi espressivi occhi azzurri sopra gli zigomi appena pronunciati scrutavano con attenzione il nuovo arrivato.

«Coraggio allora! Se ti presenti così al mio cospetto, significa che c'è del vero nelle tue parole.»

Lingar, ancora con il fiatone in gola, rispose: «Mio signore, è proprio come immaginavi! È tornato davvero... l'uomo è qui! Si chiama Gherson.»

Samuyr reagì di scatto: «Dove si trova adesso?»

Un tizzone schizzò via dal camino scoppiettando ma i due non se ne curarono.

«Dicono che sia diretto a Sivarin per parlare con Uveron, dicono...» indugiò un istante per riprender fiato, «... che abbia sconfitto Vrakur, il leggendario Nuràrgh!»

Un improvviso colpo d'aria fece spalancare una finestra, una rondine entrò nel salone accompagnata dall'ululato del vento e dal fragore della tempesta; dopo aver compiuto due giri della stanza svolazzando, si rituffò nel cielo plumbeo da cui era provenuta.

Lingar si accostò alle ante per chiuderle nuovamente mentre il re, voltandosi verso il camino, fissò le lingue di fuoco che si alzavano irregolari, intento a riflettere.

Allora Lingar si rivolse di nuovo al suo signore: «C'è anche un'altra notizia, i naharwiin[22] avventurandosi fino alle estremità consentite, hanno avvistato movimenti sospetti sule coste di Mudrùn, come se un'immensa flotta nemica stia preparandosi a salpare.»

«Mmm... di questo ne avrei fatto volentieri a meno...» mugugnò Samuyr con la mano destra incollata al mento per poi riprendere subito dopo: «... Se Vrakur ha incontrato lo straniero, significa che Ilvàren è stata infranta e se Helgrund ha deciso di armare la flotta, vuol dire che intende invadere le nostre terre; temo che ci aspetteranno giorni terribili.»

Il re raggiunse un tavolo al lato opposto del salone, c'erano sparpagliate sopra delle carte geografiche; le aprì una alla volta soffermandosi a studiarle. «Ora il problema è capire dove colpirà il maglio del nemico...» sospirò Samuyr preoccupato in un filo di voce.

L'indice della mano destra seguiva il profilo delle coste come un segugio, finché si arrestò in un punto e proprio lì Samuyr calò un vigoroso pugno sul tavolo.

«È qui che attaccheranno... ne sono certo! Non può essere altrimenti.»

Si girò allora verso Lingar invitandolo ad avvicinarsi. «Ascoltami! Non c'è più tempo da perdere. Io radunerò le

---

22) Uccelli neri simili ai corvi

nostre forze e mi precipiterò prima possibile al valico di Iefùn, tu invece vai dai Cardaian e convincili della gravità della situazione; esortali a venire in nostro soccorso, poi fatti scortare a Sivarin in cerca di questo Gherson. Raccontagli che cosa sta accadendo e persuadilo ad aiutarci insieme agli Elvaian, ne va di tutti noi! Fa' presto! Non so quanto a lungo riusciremo a frenare i Mavourg.»

«Allora parto subito!» Replicò Lingar, consapevole del pericolo.

Il re lo guardò commosso, poi lo benedisse.

Lingar uscì di corsa e raggiunse Lyung che nel frattempo era stato condotto alle stalle per rifocillarsi; lo accarezzò teneramente sul viso. «Amico mio, dovrò lasciarti per un po', mi aspetta una grave missione, stavolta non puoi accompagnarmi, sei troppo stanco; questi ultimi giorni ti ho sfiancato all'inverosimile.»

Per tutta risposta il destriero si rizzò con forza sugli arti e nitrì con violenza, ribellandosi a quelle parole: «Io sono il tuo Lonegran[23] e preferisco morire sputando sangue piuttosto che abbandonarti al tuo destino!»

Lingar lo abbracciò commosso, poi dopo essersi cambiato e aver salutato i genitori, partì in tutta fretta col purosangue avvolto in un mantello amaranto nonostante l'ora tarda.

La tempesta in mare intanto stava riducendosi d'intensità e tra le nuvole che si andavano diradando, cominciò a comparire il barlume di qualche timida stella.

---

23) Razza di purosangue

CAPITOLO XIII

Il viaggio verso le alte catene montuose degli Elder-rim durò alcuni siklein. Poco alla volta le sinuose colline ricoperte dalla folta vegetazione, lasciarono il passo a cime sempre più alte e ripide che si susseguivano a perdita d'occhio, l'un l'altra rivestite di neve eterna. La temperatura si era irrigidita e le nubi lambivano ormai le estremità di quei massicci fin quasi a nasconderli.

Gherson seguiva i suoi compagni sentendosi a disagio; i Cardaian erano abili nel padroneggiare i loro Woikain, lo si capiva dal modo in cui si libravano nell'aria sprezzanti del pericolo, al confronto lui era un principiante alle prime armi.

Ierax captò quell'imbarazzo: «Non preoccuparti, non sei così inesperto come credi, anzi, per quanto mi riguarda sei stato anche troppo temerario; devo forse ricordarti il duello con Vrakur?»

Gherson arrossì in viso come un bimbo appena rimproverato e si ammutolì all'istante, tuttavia dopo una pausa di riflessione, rispose subito a tono: «A volte ti preferivo quando eri un falchetto, almeno non dovevo sempre ascoltare le tue critiche.»

Ierax sembrò non gradire l'affermazione e si gettò giù in picchiata, roteando due o tre volte su sé stesso.

«Basta! Basta! Non ti riprenderò più, ho imparato la lezione!» Gridò Gherson temendo di perdere l'equilibrio.

Lyanchor aveva osservato tutta la scena e si staccò dagli altri raggiungendolo.

«Problemi con il tuo Aldeivar?» Domandò con il riso sulle labbra.

Gherson però dopo un rapido cenno d'intesa con Ierax, negò scuotendo il capo.

Lyanchor riprese: «Bell'esemplare... mi piacerebbe montarci sopra, anche se dubito che me lo permetterà; a proposito, qual è il suo nome?»

«Ierax.» rispose Gherson accarezzandogli il collo.

Lyanchor, come se nulla fosse, cambiò discorso: «Adesso vorrei proprio essere una formica, non so cosa darei per vedere l'espressione di Uveron quando saprà della tua fuga. Quel povero idiota...»

«Non andate molto d'accordo, vero?» Gherson era imbarazzato e non sapeva che cosa rispondere, temendo di urtare la suscettibilità del sovrano dei Cardaian.

Lyanchor si girò di lato e sputò in aria. «Come puoi andare d'accordo con un tipo del genere, presuntuoso e orgoglioso!»

"Tu invece pari proprio docile come una pecorella..." considerò Gherson tra sé, tuttavia per evitare polemiche, spostò la conversazione su altri argomenti. «Perché sei venuto a Sivarin?»

«Che domanda! Per salvarti.» ribatté lui quasi risentito.

«Come sapevi che ero in pericolo?» Domandò Gherson, strizzando gli occhi dalla curiosità.

Lyanchor lo guardò come uno che la sa lunga. «Mi hai preso per l'ultimo degli sprovveduti? Anch'io sono un re dopotutto e avrò pure i miei informatori; uno in particolare si trovava a Leiksar Karim la notte in cui la sacra dimora fu distrutta: è stato l'unico a scampare al massacro e poi mi ha raggiunto.»

«Chi è?» Chiese Gherson sempre più interessato.

«Perdonami, non ti offendere ma non posso rivelartelo e non perché diffidi di te; anche se ti conosco appena, mi sembri una persona in gamba. Ascolta, io non sono come Uveron; certo ho anch'io un bel caratterino, però non ho tutti quei suoi pregiudizi. Prima di pronunciarmi su di te, voglio vederti all'opera, anche se per quel che ho già appurato, credo proprio che meriti la mia fiducia; tuttavia, almeno per il momento è meglio non si sappia in giro che c'è un sopravvissuto all'eccidio: ne va della sua incolumità.»

«Capisco.» annuì Gherson.

«Posso anticiparti però che gli assassini erano Elvaiane, stento a crederlo, li comandava Sieglind, il capitano delle guardie reali.»

Gherson sgranò gli occhi. «Sieglind?!»

Lyanchor reclinò il capo. «Già, proprio lui... ora comprenderai meglio il mio stato d'animo quando ho appreso la notizia. Dopo un iniziale smarrimento, mi sono chiesto chi fosse il mandante e perché. Lo stesso Sieglind? No, non è il tipo, lui è un soldato, arrogante ma non avvezzo a questo genere di intrighi. Uveron? Mmm, non lo credo... è orgoglioso ma non idiota fino a tal punto. Che senso avrebbe far crollare Ilvàren scatenando una nuova guerra contro i Mavourg? Metterebbe a repentaglio il suo stesso regno. Il testimone però, prima dell'assassinio di Luvomir, ha sentito parlare di una donna, sebbene non sia riuscito ad afferrarne il nome; doveva essere senza dubbio una persona d'alto rango. Sieglind inoltre, aveva fatto intendere che la colpa di quello scempio sarebbe ricaduta su di te.»

«Su di me?» Gherson adesso sembrava confuso.

«Già, proprio su di te! Perciò sono montato sul mio Woikan, dovevo raggiungerti prima che fosse troppo tardi, una vocina mi suggeriva che se non fossi arrivato in tempo, di te non sarebbe rimasto neanche cibo per i vermi; per fortuna ci sono riuscito e, grazie anche all'aiuto insperato di Galdwjr, ti abbiamo portato in salvo.»

«Ad Uveron hai accennato qualcosa?»

Lyanchor lo guardò di traverso. «Sei matto? Secondo te mi avrebbe mai creduto? L'unico testimone dei fatti si trova al sicuro nella mia dimora; per comprovare accuse simili, sarei dovuto venire con tutto il mio esercito ma non era possibile, era più urgente invece salvarti da quelle calunnie che avrebbero trovato terreno fertile nei pregiudizi di Uveron e della sua corte. Ricordi il colloquio di ieri mattina? Qualcuno gli aveva già insinuato in mente che eri stato tu l'artefice della caduta di Leiksar Karim.»

«Ma non sono stato io!» Obiettò Gherson con veemenza.

Lyanchor sconfortato alzò gli occhi al cielo. «Questo lo so anch'io, ma ci sono molti modi per comprare una falsa testimonianza, che te ne pare?»

Gherson arrossì in volto per la figura da stupido appena commessa.

Lyanchor riprese: «Non ti preoccupare, devi solo aver pazienza, tutto si accomoderà per il verso giusto.»

«Perdonami ma ho qualche dubbio in merito, la mia fuga immotivata sarà invece considerata come un'ammissione di colpa.» replicò Gherson crucciato.

«Ho lasciato io una lettera a Galdwjr in cui spiegavo che ti ho condotto via temendo per la tua incolumità. Ti sei già dimenticato dello sfortunato passerotto? Non so quanto possa valere, ma di sicuro suo figlio e l'acqua della brocca convinceranno Uveron. Comunque, non esser pessimista... senza troppi sforzi, hai trovato degli amici che ti hanno soccorso, te lo saresti mai aspettato?»

Gherson non replicò ricordando quanto gli aveva accennato Aìsian in precedenza. "Amici... che bella parola, ma chi posso considerare davvero tali?"

Poi si rivolse di nuovo al Cardain e domandò: «Non mi hai ancora spiegato come sapevi che stavo a Sivarin.»

Lyanchor rispose sorridendo: «A questo ci ha pensato Aumar.»

«Aumar?»

«Già, proprio lui! Stenti a crederlo? Alcuni giorni fa

mi ha inviato un messaggio con una colomba. Certo, ne ha percorsa di strada quella poveretta... in poche parole Aumar mi ha scritto che eri in procinto di partite per Sivarin e che a breve saresti giunto lì.»

«A quanto pare ho più di un angelo custode...» costatò Gherson.

«Che ti dicevo? Fidati e vedrai che alla fine si aggiusterà tutto. Mmm... ora mi prudono proprio le mani, sento già il clangore delle lame sul campo di battaglia!»

Dopo quell'ultima affermazione, Lyanchor diede un'ultima occhiata sorniona all'Urwain e tornò davanti al gruppo.

Entrarono infine in una gola dalle pareti scoscese e spigolose così vicine da lambirsi in alcuni tratti; il fondo distava parecchie centinaia di diacron e s'intravedeva a malapena, offuscato da fitti banchi di nebbia che ne oscuravano la vista: intorno si udivano solo l'ululato del vento e gli scrosci dei torrenti che scorrevano sotto di loro. Ogni tanto i Woikain erano costretti a volare inclinati per evitare le rocce, le nubi stesse rendevano tutto più difficile, celando ostacoli che pareva venissero evitati per puro caso; in realtà i Woikain conoscevano quei luoghi a menadito così come i loro cavalieri che si divertivano ad effettuare un'infinità di manovre spericolate. Poco alla volta cominciarono a scorgersi delle abitazioni in pietra arroccate a strapiombo sulle pareti del burrone; ai lati di ogni casa Gherson notò una costruzione circolare del diametro di circa sei diacron con il tetto a cupola.

«Ogni Cardain erige questo tipo di struttura in pietra a poca distanza dalla propria dimora, dove poi il suo Woikain edifica il nido.»

Lyanchor si era di nuovo avvicinato a Gherson con l'intento di spiegargli ogni più piccolo dettaglio della sua terra.

Man mano che procedevano all'interno del canalone, le abitazioni andavano aumentando sempre più; dalle finestre circolari sporgevano facce curiose che li osservavano, mentre più in alto nel cielo adesso si distinguevano altri Cardaian che volteggiavano spensierati sfruttando le correnti d'aria.

Lo stretto passaggio si allargò progressivamente, finché davanti a Gherson si aprì una vallata rigogliosa circondata da massicce catene montuose; aveva una forma circolare con un diametro di circa due verocron ed era arricchita da cascate e torrenti che calavano spumeggianti dalle cime circostanti per confluire in un lago di cristallo: lo specchio d'acqua s'immetteva a sua volta nel fiumiciattolo che percorreva a ritroso la gola da cui stavano provenendo. Lungo gli irti pendii della valle sorgeva su più livelli Harvast la città dei Cardaian, costruita a strapiombo nel vuoto. Le case erano quasi tutte di pietra grigia marezzata di verde e azzurro con tetti a cupola, in alcuni casi incastrati nella roccia; comunicavano tra loro attraverso sentieri sinuosi o tramite ponti di legno o di roccia.

Da poco aveva smesso di piovere e un magnifico arcobaleno incorniciava l'orizzonte coi suoi variegati colori.

Dalla parte opposta della vallata Gherson scorse tra le nubi una nuova profonda fenditura con ai lati due enormi sculture scolpite nella montagna; erano alte almeno un centinaio di diacron e raffiguravano due Cardaian dall'aspetto austero con le lunghe barbe e le mani unite sopra la vita, nell'atto di reggere una spada sguainata con la punta rivolta al suolo. Altre dieci statue simili alle prime erano state intagliate nella roccia all'interno del canalone, cinque per lato, speculari tra loro; queste però, avevano le braccia tese in avanti, in modo da unire le proprie con quelle della scultura contrapposta e sorreggevano un'imponente costruzione, Folkard, la dimora del re. Eretta fino a metà altezza con lo stesso genere di pietra delle comuni abitazioni, nella parte superiore invece era realizzata con spesse travi di quercia e il tetto scendeva giù spiovente fin quasi a lambire le statue; un imponente Woikan di marmo con il becco aperto sovrastava la sontuosa porta centrale in legno di rovere, delimitando l'ingresso con le zampe e proteggendo il resto della facciata con le sue ali spiegate. Una piazzola semicircolare, circoscritta da un muretto di cinta, dava accesso alla residenza di Lyanchor attraverso una rampa di sei gradini.

Fu proprio il re a scendere per primo da Thourgol, questo era il nome del suo Woikan, e a sgranchirsi le gambe, quindi compiaciuto, si strofinò la barba e squadrando Gherson che stava smontando da Ierax, gli si rivolse affabile: «Ora comprenderai il mio disappunto per quei barhùn degli Elvaian; una volta conosciuto il cielo, se torni con i piedi a terra, camminerai sempre con lo sguardo rivolto all'insù carico di nostalgia. Chi come noi vive tra le nuvole, vuole restarci in eterno!» Così dicendo, gli mostrò con orgoglio il panorama a mani aperte.

Gherson rimase in silenzio affascinato da quella visione, i raggi del sole infatti che filtravano attraverso le nubi, coloravano le montagne con insolite sfumature violacee.

Lyanchor allora si accostò posandogli una mano sulla spalla. «Ascolta, noi tutti siamo cittadini del cielo e dobbiamo aspirare all'Infinito da cui proveniamo, perciò non sopporto chi vive su Ghenesia con l'unico scopo di accaparrare ricchezze, gloria e onori. Per chi, per cosa poi? Un giorno tutto finirà. Sono solo degli stolti, destinati a bruciare come erba secca!»

Terminate quelle considerazioni il re dei Cardaian lo invitò a entrare nella sua reggia.

Oltrepassato l'ingresso, si trovarono in un androne, dove ad aspettarli c'erano alcune guardie che porsero loro omaggio con un rispettoso inchino. La stanza era arricchita da arazzi e scudi circolari appesi ai muri e si apriva quasi magicamente nella sala del trono, l'ambiente più maestoso del palazzo. Subito al centro si riconosceva lo scranno, di poco sopraelevato rispetto al pavimento di legno ricoperto da splendidi tappeti, dalle travi del soffitto invece pendevano dei superbi candelabri che illuminavano di luce soffusa l'intero salone. Alle spalle del trono si aprivano ampie vetrate a sesto acuto, contornate da pesanti ed eleganti tende di velluto amaranto; un ampio camino con il fuoco già acceso alla sinistra del trono riscaldava l'intero ambiente di un gradevole tepore.

Ad attendere Lyanchor c'erano alcuni consiglieri che ossequiarono anche Gherson.

L'Urwain nel frattempo aveva notato un movimento innaturale di un tendaggio alla sua destra scorgendovi dietro un'ombra; c'era una persona nascosta che lo stava osservando attentamente. Gherson non sapeva spiegarselo ma ebbe la netta sensazione che quell'individuo fosse l'unico superstite di Leiksar Karim; per il momento però decise di soprassedere e ascoltò invece Lyanchor mentre parlava con i suoi sudditi. Poco dopo sbirciò di nuovo verso la tenda per cercare di carpire qualche altro particolare dello sconosciuto ma fu tutto inutile perché già se ne era andato.

Al termine della riunione Gherson fu invitato a pranzare col re.

All'interno delle possenti braccia delle sculture che sorreggevano il palazzo, i Cardaian avevano ricavato dei lunghi corridoi che raggiungevano le pareti del canyon, da cui si poteva poi accedere nei meandri delle montagne attraverso spesse porte in ferro battuto; qui erano stati realizzati gli alloggi, le cucine e tutti gli altri ambienti indispensabili al sostentamento della reggia. Alcuni erano stati scavati nella roccia, altri sembravano sospesi nel vuoto; la spaziosa sala da pranzo, ad esempio, dove Gherson poté mangiare insieme a Lyanchor e a pochi intimi, si trovava all'interno di una grotta dalle forme irregolari. Le pareti erano state lavorate dai maestri della pietra in modo da evidenziare le variegate cromature della roccia, mentre il pavimento era decorato con mosaici che riproducevano elementi floreali e faunistici dai colori estremamente vivaci. La luce proveniva da un paio di fessure sulla volta che ricordavano gli occhi di un gigante; erano entrambe protette da lastre di vetro smerigliato che riflettevano la luce sul pavimento. All'interno si contavano una trentina di tavoli di spessa quercia, ognuno dei quali poteva ospitare almeno dieci persone.

Dopo pranzo Gherson fu accompagnato nella sua camera da due Cardaian percorrendo un ripido sentiero, che almeno all'inizio seguiva il profilo della montagna, per poi incanalarsi in un tortuoso cunicolo incavato nella pietra.

La stanza assegnatagli era un vero e proprio antro comunicante col canyon quasi di fronte a Folkard. Era rivestita con doghe di legno; a sinistra dell'ingresso faceva bella mostra di sé un letto a baldacchino a due piazze, dalla parte opposta invece, la grotta si apriva su un ampio terrazzo a strapiombo sul dirupo, protetto da un balconcino di pietra. La vista sul baratro in quel momento era celata dalle tende di seta turchine che ornavano l'accesso alla loggia. Quasi all'altezza del soffitto scaturiva una piccola sorgente d'acqua fresca che seguiva il corso della parete attraverso una rientranza nella roccia; una volta raggiunto il terrazzo, la falda scivolava giù nel vuoto a mo' di cascatella. Quasi a metà stanza un candeliere di bronzo a sei braccia forniva la luce necessaria all'ambiente al calar del sole.

Gherson si avvicinò al ruscello e sorseggiò dal palmo della mano un po' d'acqua veramente fresca e piacevole da bere, poi si voltò verso il giaciglio e la visione delle lenzuola di lino si rivelò una tentazione davvero troppo forte dopo quel lungo viaggio, così si distese sul letto con le braccia dietro la nuca.

Subito gli venne in mente Teirios e le sue labbra accennarono un sorriso.

"Che faccia farà quando gli racconterò tutto quel che mi è capitato... Già, ma quando? Tornerò mai vivo su Arvhèia?"

Il dubbio era legittimo e non seppe cosa rispondere, infine colto dalla stanchezza, si assopì.

Si svegliò quando il sole stava ormai tramontando fra le nubi.

"Devo aver dormito parecchio... evidentemente le fatiche e le novità di questi giorni cominciano a farsi sentire." Rifletté, mentre si rivestiva con calma.

Uscì all'aria aperta davanti all'ingresso della reggia; già s'intravedevano le prime stelle e Gherson s'intrattenne a guardarle. Per la prima volta cercò di ritrovare le costellazioni di Arvhèia a lui tanto familiari, quelle che gli avevano tenuto compagnia di notte disteso sull'erba dei prati presso le rive del lago di Isador; per quanto si sforzasse però, non ne riconobbe neppure una: neanche Deghal, la stella color rubino che indicava il Soren, Deghal, scarlatta come Rhiannon.

Il pensiero volò alla sua sposa uccisa da Sartanis quel ventisette di Enver, come dimenticarlo... Da allora un'infinità d'incredibili avventure si erano rincorse l'una dopo l'altra, ma nessuna ne aveva scalfito il ricordo, Rhiannon era sempre viva nel suo cuore. Spesso l'aveva invocata, specialmente nel buio della notte, quando ci si sente più soli; per quanto l'avesse attesa però, non aveva mai ricevuto risposta nemmeno nel più intimo dei suoi sogni.

"L'eternità... ma esisterà davvero?" Subito però scosse

la testa nervosamente di fronte a tali considerazioni.

"Che stupido che sono! Come posso avere ancora certi dubbi, dopo tutto quello che mi è successo?"

La mano destra scivolò lungo il fianco e s'infilò nella tasca; ne tirò fuori il bracciale che gli aveva donato Tamar. Già Tamar...

Forse era questo il motivo per cui Rhiannon non si faceva sentire... e un fiume di rimorsi inondò il suo animo.

Alzò di nuovo gli occhi al cielo, Ierax stava volando e cantava una dolce melodia che quietò le sue malinconie.

> «*Oh mio Dio altissimo e glorioso,*
> *se guardo il cielo forgiato dalle tue dita,*
> *la luna e le stelle che brillano nel firmamento,*
> *chi sono io perché ti curi della mia vita?*
> *Eppur mi hai fatto simile ad angelo,*
> *mi hai coronato di gloria e onore.*
> *Ma quanto vale la mia esistenza,*
> *se sono privato del tuo amore?*»

Gherson lo chiamò invitandolo ad atterrare sul piazzale, poi vi montò sopra e insieme si librarono nell'aria fino a raggiungere uno dei picchi più alti; lì si posarono per ammirare le altre vette innevate che si perdevano all'orizzonte nell'oscurità, mentre il vento gelido sferzava i loro volti e solo a notte fonda rientrarono a Folkard.

Lyanchor era ancora in riunione con i suoi comandanti occupato a organizzare le truppe, per cui Gherson decise di tornare nel suo alloggio e si addormentò.

Poco prima dell'alba tuttavia lo svegliò una strana sensazione, quel sesto senso acquisito nel corso degli anni, il desiderio di sopravvivere a ogni costo che ora lo stava mettendo all'erta. Notò che la luce fioca delle candele si era spenta e nell'aria ondeggiava una tenue scia di fumo. Gli occhi, abituati al pallido barlume degli astri, scorsero la porta d'accesso al terrazzo appena socchiusa e un leggero tremolio delle tende.

"Ombre!"

Quella parola echeggiò nel suo intimo, mentre un brivido gelido gli percorse la schiena; percepì uno scricchiolio appena accennato del pavimento, qualcuno si stava avvicinando al letto.

Un lampo gli balenò nella mente.

"Altair!"

D'istinto cercò la spada con la mano, Altair però era appoggiata vicino alla sedia; la lama tuttavia, come destatasi dal letargo, rifulse di luce propria e scivolò spontaneamente verso di lui, luccicante come mai.

Gherson ne rimase strabiliato. "Com'è possibile?"

Aveva pensato ad Altair e lei si era subito appressata come un servo fedele; non ebbe però tempo di darsi una risposta, perché all'istante una decina di strani oggetti metallici simili a stelle dalle punte aguzze, saettarono nell'aria. Ancor prima che Gherson potesse reagire, fu Altair stessa a muoversi nelle sue mani deviandole lontano. Si udì allora un sibilo malevolo di frustrazione e Gherson approfittò di quel frangente lanciandosi dietro il letto per proteggersi; la lama col suo splendore gli permise di comprendere chi fossero gli avversari: dalla parte opposta del giaciglio tre figure avvolte in manti neri lo stavano fissando malevoli coi loro occhi scarlatto. Di nuovo quegli oggetti acuminati gli volarono addosso e ancora una volta la spada si agitò nello spazio deviandoli; un paio terminarono la loro corsa vicino a Gherson, che li raccolse e li mise in tasca.

"Però... mi vogliono proprio morto! Bene, vediamo allora di vender cara la pelle!"

Aspettò che una terza raffica fendesse l'aria e subito

dopo Gherson si proiettò oltre il letto con un balzo felino gridando «Vartaxar!» forse più per incoraggiare sé stesso che per intimorire i rivali. Trovandosi davanti uno dei sicari, senza rifletterci troppo, fendette la lama a mezz'aria; l'assassino emise un urlo agghiacciante, il manto si aprì e ne uscì un corpo deforme nerastro con quattro arti superiori e una gobba smisurata: aveva una profonda ferita all'addome e cadde riverso sul pavimento. Il secondo si gettò contro Gherson e i due lottarono al suolo per un po' appiccicati tra loro, mentre il terzo figuro cercava invano di colpirlo; fortunatamente però Gherson riuscì a divincolarsi scagliando l'avversario contro il muro.

«Chi siete?» Gridò.

«Siamo demoni venuti a ucciderti! Ci manda Helgrund.»

Entrambi erano simili a quello già morto; avevano la fronte e gli zigomi pronunciati e, agitando minacciosamente gli arti superiori, si avvicinarono a Gherson che nel frattempo si era rialzato accostandosi alla finestra.

«Ierax, dove sei?! Ho bisogno di te, vieni subito!» Urlò Gherson.

I due erano ormai a pochi passi pronti a colpire di nuovo, quando Gherson si lanciò nel vuoto; i demoni sbigottiti si affacciarono al balcone e un attimo dopo Vartaxar si ripresentò davanti sul dorso di Ierax. Altair brillò di nuovo e staccò la testa dal collo del più vicino; il capo volò giù nel baratro, mentre il resto del corpo continuò a vagare per la camera alcuni istanti a gambe larghe senza una meta apparente.

Il superstite lanciò le sue stelle appuntite che sfiorarono Gherson, poi gettò il mantello a terra svelando il corpo completamente nudo con la pelle scura e glabra; dietro la schiena si schiusero due enormi ali simili a quelle di un pipistrello, quindi anche lui si sollevò in volo e sfilato uno spadone ricurvo da una custodia sul dorso, iniziò a duellare in aria con Gherson tra gli aspri pendii.

Un vento fastidioso e pungente intanto ululava malevolo tra le rocce aguzze.

«Come sapevate dov'ero?» Gridò Gherson menando un fendente che l'avversario parò agevolmente.

Questi gli sputò contro la sua saliva verdastra in segno di disprezzo. «Abbiamo seguito il puzzo che emani!»

Il demone era abile nel volo e sfrecciava rapido da una parte all'altra per disorientare il nemico, poi quando questi meno se l'aspettava, lo attaccava frontalmente.

Più di una volta Gherson riuscì a sventare la minaccia grazie all'esperienza di Ierax.

«Devi stare attento! È molto veloce, concentrati sui suoi movimenti!»

«È una parola...» ribatté Gherson scostandosi il sudore freddo dalla fronte.

Alla fine, stanco di far da preda, decise di rompere gli indugi e si strinse forte al compagno.

«Lanciati verso il demone con tutta la velocità che puoi!» Gli ordinò.

«Che intenzioni hai?»

«Fai come ti dico!» Strepitò questa volta Gherson.

L'Aldeivar si gettò in picchiata contro l'avversario e quando erano ormai giunti a poca distanza, Gherson si staccò da Ierax avventandosi sul demone; gli attimi in cui cadde nel vuoto sembrarono interminabili ma nonostante tutto riuscì ad aggrapparsi al rivale rimasto attonito a fissarlo, perché non avrebbe mai immaginato una follia simile. Gherson lo avvinghiò alla schiena stringendolo col gomito al collo e il demone perse così l'assetto non potendo sventolare le ali come avrebbe voluto.

«Sei impazzito?! Vuoi ucciderci entrambi?» Strillò il malvagio, mentre disperato dimenava le braccia nel vano tentativo di scrollarselo di dosso; i due infatti adesso stavano precipitando vorticosamente.

Gherson non replicò, in quel momento aveva ben altro per la testa, sollevò Altair e con un sol colpo tranciò di netto l'ala sinistra dell'avversario che urlò di dolore; contemporaneamente lasciò la presa gridando: «Prendimi!»

Ierax si scagliò all'istante su Gherson e riuscì ad afferrarlo con gli artigli poco prima che questi rovinasse a terra stridendogli contro: «Tu sei un folle!!!»

A seguire toccarono entrambi il suolo.

Poco più in là lungo un rigagnolo giaceva tra i sassi il corpo del demone ancora in vita nonostante la rovinosa caduta; era una maschera di sangue per i numerosi sbalzi fra le rocce, aveva il volto tumefatto e ansimava: non era in grado di alzarsi e non riusciva neanche a muovere le gambe disarticolate, probabilmente aveva il midollo lesionato.

«Non è ancora morto.» confermò Gherson una volta raggiuntolo.

Il demone agonizzante lo fissò con lo sguardo carico d'odio ma nei suoi occhi si leggeva anche un'enorme disperazione. «Che aspetti, maledetto, uccidimi e falla finita... almeno smetterò di soffrire.»

L'Urwain alzò Altair ma il demone spirò prima di essere colpito; allora Gherson si sedette accanto con lo sguardo perso nel vuoto, mentre dal cielo cominciò a cadere una fine pioggerella.

«Sembra che lassù Qualcuno sia dispiaciuto per la scomparsa di questo mostro.» commentò poi.

«Yrshar è sempre triste quando muore una sua creatura; fino all'ultimo Egli spera che tutti si ravvedano, specialmente chi l'ha ripudiato in passato, fosse anche con l'ultimo respiro.»

Gherson allora incrociò lo sguardo di Ierax. «Perché non me l'hai mai detto?»

L'Aldeivar però rimase in silenzio e il compagno divenne improvvisamente malinconico, assorto ad ascoltare il fine ticchettio della pioggia.

«Che hai?»

«Sto pensando a mio figlio... se un giorno dovessi trovarmelo davanti simile a una bestia del genere? Se accadesse pure a me come ad Ascalon? Non so proprio come reagirei... Ti prego, andiamo via di qui, ho bisogno di star solo.»

Non riuscirono però a riprendere il volo perché furono raggiunti da una decina di Cardaian tra cui lo stesso Lyanchor; i nuovi arrivati rimasero impressionati alla vista del demone senza vita.

Il re, dopo aver ascoltato il resoconto dell'accaduto, sinceramente ammirato, si rivolse a Gherson: «Oggi hai compiuto un'impresa degna di gloria, Sharkùm Raidavan... mai appellativo fu più appropriato!»

«Ne avrei fatto volentieri a meno.» si schernì l'Urwain chinando il capo.

Lyanchor lo guardò perplesso. «Perché?! Questo demone in passato ha sicuramente compiuto un'infinità di malefatte e stai tranquillo che ne avrebbe portate a termine altrettante; uccidendolo, hai salvato la vita a chissà quanta gente.»

«Tu dici? Oggi ho avuto la conferma che uccidere non è mai un'azione degna di gloria.»

Lyanchor accostò le dita al mento e commentò a bassa voce: «Sei uno strano uomo Gherson Tanisvar Tinvaril... davvero uno strano uomo.»

Stavano ancora discutendo sul da farsi quand'ecco comparire da lontano una nube di polvere che si avvicina-

va veloce; non trascorse molto che tutti distinsero chiaramente un individuo a cavallo.

Quando lo sconosciuto giunse a pochi diacron, Lyanchor pensieroso, si grattò la folta barba. «Un Tindainun.»

Il nuovo arrivato si arrestò senza scendere dalla sua
cavalcatura.

Lyanchor alzò la mano in cenno di saluto e l'altro con-
traccambiò allo stesso modo.

«Il mio nome è Lingar.» esordì il giovane guerriero.
Aveva un arco a tracolla e una spada corta al fianco, dietro
la schiena portava anche uno scudo tondo; era stremato e
dall'aspetto doveva aver viaggiato a lungo e speditamente,
anche il suo cavallo infatti era madido di sudore.

Gherson osservò accuratamente quell'individuo appartenente per metà alla sua stirpe: la lunga ciocca di capelli
viola, quella strana macchia celeste sulla fronte simile a
una stella... Scorse anche un particolare strumento musicale a dodici corde mai visto prima, la Keldar[24], che il
cavaliere teneva agganciata al fianco sinistro del cavallo.

Il re a questo punto intervenne perentorio: «Io sono
Lyanchor, sovrano dei Cardaian. Che cosa cerchi?»

Lingar smontò dal destriero e dopo un rispettoso inchino, riprese fiato e rispose: «Perdonate il nostro aspetto
e la fretta, maestà, ma non possiamo perderci in convene-
voli, reco notizie di vitale importanza!»

«La fretta non è mai buona consigliera e poi spiegami,
perché parli al plurale? C'è forse un fantasma con te?»

Lyung nitrì con vigore in faccia a Lyanchor. «Perché
siamo in due!»

Tutti i presenti compresero quel linguaggio.

«Un Lonegran...» mormorò il re compiaciuto.

---

24) La Keldar era uno strumento musicale che si suonava pizzicando le corde mante-
nute tese attraverso una cassa che fungeva da risuonatore; per certi versi simile al
salterio.

"Un Lonegran!" Esclamò Gherson tra sé e un improvviso bagliore rifulse nei suoi occhi. Il pensiero tornò subito a Evalion, quanto tempo era trascorso... Chissà dove si trovava adesso il purosangue, forse era tornato al suo branco. Soprattutto, l'avrebbe mai rivisto?

Lyanchor riprese di nuovo la parola: «Avanti, coraggio, che devi dirci?»

«Samuyr il mio signore, t'informa che Ilvàren è crollata e che i Mavourg, rotti gli indugi, ormai saranno già salpati per attaccare Avigar. Il mio re ha radunato gli uomini a disposizione partendo alcuni giorni fa per il passo di Iefùn; è convinto infatti che l'esercito nemico sbarcherà proprio lì. Noi Tindainuin però siamo in pochi e non riusciremo mai a frenare le orde avversarie, Samuyr sta solo cercando di guadagnare tempo per consentire ai popoli di Ghenesia di correre in suo aiuto; tuttavia è uno scontro impari e non so quanto i miei compatrioti potranno resistere. Samuyr è disposto a sacrificare la vita ma se le altre nazioni tentennano, a che varrà il suo martirio? Tutta Ghenesia cadrà in mano a Helgrund! Io sono qui a implorare il tuo aiuto. Il mio signore, inoltre, ti chiede di farmi scortare a Sivarin perché devo trovare un uomo chiamato Gherson giunto da poco su Ghenesia e per convincere gli Elvaian a prender parte alla coalizione.»

«Allora potete anche rilassarvi, perché il vostro viaggio termina qui.»

Lingar e il suo destriero si voltarono verso Gherson che avanzò di un passo: «Sono io l'uomo che cercate. Che cosa volete da me?»

Il nuovo arrivato sgranò gli occhi e un istante dopo s'inginocchiò davanti, ma Gherson lo invitò a rialzarsi afferrandolo per il braccio.

Lingar non stava più nella pelle, tutto si sarebbe immaginato ma non certo di rinvenire proprio lì lo scopo della sua missione. «Sapevamo che saresti venuto, nelle nostre vene scorre il tuo sangue! Io sono un Tindainun, discendente delle stirpi umana ed elvain.»

Gherson annuì e l'abbracciò.

«Quando hai dormito l'ultima volta?» Gli domandò infine soffermandosi sulle occhiaie di Lingar.

L'altro imbarazzato si sfregò il capo, mentre una lacrima di commozione ne inumidì le palpebre. «Quando ho dormito? In verità non me lo ricordo; abbiamo corso senza posa giorno e notte. Non puoi davvero comprendere la gioia che provo nel vederti.»

Lyanchor nel frattempo sbottò in una vigorosa imprecazione e batté il pugno della mano destra sul palmo della sinistra. «Dannazione, non c'è più tempo da perdere!»

Poi si girò verso i suoi fidi: «Presto, radunate tutti i Cardaian a disposizione, partiremo subito! Manderò anche messaggeri alati agli Elvaian sperando che rispondano alla nostra richiesta.»

A questo punto Lingar s'inchinò di nuovo davanti a Gherson e gli chiese: «Sharkùm raidavan, sei disposto a combattere con noi per questo mondo che ha rifiutato il genere umano? Sei disposto a guidarci contro il nostro comune nemico?»

Gherson commosso anche lui sguainò Altair e gridò a gran voce: «Oggi sono pronto a offrire la mia vita per ogni singola creatura di Ghenesia! Voi mi seguirete?»

I Cardaian presenti alzarono le spade al cielo urlando il loro consenso.

Allora Gherson si avvicinò a Lingar esortandolo: «Va', corri come il vento al passo di Iefùn e dì al tuo sovrano che Vartaxar non l'abbandonerà, né ora né mai! Corri!»

Il giovane guerriero non se lo fece ripetere due volte e montato a cavallo riprese la sua folle corsa.

Gherson rimase pensieroso a fissarlo mentre questi

scompariva all'orizzonte, poi si accostò a Ierax e tirò fuori un sacchetto dalla sella, conteneva le due pietre magiche donategli da Otharion. Ne afferrò una, la guardò a lungo e dopo averla accarezzata più volte, le sussurrò alcune parole; trascorsero alcuni istanti, poi la gemma brillò di luce propria e come per magia si dissolse nel vento in una minuscola polvere azzurra diretta a Soren.

I Cardaian presenti avevano osservato tutta la scena senza batter ciglio, alla fine Lyanchor ruppe gli indugi e domandò: «Che significa tutto questo?»

«Anch'io ho inviato una richiesta d'aiuto ad alcuni amici... andiamo ora, ti spiegherò la faccenda mentre rientriamo a Folkard.»

Lyanchor mormorò ad alta voce: «Bah, altro che richiesta d'aiuto... qui servirebbe davvero un intervento soprannaturale!»

Gherson rispose serio: «Per questo non posso aiutarti, però non ti abbattere, sono convinto che non saremo lasciati soli al nostro destino.»

Mentre erano ancora in volo verso la reggia, Gherson si accostò a Lyanchor e gli spiegò la natura di quelle pietre misteriose donategli da Otharion, terminando però il discorso in modo enigmatico: «Prima di raggiungere il passo di Iefùn faremo una piccola deviazione...»

Il Cardain titubante corrugò la fronte in attesa di una spiegazione.

«È necessario incontrare una mia vecchia conoscenza.» concluse Gherson senza chiarire il suo pensiero, lasciando così Lyanchor in balìa dei dubbi.

CAPITOLO XIV

Da due giorni ormai i Tindainuin resistevano strenuamente ai continui attacchi dei Mavourg che cercavano di superare il passo di Iefùn, per poi sciamare nella valle di Ecaton; il nemico infatti era sbarcato con più di duecento navi nell'unico punto della costa dove potesse attraccare una flotta di tali proporzioni.

L'aspetto costiero in quelle regioni era caratterizzato da un litorale frastagliato con numerose rientranze anche molto profonde, le pareti alte quasi un centinaio di diacron erano un muro insormontabile di nuda roccia, conseguenza degli sconvolgimenti geologici avvenuti al termine della prima era; pareva che la terra stessa avesse voluto creare una barriera naturale tra le due schiere avverse. L'unico punto adatto all'approdo delle imbarcazioni era in corrispondenza della foce del fiume Lantius, che si gettava in mare dividendosi in tre braccia. Quella lingua di sabbia grigia lunga circa tre verocron, si continuava per alcune centinaia di diacron verso l'interno, riducendosi un po' alla volta mentre penetrava fra le pareti rocciose, seguendo a ritroso il corso del fiume. Due angusti sentieri, costruiti in passato dagli abitanti del luogo, risalivano sinuosi le pareti della montagna fino a raggiungere il valico; qui per l'appunto si erano arroccati sulla difensiva i discendenti di Sandor.

Anticamente era stato eretto un vallo di pietra con una torre di avvistamento oramai abbandonata da anni; tuttavia nel poco tempo a disposizione Samuyr era riuscito a rinforzarne i tratti cadenti.

Le vedette avevano strabuzzato gli occhi in quel tardo pomeriggio, quando la flotta nemica era apparsa all'orizzonte; l'intero tratto di mare aveva cambiato colore, un'in finità di vascelli neri come la pece si stava avvicinando minacciosa, issando tutti la medesima bandiera sui pennoni che raffigurava un serpente scarlatto dalle fauci aperte su sfondo scuro.

I corni dei Tindainuin avevano subito dato l'allarme e ognuno aveva raggiunto il suo posto di combattimento. I Mavourg erano sbarcati poco dopo e simili a formiche, si erano impadroniti della spiaggia, costruendo un rudimentale accampamento per la notte; quel primo avamposto tuttavia era nel loro intento solo l'inizio dell'inarrestabile marcia verso le terre di Avigar. Il loro aspetto incuteva terrore: erano alti quasi quanto un uomo, di aspetto robusto, la carnagione grigiastra; la maggior parte aveva il viso contraddistinto da una mandibola prominente. I denti erano aguzzi e spesso i due canini inferiori spuntavano fuori dalle labbra; il naso di solito era adunco e gli occhi grandi, dalle pupille puntiformi, erano ricoperti da ciglia irsute. Indossavano una corazza composta da lamine di ferro di minuscole dimensioni connesse tra loro da laccetti di cuoio, l'elmo di metallo riproduceva la testa di un drago con due corna ricurve ai lati e metteva ancor più in risalto le loro orribili sembianze; avevano uno scudo circolare e amavano combattere con un grosso spadone o con un'enorme ascia bipenne. Nelle loro file tuttavia si notavano anche frombolieri e arcieri, che utilizzavano un arco lungo a curvatura unica.

Il mattino seguente allo sbarco i Mavourg avevano cominciato a martellare le posizioni difensive, dapprima con lanci di frecce, poi con diverse cariche. Fortunatamente i due sentieri che salivano verso il colle erano angusti e così gli arcieri Tindainuin, protetti dalle feritoie, erano riusciti a mietere molte vittime e a rallentarne l'ascesa. In almeno tre occasioni tuttavia i Mavourg avevano trainato dei voluminosi tronchi per utilizzarli a mo' di ariete; ogni volta però, seppur con difficoltà, i Tindainuin avevano resistito agli attacchi, gettando olio e pece bollente sul nemico. Solo un paio di volte i Mavourg erano riusciti a superare il muro difensivo ma per fortuna erano stati ricacciati indietro.

Voulthan, il loro comandante, era furioso a causa di quell'insolita resistenza, anche se rimaneva tuttavia fiducioso perché a ogni nuovo tentativo le difese dei Tindainuin vacillavano sempre più; così, poco prima del tramonto del secondo giorno d'assedio, aveva ordinato alle truppe di ripiegare per concedere loro un po' di riposo.

"Domani vinceremo certamente! I Tindainuin crolleranno sotto l'ultimo colpo, quello più vigoroso!" Questo rimuginava, grugnendo nervoso tra sé.

I difensori avevano ormai il morale sotto i tacchi, le perdite subite erano assai e anche il più inguaribile ottimista aveva compreso che c'era ben poco da fare; tra l'altro non si vedevano giungere rinforzi dalla valle di Ecaton.

Si arrivò così all'alba di quel fatidico terzo giorno; nubi scure si erano levate all'orizzonte, trascinate da un vento freddo e insistente che non lasciava presagire nulla di buono.

Samuyr era rivolto pensieroso verso occidente, tormentato da un'infinità di preoccupazioni. Innanzitutto l'ansia per la moglie e suo figlio; li avrebbe più rivisti? Gli aiuti sperati sarebbero mai arrivati in tempo? Lingar li aveva raggiunti la sera prima, raccontando di aver incontrato il figlio dell'uomo e di averlo convinto a venire in loro soccorso insieme ai Cardaian, ma gli Elvaian avrebbero mai aderito a quella richiesta? A onor del vero, qualcun altro aveva risposto ai suoi messaggi: dalle grandi pianure erano giunti circa trecento centauri armati di tutto punto con spesse armature di ferro che ne rivestivano quasi tutto il corpo; ma per quanti fossero, non avrebbero mai potuto reggere a lungo la forza d'urto di un esercito così imponente. Queste erano le sue riflessioni mentre si soffermava malinconico sui profili delle alture che si digradavano dietro di lui nelle verdi pianure di Ecaton.

Nell'accampamento nemico intanto i soldati erano inquadrati in coorti e si udivano le urla d'incitamento del loro comandante, stavano organizzandosi per l'attacco finale; a ogni esortazione i Mavourg rispondevano battendo i piedi e la terra stessa sembrava scossa dalle fondamenta. Il re dei Tindainuin era stato ferito alla spalla da una freccia nell'ultimo assalto ma sebbene febbricitante e pallido, decise di andare dai suoi per infondere coraggio, dato che l'umore era ai minimi termini; c'era chi piangeva sconsolato seduto a capo chino, chi invece camminava nervoso senza una meta apparente.

Samuyr allora chiamò tutti a raccolta e dopo averli schierati dietro al muro, pronunciò le seguenti parole: «Molti di voi si staranno domandando perché ci troviamo qui da soli a combattere contro quelle orde malvage, molti di voi si staranno chiedendo come mai gli altri popoli, che spesso ci hanno considerato inferiori a loro, adesso ci voltino pure le spalle, ma non è questo il punto. La questione è se oggi stiamo facendo la cosa giusta! Ebbene io vi dico di sì! Noi stiamo lottando contro il male che vuole dilagare nelle nostre terre e infettarle a morte; noi stiamo combattendo contro invasori che vogliono uccidere i nostre cari e rubarci la libertà! Se questo significa perdere la vita, allora io oggi decido di morire libero con la spada in pugno, sapendo di aver fatto il mio dovere e...» Non riuscì però a concludere il discorso perché, fissando il cielo, vide uno stormo di woikain provenire da occidente e oscurare l'orizzonte; anche i soldati, guardando l'espressione attonita del loro sovrano, si voltarono nella stessa direzione.

«Che cosa sarà mai?» Si domandavano tra loro.

In pochi istanti quello sciame assunse contorni sempre più chiari e definiti; al centro, davanti a tutti ve ne era uno che brillava di luce propria, cavalcato da un guerriero rivestito da un'armatura splendente come il sole.

«Non ci posso credere... non ci posso credere! Sono i Cardaian! Sono i Cardaian!» Strepitò il re esterrefatto a bocca aperta avvicinando le mani al volto e un clamore immenso si diffuse in tutto l'accampamento.

Come raffiche di una tempesta i Cardaian sorvolarono i Tindainuin senza arrestarsi diretti contro i Mavourg; dovevano essere alcune migliaia. Allora accadde qualcosa che Samuyr non dimenticò mai, anzi custodì gelosamente tra i suoi ricordi più cari.

Si udì un grido dall'alto: «Vartaxar!»

Poi un altro subito dopo: «Vornir!»

I cavalieri alati lanciarono sopra l'accampamento nemico degli strani oggetti sferici che esplosero appena toccato il suolo, causando ovunque morte e distruzione; alcuni colpirono anche le navi che subito presero fuoco.

Tra i Mavourg si generò il caos: chi fuggiva da una parte, chi dall'altra e il forte vento favorì il propagarsi delle fiamme alle imbarcazioni limitrofe. A quel punto comparvero anche inquietanti bagliori fra le nubi seguiti da boati rumorosi e cominciò a cadere una pioggia sempre più fitta sul campo di battaglia.

I membri degli equipaggi ancora a bordo, colti alla sprovvista, cercavano in ogni modo di spegnere gli incendi sui vascelli, qualcuno s'industriava per farli salpare e allontanarli dalla costa ma le operazioni erano difficoltose per l'esiguo spazio di manovra; tra l'altro i Mavourg erano pure bersagliati dalle frecce dei Cardaian, che raramente fallivano l'obiettivo. Samuyr osservava lo scontro dalla sua posizione e sembrava paralizzato, mentre lacrime di gioia gli appannavano la vista. Dal cielo, come uno sciame impazzito, l'orda dei Cardaian continuava a decimare gli avversari che cadevano al suolo a centinaia senza accennare un valido contrattacco.

Gherson nel frattempo, dopo aver scagliato l'ultimo di quei micidiali ordigni, scese a terra e sguainata Altair, si diede a sgominare i rivali, simile a un mietitore quando falcia il grano; la sua spada scintillava ogni volta che frantumava le loro armature, causando ferite letali in chiunque avesse avuto la sventura di capitargli a tiro.

Ierax non era da meno, avvinghiava con gli artigli tre o quattro Mavourg alla volta e li scagliava contro le rocce stridendo verso il cielo; i pochi fortunati che riuscivano a sfuggirgli, correvano via turandosi le orecchie: l'alone di luce che lo circondava deviava allo stesso tempo i colpi di quei temerari che osavano ancora contrastarlo.

In breve la spiaggia si trasformò in un campo di sterminio; i cadaveri si accumulavano uno sopra l'altro e Vartaxar avanzava a fatica fra le vittime con le calzature intrise di fango e di sangue. I Mavourg adesso non l'affrontavano più ma lo attorniavano timorosi guardandosi l'un l'altro, per vedere chi tra loro avesse avuto il coraggio di sfidarlo; qualcuno si azzardò a scagliargli alcune frecce che però furono spezzate a mezz'aria da Altair.

In quel mentre accadde un altro evento inverosimile: si udì un fragore tremendo e una trentina di Ardirock si staccarono dalla parete rocciosa della scogliera; anche loro entrarono nella mischia combattendo a favore di Gherson e annientando coi loro pugni di pietra provvisti di una forza incredibile chiunque si parasse contro.

«Non è possibile... Non è possibile!» Ripeteva Samuyr sempre più incredulo a bocca spalancata.

Subito dopo un lampo accecante centrò il pennone di un vascello in fuga, la nave si squarciò in due tra le urla disperate dell'equipaggio e s'inabissò nei flutti tempestosi che vomitarono sulla superficie del mare solo rottami e cadaveri.

Samuyr allora gridò più volte al cielo: «Tutta Ghenesia è con noi!»

Poi, sfoderata la spada, si lanciò anche lui nella mischia insieme ai Tindainuin e ai centauri che scesero lungo il sentiero come furie impazzite. Questi ultimi travolsero chiunque ostacolasse la loro folle corsa, calpestandoli con gli zoccoli o uccidendoli con le proprie armi; alcuni infatti, maneggiavano lunghe spade affilate, altri scagliavano frecce con una velocità sbalorditiva, altri ancora smanacciavano a destra e a manca enormi clave facendo strage dei nemici.

Fu allora che ricomparve Voulthan in tutta la sua imponenza andando incontro al principe urwain livido di furore, deciso ad affrontare il più valoroso degli avversari. Il comandante dei Mavourg era corpulento con il viso taurino, da entrambi i lati del capo gli spuntavano due voluminose corna, mentre nelle mani reggeva due enormi asce bipenne circondate da un inquietante alone fosforescente; più volte le mulinò in aria e ringhiando contro lo straniero, cercò di colpirlo.

Gherson però schivò i suoi attacchi e il demone s'imbestialì ulteriormente. «Mostrami il tuo volto, figlio di una razza infame! Ti staccherò la testa dal collo e la porterò al mio padrone oggi stesso!»

Tutti quelli che combattevano nelle vicinanze smisero di duellare e si assieparono attorno ai due contendenti.

Anche Ierax si avvicinò al suo cavaliere e spiegò le ali esortando il compagno ad affrontare insieme il comune nemico: «Stai attento! Le sue armi sono state certamente forgiate da Helgrund con oscuri sortilegi per tenerti testa, non crederti invulnerabile; combattiamolo uniti!»

L'Urwain però, incitato dal frastuono della battaglia, si sentiva sicuro di sé e scosse il capo. «È una questione tra me e lui, tra me e lui!»

Così invitò Voulthan a farsi avanti battendo Altair sul suo scudo.

Ierax, contrariato, indietreggiò di qualche passo e non replicò più nulla.

«Figlio dell'uomo, ti ucciderò come un cane rognoso!» Urlò Voulthan minaccioso, sputandogli addosso.

«Vieni a prendermi...» lo invitò Gherson irridendolo.

I due si fronteggiarono così ancora un po' studiandosi a vicenda, ognuno cercando di individuare il punto debole dell'avversario. Gherson roteava Altair lentamente, disegnando cerchi concentrici nell'aria, quasi volesse ipnotizzare il nemico.

La voce di Voulthan improvvisamente sibilò nell'aria: «Presto tuo figlio sarà uno di noi, ne sei al corrente, vero?»

Gherson ebbe un fremito e per un istante abbassò la guardia. Il demone allora gli si gettò contro e sferrò un colpo terribile con la scure che brandiva nella mano destra, l'Urwain riuscì giusto in tempo a inginocchiarsi parando la minaccia con lo scudo ma nell'urto finì a terra; subito si rialzò e schivò per un pelo la seconda ascia lanciatagli addosso.

Ora Gherson pareva in difficoltà e in effetti, lui stesso non era più così convinto del suo agire, quelle maledette parole avevano fiaccato le sue certezze.

Bastava davvero poco per renderlo così fragile? Che cosa gli stava accadendo?

Voulthan emise un ghigno di soddisfazione, il suo nemico non sembrava più invincibile; anche i Mavourg ebbero la netta sensazione che le sorti della battaglia stessero prendendo un'altra piega e mormoravano compiaciuti tra loro.

«Sei davvero uno stupido a voler risolvere sempre tutto da solo! Possibile che non riesci a comprendere? Il tuo orgoglio è la tua debolezza! Ricorda per Chi combatti! Ricordati il duello con Vrakur!»

La voce di Ierax tuonò nella mente di Gherson con la fronte imperlata di sudore; stava perdendo la calma e ne era consapevole, tuttavia non riusciva a controllarsi.

«Piccolo uomo… se mi uccidi, corri il rischio di dover affrontare un domani tuo figlio. Come te lo immagini? Ah, Ah, Ah… sarà simile a me? Anch'io un tempo ero diverso, sai? Ero un Elvain! Non è meglio allora morire oggi sotto i miei colpi piuttosto che combattere in futuro contro la tua progenie?»

«Non ascoltarlo! Non farti sviare dalle tue paure! Le menzogne del nemico ti lacerano più della spada!»

L'acuto di Ierax squarciò l'aria tanto che più d'uno si tappò le orecchie per proteggerle dal dolore.

Voulthan sembrava aver acquistato nuovo vigore e una ferrea fiducia nelle proprie forze; ancora una volta si scagliò contro Gherson: uno, due, tre colpi di scure… l'ultimo fu tremendo. L'Urwain cadde al suolo e nell'urto lo scudo fu scagliato lontano fra il clamore dei presenti.

Gherson adesso aveva solo Altair ancora stretta nella destra, ultima speranza cui aggrapparsi, e respirava a fatica.

Voulthan si avvicinò con calma alla sua vittima sghignazzando e leccandosi le labbra di piacere; tamburellava le dita sopra la lama dell'ascia pregustando già il sapore della vittoria. Si arrestò di fronte a Gherson con lo sguardo carico d'odio, poi alzò la scure. «Muori figlio di un cane!»

La mannaia calò giù ma Vartaxar riuscì a schivarla di un soffio gettandosi di fianco e l'ascia si conficcò nel suolo. Gherson allora quasi d'istinto si voltò e roteò Altair centrando la mano del demone ancora avvinta al manico della scure; tre dita di Voulthan schizzarono via smarrendosi nel fango.

Il nemico gridò dal dolore e portò l'arto offeso sanguinante davanti agli occhi. «Maledetto, che tu sia maledetto!»

Lo scoramento si sparse tra le fila dei Mavourg, il loro comandante era stato ferito; Voulthan però non si diede per vinto e si gettò ancora una volta su Gherson con un ardore inusitato.

Questi lo scansò di nuovo, poi con una rapida occhiata cercò disperatamente lo scudo; sì, era lì, a meno di dieci passi. Corse allora in quella direzione ma Voulthan con un balzo felino lo afferrò per le gambe e Gherson perse l'equilibrio ruzzolando nella polvere; nell'urto Altair volò qualche diacron più in là.

Voulthan a quel punto girò l'avversario e l'afferrò per il collo intenzionato a strozzarlo. «Muori, muori, maledetto!»

Gherson provava a divincolarsi in ogni modo, quel Mavorg però oltre che robusto era anche molto più forte di lui; sentendosi venir meno, cercò freneticamente il pugnale che Voulthan teneva inserito nel fodero al suo fianco e con le ultime energie che aveva in corpo, l'estrasse conficcandoglielo nei lombi. Il demone emise un sordo brontolio e lasciò per un attimo la presa toccandosi la ferita, Gherson allora ne approfittò per liberarsi e corse a riprendere Altair. Voulthan estrasse la lama dal corpo e l'alzò minacciosamente al cielo, poi gridando a squarciagola, si diresse contro Gherson, sventagliando il coltello a destra e a manca nel tentativo di infilzare il rivale.

Vartaxar dapprima schivò i colpi, poi turbinò Altair che incontrò l'addome del nemico aprendogli uno squarcio nell'armatura; Voulthan sbraitò e cadde sulle ginocchia guardandosi la piaga aperta.

Un fragore liberatorio si alzò tra le fila alleate, mentre i Mavourg a testa china non osavano più sollevare il capo.

Vartaxar allora si tolse l'elmo, si accostò al nemico e

disse: «Ecco, ora puoi anche guardare il mio volto, prima di tornare all'inferno da cui sei provenuto.»

Voulthan, livido di rabbia, digrignò i denti: «Povero illuso! Credi davvero di averci sconfitto? Io sono solo la prima raffica di vento che annuncia la tempesta... L'uragano vi piomberà addosso molto prima di quanto vi aspettiate spazzandovi via come cenere.»

«Non ti preoccupare per noi, ogni giorno ha la sua pena, le tue afflizioni invece finiscono qui!»

Quindi Gherson lo afferrò per un corno per poi staccargli la testa mostrandola a tutti i presenti, quindi la lanciò lontano gridando: «Vartaxar!!!»

Il terrore si propagò tra i Mavourg che fuggirono via.

In quello scompiglio generale si udì un forte boato provenire dal mare e dal profondo delle acque comparve una creatura spaventosa di dimensioni inusitate con il corpo verdastro rivestito di spesse squame che parevano una corazza impenetrabile; lungo la colonna vertebrale erano infissi dei lunghi e affilati aculei che salivano fin sopra il capo. La testa poi, incollata al dorso, ricordava vagamente quella di un pesce con gli occhi disposti ai lati e il muso in avanti; gli arti superiori terminavano con due chele che il mostro agitava minacciose nell'aria, quelle inferiori invece erano piegate in avanti sulle ginocchia.

Emise un urlo agghiacciante che si disperse ai quattro venti. Tutti si arrestarono inorriditi e più d'uno si domandò chi avesse mai potuto partorire un'oscenità simile.

Ierax si accostò a Gherson, che percepì subito lo sguardo severo dell'Aldeivar e ne ebbe timore; sapeva di aver sbagliato ma non era questo il momento di discutere, pertanto vi montò sopra e si diresse verso la nuova creatura subito seguito da Lyanchor e da un gruppo di coraggiosi Cardaian sui loro Woikain.

«Dove hai intenzione di andare? Torna indietro!» Gridò Lyanchor ma Gherson non lo ascoltava.

«Non so chi sia e non ho mai visto niente di simile, questa volta però cerca di controllare i tuoi ardori!»

Le ultime parole scaturite da Ierax non rincuorarono il suo cavaliere, già convinto di dover affrontare quel nuovo misterioso essere, anzi aumentarono ancor più i sensi di colpa nei confronti del compagno.

Giunto ormai a breve distanza, Gherson ebbe tuttavia un fremito. «Sì! Ora ricordo, dove l'ho già visto, le sue forme erano disegnate sulle vele delle imbarcazioni dei Mikeraian!»

Il mostro intanto si era avvicinato a una delle navi in fuga, l'afferrò con entrambe le chele e dopo averla sollevata la spezzò in due, tra lo stupore prima e il terrore poi dei marinai, quindi ne gettò i resti tra i marosi mentre ne acciuffava una seconda. Sul ponte del vascello l'equipaggio correva avanti e indietro all'impazzata, alcuni, disperati, si gettarono tra i flutti; il mostro allora scagliò la nave lontano, noncurante dei lamenti di chi era rimasto a bordo.

Ierax si arrestò a mezz'aria, la creatura allora urlò di nuovo alzando lo sguardo al cielo e colpì il mare più volte con entrambe le braccia; l'oceano si agitò e sembrò ribollire dal profondo, tanto da generare un'onda altissima che si diresse minacciosa verso riva.

Gherson si voltò indietro e spronò Ierax in direzione della spiaggia gridando: «Fuggite verso il passo, fuggite!»

I Cardaian si levarono subito in volo issando anche i Tindainuin sui loro Woikain, mentre i centauri si ritirarono verso la muraglia raggiungendola appena in tempo, gli Ardirock invece si pietrificarono sulle loro posizioni; anche i Mavourg corsero come disperati in direzione del vallo, chi inciampando tra i cadaveri, chi scivolando nel fango: i flutti del mare però furono più rapidi e li travolsero, arrivando fin quasi al muro difensivo dei Tindainuin.

Fu un massacro e nessuno dei Mavourg sopravvisse; gli scampati alla spada affogarono nelle acque tumultuose dell'oceano sotto gli occhi stupefatti degli abitanti di Avigar usciti indenni da quella mattanza.

Il mare infine si ritrasse lentamente per tornare al suo antico livello, lasciando sulla spiaggia un'infinità di cadaveri insieme ai resti dell'accampamento nemico.

Gherson allora, dopo aver sorvolato la riva, si diresse nuovamente verso il mostro fin quasi a raggiungerlo.

«Chi sei?» Domandò.

Lui però, dopo aver adocchiato il cavaliere, s'inabissò e scomparve misteriosamente.

Quel giorno l'esercito di Helgrund fu annientato al passo di Iefùn in uno scontro epico come mai si era visto su Ghenesia e i racconti di tali imprese furono tramandati in seguito di generazione in generazione.

Gherson rimase ancora un po' sospeso in volo sul mare, cercando di distinguere tra le onde la sagoma della creatura sconosciuta ma non avvistò più nulla; poi, raggiunto dai Cardaian, si diresse al passo di Iefùn.

L'atmosfera nell'accampamento era completamente cambiata rispetto a qualche siklin prima; lo scoramento che regnava sul far del mattino era scomparso, sostituito da un'atmosfera entusiastica: tutti gridavano di gioia, ballando e cantando.

Quando il principe di Urwan toccò terra la folla si ammutolì e i presenti si assieparono incuriositi; pure Samuyr gli venne incontro e Gherson, comprendendo subito chi fosse, s'inchinò al suo cospetto.

Il signore dei Tindainuin imbarazzato lo invitò ad alzarsi e l'abbracciò. «Oggi ho vissuto un giorno memorabile, il nemico è stato sconfitto e siamo qui a gioirne tutti insieme; ti siamo grati Gherson, hai contribuito a creare un'alleanza tra genti diverse come mai nessuno era riuscito prima.»

Lacrime di felicità gli rigavano il volto mentre indicava le persone di nuovo festanti intorno a loro.

Gherson, un po' a disagio, si schernì: «Ti ringrazio per le tue parole ma credo che sia stata l'imminente invasione dei Mavourg ad appianare le vostre divergenze.»

Gli sguardi di tutti continuavano a fissarlo e il fatto era anche comprensibile, poiché nessuno dei presenti aveva mai visto un uomo.

Gherson allora alzò il tono della voce e si rivolse così a tutta l'assemblea: «Ascoltatemi bene! Oggi avete sperimentato una vittoria schiacciante sui vostri avversari e ciò vi rimanga impresso nella mente; raccontatelo ai vostri cari e così sia anche in futuro, che sia di monito a tutti! Questo trionfo però, non è merito nostro, il nemico era superiore, come ben sapete. Non sono stato io a vincerli! Non sono stati i Cardaian! Non ho chiamato io le creature di pietra o quello strano essere comparso all'improvviso dal mare! Nessuno di noi lo conosce. Allora, chi ha davvero vinto questa battaglia? Chi? Il Signore nostro Dio, colui che ha creato il cielo e la terra! Lui è intervenuto con la sua mano potente e ha sconfitto i Mavourg, noi abbiamo solo collaborato. Qualcuno tra voi potrà obiettare: io questo Signore non lo conosco, non l'ho mai visto! Ebbene, questo è il momento favorevole, l'ora in cui Yrshar si farà presente per riportare Ghenesia ai fasti di un tempo. Gioite allora ed esultate, perché Dio ha ascoltato i vostri lamenti! È sceso dal suo trono per risollevarci dalle nostre cadute. Questo giorno inneggeremo e canteremo il suo nome!»

Un boato di approvazione seguì quelle parole.

Lyanchor era estasiato. «Non ho mai sentito frasi simili in vita mia... siamo davvero all'inizio di una nuova era.»

Lo sguardo di Gherson cadde poi su alcune donne armate di tutto punto, che stavano in mezzo ai Tindainuin.

Una in particolare, intuendo la sua curiosità, gli venne incontro fiera in volto. «Perché mi guardi così?» Gli domandò.

Era alta e snella con i capelli neri che sfumavano nell'indaco raccolti in una lunga coda di cavallo; sul viso sotto l'occhio destro aveva una macchia blu che copriva parte della guancia.

«Di solito non sono abituato a vedere donne con indosso l'armatura, di solito... in verità, a ben rifletterci, mi è capitato una sola volta in passato.»

Il pensiero di Gherson tornò per un attimo ad Ainousa quando sconfissero l'esercito urwain sotto le mura di Elevar.

Samuyr s'interpose fra i due. «Il suo nome è Naivàra. Dalle nostre parti anche le donne, se lo desiderano, possono addestrarsi al combattimento. Noi Tindainuin non siamo una grande nazione e ognuno nel momento del bisogno si adopera in base alle sue possibilità; le donne tra l'altro in determinate circostanze sanno essere più spietate di noi.»

Poco più in là anche i centauri avevano ascoltato il discorso di Gherson, Samuyr allora accompagnò il principe di Urwan dal loro comandante e Gherson per la prima volta vide da vicino quegli strani esseri descrittigli da Aumar appena giunto su Ghenesia. Rimase a bocca aperta; li aveva già adocchiati dall'alto nel corso della battaglia, rimanendo impressionato dal loro impeto ma, a pochi passi di distanza, incutevano ancor più timore. Più alti di un comune mortale, con l'aspetto di cavallo fino al busto e di uomo dalla vita in su, erano robusti e di sicuro dotati di una forza straordinaria; avevano lo sguardo truce e altero e calzavano una robusta corazza a lamine di ferro sovrapposte unite all'interno da strisce di cuoio, che rivestiva il torace fin quasi agli arti inferiori. L'elmo copriva tutta la testa e il collo con delle fessure per gli occhi e la bocca, mentre una grande proiezione ricurva proteggeva la nuca; lungo i fianchi erano inserite le custodie per la spada, la clava e l'arco con la faretra.

Myron, il loro condottiero, si tolse il copricapo scoprendo il volto; aveva dei capelli folti e riccioluti, neri come la barba ed esordì con voce austera: «Benvenuto su Ghenesia, sharkum raivadan; combatti bene e parli ancora meglio pronunciando discorsi interessanti. A proposito, cos'erano quegli strani frutti infuocati che hai scagliato giù dal cielo sui Mavourg? Ho avuto l'impressione che il nemico non gli abbia graditi.»

Una fragorosa risata accolse la sua battuta.

L'attenzione di Gherson si spostò poi su alcune tende dell'accampamento, dove stavano portando i feriti.

Samuyr gli si accostò dicendo: «Sarà meglio raggiungerli per sincerarci delle loro condizioni.»

Gherson annuì e, salutati i centauri, seguì il sovrano dei Tindainuin.

Tra le persone in attesa di essere medicate intravide un volto già noto.

«Lingar, anche tu qui?»

Il soldato si voltò verso Gherson e s'illuminò in viso, contento di essere stato riconosciuto. «Sono stato colpito all'anca questa mattina ma non dovrebbe essere nulla di grave. Mi rimetterò, stai tranquillo e avrò ancora modo di combattere con te, lo giuro!»

Gherson rimase ancora un poco finché udì il richiamo di Ierax; avrebbe voluto sottrarsi a quel confronto ma sapeva che era inevitabile: aveva sbagliato a non ascoltare subito i consigli dell'Aldeivar durante il duello con Voulthan, rischiando di essere ucciso invano. Si sentiva in colpa e pertanto si congedò da Samuyr e dalla folla ancora festante raggiungendo a capo chino il compagno che lo aspettava poco distante; era già pronto in cuor suo a subire il giusto rimprovero e così provò lui stesso a chiedere scusa: «Hai ragione come al solito... sono stato un testardo e un temerario; ho messo a repentaglio la mia vita e quella di voi tutti e non posso più permetterlo. Ho imparato la lezione, ti giuro che non lo farò più.»

Ierax era immobile e lo scrutava nel profondo con i suoi occhi, alla fine alzò l'ala destra. «Non credi che dovremo tornare giù a riva?»

L'invito lasciò Gherson senza parole; in effetti, in tutta quella confusione l'Urwain aveva dimenticato le creature di pietra comparse durante la battaglia. Si diede un colpetto sulla testa e cavalcò l'Aldeivar sempre in silenzio; insieme scesero giù radenti fino ad atterrare in quel tratto di costa dove la spiaggia terminava di fronte ai primi rilievi. Sfiorò un enorme masso e percepì subito una sensazione mai avvertita prima, una strana forma di energia sembrava scorrere nella nuda pietra; allora si scostò e subito dopo lungo la rupe si udì un fremito, alcune rocce ricoperte di muschio si mossero assumendo le fattezze di un'imponente figura che si spostava lentamente.

«HHmmrr, dunque sei giunto tra noi umano...» gli occhi dell'Ardirock si riconoscevano a malapena nascosti da alcuni arbusti.

«Chi siete?» Domandò Gherson indietreggiando di un passo per timore di essere travolto dalla grandinata di sassolini smossi dalla maestosa creatura, sebbene in cuor suo s'immaginasse già la risposta; gli erano tornate in mente le parole di Aumar quando gli aveva narrato della costruzione di Leiksar Karim.

«Mmhhrr, chi siamo?»

L'essere accostò una mano alla spessa mandibola,

come se stesse riflettendo. «Hhmmrr, noi siamo Ardirock, la forza vitale che risiede negli elementi costitutivi dell'universo rrrhhh... Siamo stati per lungo tempo in attesa, scrutando le vicende di questo mondo rrrhhh, disgustati da voi creature che vi definite viventi.»

«Qual è il tuo nome?» Gli chiese Gherson.

L'altro aggrottò le ciglia. «Il mio nome? Carvoun.»

«Perché siete giunti in nostro soccorso?»

Carvoun si chinò tanto da raggiungere la testa di Gherson col suo enorme naso. «Dici sul serio o stai scherzando hmmmrr? Che cosa indossi cavaliere hhmmrr? La tua armatura è il segno che aspettavamo, è lei che ci ha destato! No hhmmrr, non vantarti delle tue forze giovane mortale hhmmrr... ti confiderò un segreto, se ancora non lo sai: quando ti rivesti di quella corazza compiendo allo stesso tempo la volontà di Yrshar, allora entrerai in armonia col mondo intero hhmmrr, e se vuoi, potrai spostare anche le montagne risvegliandone la forza recondita che siamo noi. Adesso hai compreso? Per questo siamo venuti in tuo soccorso e così sarà tutte le volte che le tue azioni seguiranno il volere di Yrshar. Ora lasciami tornare nel mio elemento hhmmrr, ma ricordati... al momento opportuno hhmmrr, noi ci saremo e quel giorno hhhmmmrr, tutto il mondo lo ricorderà per sempre!» Detto questo, l'Ardirock si ripiegò all'interno della montagna e scomparve.

Gherson rimase a bocca aperta, guardò per alcuni istanti le pietre tornate a essere inanimate, poi si sedette su un sasso a fissare le onde. A questo punto gli rimaneva solo un dubbio: chi era il mostro apparso all'improvviso e scomparso in modo altrettanto repentino? Non era un nemico nonostante quelle sembianze spaventose e più ci rifletteva più era convinto che avesse a che fare con l'aiuto promesso da Otharion.

Nel primo pomeriggio furono inviati messaggeri alle genti di Avigar per raccontare quanto era accaduto; poi con il tramonto, tutti i presenti si riunirono ancora una volta dando vita a una grandiosa festa, cantando e ballando insieme intorno a un enorme falò. In quel giorno fu intonato un nuovo inno di lode in memoria di quegli eventi.

Voglio cantare in onore del Signore,
perché ha mirabilmente trionfato.
Lui è il mio salvatore, il Dio dei miei padri.
Lui mi ha ascoltato quando l'ho invocato.
Abbassò i cieli e scese dal suo trono,
la terra Egli ha smosso e agitato.
Una nube oscurava i suoi piedi,
un cherubino nel vento ha cavalcato.
Allora apparve il fondo del mare,
stese la mano e dai nemici mi ha liberato.
Infatti, chi è Dio se non il Signore,
alla battaglia le mani mie ha addestrato.
Yrshar salva i poveri e gli afflitti,
e i miei piedi non hanno mai vacillato.
Ho inseguito il nemico e l'ho raggiunto,
ha gridato ma nessuno lo ha salvato.
Ti loderò e canterò inni al tuo nome,
perché sei fedele al tuo consacrato.

A notte fonda, dopo tutte quelle emozioni Gherson prese congedo dai compagni; desiderava in cuor suo rimanere un po' solo e si diresse con Ierax in un bosco alle pendici della valle di Ecaton, dove si coricò.

CAPITOLO XV

Gherson fu svegliato da una goccia di rugiada scivolata dalle aghifoglie di un pino marittimo; non era ancora l'alba e la bruma avvolgeva tutto con il suo manto. Poco distante si udì il rumore di un ramoscello secco spezzato, d'istinto Gherson si girò in quella direzione, accorgendosi allo stesso tempo che Ierax non era con lui.

"Dove sarà andato?" Si chiese.

Accostò la mano all'elsa della spada, fu questione di alcuni istanti, poi un'ombra furtiva comparve dietro a un tronco.

«Chi sei?» Domandò Gherson.

La sconosciuta non rispose ma si avvicinò adagio, indossava un mantello grigio chiaro.

Quando fu a pochi passi, Gherson sguainò Altair minacciandola. «Mostrami il tuo volto!»

Il manto si abbassò con un gesto appena accennato delle dita e comparvero dei folti capelli rossicci.

Gherson rimase paralizzato.

«Non è possibile... non è possibile!» Esclamò.

Rhiannon era di fronte a lui con un sorriso abbozzato sulle labbra.

Dopo quel primo attimo di smarrimento Gherson cercò di riprendersi. «No, non sei tu... non sei vera! Ti ho visto morire tra le mie braccia... deve essere qualche altro maleficio di Darkos! Fui ingannato già una volta!»

Così dicendo, alzò Altair con l'intento di colpirla.

La donna però portò l'indice alla bocca per zittirlo. «Davvero non mi riconosci? Sono io, Gherson... non aver paura, non è un incantesimo. È solo un sogno, stai tranquillo, solo un sogno.»

Gherson si morse la lingua. «Un sogno?»

«Sì, un sogno, vieni qua vicino a me.»

Gherson era titubante ma alla fine cedette e s'inginocchiò ai piedi della moglie stringendole la veste; in verità sembrava tutto così terribilmente vero.

«Da quanto tempo desideravo vederti...» sussurrò infine.

«Lo so.» rispose lei dolcemente mentre gli accarezzava il capo.

«Ho bisogno di te, ho tanto bisogno di te.» continuò lui, mentre le lacrime già gli rigavano le guance.

«So tutto... so tutto da lassù.»

Gherson alzò gli occhi verso l'amata. «Perdonerai mai le mie debolezze?»

Rhiannon sorrise di nuovo e si chinò su di lui poggiando la testa del marito sul suo seno.

«Torneremo mai insieme per vivere felici come un tempo?» Soggiunse lui asciugandosi gli occhi.

«Questo non dipende da me, intanto sono venuta per dirti che ti amo e che... Sì, un giorno torneremo a vivere insieme coi nostri figli. Ora però fatti coraggio! Porta a termine la tua missione e libera Elazar; presto saprai dove si trova, anche lui ha un ruolo decisivo in tutta questa storia.»

Gherson ebbe un sussulto. Già, Elazar, come dimenticarlo in mano a quella strega maledetta?

«Coraggio Gherson, non ti abbattere! Sono qui anche per avvisarti di un pericolo; incontrerai persone infide che ti faranno del male, tu però non rammaricarti, continua per la tua via e non temere, io sono e sarò sempre vicino a te.»

Lo accarezzò amorevolmente sul viso, poi la mano scivolò via dal suo volto.

«Aspetta non andartene... non mi lasciare di nuovo!» La supplicò Gherson cercando di stringerle le dita, che però svanirono nella nebbia come il resto della visione. «Tornerò da te un giorno amor mio... tornerò.»

Lui cadde in avanti con i pugni a terra per la frustrazione.

«Gherson che hai?» La voce di Ierax lo riportò in sé.

Si svegliò di soprassalto tutto madido di sudore e si guardò intorno ma c'era solo l'Aldeivar che lo fissava. Era stato davvero un sogno, solo un sogno... Eppure Rhiannon era parsa così reale...

Gherson scosse la testa rammaricato.

«Che ti è successo?» Domandò Ierax curioso.

Il compagno esitò ma alla fine raccontò l'accaduto.

«Non devi rattristarti se Rhiannon è venuta trovarti, lei vive ancora e nutre per te sentimenti profondi anche se appartiene a un'altra dimensione; mi preoccupa invece il suo monito...»

«Già, in effetti quei consigli danno proprio da pensare...» terminò lui titubante.

Poi si alzò stiracchiandosi. «...Purché non sia stato tutto frutto della mia fantasia.»

In fondo però nell'intimo non era assolutamente convinto di quest'ultima affermazione.

«Dove stai andando?» Gli domandò Lyanchor vedendolo montare su Ierax ai margini del bosco; il re dei Cardaian era venuto a cercare l'Urwain per far colazione insieme.

In cielo il sole sorto da poco era ancora offuscato dalla nebbia e la rugiada inumidiva l'erba dei prati.

«Non ci puoi lasciare così, dobbiamo decidere le prossime mosse.»

Gherson si girò verso l'amico sorridendo. «Oh sì che posso, detesto gli addii rumorosi. A parte gli scherzi, ti sarei venuto a salutare, mi sarebbe piaciuto rimanere con voi ma devo tornare da Aumar perché ho una certa idea in testa; prima però, voglio un suo consiglio.»

«Posso sapere di che si tratta?» Domandò Lyanchor curioso.

L'altro rispose: «Non ti offendere amico mio, è ancora presto, tu comunque, di' a tutti che non vi ho abbandonato, anzi diamoci appuntamento a Sivarin tra un paio di settimane perché è necessario tenere lì un gran consiglio. Per non irritare Uveron, spiegagli che sarà proprio lui a presiederlo.»

Lyanchor grugnì qualcosa ma si placò subito di fronte all'espressione severa di Gherson che proseguì: «Ascoltami, adesso non m'interessa chi comanderà la coalizione ma sconfiggere il nemico; dobbiamo ricucire lo strappo tra le vostre genti e fare in modo che gli uomini tornino su Ghenesia, dobbiamo imparare a vivere tutti insieme d'accordo.»

Il sovrano dei Cardaian appariva abbastanza scettico ma alla fine scosse le spalle e strinse la mano a Gherson. «Va bene... facciamo come vuoi tu, però stai attento a non cacciarti nei guai! Sei ancora nuovo di queste parti e mi dispiacerebbe se ti accadesse qualcosa.»

L'Urwain sorrise di rimando e ammiccò verso Ierax: «Non ti preoccupare per me, come vedi, ho già chi mi difende... ultimamente il mio Aldeivar non mi lascia mai solo neanche un istante, è sempre dell'idea che da un momento all'altro possa compiere qualche imprudenza di troppo.»

Ierax girò il collo verso il suo cavaliere e dall'espressione accigliata era facile arguire che non avesse gradito quella battuta.

Mentre stavano per alzarsi in volo, Gherson si sentì chiamare di nuovo; era Lingar che lo stava raggiungendo zoppicando, accompagnato da Naivàra.

«Hai visto? Sto meglio, questa mattina posso quasi correre.»

Gherson annuì e si chinò per accarezzargli il viso.

«Sono venuto a salutarti; vedo che sei in partenza.» riprese il Tindainun.

«Le voci si spargono velocemente, a quanto pare.» commentò Gherson sorridendo.

Lingar gli porse lo strumento a corde che teneva dietro la schiena. «Tieni, è per te.»

«Non posso accettare.» rispose Gherson imbarazzato ma l'altro insistette.

«Devi! Ci hai salvato la vita, è il minimo che possa fare.»

Gherson allora smontò da Ierax e abbracciò il giovane. «Non è un addio, stai tranquillo, ci rivedremo presto.»

Poi si voltò verso Naivàra e la salutò con un cenno della mano, quasi imbarazzato.

La ragazza ricambiò il gesto annuendo ma rimase in silenzio; proprio lei aveva chiesto quella mattina a Lingar di condurla dallo straniero e, ora che questi aveva appena spiccato il volo, lo fissava taciturna, come se qualche oscuro presentimento le turbasse l'animo.

Nel pomeriggio Gherson raggiunse le propaggini dell'immenso lago Vaikal, delimitato a Noren dalla catena montuosa degli Avalakos e immerso nel verde dei boschi che si riflettevano nelle sue flebili onde; uno stormo di cigni si librava felice sulle acque accarezzandole con le loro piume. Il cielo era coperto da cumuli di nuvole grigie che lasciavano filtrare solo in parte i raggi del sole, tanto che il paesaggio appariva quasi irreale, tinteggiato per intero di sfumature dal rosa al fucsia.

Decise di fermarsi a riposare lungo la riva, l'aria era tiepida e la temperatura ideale per un bagno confortevole; una breve sosta l'avrebbe ritemprato e poi la sera stessa avrebbe raggiunto Aumar. Non vedeva l'ora di riabbracciare il vecchio; avrebbero potuto discutere insieme con tutta calma appoggiati al Daiandros, magari fumando quel gradevole tabacco aromatico.

Ierax atterrò su un soffice prato di muschio simile a velluto e Gherson sospirò di sollievo; volare era un'esperienza fantastica ma ogni tanto bisognava pure posare i piedi a terra. Si sgranchì un attimo le ossa portando le mani ai fianchi mentre guardava l'Aldeivar che continuava a volteggiare nel cielo; infine si distese sul prato e cominciò a ragionare tra sé assaporando un filo d'erba in bocca. I pochi giorni trascorsi su Ghenesia sembravano un'eternità; Aumar gli aveva predetto che la sua venuta avrebbe scatenato una valanga di eventi e a ben rifletterci, ci aveva proprio azzeccato! Era addirittura scoppiata una guerra che rischiava di sconvolgere per sempre le sorti di Ghenesia, solo a pensarci c'era da rabbrividire. Quali altre temibili creature avrebbe dovuto affrontare prima di trovare un po' di pace? Già la pace... pareva un'illusione; quanta fatica, quanto sudore per raggiungerla. Rhiannon poi... Era ricomparsa in sogno, un balsamo per la sua solitudine e soprattutto non era adirata con lui. Sapere che Rhiannon gli era accanto contava più di tutto, ora avrebbe affrontato qualunque avversario con una diversa consapevolezza; sua moglie inoltre gli aveva assicurato che un giorno sarebbero tornati insieme per sempre.

Allora prese la Keldar e ne pizzicò le corde.

«Amor mio, ti cerco giorno e notte,
il tuo volto non celarmi mai più.
Acqua chiara sei e mi disseto in te.

Tra le tue braccia un dì giacerò lassù?»

Decise poi di tuffarsi nel lago e si tolse l'armatura, quand'ecco comparire una figura dalle acque che si approssimò a lui. Gherson all'inizio rimase guardingo, studiandola con cautela, quasi subito però comprese chi era.

Aìsian posò infine i piedi nudi sul prato bagnando l'erba con l'acqua che le scivolava giù dal corpo; una bianca ninfea ne decorava i capelli riccioluti, mentre fiori di loto dalle sfumature violacee le ornavano il corpo lasciando scoperti gli arti.

Si sedette sul muschio accarezzandosi le gambe e infine sorrise incrociando i suoi occhi. «Ebbene hai vinto.»

Luì annuì quasi schernendosi e abbassò il viso color cremisi per l'imbarazzo.

«Sei diventato ancor più famoso, tutti ti conoscono e parlano delle tue imprese.»

«In verità, pensi che sia un bene? Non lo credo, non mi trovo qui per questo.»

Lei allora rivolse lo sguardo malinconico verso il lago; la sua immagine era riflessa come in uno specchio. «Le tue parole ti rendono onore, ma adesso che cosa pensi di fare?»

«Mah... ho qualche idea in testa, tuttavia vorrei parlarne con Aumar, per il resto sono preoccupato per mio figlio; mi è stato detto di aspettare ma non è facile, credimi.»

Si udì un sibilo nell'aria.

Gherson avvertì un'improvvisa fitta al fianco sinistro, gemette e le sue pupille si dilatarono, quindi cadde a terra riverso sul fianco; d'istinto voltò il capo e intravide la freccia che l'aveva trafitto, dalle piume riconobbe che era di fattura elvain.

Ansimò: «Perché l'hanno fatto? Perché?»

Erano anni che non provava quel genere di dolore; immagini di un lontano passato si riaffacciarono confuse alla mente e fu colto dal terrore: stava perdendo i sensi e non poteva farci nulla, non poteva farci più nulla.

Aìsian si rese subito conto della gravità della situazione, il suo volto si oscurò e gli s'inginocchiò accanto.

«Proprio ora... non può finire così... non può...» Gherson respirava a fatica, mentre il sangue stava ormai tinteggiando il prato di rosso. Le palpebre infine calarono giù, sfumando le mani olivastre della Maidain che, penetrando nel suolo, divennero un tutt'uno con la terra assumendone la medesima natura.

Aìsian stava ora pronunciando parole misteriose con il viso pregno di livore. Poco distante nel folto del bosco si udì un rumore insolito come di alberi agitati dal vento; in effetti alcuni rami si mossero e da lì a poco un urlo atroce lacerò l'aria e i resti straziati dell'aggressore furono scaraventati senza vita in mezzo al prato.

Ierax aveva mirato tutto dall'alto e subito si lanciò in picchiata gelando l'aria con il suo stridio di dolore.

Non era ancora giunto al suolo che Aìsian con il volto trasfigurato dalla paura, lo esortò concitata: «Non c'è tempo da perdere, fa' presto! Portalo da mio padre, ne va di tutti noi!»

CAPITOLO XVI

Gherson si risvegliò gradatamente e le immagini dapprima offuscate, parvero poi sempre più nitide; l'ambiente gli era familiare, era disteso in un letto dalle soffici coperte di seta e le pareti sembravano rami di albero attorcigliati: sì, doveva trovarsi all'interno di un Daiandros e la luce filtrava fioca attraverso alcune fessure tra le fronde.

Pochi istanti dopo comparve un'ombra alla sua destra; riconobbe la figura di Aumar.

«Bentornato tra noi figlio dell'uomo.» gli sussurrò accarezzandogli la mano, poi tornò vicino al tavolo dove erano stipati una serie di vasetti contenenti strani intrugli, alcuni dall'odore pungente; c'erano anche coltelli, forbici e altri strumenti metallici.

Roskar camminava nervoso avanti e indietro.

Gherson avvertì un forte dolore al fianco destro, cercò di alzarsi ma non ci riuscì e gemette.

Aumar si girò verso di lui. «Non muoverti! La ferita è profonda e hai perso molto sangue; avresti potuto morire e... potrebbe ancora succedere.»

Gherson si distese di nuovo e parlò a fatica: «C'è stata una grande battaglia al passo di Iefùn e... abbiamo sconfitto i Mavourg; c'erano i centauri, i Tindainuin e ho visto anche gli Ardirock, e poi...» ma si trattenne per lo sforzo; il suo viso era pallido come la neve e contratto dal dolore.

«Lo so, so tutto e so anche che ti sei battuto con valore, ora però dobbiamo pensare alla tua ferita, la punta della freccia è ancora lì ed è avvelenata, non possiamo perdere altro tempo; ma come ti è venuto in mente di toglierti l'armatura? Ti avevo pure avvisato che Ghenesia era piena di pericoli... Comunque lascia perdere, è inutile parlarne ora, dobbiamo essere rapidi, molto rapidi!»

Il sudore gli grondava dalla fronte e per la prima volta Gherson percepì un filo d'insicurezza nella sua voce.

«Un tempo probabilmente avresti gioito della mia morte...» abbozzò timidamente Gherson con il viso rivolto dall'altra parte.

Aumar s'irrigidì. «Perché dici così?»

L'Urwain però non rispose, un'improvvisa fitta al ventre gli fece contrarre i muscoli addominali e gemette di nuovo.

«Va bene... continueremo questo discorso un'altra volta, ora per favore stai zitto! Non parlare più e cerca di assecondarmi; ti farò male ma è necessario se vuoi sopravvivere.»

Gherson trasalì con il respiro sempre più affannoso: «Non ho un bell'aspetto, vero? I guaritori di solito sui campi di battaglia scuotevano il capo quando vedevano un ferito nelle mie condizioni.»

Aumar sospirò e gli porse una ciotola di legno. «Ascoltami, bevi quest'intruglio, lenirà il dolore; è estratto dal Neviron, quel fiore di cui ti parlai quando ci conoscemmo.»

Gherson annuì appena, poi il vecchio gli prese con calma la testa fra le mani e la sollevò; gli fece sorseggiare la medicina e l'altro la deglutì a fatica.

«Molto bene!» Proferì Aumar, quindi applicò un unguento oleoso sull'addome del ferito, massaggiandolo per un po'.

Gherson si sentiva venir meno, il cuore gli batteva forte in petto ma non avvertiva più quelle fitte atroci di prima.

Quando Aumar ritenne che fosse giunto il momento, gli porse un bastoncello. «Stringi forte fra i denti.»

L'altro obbedì per quanto fosse ancora in grado di comprendere; allora Aumar entrò nella ferita con alcune pinze ed estrasse la punta della freccia.

Gherson sputò il bastone e urlò a squarciagola. «Basta, basta! Lasciami morire, basta!»

«Calma figlio dell'uomo, calmati...»

"Quella voce..."

Gherson si girò distinto e davanti ai suoi occhi comparve Aìsian.

«Calma, figlio dell'uomo, sei stato forte e coraggioso, calmati.» e lo baciò sulla fronte.

Gherson si ammutolì e cadde nell'oblio.

«Ierax... Ierax dove sei?» Gridò Gherson destatosi di soprassalto, quasi fosse stato colto da un incubo; poco distante intravide la sagoma di Aumar appoggiato al Daiandros intento a fumare, pareva sovrappensiero.

Il fianco destro ancora gli doleva, Roskar alzò il capo e ruggì.

«Non devi preoccuparti per Ierax, è fuori e sta certo meglio di te; così hai deciso di rimanere tra noi...» pronunziò infine il vecchio a bassa voce.

«Grazie a te...» bisbigliò Gherson mentre tornavano vivide alla mente le immagini vissute prima di perdere i sensi.

Ebbe una smorfia di dolore, poi riprese: «Per quanto tempo sono stato privo di coscienza?»

«Tre giorni, caro mio... ma non era ancora giunta la tua ora, nonostante la tua sconsideratezza.» rispose Aumar imperturbabile dopo aver spirato nell'aria una scia di fumo.

Gherson cercò i suoi occhi. «Probabilmente è così, re Ascalon...»

L'Elvain chinò il capo sospirando. "Quel nome... Da quanto tempo non mi chiamano più con quel nome."

In quegli istanti il vecchio ripercorse gli innumerevoli anni della sua vita, infine domandò: «Chi te l'ha detto?»

Gherson si poggiò sui gomiti. «Tu! L'avevo già intuito tempo fa prima di partire per Sivarin, ma me l'hai confermato salvandomi; hai rischiato la vita per me, l'ho percepito, ho avvertito le tue sensazioni... il tuo vigore scorreva nelle mie vene.»

L'altro scosse la testa rimanendo silenzioso, infine soggiunse: «Sei divenuto abile, più di quanto potessi immaginare; abile, ma pur sempre incosciente!»

Gherson non cadde nella provocazione perché interessato a conoscere la storia del vecchio re.

«Una volta mi assicurasti che mi avresti parlato del tuo passato, non pensi sia giunto il momento?»

Ascalon allora afferrò una sedia e si sedette di fronte a lui. «Che vuoi sapere?»

«Che cosa accadde dopo la battaglia nella valle di Naiman? Mi narrasti che di te si era persa ogni traccia; come hai fatto a vivere fin a oggi?»

Ascalon corrugò la fronte, si capiva che era combattuto nell'animo, alla fine diede una pacca sulla gamba e iniziò a raccontare: «E sia, hai vinto tu! Sei più curioso di una Maidain ma in fondo è giusto così. Yrshar decise di donarmi una lunga vita, tu pensi sia stato un regalo? In realtà è stata la peggior sorte che mi potesse capitare, ma va bene ugualmente... era l'unico modo per espiare le mie numerose colpe già qui su Ghenesia. La morte, infatti, non ti consente di comprendere sino in fondo la conseguenza delle tue azioni; io invece ogni giorno ho la possibilità di distinguere il male che ho procurato a me stesso e alla creazione intera, e il mio cuore si strugge quando ripenso alle sofferenze causate dai miei errori. Un tempo ti avrei ucciso Gherson... avrei eliminato ogni essere umano da Ghenesia! Oggi non posso più farlo, perché io sono il primo a dover essere condannato per i miei torti; non posso giudicare nessuno, non ne ho alcun diritto!»

Roskar si sdraiò accanto al padrone che prese ad accarezzargli il manto argentato, con lo sguardo perso nel vuoto. «Quel giorno mi piombò un fulmine addosso, tutti morirono tranne me, che persi la vista; fuggii allora, fuggii come un disperato non sapendo neanche dove andare. Per molto tempo su quei luoghi avvolti da una caligine funerea si abbatterono nubifragi spaventosi; Ghenesia aveva cambiato aspetto e non sarebbe più tornata quella di prima. Trovai infine riparo in una grotta e vi rimasi nascosto per chissà quanto senza mangiare, desideravo solo che la morte venisse a prendermi; tuttavia sebbene l'avessi invocata più volte, anche lei mi aveva rinnegato. Finché una notte apparve inaspettata come un'ombra... era lei, in una soffice veste.»

Ascalon tese le mani, come se avesse voluto toccare una persona cara comparsagli davanti all'improvviso, poi riprese: «Era lei, Orhel! Lo Spirito dei boschi si era personificato nelle forme di una bellissima donna che si avvicinò con un coltello in mano; voleva uccidermi colma di tutto il livore che la natura provava nei miei confronti. Quando compresi le sue intenzioni, quasi esultai. –Sì, ammazzami, poni fine alla mia sofferenza. – la supplicai, ma Orhel tentennò. A un suo gesto le robuste radici di alcuni alberi raggiunsero la grotta e mi trascinarono fuori; rimasi loro avvinghiato per molto tempo divenendone quasi un tutt'uno. Orhel mi guardava impassibile e il suo odio permeava l'aria, poi si allontanò e rimasi solo imprigionato in quegli arbusti. Urlai al vento, la implorai di smetterla di torturarmi in quel modo ma invano, perché nessuno mi rispose. Un giorno tornò, si sedette accanto e restò lì senza parlare; il mio corpo sembrava fuso in quelle radici tanto da formare quasi un unico essere: fu così che la terra comprese il mio dolore, chi ero davvero ed io ne afferrai il suo intimo. Allora Orhel mi liberò e si unì a me; alla fine caddi nella polvere coccolato dalle sue carezze, bagnando di lacrime il suolo. Orhel aveva consolato il mio animo con il suo perdono, rimase incinta e partorì le Maidaian, le fate dei boschi; di tanto in tanto viene ancora a trovarmi, balsamo della mia solitudine, compagna delle mie notti... Ecco, ora conosci la mia storia, giovane mortale.»

«Le Maidaian... già le Maidaian! Aìsian, dove si trova adesso? Sono sicura di averla vista qui l'ultima volta prima di perdere i sensi...» mormorò Gherson pensieroso.

«Sì, è proprio così. Aìsian ti ha fatto condurre da me, poi ti ha vegliato fino a ieri; ora però è andata via, ha da assolvere un altro compito, forse ancora più urgente...»

Gherson rimase assorto a fissarlo. "Che storia fantastica, incredibile a dirsi..."

Si sentiva fuori luogo, aveva di fronte a sé il primo grande sovrano degli Elvaian, una persona leggendaria vissuta tanti secoli prima; tuttavia, seppur debole, riprese a parlare spinto dalla curiosità: «Da quando mi trovo su Ghenesia, ovunque sia andato, tutti ti conoscevano; possibile che nessuno abbia mai avuto qualche dubbio sulla tua identità?»

Ascalon riprese con calma: «L'unico che ha sempre saputo di me era Valdor e ha custodito questo segreto nel suo cuore; peraltro il mio aspetto era cambiato, ero divenuto cieco e il trascorrere del tempo aveva comunque lasciato il segno: i miei capelli si erano incanutiti, solo la cute è rimasta priva di rughe. Io poi ho sempre vissuto ramingo nei boschi circondato da un'aura di magia perché riuscivo a intrattenere rapporti con il creato, mentre gli altri non erano più in grado di farlo. In realtà, come ti ho insegnato, il segreto sta nell'entrare in sintonia e amare chiunque ti circonda, perché anche lui già fa parte di te; qui ho ritrovato me stesso comprendendo gli altri. È vero, le persone che hai incontrato mi hanno visto a Leiksar Karim; vi sono tornato alcune volte nel corso degli anni e così ho potuto frequentarle: Uveron, Galdwjr, Jesavel, Otharion...»

«Già Otharion...» gli occhi di Gherson s'illuminarono.

Ascalon percepì ancora una volta il suo interesse nell'inflessione della voce e subito domandò: «Coraggio, che cosa vuoi sapere di Otharion? Non ti basta quanto ci siamo già raccontati? Sei ancora molto stanco e non dovresti affaticarti.»

Gherson però non era dello stesso avviso e replicò all'istante: «Nel corso della battaglia al passo di Iefùn è comparso dalle acque un essere mostruoso che ha distrutto le navi nemiche, poi ha generato delle onde altissime con una violenza tale da spazzare via i Mavourg; non ha alzato neppure un dito contro di noi e infine è svanito nel nulla, tuttavia avevo già notato le sue fattezze sulle imbarcazioni dei Mikeraian. Ti ricordi quando ci siamo salutati prima che partissi per Sivarin? Mi accennasti che conoscevi la storia di Otharion e il suo segreto, aiutami allora a ricomporre anche questo tassello.»

Ascalon rimase alcuni istanti taciturno a fumare la pipa, alla fine inspirò profondamente e disse: «Otharion e il mostro che hai visto sono il medesimo essere; il re dei Mikeraian ha le proprie colpe ma le sue disgrazie hanno purtroppo a che vedere anche con le malefatte di Darkos. Su Ghenesia, infatti, esisteva un minerale raro e prezioso molto ricercato ancor prima della cacciata dell'uomo; tu già lo conosci, si chiama Maiclon, rammenti? L'oscuro però riuscì a manipolarne le proprietà; in tal modo chiunque se ne fosse servito, avrebbe potuto mutare aspetto con l'uso della magia. In passato ad esempio, Malion, il demone che ben conosci, lo utilizzò per ingannare un principe elvain di nome Calaroth, ma questa è un'altra storia. Valdor si prodigò a lungo per rintracciare il Maiclon e farlo sparire per sempre da Ghenesia; quello che riuscì a trovare, lo nascose a Leiksar Karim e in parte lo rese innocuo come lo specchio che ti ho regalato. Otharion aveva trascorso un periodo della sua vita nella dimora sacra e conosceva il luogo dove Valdor teneva riposto quel minerale; accecato dalla lussuria, rubò tre pietre rinvenute poco prima e ne usò una per assumere le sembianze di Therim, il marito di Vasuada, seducendola con l'inganno. La magia però esigeva il suo prezzo e trasformò il volto del sovrano deturpandolo; purtroppo per lui però la questione era ben lungi dall'esser conclusa, rimanevano infatti le due ultime pietre: chiunque le avesse evocate, avrebbe trasformato per alcuni giorni Otharion in un mostro terrificante dotato di un vigore travolgente donatogli dagli stessi abissi. Il re dei Mikeraian tuttavia si è ben guardato dall'utilizzarle perché, qualora non perisse per altre ragioni, morirebbe comunque una volta cessato l'effetto dell'ultima gemma.»

Gherson sgranò gli occhi. «Aspetta un momento... io ho già utilizzato una pietra; intendi dire che la prossima volta che chiederò il suo aiuto, ne decreterò la morte?»

Ascalon annuì.

«No! Non è possibile... non succederà mai! Non voglio essere io a ucciderlo.» protestò Gherson.

«Questo non puoi escluderlo.» ribatté Ascalon con calma.

«No, mi rifiuto di prendere una simile decisione! Ecco, tienila te l'ultima, così...» istintivamente Gherson accostò la mano al fianco in cerca del Maiclon.

Ascalon lo interruppe subito. «No, non lo voglio! Otharion le aveva donate a te e sapeva quel che stava facendo; non puoi opporti alla sua volontà, non ti pare? Oltretutto temo che presto dovremo affrontare situazioni assai critiche, tali da mettere a repentaglio la sopravvivenza stessa di questo mondo; forse saremo costretti a compiere azioni che mai avremmo pensato... Otharion l'ha compreso, credimi, e ha deciso di offrire la sua vita per il bene di tutti noi. Non pensi invece che il suo comportamento sia da ammirare?»

Gherson accostò le mani al mento e rifletté sulle parole proferite da Vasuada in merito al loro comune destino; la Mikerain aveva detto il vero, anche lui doveva partecipare suo malgrado all'ultimo capitolo di quella triste vicenda.

Ascalon approfittò delle sue perplessità e riprese il discorso: «A questo punto è bene che tu sappia un'altra cosa...»

Gherson si voltò incuriosito verso il vecchio re.

«Prima di lasciare Ghenesia, Valdor venne a trovarmi e mi annunciò la tua venuta.»

«La mia venuta?» Ripeté Gherson perplesso.

Ascalon continuò senza batter ciglio: «Sì, mi accennò che era quasi giunto il tempo del ritorno del figlio dell'uomo e solo allora sarebbero terminate le mie pene.»

«Ti spiegò come?»

Il sovrano accennò un sorriso. «No, questo no, però sembra proprio che avesse ragione... potrebbe essere un buon inizio, non credi?»

«Staremo a vedere.» soggiunse Gherson stiracchiandosi.

Ascalon allora si alzò. «Ora basta parlare, ti sei stancato troppo, devi riposarti!»

Dopo quell'esortazione, gli porse una ciotola e gli fece bere un decotto; il sapore era gradevole e Gherson lo degustò con piacere.

Quando ebbe terminato, il vecchio si sedette di nuovo accanto. «Ti chiedo un favore, se puoi; per il momento non rivelare a nessuno la mia identità, lo farò io al momento opportuno.»

«Se così vuoi, per me va bene.» confermò Gherson mentre l'Elvain aveva ripreso a fumare; poco dopo l'Urwain si distese sul letto e si riaddormentò rasserenato in viso.

Il sole non era ancora tramontato in quel pomeriggio estivo, quando Gherson uscì dal Daiandros appoggiandosi di schiena; era la prima volta che si azzardava a varcarne la soglia dal giorno in cui era stato colpito, sebbene fosse consapevole di non essersi ancora ripreso completamente: non aveva un bell'aspetto, il viso era cereo, smagrito e infossato, i bordi della ferita poi non si erano ancora rimarginati. Il suo animo inoltre era turbato, nelle ultime notti, infatti, era stato assillato da vari incubi, uno in particolare l'aveva scosso profondamente: aveva sognato di trovarsi in una stanza buia e non riusciva a vedere assolutamente nulla, l'atmosfera era opprimente e camminava tentoni con le mani avanti, per evitare di battere contro qualche ostacolo. Un po' alla volta aveva raggiunto un muro e tastando le pareti, aveva individuato una lampada che poi aveva acceso. A questo punto lo scenario era improvvisamente cambiato; stava su un campo di battaglia davanti alle mura di Sivarin, il suolo era coperto da un'infinità di cadaveri e la terra era intrisa del loro sangue; il cielo era cupo e intorno a lui vagavano come scie fumose le anime dei morti, ululavano tristi e il loro lamento si perdeva nel gelido vento che scuoteva il lembo del suo manto. Poco lontano intravide un bimbo chino su un corpo senza vita, guardò meglio, era Elazar; allora corse subito da lui e raggiuntolo gli si gelò il cuore nel petto: stava accarezzando il viso di Rhiannon, anche lei esanime al suolo. Si soffermò ancora su quelle ultime immagini, sebbene lo rendessero inquieto; erano una premonizione, oppure soltanto i fantasmi del passato che tornavano ad accusarlo?

Scosse la testa... No! Rhiannon era tornata a farsi vedere nella valle di Ecaton e gli aveva pure parlato, era parsa serena e soprattutto gli aveva promesso che si sarebbero nuovamente incontrati.

Ierax si avvicinò in silenzio con lo sguardo preoccupato; non si erano più visti dal giorno del suo ferimento.

«Ti ho fatto prendere un bello spavento, vero? Perdonami, non era mia intenzione.»

Ierax non rispose ma lo sfiorò con le ali come se volesse accarezzarlo.

Gherson non aggiunse altro, aveva già compreso i sentimenti del compagno e preferì non insistere, quindi si soffermò a scrutare il paesaggio e non poté far a meno di scorgere ancora una volta i segni sempre più preoccupanti di quella strana malattia che aveva afflitto Ghenesia dopo la caduta di Ilvàren; le foglie degli alberi avevano assunto colori sempre più autunnali con sfumature rossicce e gialle, alcune tra l'altro erano già cadute, portate via dal vento pungente. Il cielo era coperto da cumuli violacei che avevano oscurato la luce del sole, creando quell'atmosfera quasi irreale fra il rosa e l'indaco.

Ascalon non era con lui ma Gherson non si preoccupò più di tanto, si trovava di sicuro nei boschi e comunque quella sua lontananza poteva avere un solo significato; la sua convalescenza procedeva per il verso giusto.

All'improvviso però, percepì un insolito fruscio alla sua destra.

«Chi è là? Ascalon sei tu?» Domandò, anche se in cuor suo già sapeva che non era così. D'istinto portò la mano al fianco cercando Altair ma la spada non era con lui; l'aveva lasciata all'interno del Daiandros insieme all'armatura.

Fu questione di alcuni istanti, poi dalla boscaglia uscì una donna con un lungo vestito argenteo; la sconosciuta si avvicinò lentamente cantando una dolce melodia.

Gherson rimase senza parole; era bellissima, non aveva mai visto prima una chioma così lucente né occhi simili al colore del cielo specchiato nell'acqua.

Giunta a pochi passi da lui, smise di cantare e disse: «Il mio nome è Orhel.»

Gherson trasalì.

«Quel nome...» bisbigliò tra sé, immaginando già il motivo di quella visita; era davvero giunto il momento di rivedere Elazar?

Poco dopo apparve una nuova creatura che lasciò l'Urwain a bocca aperta; aveva le sembianze di un cavallo bianco, con gli occhi di un profondo blu e sulla fronte un corno nero con degli anelli. Si accostò alla donna e ne accarezzò la mano col muso.

Orhel sorrise e si volse di nuovo verso Gherson. «Lui è Kailin, il mio inseparabile compagno, docile e incapace di far del male a qualsiasi essere vivente.»

Kailin si avvicinò a Gherson e lo sfiorò a sua volta.

Orhel continuò con il sorriso sulle labbra: «Kailin si fa toccare solo da persone di animo puro.»

L'Urwain abbassò il viso arrossendo. «Mia Signora, penso proprio che ti stia sbagliando...» rispose poi schernendosi.

«Gherson, non aver paura di me.» soggiunse lei cercando i suoi occhi; poi gli accarezzò la fronte.

A Gherson parve d'esser preso per mano e diventare leggero come un bimbo, gli si aprì davanti un mondo meraviglioso e per un attimo tutti i confini che conosceva sembrarono dissolversi; si sentì trasportato in una danza di colori cangianti.

A quel punto Orhel riprese a parlare: «Sono venuta a dirti che è tempo di riabbracciare tuo figlio.»

Gherson allora tornò subito in sé. «Dove si trova?»

«Nella rocca di Calaroth. Raggiungilo e portalo qui, poi riparti prima possibile per Leiksar Karim.»

«Leiksar Karim?! Ma non è stata distrutta?» Ribatté Gherson confuso.

«Sì, purtroppo sì, ma tu vacci comunque! Al suo interno troverai un passaggio tra le macerie che ti condurrà alle dimore dei Sarmaian; cercali e convincili a tornare tra noi, il loro aiuto è necessario se vogliamo davvero sconfiggere i Mavourg.»

Gherson sembrò quasi balbettare: «Ma io non li conosco, non so neanche se...»

«Non preoccuparti, sono convinta che ci riuscirai e forse troverai anche altri aiuti insperati...»

Gherson continuava ad apparire titubante e aggrottò la fronte.

Lo sguardo di Ierax però, taciturno fino a quel momento, lo rincuorò.

«E sia... farò come dici! Ora ciò che più mi sta a cuore, è sapere che presto rivedrò Elazar.»

Orhel gli sfiorò la mano, poi montò su Kailin e scomparve ai suoi occhi perdendosi nei colori della foresta.

Solo allora Ierax ruppe il silenzio: «Coraggio, è tempo di indossare i tuoi abiti da guerriero e riprendere a volare verso nuove avventure.»

CAPITOLO XVII

Era già notte quando Gherson raggiunse la rocca di Calaroth. Ierax sorvolò le mura e atterrò sul piazzale più alto, proprio di fronte al mastio, subito dopo Gherson scese dall'Aldeivar e sguainò Altair; tutt'intorno regnava un silenzio irreale, la nebbia celava le vette circostanti e l'umidità penetrava fin dentro le ossa: eppure, nonostante quell'atmosfera tetra il suo animo era sereno perché non percepiva alcun sentore di pericolo nei dintorni.

Dal bosco più in basso si udì il verso di un gufo, poi nient'altro.

La porta era semiaperta, Gherson si avvicinò, scostò leggermente l'anta che emise un sordo cigolio e una volta all'interno rimase stupito; la dimora infatti era in ordine: certo le mura erano annerite un po' ovunque ma non si scorgevano ragnatele e il pavimento era pulito.

S'irrigidì. "Ci deve essere senz'altro qualcuno, forse più di una persona insieme a mio figlio..."

Cercò di restare calmo ma non era semplice, a breve avrebbe rivisto Elazar ma questa volta era diverso; Elazar era suo figlio, non il trovatello liberato mesi prima dalle grinfie degli Urwaian.

Il cuore gli batteva forte nel petto. "Devo mantenere la calma, dannazione!"

Alla fine si rinfrancò e avanzò circospetto; poco più in là in una stanza in fondo al corridoio scorse una luce fioca.

"Ci siamo." disse tra sé.

Aprì la porta socchiusa e si trovò davanti un saloncino col parquet in doghe d'olivo a spina di pesce; alla sua destra c'era un camino, dove bruciavano scoppiettando due bei ciocchi di quercia. Di lato vide una donna bellissima in una vesta bianca; aveva i capelli dorati e stava contemplando un bimbo che dormiva lì accanto su un divano di velluto.

«Chi sei?» Domandò Gherson avanzando circospetto.

«Mirian... anche se in passato mi conoscesti con un altro nome, quello di Malion.» Rispose lei con calma.

Gherson trasalì e subito le puntò contro la spada. «Maledetta! Un altro dei tuoi dannati sortilegi? Stai tranquilla però, questa volta non mi sfuggirai! Ridammi subito mio figlio!»

Lei restò immobile e non si difese. «Non preoccuparti, non ho alcuna intenzione di farvi del male, né a te, né a lui! Elazar sta bene, è qui che dorme.»

Gherson la guardò sospetto, poi si girò intorno temendo che da un momento all'altro comparisse qualche brutta sorpresa.

«Stai calmo, ho detto, non c'è nessun altro qui all'infuori di noi.»

Elazar intanto si era destato, svegliato da quella conversazione.

«Che sta succedendo Malion?» Domandò impaurito.

«Niente, niente di grave piccolo, non temere, tuo padre è venuto a prenderti.» sussurrò lei con un filo di rammarico nella voce.

Elazar si stropicciò gli occhi, poi si voltò verso Gherson. «Papà! Tu qui?!»

Il tempo parve sospendere le loro vite in un limbo, i tre infatti rimasero a guardarsi increduli senza muovere un dito, come se fossero stati colti da un incantesimo.

Fu Elazar infine a rompere quel magico silenzio alzandosi dal letto e precipitandosi verso il padre con le lacrime agli occhi.

Gherson s'inginocchiò e l'accolse tra le braccia, mentre Altair cadde al suolo con fragore.

«Figlio mio... figlio mio! Ti ho ritrovato!»

Gherson non seppe neanche lui quante volte pronunciò quella frase mentre lo accarezzava stringendolo forte.

Malion invece chinò lo sguardo triste in cuor suo, consapevole che presto sarebbe rimasta sola, Gherson infatti raccolse Altair e invitò Elazar a seguirlo.

«Tu non vieni con noi?» Chiese il piccolo a Malion.

Gli occhi di lei incrociarono lo sguardo di Gherson, poi tornarono su Elazar. «No, questa volta non verrò con te, ho un altro compito da portare a termine ma ci rivedremo, stai tranquillo, ci rivedremo ancora.»

«Ma Malion...» protestò il bimbo.

«Vai Elazar, vai con tuo padre, stai con lui, è giusto così.»

Si avvicinò un'ultima volta al piccolo e l'accarezzò. «Ti devo tanto, più di quanto tu pensi... se sono cambiata, è anche grazie a te, soprattutto a te! Ora andate, il tempo stringe e tu Gherson, perdonami se puoi per il male che ti ho procurato.»

L'Urwain, ancora diffidente per l'inspiegabile atteggiamento dell'antica nemica, prese Elazar per mano e si allontanò con lui fino a raggiungere Ierax; dopo esser montati sull'Aldeivar scomparvero nel buio della notte.

Quel volo notturno tuttavia, non passò inosservato; da alcuni giorni infatti Helgrund aveva inviato i Craun[25], suoi fedeli servitori, sopra i cieli di Avigar per acquisire informazioni sugli spostamenti del nemico e soprattutto per scoprire dove fosse nascosto Elazar: la ricerca del ragazzo, infatti, era divenuta una vera e propria ossessione per Darkos.

«Voglio a tutti costi quel maledetto bambino! M'interessa più lui che vendicarmi di quella traditrice di Malion; ricordalo, non ammetto fallimenti!» Aveva tuonato il signore dei demoni, così forte da far tremare l'intera dimora di Helgrund ormai in procinto di salpare con la sua flotta.

Subito le spie di Mudrùn, si accodarono come segugi dietro Ierax, favoriti dall'oscurità della notte.

Con le prime luci dell'alba giunsero al rifugio del vecchio Aumar e Gherson scese da Ierax prendendo in braccio il figlio rimasto tutto il viaggio avvinghiato al padre; l'Elvain era già in piedi ad attenderli davanti all'ingresso del Daiandros insieme a Roskar.

«Bentornati.» esordì.

«È andato tutto bene.» dichiarò Gherson raggiante, quindi gli presentò il piccolo.

«Lui è Elazar, mio figlio!» Affermò poi tutto orgoglioso.

Aumar lo accarezzò e sorrise, quindi li invitò a entrare. «Venite, ho preparato per voi una gustosa colazione, così mi racconterete tutto; sono proprio curioso… specialmente tu Elazar, avrai un sacco di cose da dirci, non è vero?»

Il bimbo in verità era un po' impaurito da quell'enorme felino che li accompagnava.

Il padre, accortosi del suo imbarazzo, lo rasserenò subito: «Non ti preoccupare, il suo nome è Roskar e con noi è tranquillo, come un grosso gattone; vedrai, in poco tempo diventerai suo amico.»

Roskar, infatti, si avvicinò al viso di Elazar che aveva gli occhi spalancati dal timore; Gherson allora accostò la mano del bimbo al collo del felino e questi miagolò tutto compiaciuto.

I Craun intanto, celati fra le nubi, sorvolarono silenziosi il Daiandros per tornare dal loro padrone; Helgrund infatti era appena salpato col suo esercito, deciso ad attaccare Sivarin e quell'informazione avrebbe certamente reso

---

25) Piccoli uccelli dalle piume nere.

Darkos molto felice.

Una volta all'interno Aumar li fece salire al piano superiore e tra un dolcetto e l'altro apprese le vicende di quella notte e soprattutto la storia del piccolo.

Elazar almeno all'inizio era titubante e parlò a spizzichi e bocconi, poi col passare del tempo la sua lingua si sciolse come un fiume in piena; raccontò della sua infanzia trascorsa nell'arcipelago delle isole Ghelàos, del successivo viaggio sulla terraferma e del rapimento degli Urwaian fino alla sua liberazione: anche per Gherson era una novità ascoltarlo, il padre assimilava con avidità tutto quel che narrava Elazar per timore di perdersi qualche dettaglio e spesso gli poneva delle domande o chiedeva dei chiarimenti. Il bimbo illustrò poi il suo arrivo nel Noren di Mudrùn e la desolazione in cui era capitato fino all'arrivo di Mishael.

«Allora era tutto vero...» Gherson lo interruppe un istante, quando il piccolo gli descrisse l'angelo. «...Io l'ho visto sai, ho avuto un sogno proprio qui e tu mi sei apparso insieme a lui.»

Aumar annuì: «Che ti avevo detto quella notte? Elazar era al sicuro molto più di quanto tu potessi immaginare.»

Gherson allora esortò il figlio a continuare e questi non indugiò oltre, anche perché era quasi giunto al culmine della vicenda; la conversione di Malion e soprattutto lo scontro con l'oscuro signore nascosto dietro lo specchio, anche se di quell'ultimo episodio Elazar non riferì un granché, restando piuttosto sul vago. Gherson rimase di sasso quando seppe che il figlio aveva conosciuto Darkos in persona, a lui ad esempio, questa iattura era stata finora risparmiata; tuttavia tirò un sospiro di sollievo quando apprese dell'arrivo di Mishael e della successiva fuga alla rocca di Calaroth. Aumar invece rifletté a lungo su quell'episodio, sebbene sul momento non l'avesse dato a vedere; Elazar infatti, non aveva ben chiarito come si fossero liberati di Darkos, asseriva di aver perso i sensi ma c'era qualcosa nell'inflessione della voce che non aveva pienamente convinto il vecchio.

«Sai papà, Malion è stata buona con me, mi voleva tanto bene... trascorreva le ore ad accarezzarmi prima di andare a dormire e seguitava anche dopo che avevo chiuso gli occhi. Anch'io però le sono stato vicino; tante volte l'ho vista piangere... allora mi sedevo accanto a lei e mi facevo prendere in braccio, poi le sfioravo le guance e le dicevo di smettere, di non preoccuparsi: io l'avrei difesa sempre contro tutti. Papà, era bellissima e mi stringeva forte forte al petto; ora sono così preoccupato per lei... è rimasta sola. Perché non possiamo tornare a prenderla?»

Gherson era sconvolto da quelle affermazioni e non sapeva proprio che rispondere; mai avrebbe immaginato che Malion potesse cambiare in quel modo, sebbene l'avesse costatato coi propri occhi.

Fu Aumar, invece a parlare: «Yrshar può compiere miracoli straordinari se noi lo vogliamo piccolo Elazar e Malion è uno di questi; anch'io stento a crederlo ma a volte l'innocenza di un bimbo può cambiare le sorti di una guerra molto più di un esercito sul campo di battaglia. Dobbiamo tener bene a mente quello che ci hai raccontato oggi; in quanto a Malion, se la conosco bene, ho la vaga idea che voglia stare da sola almeno un po', ma non ti preoccupare... se ti ha detto che la rivedrai, puoi starne certo.»

Elazar però storse le labbra perché non ne era proprio convinto, tuttavia le novità di quegli ultimi giorni lo spinsero a formulare un'infinità di domande su Ghenesia, a cominciare proprio dal Daiandros.

Era ormai quasi mezzogiorno quando i tre uscirono di nuovo; il cielo era marezzato di nuvole e l'aria frizzantina provocò più di un brivido sulle loro braccia.

«Ti va di volare?» Domandò Gherson al figlio.

Elazar non se lo fece ripetere due volte e in un batter d'occhio furono sopra Ierax e si levarono in aria.

L'Aldeivar si lanciò in spericolate acrobazie, divertendosi anche lui nel sentire urlare Elazar di paura mista a gioia. Ogni tanto atterravano in qualche radura e il bimbo tempestava Gherson di quesiti, chiedendo spiegazioni ai suoi numerosi interrogativi; indicava fiori mai visti prima, alberi dai frutti sconosciuti, insetti minuscoli che camminavano instancabili nell'erba.

Spesso lo stesso Gherson non era in grado di rispondere perché, di fatto, anche lui era giunto da poco e molte realtà gli erano ancora sconosciute; allora si accostava a qualche albero e ne sfiorava i rami per poi raccontare a Elazar i sentimenti di quelle creature apparentemente inanimate.

Il figlio rimaneva in silenzio a bocca aperta. «Papà, anch'io un giorno sarò come te? Voglio dire... anch'io potrò fare queste cose?»

Gherson sorrideva accarezzandolo. «Penso proprio di sì.» sussurrava infine.

Quella sera cenarono all'aperto insieme ad Aumar; erano tutti seduti intorno al focolare, quando all'improvviso Elazar si accoccolò tra le braccia di Gherson sussurrandogli nelle orecchie: «Sai papà, non te l'ho chiesto prima perché pensavo lo facessi tu... perché non mi parli un po' della mamma?»

Per un attimo calò il silenzio tra loro, tanto da percepire solo l'allegro frinire delle cicale; Aumar continuò a fumare la pipa come suo solito espirando nell'aria il dolce aroma del tabacco, mentre Roskar posò gli occhi su Gherson, aspettando una qualche risposta.

Questi non batté ciglio e fissò Elazar negli occhi. «Hai ragione figlio mio, è giusto parlartene... Tua madre era bellissima e tu me la ricordi molto, ogni volta che ti guardo, è come se rivedessi lei.»

Così Gherson raccontò al figlio la sua storia d'amore con Rhiannon e al termine una lacrima di commozione gli velò le palpebre.

Non era ancora l'alba quando Gherson si svegliò di soprassalto guardandosi intorno temendo chissà cosa, Elazar però era disteso accanto a lui e dormiva serenamente; allora lo rimirò a lungo ancora incredulo e al tempo stesso profondamente commosso per averlo ritrovato, riflettendo nel contempo sulla propria vita. Aveva trascorso gli ultimi sette anni come pastore in una valle sperduta di Arvhèia, una terra distante chissà quanto, convinto di aver perso tutto; una notte però inaspettatamente gli era apparso Elaiar il suo antenato invitandolo a seguire Teirios con gli altri Adamaint e da quel momento la sua storia era cambiata radicalmente: quante avventure, quante minacce sventate, quanti nemici affrontati... Addirittura aveva scoperto di avere un figlio ancora vivo, Elazar quel bimbo che ora riposava tranquillo accanto a lui, soprattutto aveva incontrato di nuovo Rhiannon! Già proprio sua moglie, l'amata moglie, morta fra le sue braccia a causa della sua imprudenza... Scostò gli occhi da Elazar mordendosi le labbra dal disappunto e sospirò, quindi si levò dal letto senza far rumore e uscì dal Daiandros per essere accolto all'esterno da una pioggerella uggiosa; alzò gli occhi al cielo coperto di nubi e toccò il fianco ferito che gli doleva.

Aumar era già lì, seduto vicino all'ingresso. «Non sei ancora guarito, è normale che ti faccia male.»

«Sono altre le pene che mi tormentano...» mormorò lui turbato.

«Soffri ancora per tua moglie, non è vero? Ho avvertito

quel sentimento nel tuo animo quando parlavi con Elazar ieri sera. Cos'è che ti angoscia?»

«Mi manca… soprattutto sono afflitto dai miei sensi di colpa; spesso penso che sia morta a motivo della mia stupidità, spesso penso di non aver rispettato la sua memoria, spesso penso…»

Aumar lo interruppe: «A volte tu pensi troppo e per certi versi ti fa anche onore, lei però è tornata a visitarti e non mi sembra ti abbia condannato…»

«Come fai a saperlo?» Domandò Gherson perplesso.

«Nella tua incoscienza spesso hai vaneggiato di quell'incontro nella valle di Ecaton.»

In lontananza un lampo rischiarò le tenebre seguito subito dopo dal rombo smorzato di un tuono.

Aumar riprese a parlare con il viso disteso: «Perché non consideri il lato positivo di tutta questa vicenda? Tuo figlio è con te dopo tante tribolazioni e allora goditi questi momenti! Non hai mai avuto un attimo di respiro da quando sei fra noi.»

Gherson ribatté preoccupato: «Già, questo è un altro problema! Orhel mi ha suggerito di recarmi a Leiksar Karim in cerca di nuovi alleati, ma io non ho più avuto notizie dei nostri amici, tantomeno so che cosa stiano complottando i Mavourg.»

Aumar non dava l'impressione di essere turbato, anzi continuò imperturbabile: «Condivido anch'io le tue ansie, tuttavia dobbiamo arrenderci all'evidenza, non sei ancora guarito, quindi non puoi andare da nessuna parte, saresti solo d'impaccio; suppongo che per rimetterti in sesto ci vorrà almeno un'altra settimana: d'altro canto anche questa è volontà di Yrshar, accettala e rilassati! Te lo ripeto, goditi tuo figlio e quando te ne andrai lascialo a me, qui starà al sicuro.»

Il vecchio in realtà avrebbe voluto affrontare anche

altri discorsi, in particolare i dubbi che lo assillavano in merito all'incontro fra Darkos ed Elazar ma preferì non approfondire la questione per evitare a Gherson ulteriori preoccupazioni; quando l'Urwain sarebbe partito per Leiksar Karim, avrebbe provveduto lui a parlare col bimbo.

In effetti, quello fu per Gherson un periodo indimenticabile; anche se spesso la mente tornava alle recenti avventure o ai pericoli che avrebbe dovuto affrontare, la presenza del figlio ritrovato fu per lui un balsamo che ne allievò i tormenti. Il suo corpo intanto si rinvigoriva sempre più e Gherson trascorreva la maggior parte delle giornate a coccolare Elazar; più lo accarezzava, più aveva voglia di farlo desiderando che il tempo si fermasse per sempre. Spesso si attardavano nel bosco e al termine di lunghe passeggiate si sdraiavano nei prati, rimanendo assorti ad ammirare la varietà dei fiori e i loro colori; le viole, i gigli, le orchidee, i botton d'oro... Qualche lepre ogni tanto faceva capolino tra i cespugli con i suoi occhietti vispi, annusava l'aria e poi si avvicinava ciondolante; Gherson ne accarezzava la testa e così pure Elazar tutto felice per quelle nuove inaspettate amicizie. Le Dryaian poi, incuriosite dalla presenza del bimbo, lo invitavano a giocare saltellando tra i fili d'erba o volandogli intorno; allora Elazar si metteva a rincorrerle tra i prati cercando di acciuffarle e quando riusciva a catturarne qualcuna, la guardava tutto estasiato tenendola sul palmo delle mani: infine si faceva raccontare le loro storie, affascinato da quei visi ingenui e gioviali.

Il resto del tempo il figlio se ne stava disteso nel verde ad ascoltare le avventure del padre, desiderando in cuor suo di potervi anche lui prendere parte un giorno in prima persona. Gherson invece era sempre più convinto di quanto aveva affermato quella sera davanti al focolare, il bimbo assomigliava in maniera impressionante alla madre: i lineamenti del viso, le guance rosse, il profilo delle labbra.

"Che stupido sono stato a non accorgermene prima..."
Rifletteva poi tra sé e mentre volavano spensierati nel cielo insieme a Ierax, percepiva tutt'intorno un'aura di protezione; era senza dubbio la presenza invisibile della moglie amata.

"Grazie per il dono che mi hai lasciato... Grazie!"

Un pomeriggio però, mentre camminavano mano nella mano lungo un sentierino nascosto tra gli alberi, si trovarono di fronte Kailin l'unicorno bianco; era solo.

Elazar sgranò gli occhi stupefatto. «Papà, com'è bello... ma è vero o è un sogno?»

L'unicorno si avvicinò loro senza remore e li invitò a montare su di lui con un cenno del muso; padre e figlio obbedirono e Kailin partì al galoppo seguendo una nuova via, satura del profumo degli abeti. Le distanze sparivano veloci dietro di loro mentre Kailin sfiorava appena il suolo con gli zoccoli, dando quasi la parvenza di volare; giunsero così in cima a un'alta collina nei pressi di un torrente: padre e figlio smontarono dall'unicorno che si accostò alle acque cristalline e si abbeverò.

Il sole stava tramontando fra le nuvole colorandole di un viola intenso.

«Che bello stare qui con te papà; vorrei che fosse sempre così...» sospirò Elazar.

Anche Gherson era dello stesso avviso ma la presenza di Kailin aveva per lui ben altro significato...

Difatti quella sera stessa, tornato alla dimora di Aumar, Gherson si mostrò taciturno e schivo, come se qualcosa gli rodesse dentro; alla fine, dopo aver cenato, si avvicinò al figlio.

«Che hai papà? Sei così strano stasera?» Gli domandò Elazar.

A Gherson si spezzarono le parole in gola, tuttavia si fece forza, s'inginocchiò davanti al bimbo e gli pose le mani sulle spalle. «Piccolo mio, tu non puoi neanche immaginare la gioia che mi hai regalato in questo tempo; vivere con te è il dono più bello che potessi avere, tuttavia alcuni giorni fa mi è stato chiesto di recarmi a Leiksar Karim, un antico luogo sacro, per cercare l'aiuto dei Sarmaian contro Darkos. L'unicorno che hai visto oggi, non era lì per caso, è stato inviato da Orhel, la signora delle fate per ricordarmi che è giunto quel momento.»

«Io non posso venire, vero?» Gli chiese Elazar, anche se in cuor suo già immaginava la risposta.

«No figlio mio, è troppo pericoloso.» replicò Gherson scuotendo triste la testa.

Elazar tirò su con il naso, poi sospirò: «Sapevo che non saresti rimasto sempre con me... tu sei un guerriero, però non preoccuparti, qui ho tanti amici, Aumar, Roskar, gli animali della foresta... Aumar poi ha promesso di farmi conoscere le Maidaian, le ninfe dei boschi!»

Gherson sorrise e lo strinse al petto, quindi entrambi si sedettero appoggiati al Daiandros, intenti a mirare le stelle, Aumar invece rifletteva tra sé, taciturno come mai.

CAPITOLO XVIII

Dopo essersi separata da Elazar, Malion rimase sveglia tutta la notte; ripensò più volte al bimbo e ai momenti trascorsi insieme con immensa nostalgia, sebbene ora avesse nuovi propositi in mente: doveva trovare Rhivial e uccidere Helgrund. Aveva ormai compreso che Yrshar l'aveva perdonata ma sentiva di dover riabilitare il suo nome, specialmente nei confronti di tutta Ghenesia. La mattina seguente pertanto si cambiò d'abito e indossò un paio di pantaloni e un giubbotto grigio, calzando degli stivali di cuoio che aveva trovato in precedenza nel vecchio maniero e adattato alla sua taglia; scese poi lungo il ripido sentiero e giunse in riva al lago davanti al punto d'approdo dei natanti. Il giorno del loro arrivo però non aveva scorto barche nei dintorni.

"Forse era troppo buio..." considerò fiduciosa e girò inutilmente lo sguardo nei paraggi, anche perché una fitta nebbia aleggiava sulle acque.

Alla fine sbuffò per la frustrazione e si sedette, meditando l'eventualità di dover nuotare per raggiungere l'altra sponda.

"Sarà davvero dura... però dovrei farcela."

Proprio quando stava per immergersi, saltò fuori un giovane castoro dal folto della macchia, che la guardò incuriosito.

«Che hai da fissarmi così?» Domandò Malion.

Il roditore per tutta risposta sbatté due volte la coda a terra e girò la testa verso destra, poi s'intrufolo di nuovo tra le frasche ma non fuggì via, sembrava volesse aspettarla.

Malion accostò la mano al mento pensierosa. «Dove vuoi condurmi? Perché è questo che vuoi, non è vero?»

Il castoro scosse la testa in senso affermativo.

Malion aggrottò le ciglia sempre più stupita e alla fine si decise a seguirlo.

Dovette camminare un po' facendosi strada fra ciottoli e arbusti che crescevano lungo la riva, finché giunse di fronte a una piccola spiaggia dalla sabbia fine; all'estremità opposta c'erano due canoe di legno poggiate al suolo.

Malion si avvicinò al castoro, gli accarezzò la pelliccia e lui non si ritrasse.

«Ti sono debitrice piccoletto, mi hai fatto risparmiare proprio una gran fatica.»

Il castoro la guardò un ultimo istante con i suoi occhioni espressivi per poi scomparire subito dopo tra le foglie.

Malion allora fece scivolare una canoa in acqua, afferrò una pagaia, vi si accomodò e cominciò a vogare. La circondava una quiete irreale, tanto che lei stessa si sentiva a disagio, possibile che non vi fosse in giro anima viva? Si avvertiva solo il lento scorrere dell'imbarcazione che fendeva le flebili onde. Quella strana atmosfera davvero snervante non accennò a cambiare neppure quando approdò all'altra sponda. A quel punto Malion lasciò la canoa vicino ad alcune rocce sporgenti e si guardò intorno; a breve distanza si sviluppava una rigogliosa vegetazione con alti alberi secolari che oscuravano il cielo e un fitto sottobosco, dove i raggi del sole penetravano a fatica. Improvvisamente si sentì osservata da una miriade di occhi, ma chiunque fosse non accennava in alcun modo a mostrarsi.

Allora ruppe gli indugi e gridò: «Vengo in pace! So che in passato sono stata ingiusta con voi ma sono cambiata e ho bisogno del vostro aiuto!»

Per un po' non ci fu risposta, infine si udì inaspettato un fruscio di foglie; era Lactanos il vecchio castagno centenario. «Sappiamo bene chi sei... e anche che sei stata perdonata, purtroppo però le cicatrici rimarranno sempre;

guarda i miei frutti! Una volta i ricci non erano costellati di spine, se oggi lo sono, è per proteggersi. Tutti noi abbiamo dovuto imparare a difenderci per sopravvivere, è difficile dimenticare, ci vorrà molto tempo...»

Malion chinò il capo, addolorata in cuor suo, tuttavia si addentrò lo stesso nella selva lungo un sentierino demarcato da felci e agrifogli; poco alla volta però cominciò ad avvertire sempre più forte uno sgradevole astio nei suoi confronti, come se qualcuno volesse il suo male. A un certo punto anche l'aria sembrò venir meno e dovette fermarsi, così si sedette a riprender fiato su una roccia ricoperta di muschio ma subito avvertì uno scricchiolio alla sua destra.

«So che sei qui... so che ce l'hai con me; mostrati, devo parlarti, non nascondermi il tuo volto.»

Le parole di Malion però non ebbero riscontro, allora scosse la testa sconsolata e alcuni istanti dopo riprese il cammino.

«Dove sei Aìsian? Dove ti nascondi? Ti prego, ho bisogno di parlarti...»

Malion invocò la Maidain almeno un'altra decina di volte mentre s'inoltrava nella foresta ma Aìsian non ascoltò quella richiesta; eppure anche lei era lì e la seguiva di nascosto insieme ai Worthain, lupi dal manto argentato striato di nero: studiava Malion e i suoi movimenti con un'espressione carica di livore, fremendo d'ira al ricordo dell'amato ucciso tanti anni prima.

Malion superò l'ennesimo ruscello e si arrestò di colpo; poco più su un cinghiale si stava abbeverando alle stesse acque, l'animale però non si era accorto di lei, così Malion rimase immobile cercando di non far rumore. All'improvviso però si udì un fruscio, il cinghiale si voltò verso Malion e i loro occhi s'incrociarono.

«Buono! Non voglio ucciderti.» cercò lei di rassicurarlo ma la bestia scappò via lasciandola sola.

«Com'è possibile?» Si domandò Malion che ancora non si capacitava di quella fuga repentina; allora anche lei si girò dietro e con sua sorpresa si trovò di fronte cinque lupi che si stavano avvicinando pericolosamente, mostrando minacciosi i loro denti acuminati e colando bava dalle fauci semiaperte. Nello stesso istante si sentì afferrare da un'infinità di radici che sbucarono dalla terra e da un groviglio di rami che sembravano aver preso vita all'unisono, tanto da rimanerne avvinghiata.

Fu allora che Aìsian le si materializzò davanti. «Tu sai chi sono?»

Malion scosse la testa con difficoltà, perché era quasi tutta ricoperta dalle fronde.

«Che sei venuta a fare nei miei domini?»

Malion rispose a fatica: «Dovresti saperlo... Mishael mi ha suggerito di venirci insieme al figlio dell'uomo, Gherson però è tornato a riprenderlo.»

«Dunque il tuo compito è terminato; vattene, prima che ti faccia stritolare!»

Malion s'inginocchiò a terra con difficoltà avvinta com'era dalle propaggini degli alberi. «Perdonami se puoi, hai tutto il diritto di uccidermi per il male che ti ho recato.»

La Maidain si avvicinò ancor più a Malion e le sue dita si fusero con le escrescenze arboriformi che avviluppavano l'antica nemica; gli occhi di Aìsian erano gonfi di collera e per alcuni istanti Malion sembrò soffocare ma non si oppose.

Infine Aìsian lasciò la presa. «Non posso ucciderti... non posso, anche se la mia natura lo reclama... Vai via e non farti più vedere!»

All'istante Malion fu liberata, ma rimase in ginocchio. «I tuoi figli non sono più con te?»

«I miei figli se ne sono andati da tempo.» rispose Aìsian chinando il capo.

Malion esitò un istante. «Sono morti pure loro?»

«No, non sono morti, ma sono fatti che non ti riguardano!» Ribatté Aìsian risoluta.

Malion alzò lo sguardo verso la Maidain. «Comprendo il tuo astio ma se mi trovo qui, è perché ho ancora una missione da compiere.»

Aìsian non replicò e rimase in silenzio aspettando che l'altra continuasse.

«Devo trovare Rhivial, la spada che donasti a Calaroth; solo tu puoi aiutarmi a recuperarla.»

«Tu!? Mai e poi mai!» Proruppe Aìsian alzando pericolosamente il tono della voce.

«Conosci la profezia, solo una donna potrà uccidere Helgrund; nemmeno Gherson con tutto il suo valore e la sua Altair saranno in grado di annientarlo.» ribatté Malion per nulla intimorita.

«Dove sta scritto che dovresti essere proprio tu?» Domandò Aìsian scettica.

Malion abbassò il viso e riprese in tono dimesso: «Questo anch'io non lo so con certezza, però ti prego, indicami dove si trova! Forse così potrò espiare le mie numerose colpe.»

Aìsian fremette nel suo cuore. «Non lo farò mai! Yrshar forse ti avrà perdonato ma io no! Neppure questo suolo che geme e soffre le mie pene... non avverti l'astio che prova nei tuoi confronti?»

Malion allora le bagnò i piedi con le sue lacrime. «Se non puoi perdonarmi, allora uccidimi! Non lasciarmi vivere con questo rimorso nell'animo.»

Aìsian rimase turbata da quelle parole e si ritrasse, infine strinse i pugni e disse: «Va bene... ti porterò alla tomba di Calaroth.»

Si addentrarono così nel bosco, seguendo sentieri scoscesi accompagnati dai Worthain che le scortavano silenziosi. Gli alberi intorno erano sempre più maestosi e la vegetazione lussureggiante, anche se ogni tanto alcune foglie erano ricoperte da una patina biancastra, intaccate anche loro da quella oscura malattia. La luce del sole non riusciva a raggiungere tutti gli angoli del sottobosco e in alcuni tratti la temperatura calava sensibilmente; gli uccellini appollaiati sui rami osservavano incuriositi il lento incedere dei viandanti, così come qualche cerbiatto che ogni tanto compariva dal folto della macchia. Giunsero infine di fronte a un imponente Daiandros, lì accanto scorreva placido un rigagnolo, dove si stava abbeverando una volpe. Poco alla volta comparvero anche altri animali della foresta d'ogni genere e specie: cervi, scoiattoli, conigli, tassi, ghiri, daini e persino un enorme orso bruno; tutti stavano in silenzio, studiando con attenzione le loro mosse.

Aìsian si accostò all'albero e sfiorò la corteccia, quasi subito la creatura arborea si dischiuse e la Maidain vi si addentrò invitando Malion a seguirla; al centro del Daiandros c'era la bara di Calaroth in una tomba di cristallo.

Malion restò immobile a guardarlo, la salma era conservata come se fosse ancora viva; nessuna parlò, entrambe vicine ma irrimediabilmente separate da sentimenti contrastanti: Aìsian con la morte nel cuore, Malion tormentata dai rimorsi.

Fu Aìsian a rompere il silenzio con la voce roca rotta dalla commozione mentre indicava Rhivial la spada di Calaroth e la sua armatura.

«Sono lì! Puoi prenderle e fanne buon uso, ma ricordati, anch'io ci sarò quel giorno sotto le mura di Sivarin.»

Malion obbedì e afferrò le armi del defunto principe, poi si allontanò in silenzio.

Una goccia cadde da una stalagmite nel Draidavar larkhùn e Jesavel alzò lo sguardo in quella direzione, dove si stavano ora disegnando alcune onde concentriche. La regina si ritirava sempre più spesso in quell'angusto antro, sincerandosi di non essere seguita; in quel momento era pervasa da un cupo magone.

"Che strano..." Rifletté, osservando le onde che continuavano a originarsi dal nulla.

Si alzò allora e raggiunse il bordo del laghetto per studiare meglio quello strano fenomeno; toccò l'acqua con un dito e all'istante comparve un gorgoglio proprio al centro.

«Jesavel!» Pronunciò una voce.

La regina fremette e si guardò intorno smarrita.

«Jesavel!»

Questa volta il richiamo echeggiò in tutta la grotta, lei continuò a girarsi ovunque sempre più turbata e fu allora che comparve un'ombra scura sopra le acque.

«Jesavel so chi sei, conosco le tue sventure... tu povera infelice, tu che hai subito torti sin dalla nascita e che nessuno ha mai veramente compreso; ora però, se vuoi, tutto questo può finire.» la voce era suadente come miele.

«Chi sei?» Chiese lei timorosa.

«Colui che ha inteso la tua sofferenza e che può cambiare la tua vita, sempre che lo desideri.»

«Il tuo nome, svelami il tuo nome!» Fremette la regina.

«Io sono Darkos.»

Jesavel fu colta da un brivido e si voltò dall'altra parte.

«Darkos!? Vattene via, allontanati da me!»

L'ombra invece continuò a parlare: «Immagino quel che pensi... che io sia il male, la causa di tutti i dolori, io però in verità non ti ho mai fatto nulla. Ti ho mai maltrattata? Come avrei potuto, se da tempo immemore vivo relegato in un altro mondo? Non sono io che ti ho trattato ingiustamente.»

Jesavel era sempre girata di spalle con lo sguardo rivolto in basso e decisamente turbata. «Quest'ombra cos'è allora? Una mia immaginazione?»

«Quel che vedi è il frutto della magia; ti dirò... è da poco che sono nuovamente in grado di mostrarmi su Ghenesia, seppur solo in questo modo, confido tuttavia di lasciare a breve la mia scomoda dimora grazie all'opera di un mio fedele servitore su Arvhèia e chissà... magari un giorno potrei pure tornare qui in carne e ossa.»

Darkos s'interruppe con un cauto ottimismo nel tono della voce.

Jesavel azzardò un passo in avanti come se volesse fuggire.

«Che fai, non ti fidi di me? Sai, in fondo lo capisco... anch'io ragionerei allo stesso modo se dovessi dar retta a tutte le storie che ti hanno propinato in passato, ti chiedo però di ascoltarmi solo un istante: non fui io ad abbandonarti da piccola, non fui io a convincere Luvomir a lasciarti! Fu Valdor se non sbaglio, il fedele servitore di Yrshar, giusto? Spiegami un po', dov'era Yrshar tutte le volte che l'hai invocato? Ti ha mai risposto? La tua bellezza poi, quel dono che tutti t'invidiano, non è stata forse un'altra maledizione? A cosa ti ha portato? Coraggio Jesavel, perché abbassi il capo? Di cosa ti vergogni... del tuo legame incestuoso? Perché è questo il risultato o sto parlando di assurdità? Allora, dov'è l'amore in tutto questo? Avanti, dimmelo!»

Quelle frasi scavavano voragini profonde come dirupi nelle poche fragili certezze di Jesavel e parevano simili a sentenze.

«Coraggio Jesavel, sono stato io a gettarti nelle braccia di Uveron? No mia cara, io non c'ero, non l'ho deciso io, io sono in esilio! Il tuo Dio invece, dov'era? Ti ha mai difeso? Ti ha mai preservato dal male? Dove stava quando sei rimasta in cinta di Uveron? Se lui è onnipotente, perché non l'ha impedito? Dov'è la sua bontà? Forza Jesavel, parla! Dammi una risposta!»

Ora le acque erano divenute turbolente e ribollivano.

La regina cadde a terra in ginocchio turandosi le orecchie.

Di nuovo si fece silenzio, poi la voce sibilante di Darkos tornò a ghermirla: «Lo so, non puoi darmene perché non ne hai, da tempo questi dubbi tormentano le tue notti insonni. Povera piccola Jesavel, sei così bella... nessuno però ti ha mai amato per chi sei realmente.»

La nobildonna si sentì venir meno non sapendo come controbattere, perché quelle affermazioni erano vere, era tutto vero! Possibile che Darkos fosse sincero, lui l'artefice della menzogna?

Darkos però non le dava tregua: «Ascoltami ancora solo un istante, concedimi la possibilità di liberarti dalle tue pene, dimmi, che cosa vuoi?»

Jesavel esitava con i pugni stretti dalla paura.

«Coraggio qual è il problema? Temi di rivelarmi le tue debolezze? Va bene, se non ti va, lo farò io! Tu vuoi colmare il vuoto interiore che ti opprime, tu sei lacerata dal terrore della morte, mentre invece aspiri a vivere in pienezza l'intera tua esistenza amata da tutti, è vero o no?»

Lei continuava a tergiversare, mentre l'ombra adesso l'avvolgeva tutt'intorno.

«È vero o no?» Sibilò di nuovo Darkos ad alta voce.

Jesavel questa volta annuì scuotendo il capo.

A quel punto Darkos divenne ancora più seducente: «Bene, se è quel che desideri e mi sembra pure giusto considerando i torti subiti, io ti esaudirò; tu non sei cattiva e hai già sofferto tanto... Ascoltami, ti libererò da quell'essere disgustoso di Uveron facendoti diventare la sovrana incontrastata di tutta Ghenesia! Prima però, dovrai eseguire una cosa per me.»

Lei si voltò verso l'oscurità che l'aveva ormai serrata nelle sue spire.

«C'è un bimbo di nome Elazar... mi è giunta voce che viva con il vecchio Aumar nei boschi. Trovalo e conducilo qui!»

Jesavel ora si sentiva soffocare come se le mancasse l'aria.

«Non preoccuparti, non l'ucciderò se è ciò che temi; voglio solo parlargli come sto facendo con te. Ti ho forse trattato male?»

La regina negò.

«Farai come ti ho chiesto?»

Jesavel annuì per poi chinare la testa.

La morsa che l'opprimeva al petto ora stava svanendo lentamente.

«Ascoltami! Le orde di Helgrund sono pronte ad invadervi e Uveron, te l'assicuro, ha i giorni contati; morto lui e quell'altro bastardo di Gherson che ha osato sfidarmi, intimerò a Helgrund di stipulare con te un accordo, solo con te! A quel punto il mio servo si ritirerà a Mudrùn e la tua fama si estenderà sull'intera Avigar per aver salvato i superstiti da una disfatta certa.»

Jesavel era confusa e non credeva del tutto a tali affermazioni, ma pur di liberarsi dalla sensazione di panico che l'attanagliava, cedette a quelle lusinghe; tra l'altro le parole di Darkos erano come un balsamo per le sue pene. «Va bene... farò come vuoi.»

CAPITOLO XIX

Dall'alto delle vette sovrastanti Leiksar Karim, Gherson e Ierax scrutavano le rovine dell'antica dimora, era ormai notte fonda e il cielo era per lo più ricoperto da cumuli minacciosi, mentre il freddo rattrappiva la pelle.

«A che pensi?» Domandò Gherson al compagno.

«C'è qualcuno laggiù... vivo intendo, ho visto un'ombra; lassù poi, un po' più in alto, c'è un Woikan appollaiato tra le rocce.»

Gherson corrugò la fronte. «I Cardaian qui?»

«Chi ti ha detto che sia un Cardain?»

Gherson si accostò al ciglio del precipizio e guardò meglio; i suoi occhi studiavano con cura ogni più piccolo dettaglio intorno alla costruzione. «Mmm... dovremo stare attenti.»

«Allora scendiamo?»

Gherson assentì e montò sul dorso dell'Aldeivar, i due calarono così sul piazzale più alto sfruttando le correnti d'aria.

«Avverto ancora puzzo di morte.» mormorò Gherson fiutandosi intorno.

«Non solo quello... anche del tradimento!»

La voce sconosciuta li sorprese entrambi e subito si voltarono in quella direzione; lungo le pietre comparve un'ombra disegnata dalla flebile luce della luna.

«Dove sei? Mostrati, ché non ti vedo!» Esclamò Gherson.

«Il mio nome è Graven e sono un Videar.»

Solo allora comparve la sagoma di un individuo dalla carnagione pallida come la neve, completamente calvo e imberbe; era alto pressappoco come Gherson e i suoi occhi di ghiaccio brillavano nella notte.

Questi lo squadrò perplesso. «Che cosa sei?»

«Sono un meticcio, a ben rifletterci, un incrocio tra due razze diverse e quando voglio, posso mimetizzarmi con l'ambiente circostante, tanto da divenire quasi invisibile.»

«Che ci fai qui?» Domandò Gherson.

«Questa era la mia casa.» rispose lui con un velo di tristezza nella voce.

«La tua casa?» Replicò Gherson sempre più confuso.

«Sì, io abitavo qui e sono l'unico superstite dell'eccidio.»

«Quindi saresti tu il sopravvissuto fuggito dai Cardaian? Lyanchor mi aveva parlato di te.»

Graven confermò scuotendo il capo. «Sì! Sono fuggito da lui.»

«Allora eri tu nascosto dietro la tenda il giorno che giunsi a Folkard, non è vero?» Chiese conferma Gherson lisciandosi la barba.

Graven annuì accennando un debole sorriso.

«Come sei riuscito a salvarti quella notte?» Domandò allora Gherson curioso di conoscere la verità.

L'altro rimase in silenzio e subito dopo si mimetizzò fra le rocce.

«In questo modo!»

La voce raggiunse Gherson alla sua destra, il Videar poi comparve di nuovo e indicò il pavimento ancora macchiato di sangue. «Luvomir fu ucciso proprio qui nel piazzale! Io ero vicino all'ingresso, nascosto agli occhi di tutti come ho appena fatto con te; ero preoccupato per il maestro, da alcuni giorni sembrava molto turbato e nessuno ne comprendeva il motivo. Quella notte lo seguii, Luvomir stava scrutando pensieroso l'orizzonte quando comparve quel maledetto assassino di Sieglind; si avvicinò al maestro e cominciò a parlare con lui. Luvomir era spaventato e lo supplicò più volte di recedere dalle sue intenzioni ma l'altro non si degnava di ascoltarlo; accennarono anche a una donna che sembrava cara a entrambi, poi apparvero altri due Elvaian e gettarono sul pavimento il corpo senza vita di Arjan, la sorella di Luvomir. Il maestro perse la testa e reagì ma fu colpito anche lui, quindi quei dannati iniziarono la loro mattanza e bruciarono tutto, nascondendo le tracce delle loro malefatte. Io non potei far altro che fuggire, unico testimone di quel massacro; gliela farò pagare però, oh sì che gliela farò pagare un giorno...»

Terminò il racconto stringendo forte i pugni.

«Perché sei andato a Folkard?» Domandò Gherson a quel punto.

«Conosco bene Lyanchor e mi fido di lui.»

«Ora perché sei tornato?» Lo incalzò l'Urwain che desiderava avere un quadro più completo della situazione.

«Mia madre è venuta a cercarmi, asserendo che avresti avuto bisogno di me e nient'altro; anch'io sono qui da poco fa e avevo deciso di aspettarti, non mi va di entrare da solo in quel cimitero... spero che mi capirai.»

Gherson aggrottò le ciglia. «Tua madre?»

«Sì, Aìsian la Maidain.»

A quelle parole Gherson strabuzzò gli occhi. «Aìsian è tua madre?!»

Graven assentì imperturbabile: «So che vi conoscete, mi ha parlato di te.»

«Non immaginavo avesse dei figli.» riprese Gherson.

«Mia madre si unì molto tempo fa con un principe elvain di nome Calaroth che in seguito fu ucciso da Helgrund quando lei era ancora incinta, così io e mio fratello Mardok siamo il frutto di due diverse genie; già, due creature un po' fuori dal comune...»

«Come la durata della vostra vita immagino.»

Graven sorrise. «Direi di sì, sotto questo aspetto abbiamo proprio preso da nostra madre; per il resto non c'è molto da raccontare, io e Mardok ci recammo a Leiksar Karim da adolescenti e lì abbiamo affinato le nostre conoscenze. Infatti, seppur simili, avevamo interessi completamente diversi; io ad esempio, ero attratto dalla natura, circostanza peraltro più che plausibile essendo figlio di una ninfa e così imparai ad entrare in simbiosi con gli elementi della creazione, Mardok invece è sempre stato affascinato dalle arti mediche e con gli anni divenne un abile guaritore.»

Graven s'interruppe un momento perché si accorse che Gherson aveva un'espressione imbarazzata in volto ma riprese subito dopo sorridendo: «No, non è come pensi, mio fratello non è stato ucciso, lasciò questo mondo insieme a Valdor per raggiungere Arvhèia.»

Gherson tuttavia non parve rincuorato da quella notizia; tempo addietro infatti, durante il suo primo soggiorno a Kareem Vasta, Valdor gli narrò che i soldati di Varanis avevano trucidato tutti gli abitanti della dimora sacra su Arvhèia: corrugò un istante la fronte cercando di non darlo a vedere, convinto che pure Mardok fosse morto.

Graven non si accorse di quella smorfia e terminò il discorso con una domanda: «Tu invece, perché sei qui?»

«Qualche giorno fa Orhel, la fata dei boschi, tua nonna per intenderci, mi ha incontrato, suggerendomi di recarmi qui in cerca di nuovi alleati; il problema è che non so proprio da dove cominciare...»

Graven lo guardò titubante. «Non vedo proprio come possa aiutarti, anche mia madre mi ha consigliato di venire qua e di aspettarti; a questo punto non ci resta che entrare nella dimora, chissà... forse troveremo le risposte che cerchiamo tra queste rovine.»

Gherson fece cenno a Ierax di rimanere a guardia del piazzale e un attimo dopo, preceduto da Graven, varcò l'ingresso. La realtà però apparve subito più penosa di quando potessero immaginare, davanti ai loro occhi infatti si presentò uno spettacolo desolante: il pavimento era interamente ricoperto dalla polvere e le colonne annerite dal fumo, mentre le vetrate della volta si erano opacizzate. Camminavano circospetti girando gli occhi ovunque, pronti a qualsiasi sorpresa; giunsero così davanti ai resti del leggio che un tempo ospitava il Libro della Vita. I loro sguardi s'incrociarono come se si fossero letti nel pensiero, quindi Graven, stringendo i pugni, invitò ancora una volta Gherson a seguirlo. Avanzarono al buio a tentoni, finché trovarono lungo un corridoio una lampada a olio ancora integra e l'accesero; scesero così al piano inferiore dove la situazione era ancor più avvilente: riversi sulle scale e nelle camere c'erano i resti carbonizzati di alcune vittime.

Graven si chinò sui loro corpi esanimi, cercando di riconoscerne le spoglie e in alcuni casi ci riuscì; allora si sedette accanto e pianse lacrime amare. Con la morte nel cuore raggiunsero il primo livello e varcarono la soglia della biblioteca dove sembrava si fosse scatenato un putiferio; l'intero locale era andato a fuoco e il pavimento era ricoperto di cenere, schegge di legno bruciato e rimasugli di pagine annerite. L'antico soffitto era brunito come le pareti e dello splendido tavolo in rovere non rimaneva altro che carbone.

Graven si gettò a terra proprio in mezzo al salone; pure qui tra la sporcizia si distinguevano ancora le chiazze di sangue dei caduti.

«Maledetti... mille volte maledetti! Hanno distrutto tutto... secoli di conoscenza gettati al vento dalla follia di quegli assassini!»

Gherson si guardò intorno scuotendo il capo e chiedendosi il senso di quell'assurdità, soprattutto perché Orhel l'avesse inviato in quel cimitero a cielo aperto; eppure un motivo doveva esserci. Sempre rimuginando tra sé, si accinse a uscire dalla biblioteca e invitò Graven a seguirlo ma questi rimase chino sul pavimento.

«Che hai?» Domandò Gherson.

Graven non rispose ma soffiò la polvere da una lastra di marmo e guardò meglio. «Che strano... qui c'era disegnata una stella stilizzata con quattro punte, una diretta verso ogni sala ma ne è rimasta una sola, le altre sono scomparse.»

Gherson tornò sui suoi passi e si accostò a Graven. «Hai ragione, quella che indica la stanza là in fondo.»

«La sala della terra!» Esclamò il compagno e subito si alzò dirigendosi lì.

«Presto vieni con me!»

Gherson lo assecondò e gli corse dietro.

Anche in quel nuovo ambiente regnava una gran confusione: gli stucchi delle pareti erano danneggiati, parte delle vetrate dalle sfumature rossastre erano in frantumi e le schegge sparpagliate a terra; i tenui raggi della luna filtravano attraverso quelle crepe illuminando a sprazzi il pavimento.

Gherson si soffermò a studiare la finestra centrale dov'era disegnata la mappa di Ghenesia; si accorse che Leiksar Karim era indicata con un forellino circolare e la luce l'attraversava terminando sulla parete opposta.

«Ci hai mai fatto caso?» Domandò Gherson mentre si avvicinava al muro.

«A cosa?» Rispose Graven sorpreso.

Gherson raggiunse la parete e si accorse che i motivi ornamentali raffiguranti fiori e stelle, delimitavano un particolare riquadro dove poteva inserirsi una spada; allora ebbe un'intuizione, sguainò Altair e la infilò in quello spazio che sembrava realizzato apposta per lei.

«Che ore sono?» Chiese poi a Graven.

«Dovrebbe essere quasi mezzanotte.»

«Ho una strana sensazione... vuoi vedere che...» Gherson stava ancora accennando quel che gli girava per la testa ma Graven lo interruppe.

«Aspetta un attimo! Chi erano gli alleati di cui ti parlava Orhel?»

Gherson si toccò la fronte. «Già che sbadato, prima non te l'ho detto! Mi ha parlato dei Sarmaian.»

Graven batté il pugno sulla mano sinistra. «Allora ci troviamo nel posto giusto!»

Gherson lo guardò perplesso.

L'altro, comprendendo il suo imbarazzo, continuò: «Queste sale simboleggiano i principali elementi naturali: la terra, il fuoco, l'acqua e l'aria. Ognuno di loro contraddistingue le quattro razze più rappresentative di Ghenesia: i Sarmaian personificano la terra e da sempre hanno un rapporto preferenziale con questo elemento; gli Elvaian si considerano gli eletti, purificati dal fuoco, i Mikeraian come ben sai, vivono nel mare e i Cardaian sono intimamente legati al cielo. Se Orhel ti ha inviato qui a cercare i Sarmaian, la soluzione deve per forza trovarsi in questa stanza. A proposito, che mi volevi dire prima?»

Gherson osservò ancora una volta pensieroso lo spiraglio che filtrava attraverso il minuscolo foro e lo indicò a Graven. «Guarda! La luce della luna sta muovendosi lentamente in direzione di Altair. Non so come ma sono convinto che presto conosceremo la via da percorrere.»

«Mah... forse hai ragione tu, tanto vale aspettare.» concluse Graven e così i due si misero ad attendere l'uno vicino all'altro.

La luna procedeva pigramente nel buio e non trascorse molto che un riverbero attraversò il pertugio per poi cogliere il centro dell'elsa; a quel punto la luce si rifletté su una lastra del pavimento proprio nel bel mezzo della sala, dove comparvero dei caratteri runici che brillarono all'istante e subito dopo si udì un rumore sordo. Le pietre del pavimento si spostarono creando una scala a chiocciola che scendeva tra le rocce sotto la costruzione.

Graven sbigottito accostò la mano alla fronte. «Non ci posso credere... non ci posso credere!»

Anche Gherson era rimasto esterrefatto di fronte a quel nuovo prodigio ma non si perse d'animo e, afferrata nuovamente Altair, sollecitò l'altro a seguirlo lungo la scalinata che continuava a formarsi davanti ai loro occhi. «Su presto, andiamo!»

Giunsero così in una cripta tenebrosa di forma rettangolare, lunga una cinquantina di diacron con la volta a botte; subito all'ingresso trovarono delle torce che accesero avvicinandole al viso. Si guardarono intorno notando che, all'interno delle pareti edificate con mattoncini vermigli, erano state ricavate delle nicchie ad altezza d'uomo, contenenti statue dall'aspetto umano sedute su troni decorati con oro e pietre preziose. Gherson ne contò trentasei per lato e tra una scultura e l'altra pendevano dal soffitto delle vistose lampade a olio modellate a goccia. L'Urwain si arrestò esitante a studiare quei volti, il loro aspetto austero infatti, incuteva un certo timore, quindi spinto dalla curiosità, riprese a camminare adagio sul pavimento marmoreo. L'aria era insolitamente secca e l'unico rumore che percepiva era lo scricchiolio dei loro passi. Gherson allora decise di accendere alcune lampade per osservare meglio le fattezze delle statue; avevano lineamenti perfetti e alcune erano di aspetto femminile, la maggior parte poi indossava splendide armature. Mentre procedeva lungo la navata, Gherson avvertì crescere in lui un forte disagio, sembrava che gli occhi delle sculture seguissero i suoi movimenti; il giovane si accorse inoltre che sul gradino dove poggiavano gli scranni, era riportato il loro nome: Rafael, Gavriel, Auriel... Alcuni gli erano familiari perché ricordavano quelli dei cherubini, altri invece gli erano del tutto sconosciuti; tuttavia dal loro aspetto non tardò molto a capire che dovevano essere proprio angeli, awox vaimer come lui. Subito dopo infatti riconobbe un viso ben noto, quello di Elaiar; rimase allora a fissarlo a bocca aperta tornando con la mente a quel primo incontro sul lago di Isador: quanto tempo era passato, quante avventure...

Lo rimirò ancora un po' mentre adesso gli echeggiavano in testa le parole del suo avo nella grotta di Antalia e solo dopo alcuni istanti decise di andare avanti; la sua sorpresa fu grande quando riconobbe a breve distanza l'effige di Ramson, allora accennò un sorriso ripensando al vecchio pastore che gli aveva salvato la vita: si accorse però che aveva un nome diverso, Natael.

Gherson a quel punto storse la bocca un po' scettico. «Sarà un sosia?»

Non riuscendo a darsi una risposta, decise che era meglio proseguire, magari più avanti avrebbe trovato soluzione a quell'enigma; questione di alcuni passi invece e intravide una statua che raffigurava Mishael: aveva una lunga chioma e somigliava proprio all'individuo che gli era apparso in sogno tenendo Elazar tra le braccia. Continuò a camminare e riconobbe tra le altre la figura di Tamar.

"Tu che ci fai qui?"

Strane sensazioni si ripresentarono nel suo animo, non ultimo il senso di colpa nei confronti della moglie defunta; la mano allora scivolò nella tasca: sì, il bracciale con gli smeraldi era ancora lì. Guardò in basso e in effetti, l'iscrizione sotto la statua indicava proprio il suo nome.

"Possibile che anche tu..."

Percepì nel suo cuore una voce che confermava quell'intuizione, anche Tamar era un angelo; sorrise tra sé e scosse la testa. "Che stupido a non averlo compreso prima..."

Allora prese il braccialetto e lo infilò al polso della statua, quindi si presentò davanti ai due ultimi troni che erano vuoti e la sorpresa fu ancor più grande quando lesse i nomi sotto gli scranni: Gherson ed Elazar.

«Non hai ancora capito? Anche tu fai parte di questo consesso, che ti piaccia o no.» era Graven a parlare, che l'aveva seguito come un'ombra.

Gherson rimase a studiare il suo trono taciturno, poi si girò verso quello del figlio; dunque anche Elazar era predestinato a compiere qualcosa d'importante nella mente di Yrshar... già ma cosa?

Graven riprese a parlare: «Avanti siediti, quel posto ti spetta.»

Gherson era riluttante ma alla fine si accomodò; quasi subito si udì uno scricchiolio alla sua destra, poi la parete si spostò provocando un gran fragore e apparve una porta d'oro prima nascosta: c'era raffigurato sopra un albero in rilievo, i cui rami e le radici s'intrecciavano e si univano tra loro tessendo una trama complessa.

Nello stesso momento la statua di Valdor si spostò dalla sua nicchia e raggiunse il centro del corridoio spinta da un complesso sistema di carrucole; a quel punto si aprì una fessura nel busto e un rotolo cadde sul pavimento.

Gherson si alzò immediatamente e raggiunse la scultura, quindi raccolse il rotolo e l'aprì. Incuriosito, cominciò a leggere.

Ben arrivato Gherson. No, non essere stupito, sono proprio io Valdor, lo stesso awax vaimar che hai conosciuto su Arvhèia tempo fa. Già immagino l'espressione sul tuo viso. –Com'è possibile? –, starai dicendo, già, com'è possibile... Tante situazioni ci sembrano assurde, perché la nostra mente è limitata e non è in grado di comprenderle. Il Libro della Vita mi aveva presentato questo momento come uno dei possibili scenari futuri ma come ti ho già spiegato in passato, c'è sempre la libertà dell'uomo che può modifica-

re tutto; oggi però tu sei qui e stai leggendo queste parole scritte anni addietro prima che raggiungessi il tuo mondo. Coraggio anzitutto, comprendo le tue paure, per certi versi sono state anche le mie; nonostante tutto però ho avuto il compito di prepararti la strada e tu dovrai percorrerla per portare a termine la tua missione: non devi preoccuparti allora, perché Yrshar vede più lontano di noi. Non si può chiedere a un topolino di diventare un leone ma tu, Gherson, non sei un topolino e perciò sei chiamato a comandare la coalizione contro i Mavourg nella battaglia decisiva sotto le mura di Sivarin. Non c'è più tempo da perdere, per quanto forti, i popoli di Avigar non riusciranno mai a sconfiggere Helgrund; devi trovare nuovi alleati e soprattutto hai bisogno di essere sostenuto dal resto della creazione. Immagino che ti senti ferito dall'ingratitudine di chi ti ha offeso ma ti chiedo di andare oltre, ne va della vita di tutti, anche della mia.

Infatti quando terminerai le tue fatiche su Ghenesia, dovrai tornare nel tuo antico mondo e aiutarmi; anch'io ho scorto Arvhèia sommersa dall'oscurità ma non riesco ancora a comprenderne la ragione. Spero di rivederti presto di persona, ora segui il tuo destino, oltrepassa la porta d'oro in cerca di un valido aiuto.

Gherson rimase a lungo assorto a fissare quelle parole, scuotendo ogni tanto la testa incredulo e alla fine riarrotolò la pergamena.

«Che cosa vogliamo fare?» Domandò Graven.

L'altro gli rispose quasi sconsolato: «Abbiamo forse altra scelta? Andiamo avanti!»

Si avvicinarono così alla porta e subito si accorsero che non aveva maniglie; Gherson provò a spingerla ma non si aprì.

«Ci deve essere un congegno da qualche parte... il problema è capire dove.» mormorò, accostando pensieroso le mani al mento.

Graven si guardò intorno, quindi esaminò i due troni vuoti. «Gherson, vieni qua!»

«Che c'è?»

Graven gli indicò il seggio di Elazar. «Anche su questo scranno c'è disegnato il medesimo albero! La chiave per aprire il passaggio deve trovarsi qui, sebbene non comprenda come...»

Gherson sussurrò appena: «L'albero... l'albero... L'albero per antonomasia su Ghenesia è Elèsian, ma che c'entra con mio figlio?»

Appena ebbe pronunziato quel nome, le ante si aprirono.

«Elèsian, ecco qual era la parola chiave, ma che c'entra mio figlio?» Si chiese di nuovo Gherson sempre più confuso.

Graven lo sollecitò: «Presto, andiamo!»

I due allora s'incamminarono oltre il varco imbattendosi in un lungo e angusto corridoio scavato nella roccia di cui non si vedeva fine; era davvero stretto, tanto che a malapena lo si poteva percorrere appaiati ed entrambi inoltre dovettero pure chinare il capo per non sbattere la testa.

Procedevano cauti illuminando il cammino con le torce. Dopo un po' Graven cominciò a guardare la sua con evidente preoccupazione perché si stava consumando, mentre la via continuava a procedere tortuosa. «Speriamo che durino ancora a lungo...»

Poi all'improvviso, quando avevano ormai perso ogni speranza, scorsero in lontananza un portone in ferro battuto, allora si guardarono entrambi negli occhi e con nuova fiducia corsero in quella direzione; questa volta trovarono una chiave inserita nella toppa e la girarono. L'anta si schiuse verso l'interno e subito ne compresero il motivo; dall'altro lato la soglia era stata camuffata ad arte con pietre e rovi, su cui era cresciuto una gran quantità di muschio ed erbacce: dovettero faticare un po' per crearsi un varco.

Quando sbucarono all'aria aperta era ancora notte; il cielo, coperto in parte dalle nubi, era illuminato dalle fulgide stelle e dalla luna piena. Davanti a loro si estendeva una nuova vallata dall'aspetto suggestivo: il manto erboso lussureggiante delle colline era impreziosito da una miriade di fiori colorati, mentre al centro scorreva quieto un torrente dalle acque turchine. Imponenti rilievi montuosi dalle cime imbiancate incorniciavano quell'angolo di Avigar, dove boschetti di conifere sempreverdi seguivano per lunghi tratti i versanti delle montagne, incuranti delle pendenze talvolta davvero vertiginose; quella regione non sembrava essere stata ancora intaccata dal morbo che aveva colpito il resto delle terre emerse.

Graven stupefatto si strofinò il capo. «Questo passaggio ci ha condotto in una valle sconosciuta... nessuno, che io sappia, è mai stato qui.»

Gherson accennò un sorriso. «Buono a sapersi, finalmente non mi meraviglio solo io per qualcosa mai vista prima. Bene, adesso che facciamo?»

Allo stesso tempo indicò un sentiero che seguiva di pari passo le anse del fiumiciattolo, Graven annuì e i due presero quella direzione.

La vallata si snodava sinuosa tra i rilievi e sembrava non aver mai fine. Un vento frizzantino accarezzava i loro volti portando con sé un gradevole profumo di pino silvestre.

«Dove sei?»

All'improvviso la voce preoccupata di Ierax raggiunse l'animo di Gherson.

Il giovane sorrise, contento di risentire il compagno di tante avventure e sussurrò tra sé, sicuro che l'Aldeivar l'avrebbe ascoltato. "Non stare in pena per noi, va tutto bene, mi trovo in una valle inesplorata tra monti impervi e non credo tu possa raggiungermi subito; aspettami lì, spero di tornare presto."

Avanzavano ora con cautela per timore di inciampare a causa del buio. Poco alla volta il sentiero cominciò a inerpicarsi tra i rilievi, mentre il fragore delle acque aumentava sempre più. Era quasi l'alba quando raggiunsero un limpido laghetto; si intrattennero a osservare una famigliola di cervi intenta ad abbeverarsi lungo la riva, quindi ripresero il cammino e superata l'ennesima curva, udirono un clangore metallico simile a un "gong". I due allora si arrestarono di nuovo.

«C'è qualcuno nei paraggi.» commentò Graven inquieto.

«Già... e ho l'impressione che ci abbia anche avvistato.» soggiunse Gherson.

«Vuoi che mi nasconda? Potrei intervenire di sorpresa in caso di pericolo...»

Graven però, non riuscì a terminare la frase perché una decina di individui armati di tutto punto gli si pararono dinanzi, alcuni avevano già le frecce incoccate nei loro archi; entrambi allora alzarono le mani.

«Sono Sarmaian.» bisbigliò Graven rivolgendosi al compagno.

«Lo immaginavo...» confermò Gherson.

I nuovi arrivati montavano dei ponies e la maggior parte aveva la barba lunga; erano di carnagione rubiconda, alti in media tra i sette e gli otto acron, indossavano cotte di maglia metallica ad anelli intrecciati, in testa portavano un elmo conico e dietro le spalle cingevano uno scudo circolare. Ai lati della sella erano inserite delle grosse asce o delle mazze, mentre ai loro fianchi era appesa una spada corta dalla punta affilata.

I Sarmaian continuavano a fissarli con aria ostile.

Uno di loro si avvicinò esordendo senza troppi preamboli: «Chi siete?»

L'Urwain non si scompose più di tanto e rispose: «Il mio nome è Gherson, sono un uomo e vengo da una terra lontana chiamata Arvhèia; Orhel mi ha inviato qui a cercarvi.»

L'altro lo guardò scettico. «Orhel dici? È da molto che non si fa vedere. Raccontami un po', come siete riusciti a trovarci?»

Graven finora silenzioso indicò oltre la curva del sentiero. «C'è un passaggio tra i monti che conduce diretti a Leiksar Karim, proveniamo da lì.»

L'altro si stropicciò la folta barba. «Lo conosco... fu costruito dai nostri antenati tanto tempo fa su indicazione di Valdor; fu proprio lui a convincerli di non interrompere del tutto i rapporti con le altre genti, ci raccomandò anche di vegliare, perché un giorno forse un figlio dell'uomo sarebbe tornato. Mmm... a quanto pare, aveva ragione.»

Gherson assentì: «Sono d'accordo con te, Valdor ha sempre parlato con saggezza.»

Il Sarmain allora fece cenno di seguirli. «Io sono Nogryd e comando questo drappello; eravate già stati avvistati da parecchio nonostante fosse ancora notte, così siamo venuti a saggiare le vostre intenzioni. A quanto pare, sembra che non abbiate cattivi propositi... coraggio allora, seguiteci a piedi, non ci sono cavalcature per voi; vi condurremo nel nostro regno.»

La piccola comitiva riprese il cammino lungo la via sempre più irta che seguiva il costone destro della montagna. Gli alberi erano divenuti più radi e più esili e il fragore delle acque assordante.

"Deve esserci una cascata qui vicino o qualcosa del genere..." considerò Gherson tra sé.

Infatti, oltrepassato un ultimo tornante, si trovarono davanti un'imponente cateratta che si gettava in un lago tondeggiante simile a uno specchio circondato da prati verdeggianti. Sul ramo di un albero lungo il sentiero era appeso un enorme scudo di bronzo, che uno dei Sarmaian colpì per tre volte con una mazza; quasi all'istante, a sinistra della cascata, comparve un luccichio poco più in alto. I Sarmaian adesso erano immobili, evidentemente in attesa di qualche indicazione, reputò Gherson, che scrutava con attenzione il paesaggio; infatti non passò molto che lungo il margine superiore della cascata si avvertì uno stridio fra le rocce: subito dopo spuntò un enorme sbarramento di pietra che, alzandosi lentamente, ne arrestò il getto. Le acque furono così deviate all'interno di alcuni canali artificiali creati appositamente lungo il pendio, per tornare poi a confluire nel lago; sotto la cateratta invece apparve un'imponente figura scolpita nella pietra, alta almeno un centinaio di diacron che rappresentava il busto di un sovrano sarmain dalla lunga barba e con lo sguardo severo.

A un cenno di Nogryd tutti ripresero il cammino lungo lo stretto percorso che risaliva il versante della montagna, giungendo infine in prossimità della statua; qui i Sarmaian smontarono dalle cavalcature e salirono una scalinata ricavata nella spalla sinistra della maestosa scultura, fino a giungere alla base del collo. Proprio in corrispondenza del giugulo c'era un portone di bronzo, Nogryd allora azionò una leva che sbucava tra le rocce e le ante si aprirono con un rumore sordo; il regno dei Sarmaian si schiuse così improvvisamente davanti ai loro occhi.

Erano di fronte a una sala immensa con due file di colonne centrali lavorate a scalpello che raggiungevano l'estremità apposta; le pareti erano decorate con arazzi, corazze e bandiere sgargianti, mentre un'infinità di aperture dava accesso a chissà quali altri luoghi scavati nel cuore della montagna. La luce splendeva attraverso alcune fenditure nella roccia e, specchiandosi su lampade di cristallo, amplificava il suo effetto, creando tra l'altro variopinti giochi di luce sul pavimento marmoreo.

Dopo aver percorso l'intera sala a bocca aperta per lo stupore, Gherson e Graven varcarono una porta di bronzo che li introdusse dentro un enorme edificio a pianta quadrata; a quel punto salirono due rampe di scale sbucando di nuovo all'aria aperta. Solo allora compresero di essere appena usciti da una torre incastonata nella roccia, congiunta a un'altra dall'aspetto simile tramite un gigantesco ponte di pietra; sotto di loro invece, si apriva un abisso dal fondo inaccessibile a occhio nudo. Nel cielo plumbeo volavano solitarie alcune aquile lacerando di tanto in tanto col loro stridio la silenziosa calma che avvolgeva le vette circostanti. S'incamminarono quindi lungo il ponte pervenendo alla torre gemella, adesa anch'essa ai rilievi montuosi, che li introdusse in un nuovo salone contornato questa volta da statue di marmo e fontane zampillanti; quell'ambiente suggestivo era sorretto ai lati da colonne lavorate in modo eccelso da abili artisti, mentre le pareti erano decorate con bassorilievi raffiguranti sovrani sarmaian dall'aspetto fiero. Davanti ogni colonna era disposta una guardia armata di tutto punto in rigoroso silenzio; solo un attento osservatore avrebbe potuto scorgere il leggero movimento delle loro pupille che seguivano con la dovuta accortezza il lento incedere della comitiva. Le armature dei soldati erano identiche in tutto tranne per il colore del mantello che variava di due in due e indicativo dei clan di appartenenza. Il salone, lungo una cinquantina di diacron, permetteva di accedere attraverso un portone smaltato in oro a un terrazzamento in pietra situato all'estremità opposta;

una volta schiuse le ante, Gherson e Graven sgranarono gli occhi increduli, perché un'immensa caverna dalle pareti sfavillanti di vivide gemme e minerali preziosi ricopriva l'intero orizzonte: al suo interno sorgeva Kharadhor, la maestosa città dei Sarmaian residenza regale di Gulthor il gran sovrano. La luce proveniva anche qui da enormi forami alla sommità; le case erano di pietra scarlatta, ammassate l'una sull'altra, spesso collegate tra loro e costruite attorno a piazze circolari. L'acqua scaturiva da sorgenti che scendevano lungo le pareti dell'immenso antro, per poi gettarsi in un lago cristallino situato nel bel mezzo del centro abitato; lungo le sue rive, su un rialzo del terreno si ergeva Davhar, la dimora del re, circondata da torri slanciate che insieme alle mura d'oro delimitavano cortili di pietre multicolori. La struttura aveva una forma allungata con numerosi pinnacoli ornamentali, balconate, sculture di vario genere e finestre trifore che permettevano una splendida visuale dei dintorni. L'ingresso era difeso da due torri gemelle; una volta all'interno, si accedeva a un ampio spiazzo ottagonale abbellito da piscine con cascatelle, situato davanti al palazzo vero e proprio.

L'arrivo di Gherson fu accompagnato da un crescente suono di corni che echeggiarono nella valle sperduta confondendosi l'un l'altro. Subito una moltitudine di persone uscì dalle abitazioni e una folla di curiosi si radunò per le strade; tutti volevano sapere che cosa stesse accadendo. Nogryd comandò alla colonna di dirigersi verso la via principale lastricata di marmo bianco e così fecero, mentre i Sarmaian appena giunti sul posto additavano perplessi Gherson e Graven. I bambini domandavano ai genitori chi fossero e molti di loro scuotevano confusi la testa.

I due stranieri si sentivano a disagio mentre procedevano circondati ai lati da quella calca sempre più asfissiante, tra l'altro alcuni visi non avevano proprio uno sguardo amichevole; Gherson però non si preoccupò più di tanto, il fatto era pure comprensibile, chissà da quanto tempo un estraneo non percorreva quelle strade.

A un certo punto tuttavia un cagnolino sgusciò tra i Sarmaian e corse loro incontro seguito a ruota dal suo padroncino; uno dei ponies s'imbizzarrì e inarcò le zampe dirigendosi contro il piccolo sarmain, nonostante il suo cavaliere avesse cercato di tenerlo a freno. Graven, accortosi del pericolo, si gettò sul bimbo ed evitò che fosse calpestato, quindi lo prese in braccio ancora tremante riconsegnandolo alla madre più impaurita di lui. La gente apprezzò quel gesto e molti continuarono a seguire i nuovi arrivati, chi applaudendo, chi salutandoli in modo ora più caloroso.

Quando giunsero al palazzo reale, Nogryd oltrepassò l'ingresso e, smontato dalla sua cavalcatura, entrò in uno degli edifici, gli altri invece attesero pazientemente nel cortile le eventuali nuove disposizioni. Gherson approfittò di quel frangente per ammirare l'architettura: le cornici dei tetti polimorfi avevano una miriade di pinnacoli e i balconi degli appartamenti erano incastonati di pietre preziose.

Dopo un po' Nogryd sbucò da una porticina e invitò gli stranieri a seguirlo varcando l'ingresso principale; attraverso un'ampia scalinata raggiunsero una maestosa porta d'oro con figure di guerrieri in rilievo. Furono così introdotti in un susseguirsi di ambienti illuminati da lampade di cristallo colorato e adornati con dipinti e statue di marmo policromo; altri passaggi laterali permettevano l'accesso a nuovi corridoi simili a labirinti.

Salirono infine una sontuosa scala a spirale fino a giungere alla sala del trono; era di forma sferica, circondata da colonne d'alabastro e illuminata a giorno da imponenti candelabri con centinaia di candele. Il pavimento era un immenso mosaico di tasselli colorati; al centro c'era un'abside che sovrastava il trono imperlato di gemme rare.

Vi era assiso Gulthor il gran re che li stava aspettando, contornato dai membri più eminenti dei clan, tutti in piedi con le braccia conserte e lo sguardo austero; davanti a ogni colonna infine stazionava una guardia che reggeva una scure dinanzi al corpo con il manico poggiato a terra.

Gherson si avvicinò con calma e quando fu a pochi passi dal sovrano s'inchinò.

Il re lo invitò ad alzarsi. «Mi hanno già accennato qualcosa di te, figlio dell'uomo, ora dimmi tu chi sei e che cosa vuoi da noi?»

Gherson esitante corrugò la fronte; chi gli aveva riferito del suo arrivo? Orhel? Qualcun altro? Decise tuttavia di non porre domande inutili che avrebbero potuto irritare la suscettibilità di Gulthor e invece obbedì alla richiesta; così raccontò la sua storia e il motivo di quella venuta tra gli sguardi interessati dei presenti.

Gulthor, dopo averlo ascoltato attentamente, sfregò pensieroso la folta barba, poi esordì: «Le tue vicende hanno dell'incredibile ma so che sei veritiero... so che non mi hai mentito. Questi sono tempi straordinari in cui si gioca il futuro delle nostre terre e la questione sta nel discernere i segni adeguandoci alla volontà di Yrshar; la storia, infatti, ci ha insegnato che non è bene contraddire l'Autore di questo mondo.»

Il re si quietò un istante.

Gherson lo ascoltava in silenzio, desideroso di comprendere dove volesse arrivare.

«Nel tuo caso, tuttavia, è stato più facile del previsto; tutti eravamo a conoscenza che un uomo prima o poi sarebbe tornato su Ghenesia...» Gulthor fece un cenno alle guardie e una di loro si accostò a una porta laterale aprendola, mentre il re sempre rivolto verso Gherson, continuò a parlare.

«...Alcuni giorni fa qualcuno è venuto da me affermando di conoscerti.»

In quel momento comparve Ramson sulla soglia.

Gherson rimase a bocca aperta per lo stupore. «Ramson tu qui! Non posso crederci...»

La sorpresa fu ancor più grande quando l'Urwain vide Gulthor inchinarsi davanti al nuovo arrivato.

Ramson ricambiò il gesto e si appressò a Gherson. «Ben trovato figliolo e non stupirti più di tanto... in questo luogo infatti mi conoscono come Natael, il loro protettore.»

Gherson tuttavia non dava ancora cenno di riprendersi, sembrava una statua di pietra.

Ramson allora lo sfiorò sulla spalla amichevolmente: «Che hai... non sei contento di rivedermi?»

Solo allora Gherson si riebbe dalla sorpresa e l'abbracciò con le lacrime agli occhi. «Che altra storia è mai questa?»

«Non devi meravigliarti, è tutto molto più semplice di quanto tu possa immaginare. In passato anch'io vissi su Ghenesia come Valdor e fui amico e maestro dei Sarmaian; li aiutai a costruire le loro dimore e a scavare nelle profondità della terra, insegnai loro a lavorare i metalli e a divenire sublimi scolpitori della pietra. Quando però Yrshar lo ritenne opportuno, mi chiamò e m'inviò su Arvhèia con nuovi incarichi.»

«Quindi la bellezza di questi luoghi è anche opera tua?» Lo interruppe Gherson.

«La bellezza dell'universo rispecchia la perfezione del Dio vivente e Yrshar ha desiderato che la sua opera fosse portata avanti dai suoi figli, rendendoci così partecipi della creazione.»

«Perdonami... ma cosa c'entra tutto questo col pascolare le pecore?» Intervenne di nuovo Gherson, strofinandosi i capelli.

«Ogni lavoro è degno di rispetto, se compiuto secondo

la volontà di Dio e comunque su Arvhèia ho portato a termine la mia impresa più grande.»

«Quale?»

«Prepararti per la tua missione.»

Gherson lo rimirò incredulo. «Stai asserendo che sei venuto su Arvhèia solo per me? Ma se non me ne hai mai parlato?»

Ramson continuò con calma: «Lo avresti mai capito? Lo avresti mai accettato? Io invece ho vegliato a lungo su di te fino al momento giusto.»

Gherson si ammutolì; ancora una volta ebbe la dimostrazione che non c'era casualità negli eventi, ma che Qualcuno aveva prestabilito un progetto sulla sua vita sin dai primordi della creazione: certo gli era stata data anche la possibilità di ribellarsi, di disobbedire, di prendere altre strade, Yrshar però lo avrebbe sempre sostenuto come un buon padre.

Ramson a quel punto gli narrò del suo scontro con Asman e di come fosse stato sottratto alle grinfie di quel traditore proprio grazie all'aiuto insperato di Yrshar, senza tuttavia menzionare Tamar e le sue disavventure; soprattutto evitò di accennargli che pure lei si trovasse lì.

«E di Khareem Vasta?» Domandò infine Gherson.

Il vecchio scrollò il capo. «Non so che dirti... mi auguro solo che Asman non abbia compiuto inutili scelleratezze, sebbene abbia seri dubbi in proposito; piuttosto sono preoccupato per quello che potrebbe commettere col Libro della Vita e non ultimo per la sorte di Valdor, di cui non so assolutamente nulla.»

«Già, anche questo è un bel problema... non posso credere che Valdor sia scomparso, non posso proprio crederci.»

Gherson scuoteva il capo sconsolato ma Ramson non replicò alcunché.

Fu allora Gulthor a riprendere la parola: «La situazione che avete dipinto non mi pare incoraggiante e va affrontata immediatamente; di certo non posso risolvere i problemi di Arvhèia, su Ghenesia però è ben diverso. Ritengo sia giunta l'ora di uscire dai nostri comodi rifugi, troppi eventi ce lo impongono: l'uomo è tornato tra noi, Natael è tuo garante, Orhel la regina dei boschi ti ha inviato qui, anche gli Ardirock sono con te; è davvero venuto il momento di combattere!»

Si alzò in piedi sollevandosi con entrambe le mani dal trono.

«Guardie! Convocate subito il consiglio di guerra!» Ordinò stentoreo.

Nel medesimo istante quattro soldati uscirono dalla sala e il suono dei corni si propagò ovunque.

Subito dopo Gulthor si rivolse nuovamente a Gherson: «Tu ora che intenzioni hai?»

«Se è tuo volere, tornerò da Aumar e quindi mi recherò a Sivarin insieme a mio figlio; spero di incontrarti presto nella capitale degli Elvaian.»

«Sta bene! Hai la mia benedizione.»

Gherson si avvicinò e s'inchinò un'ultima volta, poi uscì seguito come un'ombra da Ramson e Graven.

«Tu invece, che farai?» Domandò Gherson al vecchio pastore.

«Penso di trattenermi qui ancora un po'; devo riprendermi figliolo, le ultime vicende mi hanno mostrato che sono invecchiato; ti sarei solo d'impaccio, è meglio che resti qua e comunque sono convinto che ci rivedremo ancora.»

I due si abbracciarono un'ultima volta, poi Gherson prese commiato anche da lui.

Tamar lo guardava da una finestra del palazzo mentre si allontanava.

Poco dopo Ramson entrò nella sua stanza. «L'hai visto?»

«Sì.» rispose lei semplicemente.

Ramson notò che i suoi occhi luccicavano. «Non vuoi parlarci? Forse sei ancora in tempo.»

«No! Non è il momento, gli farei solo del male distogliendolo dai suoi compiti, almeno questo l'ho compreso; quell'ora verrà e temo sarà molto presto.»

Ramson non replicò nulla, portò le braccia conserte e uscì meditabondo dalla camera.

CAPITOLO XX

Dopo aver superato la soglia della dimora reale, Gherson e Graven furono lasciati liberi di tornare sui propri passi e giunsero così all'ingresso del regno dei Sarmaian; diedero un ultimo sguardo all'enorme scultura scolpita nella montagna, quindi raggiunsero il passaggio segreto che li condusse alla porta d'oro.

Gherson la varcò per primo e subito si sentì avvolgere ai fianchi da un braccio, mentre una lama gli serrò il collo. «Un solo movimento e sei morto!»

«Chi sei?» Domandò lui sorpreso.

Non ottenne però risposta perché Graven si era prontamente avventato sullo sconosciuto scaraventandolo a terra e immobilizzandolo gettandosi sopra.

Gherson allora estrasse Altair e la puntò al petto del suo assalitore con il viso ancora nascosto nella penombra, chiedendogli di nuovo chi fosse.

«Lo so io chi è! È Naivàra una Tindainun.» rispose Graven, tenendo bloccata la ragazza per i polsi.

Gherson la squadrò meglio, mentre lei mostrava il volto quasi vergognandosi, quindi accostò pensieroso le dita al mento. «Naivàra... sì, mi ricordo di te, ti ho visto combattere contro i Mavourg, che ci fai qui?»

«Forse le rimordeva la coscienza.» soggiunse Graven sarcastico.

«Che intendi dire?» Replicò Gherson.

Graven scosse la testa in direzione di Naivàra. «Chiedilo a lei...»

«Avanti, parla!» L'intimò allora Gherson.

«Forse ci riuscirò se questa specie di camaleonte mi lascerà andare.» sbuffò la donna.

Graven allora si alzò lentamente liberandola da quella

scomoda posizione e anche lei si rizzò in piedi.

Dopo essersi scrollata la polvere di dosso, Naivàra soggiunse: «Il mio nome già lo conosci e anch'io sono stata qui tempo fa come allieva di Luvomir, poi però me ne sono andata...»

Graven la interruppe pungente: «Già, che strano... ci hai lasciato poco prima del massacro senza una benché minima spiegazione e ora sei tornata all'improvviso; che hai, forse sono i sensi di colpa?»

Naivàra lo fulminò con lo sguardo. «Che stai blaterando?»

«Io?! Proprio un bel niente, facevo solo delle supposizioni; dicono che spesso l'assassino torni sul luogo del delitto...» replicò Graven sempre più sarcastico.

Naivàra sguainò la spada furibonda. «Adesso basta! Mi hai proprio stufato!»

«Ferma!» Ordinò Gherson.

Naivàra abbassò lo sguardo e ribatté irata: «Non sono stata io a volere tutto questo... non sono stata io a distruggere Leiksar Karim! Come puoi pronunciare una simile affermazione Graven? Io amavo questi luoghi, volevo bene a Luvomir e sono andata via per motivi personali che non ti riguardano! Quando ho saputo del massacro, non riuscivo a crederci, ho sperato che fossero solo chiacchere prive di fondamento... Alla fine però ho deciso di tornare per sincerarmi di persona; nel mio cuore mi sono illusa fino all'ultimo che quei racconti fossero menzogne ma a quanto pare non è così.»

«Sarà pure come dici, ma non mi convinci, tu e la tua razza siete gente strana.» obiettò Graven sospettoso.

«Se io sono strana, tu che cosa sei?» Ribatté Naivàra con una smorfia di disappunto.

Graven strinse i pugni senza replicare.

Fu Gherson allora a intervenire: «Da quando sei qui?»

«Da questo pomeriggio; il mio cavallo mi sta aspettando vicino all'ingresso.» rispose lei tutta d'un fiato.

«Non hai visto il mio Aldeivar?»

Lei questa volta negò scuotendo il capo.

Gherson fu scosso da un brivido. "Già Ierax... dove sei amico mio?"

Nessuno tuttavia esaudì quella richiesta ed allora l'Urwain si rivolse agli altri due: «Presto, dobbiamo tornare subito all'aperto!»

Mentre ripercorrevano a ritroso la cripta seguiti dallo sguardo austero delle statue, Gherson domandò a Naivàra: «Perché mi sei venuta contro?»

Lei rispose a tono: «Ero scesa qui tramite quella scalinata che non avevo mai visto prima, poi all'improvviso ho sentito dei passi dietro la porta e mi sono nascosta; non immaginavo ci fossi tu a correre lungo il cunicolo.»

Gherson sembrò crederle, almeno dall'espressione in volto, tanto che cambiò discorso: «Hai idea su chi possa essere l'artefice del massacro?»

«Assolutamente no!»

Lui si trattenne un istante scrutandola negli occhi.

«Non ho motivo di mentirti.» continuò Naivàra sostenendone lo sguardo.

«Va bene... andiamo ora, proseguiremo questo discorso un'altra volta.»

Giunsero così nella biblioteca, dove con grande stupore trovarono Ierax ad aspettarli accanto al Woikan di Graven.

«Come al solito mi hai fatto stare in pena...»

«Mi dispiace amico mio, non era mia intenzione.» rispose Gherson scusandosi.

«Almeno hai trovato quel che cercavi?»

«Tu che pensi?» Replicò sornione l'Urwain.

«Che presto dovrai dimostrare ancora una volta quanto vali.»

Gherson s'irrigidì in volto. «Cos'è successo?»

«I Mavourg sono giunti dal mare e stanno arrampicandosi lungo il pendio, saranno qui a momenti.»

«Dannazione! Questa non ci voleva proprio... Quanti sono?»

«Tanti, più di quanto tu possa immaginare, troppi, forse pure per noi.»

«Facciamo ancora in tempo a fuggire?»

«Credo proprio di no, i primi dovrebbero trovarsi già nel patio.»

Gherson allora sguainò Altair. «Allora se dobbiamo morire, ne porteremo con noi un bel po'!»

«Vedo che hai incontrato vecchie conoscenze...» lo sguardo di Ierax era diretto su Naivàra, poi chiuse le ali dietro la schiena e si avvicinò a Gherson. «...Se sopravvivremo, dovremo portarla con noi; il suo cavallo è stato ucciso poco fa da quei demoni.»

Ombre furtive si muovevano lungo il giardino, poi la porta di bronzo si schiuse con un rumore sordo e uno alla volta i Mavourg si introdussero nel palazzo.

Gherson decise di sfruttare l'effetto sorpresa e comparve dalla penombra gridando: «Vartaxar!»

A quel punto, sguainata Altair, calò il colpo che disarticolò la spalla del primo sfortunato capitatogli a tiro; il poveretto ululò dal dolore e nel medesimo istante i compagni di Gherson sbucarono dai loro nascondigli, decisi a vender cara la pelle.

Naivàra combatteva con impeto inusuale; travolgente nei suoi assalti, mieteva vittime come nessun altro, conservando la calma di uno spietato omicida; Gherson rimase impressionato dal numero di cadaveri che si ammucchiavano ai suoi piedi: a ogni colpo un nemico stramazzava sul pavimento senza più rialzarsi. Graven non era da meno, aveva cominciato a centrare i Mavourg con le frecce per poi continuare a falcidiarli con la scure; Ierax invece ne artigliava tre o quattro alla volta per lanciarli poi in aria o li sbatteva contro le pietre: i Mavourg però continuavano ad avanzare nonostante le numerose perdite.

Gherson, ancora debilitato dalla recente ferita, sebbene protetto dall'armatura, a lungo andare cominciò ad accusare la fatica.

«Avviciniamoci senza farci isolare!» Urlò ai compagni.

Naivàra comprese che l'Urwain era in difficoltà e gli venne incontro continuando a creare il vuoto nelle file nemiche senza mostrare alcuna pietà per gli avversari.

«Riprendi fiato, qui ci penso io.»

Tre Mavourg gli furono addosso ma lei riuscì a liberarsene con un'abilità sconcertante.

"Mai visto nessuno combattere così... forse neanch'io riuscirei a sconfiggerla tanto facilmente." considerò Gherson.

Naivàra intanto urlava come un'ossessa e non dava scampo a nessuno.

Per alcuni istanti i Mavourg arrestarono la carica frenati dalla sua audacia, ma fu solo un attimo perché poi le si riversarono contro tutti insieme. Graven allora corse a soccorrere la compagna, abbattendo con l'ascia chiunque gli si parasse contro; lo stesso Gherson, dopo aver ripreso fiato, andò in aiuto di Naivàra.

«Non ho bisogno di nessuno!» Gridò lei, sventagliando la spada ed ergendosi sugli avversari; ne sfondò il torace a tre col medesimo colpo.

I Mavourg allora indietreggiarono di nuovo.

«Finalmente un po' di respiro...» ansimò Graven ma fu solo una mera speranza; infatti, nel medesimo istante comparve un nutrito gruppo di arcieri che si schierò in posizione pronto a bersagliarli.

«Oh no... stavolta è davvero finita.» sbuffò Graven, mentre ai Mavourg già brillavano gli occhi pregustando il dolce sapore della vittoria.

Proprio quando il comandante stava per impartire l'ordine di scoccare le frecce, si udì un lungo ululato provenire dal sentiero che risaliva verso la rocca e tutti si voltarono esitanti in quella direzione; un calpestio disordinato si avvicinava sempre più, infine comparve un branco di Worthain che entrò in silenzio frapponendosi tra le due fazioni.

I presenti guardavano intimoriti i nuovi arrivati, da dove provenivano e soprattutto chi avrebbero appoggiato? In realtà i dubbi si risolsero quasi subito perché il capobranco si voltò dapprima benevolo verso Gherson per poi indirizzare maligno lo sguardo sui Mavourg; a un suo cenno scatenò la furia dei lupi che assalirono quei malcapitati con ferocia inaudita e fu un massacro. Chi non fu sbranato dalle belve, fuggì gettandosi giù dal dirupo, trovando così la morte in mare o sfracellandosi sulle rocce. Gherson e i suoi compagni non rimasero in disparte ma raggiunsero i rampini utilizzati dai Mavourg per arrampicarsi e li recisero; si udirono allora nuovi strepiti di chi vi era ancora appeso, che volò giù sbattendo contro le pietre: più in basso lungo la costa si vedevano ancora brillare nell'oscurità della notte le luci delle navi ancorate ormai prive degli equipaggi.

Lo scontro non durò a lungo e alla fine il capobranco tornò sui suoi passi raggiungendo Gherson ora immobile con la spada puntata al suolo, mentre il resto dei lupi si assiepava intorno.

«Il mio nome è Gronkar, sono il signore dei Worthain e ti do il benvenuto, figlio dell'uomo.»

Gherson chinò il capo per ossequiarlo. «Come mai siete qui?»

L'altro latrò rivolto al cielo: «Aìsian mi ha indicato dov'eri figlio dell'uomo; questo non è più il tempo delle chiacchiere, la battaglia che deciderà le sorti di Ghenesia ha avuto inizio e dobbiamo abbandonare gli antichi rancori che ci dividono. Il nostro unico nemico è il male e i suoi seguaci; noi siamo con te e ti obbediremo! Sappi che anche gli altri animali della foresta hanno deciso di appoggiarti, chi ti ha conosciuto, ha avuto modo di apprezzarti parlando bene di te.»

Gherson allora l'accarezzò. «Le tue parole mi rincuorano, raduna allora tutti quelli che sono in grado di combattere e recatevi a Sivarin, è lì che si giocheranno le sorti della guerra; dopo quanto ho visto, sono sicuro che ci darete un valido aiuto.»

Gronkar ululò un'ultima volta, poi andò via seguito dal suo branco.

Rimasti soli, Gherson si rivolse ai compagni: «Ora comprendo perché Orhel mi aveva mandato qui in cerca di nuovi alleati...»

Naivàra rinfoderò la spada nella guaina. «Su di me come hai visto, puoi certo contare.»

«Anche su di me!» Proruppe Graven porgendogli la mano.

Ierax stridette al cielo.

«Bene, allora non mi resta che tornare da Aumar.»

Graven fischiettò in aria un paio di volte e subito il suo Woikan scese dal cielo. «Noi verremo con te.»

Pochi istanti dopo i tre erano già in volo.

Naivàra fu l'ultima a distogliere lo sguardo dalle rovine di Leiksar Karim, mentre una lacrima le scivolava giù dalle guance perdendosi nel vento.

CAPITOLO XXI

Quel pomeriggio Elazar stava passeggiando nel bosco insieme ad Aumar; dopo aver salutato il padre, era stato accompagnato dal vecchio a conoscere Daìrian una delle Maidaian più gioviali. Il bimbo all'inizio aveva percorso il sentiero dando la mano all'Elvain e subissandolo di domande; ogni tanto si avvicinava anche a Roskar accarezzandone il folto pelo.

«Vuoi montarci sopra?» Domandò Aumar.

Al piccolo s'illuminarono gli occhi. «Posso davvero?»

Aumar sorrise e fece cenno di sì; continuarono così a seguire la via tortuosa che si districava tra querce e lecci; le foglie ormai ingiallite cadevano al suolo creando un soffice tappeto colorato. Giunsero così in una piccola radura, ingentilita da un ruscello che sgorgava tra le rocce.

Dalle fronde di un albero comparve la Maidain; aveva due occhi verdi luminosi ed era ricoperta di erba e muschio, la pelle era olivastra e la chioma sfumava dal verde al castano: dietro la schiena si aprivano due ali trasparenti.

Elazar la fissò sognante. Daìrian aveva con sé un flauto e lo portò alla bocca; cominciò a suonare una musica incantevole, tanto che il bimbo si lasciò andare danzando in modo sempre più frenetico, finché stremato si sedette a terra.

«Chi sei?» Le chiese infine col fiatone.

Lei allontanò lo strumento dalle labbra. «Sono Daìrian e abito in questi luoghi; le mie gambe si nutrono della terra, le mie ali si librano nell'aria, il mio spirito è lo scintillare del fuoco, la mia voce è il vento tra le foglie... Ascoltalo e potrai scorgermi ovunque sarai.»

«Perché non mi racconti una storia di questi luoghi?»

Daìrian lo studiò coi suoi occhi profondi, poi si accomodò vicino ad Elazar. «Ti narrerò le vicende di Galhan, un giovane che viveva in un paesino costiero alle porte di Sicron, la superba città dei Feleraian. Galhan era un povero pescatore rimasto orfano dei genitori morti in mare. Ogni giorno dopo aver lavorato al mercato del pesce, si recava sulle scogliere e passava il tempo a guardare l'orizzonte; fantasticava sull'aspetto delle nuvole e immaginava nelle loro forme i profili dei genitori: a quel punto rivelava loro i suoi segreti, le sue speranze e le sue malinconie.

Una volta transitò lì casualmente Ailish, la giovane figlia del re; incuriosita dal comportamento del ragazzo, arrestò la sua carrozza e scese per chiedergli che cosa stesse facendo. La principessa si commosse nell'udire la sua storia e decise di tornare a vederlo, tanto che tra i due s'instaurò un forte legame d'amicizia. Nello stesso periodo Natron, il sovrano di Sicron, doveva affrontare un penoso dilemma; sua figlia aveva svariate richieste di matrimonio ma lui non riusciva a individuare la persona giusta, i pretendenti infatti erano numerosi e sempre più assillanti: ogni giorno poi giungevano un'infinità di doni da parte dei candidati, tutti molto ricchi e benestanti.

Fu Ailish stessa a dirimere quei dubbi: «Padre, mi nasconderò in modo che nessuno mi veda, tu intanto stracciati le vesti e comunica a tutti che sono morta, così potrai vagliare il comportamento dei miei spasimanti.»

Natron, seppur scettico, acconsentì e rimase sbalordito dall'atteggiamento dei corteggiatori; alcuni infatti si presentarono dal re reclamando i loro regali, altri addirittura non si mostrarono neanche per porgere il dovuto cordoglio, inviando invece i loro servi. Alla reggia però giunse anche il povero Galhan recando con sé un raffinato abito femminile.

Il re incuriosito gli dette udienza.

«Che cosa vuoi?» Gli domandò.

Galhan, in ginocchio a capo chino, rispose: «Non voglio niente per me, sono venuto a portarti le mie condoglianze. Ho qui l'abito più elegante di mia madre, è morta tanto tempo fa; so che non può competere per splendore con quelli indossati da tua figlia ma era il ricordo più prezioso che avessi di mia madre. Avrei voluto regalarlo ad Ailish personalmente ma non è stato possibile... Oggi lo dono a te perché non voglio che sia di nessun'altra donna; in fondo mi piace pensare che l'avesse indossato pure lei almeno una volta e ricordarla così.»

Natron fu molto impressionato da quelle parole e rimase in silenzio; comprese che non erano le ricchezze a contare ma i sentimenti celati nel proprio cuore: ne parlò allora a sua figlia che in realtà era già segretamente innamorata di Galhan, ma aveva timore a confidarsi col padre. Ailish allora uscì subito dalla sua camera e andò incontro al giovane che non poteva credere ai propri occhi abbracciandolo; tempo dopo i due si sposarono e vissero felici fino ai giorni nostri. Devi infatti sapere che Galhan è tuttora il re di Sicron ed è benvoluto da tutti i suoi sudditi.»

La storia piacque a Elazar che annuì compiaciuto, anche Aumar sorrise, prese la pipa, vi mise un po' di tabacco e l'accese.

«Aumar, raccontami pure tu qualcosa.» lo sollecitò il bimbo rivolgendosi a lui.

«Che cosa dovrei narrarti, sentiamo un po'.»

«Parlami di Elesian.»

Aumar sobbalzò all'istante, poi riprese con calma: «Perché proprio di Elesian?»

«Non lo so neanch'io; sai a volte sogno di starle davanti...»

Al vecchio per un attimo mancò il respiro. «Che intendi dire? Spiegati meglio!»

Il bimbo chiuse gli occhi. «Ogni tanto mentre dormo,

mi ritrovo lì... è un posto arido, pieno di rovi, poi all'improvviso vedo un albero grigio simile a un salice, tutto solo in cima a una collina; mi dice il suo nome e poi mi parla.»

Aumar fu scosso dai brividi e gli domandò a fatica: «Che cosa ti dice?»

Elazar schiuse le palpebre. «Vieni presto! Vieni a liberarmi.»

Il vecchio allora chinò il capo tra le mani e cominciò a piangere. «Mio Dio... mio Dio!» Continuava a ripetere come una nenia senza fermarsi.

Elazar preoccupato si accostò titubante e lo abbracciò. «Che c'è? Ho detto qualcosa di sbagliato?»

Aumar lo strinse forte a sé. «No, non sei tu ad aver sbagliato... Tu sei innocente.»

«Mi stringi forte come se avessi paura per me.» riprese Elazar intimorito.

Aumar allora cercò di tranquillizzarlo: «No, non ho paura, è solo che ti voglio bene; ascoltami, posso farti io una domanda?»

«Certo!» Rispose Elazar con la sua voce squillante.

Quando l'altra sera ci hai raccontato del tuo incontro con Darkos, hai affermato che non ricordavi di come vi foste liberati di lui; pensaci bene... non ti viene in mente proprio nulla?»

Il bimbo lo fissò esitando: «Perché lo vuoi sapere?»

Aumar respirò profondamente, poi continuò condiscendente: «Vedi Elazar, spesso anche noi adulti non comprendiamo tutto e in alcune circostanze sono le parole dettate dalla vostra innocenza che riescono a chiarire le nostre perplessità.»

«Ma io come posso aiutarti?» Chiese Elazar meravigliato.

«Raccontami solo quel che sai.»

Il bimbo lo guardò ingenuamente poi chiuse gli occhi

e corrugò la fronte. «Ho avuto molta paura quella notte e non mi va di ripensarci, soprattutto a Darkos! Era brutto e anche cattivo! Stava facendo male a Malion, lei strillava dal dolore e lui l'avrebbe uccisa, ne sono sicuro! Allora mi alzai, Malion mi supplicò di fuggire ma io non volevo lasciarla sola; poi avvertii un gran calore e il mio corpo divenne candido come la neve, ma dopo c'è solo il buio...»

Aumar rimase un po' in silenzio a riflettere e alla fine domandò: «Malion non ti ha detto nulla quando hai ripreso i sensi?»

Malion era bellissima e mi accennò solo che i miei poteri si stavano svegliando, ma non ne abbiamo più parlato.»

Aumar era senza parole, più ci ragionava, più i dubbi lo tormentavano; se Gherson era stato inviato su Ghenesia per unire tutte le genti contro il comune nemico, che ruolo aveva suo figlio Elazar? Era lì casualmente oppure no?

"Il caso non esiste... il caso non esiste! C'è sempre una spiegazione!" Ripeteva nervoso tra sé.

Quella notte allora, chi aveva liberato Elazar e Malion dalle grinfie di Darkos? Mishael o quegli stessi poteri che Malion aveva visto destarsi nel piccolo?

«Perché l'altra sera non ci hai raccontato la verità?» Domandò infine il vecchio.

Elazar abbassò il capo timoroso. «Perché avevo paura... te lo ripeto, se ripenso a quella notte mi vengono i brividi! Poi ho udito una voce che mi consigliava di serbare quest'episodio dentro di me, un giorno me l'avrebbe spiegato.»

«La voce di chi?» Chiese a quel punto Aumar molto cauto ma il bimbo scosse la testa quasi avvilito. «Non lo so, questa volta non so proprio come aiutarti... mi chiama ogni tanto, mi chiama mentre dormo... ma non so chi sia.»

Aumar lo accarezzò in viso. «Facciamo così, la prossima volta che la senti, chiedigli il nome, di certo te lo dirà.»

Dopo quelle parole il vecchio si alzò e insieme tornarono verso casa, accompagnati dal canto ora malinconico di Daìrian.

~~~

Erano ancora distanti dalla dimora di Aumar, quando scorsero un fumo denso e acre provenire proprio della radura dove abitava l'antico re.

Gherson fu scosso da un brivido: «Non mi piace per niente! presto Ierax!»

L'Aldeivar obbedì al comando del suo signore, stridette rivolto verso il cielo e mosse le ali ancor più veloce.

«Mio Dio, che cos'è mai accaduto?» Proferì Gherson appena posò piede a terra.

Il Daiandros era ancora in fiamme così come parte degli arbusti tutt'intorno; non era stato un incidente, qualcuno si era presentato lì con l'intenzione di distruggere, il suolo infatti era battuto ovunque da un'infinità di orme.

«Elazar... Elazar!» Gridò Gherson ma non ottenne alcuna risposta.

Percepiva solo il battito del cuore arrivargli in gola. «Aumar... Aumar! Dove sei? Che è successo? Chi ha combinato questo disastro?»

Ancora una volta nessuno esaudì le sue richieste, nell'aria si sentiva solo l'odore intenso di bruciato.

Poco dopo sopraggiunsero Graven e Naivàra sul loro Woikan rimasti più indietro; Gherson continuava ad aggirarsi smarrito in preda all'angoscia, poi avvertì un lamento.

«Là, alla tua destra!» Indicò Naivàra e subito Gherson corse in quella direzione.

Trovò a terra il vecchio Aumar con le vesti insanguinate e poco distante Roskar privo di vita, infilzato da nu-
~~~

merose frecce elvaian.

«Dannazione! Che cos'è accaduto?» Continuava a ripetere Gherson mentre si chinava su Aumar prendendolo fra le braccia.

Il poveretto rantolava e cercò a fatica di rispondere: «Sono stati...» ma subito perse i sensi.

«Aumar... Aumar!» Lo sollecitò Gherson, dandogli un buffetto sulla guancia; il vecchio però non accennava a riprendersi, aveva perso molto sangue da una brutta ferita alla fronte.

«Maledetti vigliacchi! prendersela con un lui...» recriminò Gherson a bassa voce alzando il capo al cielo e subito dopo sdraiò il poveretto sul prato.

«Mio figlio! Cercate mio figlio!» Gridò poi rivolto ai compagni che già stavano ispezionando la zona; di Elazar tuttavia né Graven né Naivàra rinvennero traccia.

«Non so per quale motivo ma temo che l'abbiano rapito.» considerò infine la Tindainun avvicinandosi a Gherson.

Nel medesimo istante si udì un fruscio tra gli alberi e subito dopo comparve Aìsian con altre tre Maidaian; il suo volto era trasfigurato in una maschera di terrore. «Padre... padre, che ti hanno fatto?»

Gherson posò la mano sul capo del vecchio; rimasero così per un po' mentre intorno a loro adesso regnava un silenzio irreale, interrotto solo dai singhiozzi di una delle fate.

Allora Gherson chiuse gli occhi mentre il sudore iniziò a imperlargli la fronte; la sua armatura emetteva un fulgore quasi abbagliante. "Signore mio Dio, so che puoi salvarlo... non lasciare questo vecchio privo del suo spirito."

Trascorsero alcuni istanti poi Gherson fu scosso da un fremito, le ferite di Aumar stavano lentamente scomparendo e il suo respiro tornò regolare; solo allora il guerriero lasciò la fronte dell'anziano e poggiò le mani a terra ansimando. Gherson aveva compiuto un gesto probabilmente superiore alle sue forze, percepì infatti nitidamente l'energia che ne aveva abbandonato il corpo per diffondersi in quello di Aumar e adesso si sentiva sfinito.

Le Maidaian si chinarono sul loro padre e l'accarezzarono dolcemente, Gherson invece si allontanò poco più in là sedendosi appoggiato al tronco di una robusta quercia per riprendersi.

Graven lo raggiunse. «Come ti senti?»

«Un po' meglio...» rispose lui accennando un debole sorriso.

L'altro riprese: «Ho studiato le loro impronte, dovevano essere una ventina circa; sono stati rapidi nel loro agire e altrettanto celeri nel fuggire in direzione di Sivarin. Naivàra aveva ragione, in giro non c'è traccia di tuo figlio, l'avranno certamente portato con loro.»

Gherson scosse il capo sconsolato. «Ma perché? Perché l'hanno fatto?»

Nessuno però almeno in quel momento era in grado di chiarire i suoi dubbi.

«L'unico che può aiutarci in tal senso è Aumar che saprà certamente qualcosa più di noi.» affermò Naivàra.

Gherson si voltò verso di lei, la Tindainun era rimasta tutto quel tempo al suo fianco, aveva il volto tirato e anche lei sembrava molto preoccupata.

«Allora torniamo da lui e vediamo come sta.»

Gherson si rialzò e andò dal vecchio ancora disteso sull'erba.

Aìsian aveva versato il succo di una pianta in una ciotola di legno e Aumar lo stava sorseggiando proprio accanto ai resti anneriti del Daiandros che continuavano a fumare.

«So che mi hai salvato la vita...» sussurrò, uditi i suoi

passi.

«L'hai fatto anche tu con me, rammenti?»

Il vecchio scosse il capo affermativamente.

«Cos'è successo? Dov'è mio figlio?» Riprese subito Gherson.

Aumar si sollevò un po' aiutandosi con le mani, poi continuò in un sospiro. «Quanto accaduto è una follia… non bastavano i Mavourg, ora ci ammazziamo pure tra noi! Sono venuti all'improvviso, erano una ventina e li capeggiava Sieglind il comandante delle guardie; volevano Elazar.»

«Perché lo cercavano?» Lo interruppe Gherson.

«Non lo so, Sieglind diceva che gli serviva vivo, perché questi erano gli ordini della regina, di più non so dirti. Ho cercato di chiedere altre spiegazioni ma quelli per tutta risposta ci sono saltati addosso e hanno trascinato via tuo figlio. Qualcuno poi mi ha colpito e ho perso i sensi; da allora non so più nulla. Roskar è stata uccisa, vero? Non la sento più vicino a me.»

Gherson esitò un attimo ma alla fine confermò i suoi sospetti: «Sì… purtroppo sì!»

Aìsian intervenne nella conversazione: «Penserò io a loro, non raggiungeranno vivi Sivarin! Solo degli stolti potevano credere di agire impunemente nella foresta sperando di farla franca, ma li fermerò, non temere!»

«No, questo è affar mio!» Rispose Gherson risoluto.

«Tu non sei ancora guarito e loro sono più di venti, inoltre hanno già un discreto vantaggio.» ribatté la Maidain.

«Ti ripeto che è affar mio!» Replicò Gherson stringendo i pugni.

Aumar ansimò: «Basta con la violenza, basta! Io sono la causa di tutto. Ogni volta che il sangue di un vivente bagna questo suolo, vorrei essere io a morire per non ricordare le mie colpe; anche Roskar non è più vicino a me...» e una lacrima colò giù dalle sue guance.

Graven e Naivàra si guardarono attoniti perché non comprendevano il senso di quelle parole.

Gherson dal canto suo evitò di fornire spiegazioni e tagliò corto: «Ti prometto che cercherò di non uccidere nessuno, ma rivoglio mio figlio!»

Aumar tossì, poi si rivolse a Gherson: «Ascoltami un momento! Prima di partire, devo parlarti in privato. Voi per favore, lasciateci soli un istante.»

Gli altri allora ancora meravigliati si allontanarono uno alla volta come aveva chiesto il vecchio.

«Che cosa devi dirmi?» Esordì Gherson preoccupato.

Aumar respirò profondamente, quindi iniziò a parlare: «Ieri pomeriggio ho chiacchierato un po' con tuo figlio in merito ad alcuni dubbi che avevo.»

«Spiegati meglio.» lo interruppe subito Gherson.

Aumar continuò calmo quasi a bassa voce: «Quando l'altro giorno Elazar ci narrò del suo incontro con Darkos, rimasi un po' perplesso; in particolare non ci chiarì com'era riuscito a liberarsi di quel maledetto demone. Era accaduto qualcosa e tuo figlio, a mio avviso, era parso piuttosto vago; ci accennò solo di aver perso i sensi e di non ricordare più nulla. Io ci ho riflettuto a lungo e ieri ho affrontato di nuovo la questione con lui.»

«Allora?» Domandò Gherson insistendo.

«Elazar mi ha raccontato di aver cambiato aspetto e di essere poi svenuto; in realtà solo Malion sa cosa sia successo ma non l'ha rivelato a tuo figlio, sicuramente per proteggerlo, dato l'affetto che ora prova per lui. A questo punto io non sono più così convinto che Darkos l'abbia fatto rapire solo con l'intento di sostituirti al comando delle sue truppe; forse era così all'inizio, ma ci deve essere dell'altro ed io non riesco proprio a comprendere cosa: Elazar inoltre mi ha accennato che nei suoi sogni spesso gli è comparsa Elesian.»

Gherson sbiancò. «Elesian?!»

«Sì, proprio lei. Ti sento turbato dal timbro della voce, sei per caso al corrente di altre novità che non conosco?» Domandò questa volta Aumar con tono ansioso.

«Quando siamo stati a Leiksar Karim abbiamo scoperto una cripta sotterranea probabilmente ignota pure a te; all'interno c'erano le statue di settantadue angeli seduti, in realtà erano settanta perché gli ultimi due scranni erano vuoti ma con sopra riportato il mio nome e quello di mio figlio: in particolare poi su quello di Elazar erano disegnate le forme dell'albero sacro.»

«È come immaginavo...» rifletté Aumar.

«Che cosa pensi?» Chiese Gherson titubante.

«Di preciso non lo so... Però sono sempre più convinto che anche Elazar rivestirà un ruolo di primo piano in tutta questa storia e il suo rapimento ne è la dimostrazione più lampante; non capisco però cosa c'entri Jesavel, non vorrei che...» Aumar s'interruppe incerto.

«Non vorresti cosa?» Lo incalzò allora Gherson.

L'altro scosse la testa. «Non lo so, forse solo un presentimento... Stai attento però e scusami se mi ripeto di continuo ma a questo punto non fidarti più di nessuno! Il nemico sta giocando tutte le sue carte e cercherà ogni espediente per sconfiggerci; Darkos è più pericoloso di un leone ferito e tu l'hai già sperimentato sulla tua pelle: non hai fatto neanche in tempo a gioire per la vittoria al passo di Iefùn che già un Elvain ha tentato di ucciderti. Qualcuno a Sivarin ci ha tradito... Occhio alla regina! Forse non è colpa sua, forse anche Jesavel è vittima di un inganno! Adesso va e sii prudente! Salva tuo figlio e cerca di carpire qualche utile informazione da Sieglind, lui senz'altro avrà qualcosa da raccontare; io vi raggiungerò quanto prima.»

Gherson si chinò e baciò la fronte del vecchio. «Lo farò.»

Prima di partire Aìsian gli si accostò sfiorandogli la spalla con la mano. «Ascoltami, anche se non vuoi che intervenga di persona contro quegli assassini, ti aiuterò comunque; gli alberi della foresta t'indicheranno la direzione presa dai fuggitivi.»

Gherson riconoscente fissò i suoi occhi luminosi. «Ti ringrazio per esserti offerta prima, non volevo offenderti, tuo padre però in questo momento ha bisogno di te; comunque seguirò il tuo consiglio.»

Dopo averla salutata, l'Urwain chiamò Ierax e, una volta congedatosi dalle altre Maidaian, volò via insieme a Graven e Naivàra.

CAPITOLO XXII

La fitta nebbia calata nel pomeriggio consentì loro di volare nascosti al riparo da occhi indiscreti. Come aveva predetto Aìsian, gli alberi agitavano le loro fronde mostrando la via presa dagli Elvaian; sembravano obbedire a ordini superiori.

Era ormai quasi buio quando Naivàra indicò una collina boscosa poco più avanti: «Là dietro, se non sbaglio, dovrebbe trovarsi il borgo di Flind; è probabile che vi si trattengano per la notte.»

Gherson la guardò titubante.

Naivàra allora riprese imperturbabile: «Durante la seconda era alcuni Elvaian che abitavano qui mutarono d'aspetto; c'è chi sostiene che fu a causa di una malattia, per altri invece il risultato dell'unione con i Mavourg. Sembra infatti che quegli esseri spregevoli avessero usato violenza su alcune Elvaian durante le loro razzie e di conseguenza ne sarebbe scaturita una nuova stirpe: i Voròld. Nessuno però ha mai confermato quest'ultima ipotesi, forse più per vergogna che per altro; se non ti è ancora chiaro agli Elvaian non piace mescolare il loro sangue con altre genti, potrebbero nascerne degli scarti tipo me o lo stesso Graven...» sorrise adocchiando sarcastica il compagno, poi continuò nella sua spiegazione: «...Comunque siano andati i fatti, a Flind abita un discreto numero di questi Voròld. Sono individui dall'aspetto robusto con la pelle olivastra, la mascella prominente e la chioma lunga e scura; gli uomini di solito portano la barba e le donne non sono rinomate per la loro bellezza. Di carattere chiuso e abbastanza scorbutico, parlano poco ma non sono cattivi, preferiscono vivere rintanati nelle loro case di legno e hanno scarsi contatti con gli altri abitanti di Ghenesia; escono di rado dalla loro vallata e la maggior parte si mantiene fabbricando utensili o manufatti in legno, in alcuni casi davvero pregiati.»

«Aumar non me ne ha mai parlato.» la interruppe Gherson.

«Mi sembra ovvio, come poteva raccontarti tutti i particolari della nostra terra nel poco tempo che siete stati insieme?» Rispose lei di rimando.

Graven intervenne nella conversazione: «Penso sia opportuno scendere e continuare a piedi, anche se c'è nebbia, non conviene rischiare di essere avvistati.»

Gherson condivise la sua osservazione e poco dopo atterrarono tra gli alberi lungo il sentiero. Dopo essersi sgranchito le ossa, l'Urwain ne approfittò per medicare la ferita con alcuni unguenti donatigli in precedenza da Aumar; le peripezie di quegli ultimi giorni non avevano favorito il processo di guarigione e i margini si erano scollati proprio al centro.

«Devi stare più attento nei movimenti, forse è il caso che ti riposi un po', andremo noi in avanscoperta.» commentò laconica Naivàra osservando la lesione per un istante.

Gherson le rispose tutto d'un fiato senza neanche guardarla: «Non se ne parla proprio!»

Poi si rivolse a Ierax: «Aspettateci nel bosco e tenetevi pronti! Quando sarà il momento, vi chiameremo.»

«Farò di meglio, voleremo nascosti fra le nubi sopra il borgo in attesa di un tuo segnale; mi raccomando... non essere temerario come al solito!» Lo ammonì l'Aldeivar che dispiegò le ali e insieme al Woikan si alzò da terra perdendosi in breve nelle tenebre.

I tre invece, continuarono a camminare lungo la via per un altro mezzo siklin, finché superata l'ennesima curva, si trovarono davanti a un dirupo; la strada lo percorreva radente per giungere poi di fronte a una cascata che si gettava in un lago dalle rive frastagliate: il corso d'acqua più in basso seguiva l'andamento dei rilievi perdendosi a valle in un torrente rumoroso.

Oltrepassarono la cateratta attraversando un ponte di legno e ripresero il sentiero che si addentrava di nuovo nel bosco tra pini silvestri, fino a giungere nei pressi del villaggio circondato da una palizzata di legno; il portone era ancora aperto, sebbene fossero ormai calate le prime ombre della sera.

Graven si rivolse agli altri due: «Penso sia giusto che sparisca per un po'; nascosto, riuscirò ad acquisire di sicuro qualche informazione degna di nota. State tranquilli, non mi accadrà nulla, mi rivedrete al momento opportuno.»

Terminata la frase, si accostò alle fronde degli alberi e un attimo dopo scomparve alla loro vista; gli altri due si guardarono incerti, quindi decisero di proseguire.

Il paese si districava lungo la valle in mezzo agli alberi fino a raggiungere quasi la cima della collina. Proprio in alto tra le foglie s'intravedeva la sagoma di un edificio in pietra con una singola torre.

"Elazar..." d'istinto Gherson comprese che il figlio doveva trovarsi proprio lì; allora allungò il passo in quella direzione ma Naivàra lo afferrò per un braccio. «Dove credi di andare tutto di corsa? Già diamo nell'occhio così perché siamo stranieri... Devi stare calmo! Potrebbero esserci soldati in giro.»

Gherson ne convenne e tornò a più miti consigli.

I pochi abitanti che incontrarono stavano rincasando e camminavano in silenzio ognuno per conto proprio; l'atmosfera era davvero lugubre.

«Che allegria...» mormorò Gherson.

Qualcuno li osservava girando il capo, poi però scrollava le spalle continuando per la sua strada.

«Che facciamo?» Domandò alla Tindainun.

Naivàra rispose risoluta: «Cerchiamo una locanda, oltre al cibo avremo l'occasione di cogliere qualche notizia; per favore, cerca di non farti notare più del dovuto, soprattutto niente domande fuori luogo! Lascia fare a me!»

Fu così che risalendo lungo la via principale, fiutarono il caratteristico odore di carne arrostita.

«Deve trovarsi da queste parti a giudicare dal profumino che c'è nell'aria... e cucinano pure bene, a quanto pare.» asserì Gherson.

Naivàra non replicò ma questa volta fu lei ad affrettare il passo finché giunsero davanti alla taverna del "Vecchio Tod", illuminata da una fioca luce creata da alcune lampade a olio proprio ai lati dell'ingresso.

«Niente male! Che te ne pare?» Commentò Gherson.

«Non ti facevo così goloso...» rispose sarcastica Naivàra.

L'altro non obiettò nulla lanciandole però un'occhiataccia.

Sull'insegna sopra la porta era raffigurato un omone con un cappello in testa; aveva due enormi guance rubiconde che sorridevano al viandante invitandolo a entrare con un cenno della mano. I due senza ulteriori commenti varcarono la soglia della locanda organizzata su due livelli, con una balconata che correva lungo tutto il perimetro del piano superiore; l'interno era di legno e i quadri appesi alle pareti raffiguravano paesaggi di montagna e animali della foresta.

L'oste, un tipo nerboruto di mezz'età con la folta barba nera marezzata qua e là da chiazze grigie, li squadrò di sottecchi mentre continuava a versare birra in tre bei boccali già ordinati da altrettanti clienti.

Gherson si avvicinò posando le mani sul bancone. «Salute a te. È possibile mangiare qualcosa? Veniamo da lontano!»

«Su questo non c'erano dubbi...» bofonchiò burbero lui, arricciando il suo lungo naso, poi inclinando il capo a sinistra indicò un tavolo all'estremità della locanda. I due ubbidirono in silenzio e si sedettero proprio di fronte al camino acceso, aspettando l'ordinazione.

«Che hai?» Domandò Naivàra guardando Gherson meditabondo con le mani davanti alla bocca.

«Sono preoccupato, non lo vedi?»

«Per te?» Sorrise lei in tono canzonatorio.

Lui quasi la fulminò con gli occhi.

Naivàra non se la prese più di tanto e invece fece segno al padrone di avvicinarsi.

Gherson studiava i presenti con attenzione, temendo sempre di essere spiato da qualcuno; non si poteva mai essere sicuri di alcunché.

L'oste si accostò a Naivàra, che comunicò le sue richieste senza tanti preamboli. «Portaci due boccali di birra e un po' di cacciagione con cavoli e cipolle.»

Il locandiere brontolò qualcosa tra sé e andò in cucina, dopo un po' tornò con le vivande sopra un vassoio.

I Voròld seduti ai tavoli parlavano poco tra loro quasi tutti a bassa voce; più d'uno alzò lo sguardo verso i due stranieri per poi indicarli agli altri commensali.

Gherson fu colto da un fremito e sbuffò: «Abbiamo sbagliato a entrare qui...» e d'istinto si coprì il capo col mantello.

Lei cercò di rassicurarlo: «Stai sereno, ho afferrato qualche discorso. Di sicuro tu sei una novità da queste parti ma gira tanta gente strana... La maggior parte dei commenti però è su di me, anch'io come loro appartengo a un'etnia bastarda ma sono anche una donna e, strano a dirsi, esercito un certo fascino su questi tagliaboschi.»

Avevano appena terminato di cenare, quando entrarono due Elvaian armati di tutto punto.

«Sembra proprio che siamo arrivati alla fine della nostra corsa...» gli sussurrò sottovoce, accennando un movimento della testa verso i nuovi arrivati, quindi anche lei si coprì il viso.

Dopo aver scambiato due chiacchiere col locandiere, i soldati si sedettero quasi al centro del locale a tre tavoli di distanza da Gherson, seduto di schiena. Naivàra invece, proprio di fronte a loro, piegò anche il volto per evitare di dare nell'occhio; quel movimento però attirò l'attenzione di uno degli Elvaian che subito sussurrò qualcosa all'orecchio del compagno ed anche lui si soffermò a studiare la donna.

Naivàra sospirò: «Temo che presto avremo una loro visita... non mi resta che prevenirli prima che sia troppo tardi!» Così si alzò dirigendosi verso il bancone, s'intrattenne con l'oste alcuni istanti e si fece dare una chiave, quindi si accostò ai soldati.

Gherson s'irrigidì e portò istintivamente una mano all'elsa della spada mentre il sudore già gli rigava la fronte. «Che accidenti avrà in testa?»

Naivàra intanto aveva abbassato leggermente il cappuccio e fra lo stupore delle guardie indicò il piano superiore; dopo alcuni istanti si allontanò salendo le scale tra gli sguardi ironici dei due che ora ridacchiavano tra loro. Dopo essersi sciacquati la bocca con la birra, anche loro si alzarono e la seguirono.

"Stupida ragazza! Che mi vuole dimostrare?" Rimuginò Gherson con il volto tirato, mentre il cuore gli batteva forte in petto dalla preoccupazione; strinse i pugni per reprimere la rabbia che gli stava montando dentro.

Una volta che quelli furono saliti, anche lui lasciò il suo posto come se nulla fosse; in realtà era già pronto a tutto, consapevole che da lì a poco avrebbe potuto scatenarsi un putiferio. Superò gli scalini circospetto e percorse il corridoio che dava accesso alle camere, in fondo a destra scorse delle ombre e continuò cauto a seguirle; poi una porta si aprì e quei tre entrarono in una stanza.

Gherson si avvicinò piano, teso come le corde di una cetra, dall'interno però non proveniva alcun rumore; allora si fece forza e bussò.

Si udirono dei passi e subito dopo un soldato, schiudendo l'uscio domandò con voce seccata: «Che volete? Siamo occupati, non disturba...»

Non riuscì però a completare la frase perché Gherson sferrò un calcio alla porta e il poveretto cadde all'indietro rovinando addosso al compare proprio di fronte a Naivàra.

Tutto terminò nel giro di alcuni istanti: Gherson sollevò l'Elvain davanti a sé e gli assestò un pugno sul cranio tanto da farlo stramazzare al suolo, Naivàra invece estrasse un pugnale che portava al fianco e lo rigirò nel ventre dell'altro armigero, che cadde riverso in una pozza di sangue.

«Hai visto che puoi fidarti di me?» Ridacchiò lei con il coltello ancora in mano.

Gherson le ruggì addosso: «Tu sei pazza! La prossima volta che ti viene in mente un'idea del genere pensaci cento volte prima di metterla in pratica e poi rendimene partecipe!»

Lei non parve prestare attenzione alle critiche e rispose con un filo d'ironia nella voce: «Che c'è? Non dirmi che ti sei preoccupato... Piuttosto, ho avuto conferma dei tuoi sospetti; Elazar si trova nell'edificio sulla collina, gli Elvaian che l'hanno rapito sono ospiti di un parente del re. Ora abbiamo due nemici in meno cui pensare e potremmo invece utilizzare le loro divise per entrare nella fortezza. Di che ti lamenti?»

Gherson chiuse la porta, paonazzo in viso. «Adesso basta! Sbrighiamoci prima che qualcuno s'insospettisca; nascondiamo il cadavere sotto il letto e leghiamo quest'altro idiota!»

Così fecero e dopo averli spogliati, indossarono le loro uniformi, poi varcarono la soglia che dava sulla balconata esterna; quindi, assicuratisi che non ci fosse nessuno nei paraggi, si calarono giù nel vicolo buio lontano da occhi indiscreti.

Camminarono per una ventina di diacron lungo il sentiero senza parlare; all'improvviso percepirono uno scricchiolio alla loro destra e Naivàra si girò indispettita. «Vieni fuori, stupido! Riuscirai pure a mimetizzarti ma fai più rumore di una mandria di vacche!»

Dalle fronde saltò fuori Graven che indicò la collina: «Tuo figlio è lassù in cima! C'è un piccolo maniero; pare vi abiti un...»

Naivàra lo zittì subito scuotendo il capo, quindi gli diede un'occhiataccia. «L'ho sempre saputo... la tua presenza è del tutto inutile! Già ne eravamo al corrente.»

Graven non si scompose più di tanto. «Ti comporti così perché ti piaccio e hai paura di innamorarti di me?»

Naivàra lo gelò con lo sguardo.

«A proposito, dove avete trovato quei vestiti?» Domandò poi loro.

«Ce li hanno regalati due vecchi amici...» rispose Gherson, accennando un sorriso ironico sulle labbra.

«Immagino...» commentò l'altro laconico.

«Avete finito di chiacchierare voi due o vogliamo cercare il ragazzo?» Chiese a questo punto Naivàra.

Gli altri due si azzittirono e salirono tutti insieme lungo la via che s'inerpicava zigzagando tra gli alberi; in prossimità del castello la stradina si allargava divenendo lastricata per poi terminare in un piazzale antistante alla dimora: i tre allora si nascosero dietro un enorme tronco e da lì studiarono la posizione.

Un muro perimetrale alto poco più di un uomo circondava l'angusto maniero e due soldati stavano di guardia proprio davanti alla spessa grata del cancello; subito dopo si apriva una piazzetta mattonata con un fontanile al centro, illuminata dalla fioca luce della luna: in effetti, la struttura sembrava più la tenuta estiva di qualche signorotto che non una fortezza. L'edificio era un quadrilatero irregolare di pietre color ocra con un piccolo cortile interno; la sommità, retta da una serie di archetti pensili, mostrava un coronamento merlato con estremità a coda di rondine. L'unica torre si ergeva a destra, era alta una ventina di diacron e permetteva di controllare buona parte della vallata circostante; lungo i suoi lati si aprivano alcune feritoie.

Graven si rivolse a Gherson: «Hai già un piano in testa?»

Questi rispose sottovoce: «Aspettiamo ancora un po', proveremo a entrare quando spengeranno le luci; noi due ti porteremo a braccetto mentre tu fingerai di essere svenuto, così vestiti, almeno all'inizio non dovrebbero accorgersi di chi siamo. Quando poi saremo abbastanza vicini, fai come ti dico.»

Tempo dopo i tre si accostarono pigramente al cancello. Le guardie li avvistarono subito ma poiché indossavano le loro stesse divise, non si preoccuparono più di tanto; quando però furono a breve distanza, uno dei soldati domandò loro: «Ohé ragazzi, che è successo?»

Gherson avanzò ancora un poco e rispose: «Venite ad aiutarci, abbiamo trovato questo poveraccio a terra privo di sensi.»

Le guardie rimasero interdette alcuni istanti, poi sempre lo stesso chiese di nuovo: «Ma chi siete, non riconosco la tua...»

Non riuscì però a terminare la frase perché Graven si

scagliò su di lui colpendolo in pieno petto con il coltello nascosto tra le mani, mentre il secondo fu ucciso da Naivàra a seguire.

«Ora, a meno di sorprese, dovrebbero essercene meno di una ventina.» commentò Gherson a bassa voce.

«Dimentichi quelli che sono normalmente di stanza nel castello.» Lo corresse Naivàra.

«Già...» costatò Gherson in un sospiro.

Graven attirò la loro attenzione: in cima alla torre era comparsa una vedetta che stava avvicinandosi ai merli difensivi; senza indugio sfilò una freccia dalla faretra, la incoccò scagliandola contro il bersaglio e un istante dopo il soldato si accasciò al suolo colpito a morte.

«Speriamo non ce ne siano altri lassù...» si augurò Gherson.

Trascorsero alcuni attimi ma non si udì alcun rumore.

«Coraggio andiamo!» Li sollecitò Graven con un cenno della mano.

Dopo aver nascosto i cadaveri tra i cespugli, superarono la piazzetta in fretta e furia fino a raggiungere l'ingresso.

Sul portone ad altezza d'uomo un mascherone raffigurava la testa di un leone.

Graven diede un colpo col battente, l'anta si aprì e ne sbucò un viso assonnato che cambiò espressione quando si trovò un coltello davanti al gargarozzo.

«Facci entrare babbeo!» Intimò Naivàra.

Il poveretto alzò le mani e rimase a bocca aperta. I tre ne approfittarono per accedere e Graven stordì la guardia con un colpo dietro la nuca; poi dopo averlo legato e imbavagliato, lo nascosero in un ripostiglio. Senza perdersi in inutili chiacchere, raggiunsero il chiostro sul cortile; da sinistra proveniva un gran baccano, Graven si accostò a una porta semiaperta e comprese subito dal fracasso e dall'odore del vino che il corridoio dietro l'uscio conduceva alle cantine.

«Meglio così... saranno tutti ubriachi a far baldoria.» sussurrò agli altri due. Decisero quindi di salire una scalinata elicoidale subito a destra che li portò agli ambienti interni: erano per lo più sale di rappresentanza dai soffitti decorati con stucchi e fregi, arricchite con pregiati arazzi alle pareti.

Superato il salone da pranzo con l'enorme tavolo al centro e il camino ancora acceso, si trovarono in un nuovo locale dove stazionavano due guardie. Naivàra lanciò il suo pugnale che colpì il più vicino in pieno petto; l'altro non ebbe neanche il tempo di reagire, perché Gherson gli fu subito addosso puntandogli il suo al collo.

«Dove si trova mio figlio?»

La lama era così vicina alla pelle che si bagnò del sangue della ferita seppur superficiale. Lo sfortunato soldato ammiccò dietro di lui verso una scala che conduceva al secondo piano, poi con voce soffocata provò anche a dire: «La seconda stanza a...» non terminò però la frase perché cadde sul pavimento privo di vita. Naivàra lo aveva finito trapassandogli il cuore con la sua lama.

Gherson le si rivolse sdegnato: «C'era bisogno?»

«Nessuna pietà per questi bastardi! Mi deludi umano... hai l'animo tenero!» Ribatté lei scura in volto.

Gherson non replicò e tutti insieme salirono i pochi gradini che li separavano da una spessa porta in legno di quercia. L'aprirono ed ebbero accesso a un corridoio illuminato da alcune torce; il pavimento era di mattoni cremisi e lungo le pareti scorsero degli usci su entrambi i lati.

«Elazar... Elazar dove sei?» Sussurrò Gherson.

Si udì il rumore di una maniglia e un'anta si schiuse.

Elazar venne fuori tutto intimorito. «Papà, sono qui.»

Gherson gli fu subito accanto accogliendolo tra le sue

braccia. «Che incubo, piccolo mio... ti hanno trattato male?»

«No papà, però hanno ucciso Aumar e pure Roskar!»

Il bimbo ora tremava come una foglia con gli occhi chiusi dalla paura.

«Aumar non è morto.» riprese Gherson.

Subito però fu azzittito da Naivàra: «Le spiegazioni un'altra volta per favore! Ora dobbiamo uscire vivi da qui! Siamo solo a metà dell'opera.»

Percorsero così a ritroso la sala da pranzo ma quando avevano ormai raggiunto la soglia, si materializzò improvvisamente davanti a loro una figura ben conosciuta.

«Dove credete di andare?» Domandò Sieglind, subito fiancheggiato da un'altra decina di Elvaian dietro di lui.

«Lasciaci passare!» Intimò Gherson brandendo Altair.

«Non ci penso proprio!» Ringhiò Sieglind mentre gli Elvaian li circondavano.

Alcuni misero mano agli archi come pure Graven e la stessa Naivàra.

«Deponete le armi!» Ordinò il comandante delle guardie.

«Neanche per idea!» Rispose Gherson a tono.

«Allora preparatevi a morire!» Li minacciò l'altro sprezzante.

D'istinto Gherson nascose Elazar dietro la schiena. «Vigliacco! Vorresti uccidere pure mio figlio?»

Sieglind non replicò limitandosi a fissarlo coi suoi occhi di ghiaccio.

«Tu comunque sarai il primo a lasciare questo mondo, vile assassino!» Intervenne Graven, puntandogli contro la freccia.

Sulla stanza calò un cupo silenzio e l'atmosfera ora si tagliava con il coltello; tutti si guardavano intorno studiandosi a vicenda l'un l'altro.

Alla fine fu Gherson a riprendere la parola: «Perché

hai rapito mio figlio? Perché hai distrutto Leiksar Karim massacrando tutti quegli innocenti?»

«Sono questioni che non ti riguardano! Ti ho già avvisato una volta, sta lontano da noi! Non sei benvoluto qui e se speri che provi rimorso per le mie azioni, sappi che stai sbagliando, io ho solo agito nell'interesse del mio popolo.»

«Chi te l'ha ordinato? Chi?» Domandò Gherson.

«Qualcuno che ha a cuore gli Elvaian!» Rispose lui ostinato.

«Basta con queste scuse, tu sei solo un lurido bastardo!» Tuonò Graven.

«Tu chi sei? Non mi pare di averti mai visto prima.» gli domandò Sieglind quasi irridendolo.

Graven gli sbottò in faccia: «Io invece sì! Io c'ero quella notte, quando hai trucidato i miei compagni, io ti ho visto mentre uccidevi Luvomir senza pietà!»

Naivàra ebbe un fremito e digrignò i denti.

Sieglind invece mostrò una smorfia di disappunto. «Davvero? Pure quando l'ho preso a calci nel ventre?»

Per Naivàra fu davvero troppo. «Maledetto!» Gridò e scoccò la freccia che un istante dopo squarciò il petto di Sieglind sotto la clavicola.

Il comandante delle guardie cadde a terra lacerando l'aria con un urlo di dolore.

«No! Lo volevo vivo, dannazione!» Urlò Gherson.

Subito dopo Graven scagliò la sua che ne atterrò un altro.

Anche tre Elvaian lanciarono le loro ma Graven era già scomparso, mentre Naivàra riuscì giusto in tempo a gettarsi a terra e fu colpita solo di striscio al braccio; Gherson invece fu centrato in pieno ma la freccia non provocò alcun danno, perché sotto la divisa elvain era nascosta la cotta di Elaiar: gli avversari rimasero attoniti come pure Naivàra e il piccolo Elazar. In tutta quella confusione Graven ne approfittò per colpire altri due Elvaian che rovinarono al suolo senza un'apparente spiegazione.

Allora si udì un gran trambusto provenire dalle sale adiacenti, seguito da strepiti e clamori.

«I Mavourg! I Mavourg!»

Chiunque si arrestò spaventato da quelle nuove grida. «Che altro sta succedendo?» Domandò Gherson toccandosi il ventre dolorante.

Naivàra, stringendo il braccio ferito, raggiunse una finestra e schiuse le ante; subito sbiancò in viso perché sotto di loro l'intero borgo era in fiamme e uno stuolo di Mavourg stava avanzando verso il maniero: alcuni avevano già superato il cancello, soverchiando la fragile difesa dei pochi difensori rimasti.

«Ierax, aiutaci!» Tuonò Gherson; furono le prime parole che gli vennero in mente.

«Che facciamo?» Chiese Naivàra.

«Presto, saliamo sulla torre!» Suggerì Gherson afferrando Elazar per mano.

«Anche tu, Graven!» Vociò poi sollecitando il Videar ancora invisibile, mentre un altro avversario cadeva a terra poco distante con il fianco squarciato.

Gli Elvaian sopravvissuti andarono a chiudere la porta d'accesso alla sala in un ultimo disperato tentativo di difendersi dai Mavourg, divenuti improvvisamente il nemico più temibile.

Mentre Naivàra ed Elazar correvano alla torre utilizzando un corridoio laterale, Gherson s'inginocchiò di lato a Sieglind che boccheggiava schiumando sangue dalla bocca.

«Perché la regina ti ha ordinato di rapire mio figlio? Ti prego, dimmelo!»

Sieglind però lo sfidò un'ultima volta con lo sguardo e poi spirò.

Gherson strinse i denti in un gesto di stizza e si allontanò seguito a breve da Graven che reggeva un fardello insanguinato in mano.

I quattro raggiunsero così la rampa di scale che portava alla cima della torre, mentre i Mavourg, dopo aver trucidato gli Elvaian colti alla sprovvista, già si erano diretti al loro inseguimento come cani affamati.

Ierax e il Woikan piombarono dall'alto e li portarono via con loro, salutati da un nugolo di frecce che fortunatamente fallirono il bersaglio.

CAPITOLO XXIII

Dopo aver volato a lungo, Gherson e i suoi compagni decisero di fermarsi poco prima dell'alba per riposare, atterrando in un'angusta radura tra i pini; sinceratisi che non ci fossero malintenzionati nei paraggi, accesero un fuoco anche perché Elazar era tutto intirizzito. Gherson curò la ferita di Naivàra con alcune erbe medicamentose che trovò nei dintorni e con gli unguenti di Aumar, fortunatamente era solo una brutta escoriazione; infine i quattro si raccolsero attorno al falò avvolti nei loro mantelli.

«Vorrei proprio sapere come mai i Mavourg erano a Flind?» Borbottò Naivàra nervosa fra i denti.

«Già! Anch'io vorrei capire perché dovunque andiamo, ce li troviamo sempre tra i piedi.» commentò Graven sarcastico.

Naivàra non sembrò gradire quell'affermazione e soprattutto l'inflessione della voce e così lo puntò scura in volto. «Che intendi dire?»

Graven fece spallucce e replicò a tono: «Io?! Nulla, era solo una constatazione, tu piuttosto, perché ti accendi subito? Ho forse detto qualcosa che non dovevo?»

«Smettila di fare l'idiota, lo so benissimo che cosa pensi.» ribatté lei.

«Che cosa penso? Questi sono affari miei! Comunque io non ho segreti per nessuno, se tu la misteriosa... non sono stato io a fuggire da Leiksar Karim senza fornire spiegazioni!»

Naivàra gli si appressò minacciosa. «Ancora con questa storia... Ora basta! Mi hai proprio stufato!»

Gherson, vedendo la malaparata, si frappose fra i due. «Insomma la volete smettere? Non vi sembra che abbiamo già abbastanza problemi da litigare pure fra noi?»

Anche Elazar fissava sgomento la scena.

Trascorsero alcuni istanti poi Naivàra si voltò di spalle allontanandosi tra gli alberi.

«Dove stai andando?» Le gridò Gherson ma lei non rispose.

Fu Graven invece a terminare la discussione in tono polemico: «Lasciala stare… è sempre stata così, poi le passerà, fermo restando che il suo atteggiamento non mi convince affatto; ci sono troppi episodi da chiarire ed è ora di sapere, una volta per tutte, se possiamo fidarci di lei oppure no!»

Gherson rifletté un attimo su quelle parole, poi rispose: «Io la conosco poco, però mi sembra che in questi giorni si sia comportata lealmente; certo, tu l'hai frequentata anche prima e se hai delle perplessità a questo punto è giusto appurarle. Su un fatto comunque concordo, ha un carattere davvero singolare.»

Gli occhi di Graven brillavano nella notte. «Dovrebbe spiegarti, ad esempio, perché è fuggita all'improvviso da Leiksar Karim! Quella sua aria misteriosa mi da proprio ai nervi!»

Gherson sospirò, mentre le mani sfregavano inquiete la barba. «Per favore, rimani con mio figlio mentre vado a cercarla.»

Camminò per un po' facendosi strada tra le felci e i cespugli che ostruivano il passaggio, fino a trovarla in un esiguo spiazzo tra gli alberi intenta a meditare.

«Che cosa vuoi?» Esordì lei bruscamente senza voltarsi.

Gherson le rispose risoluto: «La verità.»

«Che razza di domanda è questa?» Replicò Naivàra esitante.

L'altro corrugò la fronte contrariato, evidentemente non gli era piaciuto il tono della risposta, difatti ribatté subito dopo: «Va bene, mettiamola così allora... perché sembra che ce l'hai sempre col mondo intero?»

Naivàra si girò verso di lui con le braccia conserte, quasi in atteggiamento di sfida. «Non sono fatti che ti riguardano.»

Gherson allora si sedette su un sasso lì vicino e respirò profondamente cercando di mediare ancora una volta: «Tempo fa conobbi una persona che aveva lo stesso tuo sguardo e nascondeva un terribile segreto, si portava dentro una colpa che gli pesava come un macigno sull'anima ma non voleva condividerla con nessuno; si chiamava Nestor.»

Naivàra continuò a scrutarlo impassibile coi suoi occhi profondi.

Gherson per nulla intimorito andò avanti: «Se vuoi, puoi parlarmi di te...»

«Perché dovrei? Chi ti credi di essere? Non sei nessuno!» Terminò in modo stentoreo.

«Se non sono nessuno, allora perché hai deciso di seguirmi?» Riprese Gherson cercando di coglierla in fallo.

Lei strinse le labbra accennando un sorriso ironico: «Quanto sei idiota... ma in fondo voi uomini siete tutti uguali! Pensi davvero che sia qui per te?»

Subito si trattenne mentre un'espressione seccata le si dipingeva sul viso, aveva detto qualcosa di troppo.

Gherson si accese in volto e cambiò espressione: «Se non sei qui per me, allora spiegamelo tu che ci stai a fare? Ah ora ho capito... te la intendevi con quel bastardo di Sieglind ed eri venuta a sincerarti che non spifferasse il tuo nome, per questo gli hai chiuso la bocca!»

Gli occhi di Naivàra scintillarono d'ira: «Io non ho mai tradito Luvomir, non sono stata io! Quante volte lo devo ripetere!? Non permetterti mai più simili illazioni!»

Portò la mano all'elsa della spada.

Anche Gherson perse per un attimo la calma e si alzò. «Allora perché ti agiti tanto?»

Si accostò e l'afferrò per le spalle, poi la scosse bruscamente. «Non lo ripeterò più, quale segreto ci nascondi? Non costringermi a usare altri mezzi per estorcerlo!»

La scansò da sé e si allontanò un po' cercando di calmarsi.

«Papà, papà, che succede?»

Elazar li aveva raggiunti, assistendo all'ultima parte della scena.

«Niente figlio mio, niente... stavo solo discutendo con Naivàra in merito a una questione. Non aver timore, torna pure a riposarti, presto dovremo partire.»

Il piccolo si sentì sfiorare la schiena da Graven comparso dietro di lui. «Tuo padre ha ragione, vieni con me, torniamo vicino al fuoco e lasciamoli soli, Naivàra ha alcuni segreti da raccontare...» terminò la frase guardandola ironico.

«Finiscila sottospecie di camaleonte, non sei per nulla spiritoso!»

Graven non raccolse la provocazione ma le voltò le spalle e si allontanò con Elazar, Naivàra invece si sedette sfiorandosi nervosamente i capelli.

«Allora, perché te ne sei andata da Leiksar Karim?» Le domandò Gherson incalzandola, dato che non era più intenzionato a lasciare la questione in sospeso; la rimirava come un cacciatore che ha appena snidato la preda.

Naivàra scosse il capo stringendo ancor più forte la folta chioma.

«Avanti!» La sollecitò di nuovo Gherson avvicinandosi impaziente.

«Forse la domanda giusta sarebbe perché mi recai a Leiksar Karim.»

Gherson questa volta la rimirò più conciliante, quindi

la invitò di nuovo a parlare: «Va bene... continua pure.»

«Non ho mai conosciuto i miei genitori perché sono morti quando ero ancora in fasce, sono invece cresciuta con Fleed, il mio unico fratello ovviamente più grande di me, che mi accudiva in tutto e per tutto e che io adoravo tantissimo. Un giorno, come spesso capitava, uscì in perlustrazione dalla nostra valle ed io gli chiesi di accompagnarlo; inizialmente lui si rifiutò, ripeteva che era troppo pericoloso e che non sarei stato in grado di difendermi se ci avesse attaccato qualche fiera: io però non ero dello stesso avviso e alla fine lo convinsi. Mentre eravamo nel bosco, un orso ci assalì, Fleed si frappose immediatamente ordinandomi di fuggire; quando tornai coi rinforzi, ne rinvenimmo il corpo straziato senza vita. La sua perdita fu un altro duro colpo da accettare, considera che avevo solo dieci anni. Rimasta ormai sola, andai a vivere dall'unico parente rimastomi, mio zio Arghàn il fabbro; trascorrevo intere giornate nella sua fucina, osservando con interesse come creava gli utensili e soprattutto le armi: restavo ammaliata dalle loro forme e mi ripromettevo che un giorno avrei forgiato una spada fuori dal comune per diventare la migliore guerriera dei Tindainuin. Mio zio aveva due figli con cui non andavo d'accordo perché erano arroganti e prepotenti e mi trattavano come una serva; a onor del vero anch'io avevo già un carattere risoluto ed ero sempre meno propensa a sottostare ai propositi di qualcun altro. Come hai avuto modo di notare, anche le donne del mio popolo possono imbracciare le armi qualora necessario, io però desideravo diventare una vera combattente non solo per difendermi dai nemici, nella fattispecie dai miei cugini, ma anche per salvaguardare la mia indipendenza. Fu in quel periodo che conobbi Varsyl, un centauro venuto a stabilirsi da noi Tindainuin; lui mi insegnò minuziosamente le arti della guerra, tanto che a seguito dell'ennesimo screzio sconfissi e umiliai entrambi i miei cugini. Lo zio Arghàn dovette allontanarmi di casa e così andai a vivere da Varsyl. Samuyr frattanto era divenuto nostro re e lo convinsi a reclutarmi nella sua guardia personale. Come puoi immaginare, non fu una brillante idea; da una parte dovevo sempre dimostrare di essere all'altezza, dall'altra ebbi molti fastidi a causa della mia indole turbolenta: più di una volta Samuyr fu costretto a intervenire minacciando anche di esiliarmi dalla vallata. Ora avvenne che un giorno uscimmo dalla conca in perlustrazione lungo la costa, c'era pure Lingar con noi e in tutto eravamo una decina; a un certo punto incontrammo degli Elvaian lungo la via.»

«Degli Elvaian così a settentrione?» Domandò Gherson incuriosito.

Naivàra non si scompose più di tanto e continuò: «Guarda che gli Elvaian non abitano solo a Sivarin ma anche in altri luoghi. Dalle nostre parti ad esempio c'è Grondar, la città dalle porte d'oro e poi nel profondo della foresta si trova Veiclan, dove gli Elvaian dimorano in abitazioni costruite su enormi alberi dalla corteccia argentata, così alti che sembrano quasi toccare il cielo. Bene, come ti accennavo, durante questa escursione notammo degli Elvaian che avevano fatto prigioniero un Ulaur.»

A Gherson si illuminarono gli occhi. «Un Ulaur!?»

«Sì certo! Li hai già conosciuti?» Domandò questa volta Naivàra.

«No, non personalmente ma ne ho sentito parlare, so che qualcuno li ha intravisti su Arvhèia.»

Naivàra rimase un istante a riflettere. «È probabile, si narra infatti che gli Ulauar discendano da Havaris; quello sventurato dopo aver ucciso il fratello Euleos, fu costretto a fuggire per nascondersi dall'ira di Ascalon. Una notte tuttavia, stanco e stremato, si rintanò in un antro in mezzo al bosco e lì conobbe Megàra, un'oscura creatura serva di Darkos; Havaris però non sapeva chi fosse e rimase irretito nelle sue brame: Darkos infatti desiderava la nascita di una nuova razza sottomessa al suo volere, gli Ulauar per l'appunto e così Megàra si unì ad Havaris rimanendo incinta. Tempo dopo quella strega partorì cinque Ulauar all'insaputa di Havaris già fuggito altrove, braccato com'era da Ascalon. Quando il genere umano fu esiliato su Arvhèia, la stessa sorte toccò anche a Megàra e a quattro dei suoi figli; quell'essere immondo infatti ne abbandonò uno su Ghenesia perché malato. Quest'ultimo fu rinvenuto da Zivros che lo condusse dai Mavourg dove venne curato; divenuto adulto si accoppiò con alcuni di loro perpetuando la sua discendenza. Col tempo gli Ulauar si dissociarono dai Mavourg perché ancor più litigiosi e soprattutto perché non disdegnavano di nutrirsi dei cadaveri dei loro alleati. Si trasferirono nelle lande desolate del Noren e il maremoto che concluse la prima era non li separò dal resto di Avigar, né tantomeno ci riuscì Ilvàren, poiché avevano imparato a vivere nascosti nel profondo della foresta e nelle paludi. Per quanto ne sappia, non se ne vedono molti in giro, anche perché gli Elvaian danno loro una caccia sfrenata, tuttavia talvolta qualche Ulaur trova il coraggio di uscire allo scoperto, più che altro per infastidire quegli insensati che si azzardano a girovagare da soli nella foresta. Ora però torniamo a noi; benché gli Ulauar facciano ribrezzo, non mi andava proprio a genio che gli Elvaian lo stessero torturando e così intimai loro di liberarlo. Sfortunatamente il comandante di quel drappello mi apostrofò in malo modo ricordandomi le nostre origini e minacciandoci tutti; ovviamente la tensione salì alle stelle finché accadde l'irreparabile: un Elvain scoccò una freccia che ferì Turgon, uno dei nostri. Puoi ben immaginare che cosa accadde dopo; smontai da cavallo e li massacrai tutti, compreso il loro capo. Era la prima volta che ammazzavo qualcuno, in passato avevo ucciso solamente degli orsi o dei lupi; così rimasi a fissare inorridita i loro volti e poi decisi di fuggire. Non tornai con gli altri però, mi rimordeva troppo la coscienza e mi recai invece a Leiksar Karim, forse lì avrei trovato un po' di pace. Seppi in seguito che i miei compagni erano riusciti a nascondere le nostre tracce, cosicché la colpa dell'eccidio non ricadde sulla mia gente; tutto ciò però non cambiò il mio stato d'animo.»

«Hai mai ottenuto la serenità che cercavi?» Chiese Gherson in piedi di fronte a lei.

Naivàra alzò il capo e lo fissò negli occhi. «No! Purtroppo ho trovato di peggio.»

Il suo viso si contrasse in modo quasi innaturale.

«Spiegati meglio.»

Naivàra fu colta da un fremito. «Ora ci arrivo... Una notte di quest'ultimo Noldair non riuscivo a prender sonno e così mi recai nella biblioteca per leggere qualche antico testo. Stavo per entrare quando mi accorsi che dentro c'era Luvomir seduto di spalle di fronte al tavolo; non si era accorto di me perché assorto a meditare gli scritti di una pergamena a lume di candela. Preferii non disturbarlo perché sembrava molto preoccupato, scuoteva infatti la testa e sospirava, tanto che alla fine batté il pugno sconsolato. –Era meglio se Einemos non mi avesse mai rivelato l'esistenza di questo documento... Ora capisco perché Valdor l'aveva nascosto senza confidarsi con nessuno! Questo scritto deve assolutamente sparire prima che finisca in cattive mani... –, mormorò poi a bassa voce. D'istinto l'arrotolò accostandolo alla candela ma inspiegabilmente la pergamena non prese fuoco. – Maledizione! È proprio come temevo, questo documento è indistruttibile! Deve essere protetto da chissà quale dannato incantesimo! Devo riporlo dov'era, in attesa di trovare il modo di sbarazzarmene una volta per tutte. – Quindi raggiunse uno scaffale, spostò alcuni rotoli e toccò una pietra nel muro. Si udì un cigolio sordo alla sua sinistra e parte della parete si scostò; comparve così una porticina che dava accesso a una scala a chiocciola e Luvomir ne scese gli scalini. Immaginati il mio stato d'animo in quel momento, avevo gli occhi sgranati dallo stupore e il cuore mi batteva forte in petto, dovetti usare tutto il mio sangue freddo per evitare di essere scoperta; tuttavia la curiosità era troppa e così decisi di seguire il maestro di soppiatto: più in basso c'era una cripta a crociera di cui ignoravo l'esistenza. Luvomir accese una lampada a olio che illuminò di luce fioca quell'ambiente angusto; feci giusto in tempo a vederlo sistemare la pergamena dentro un forziere che poi nascose in una nicchia nel muro, quindi ritornai nella mia camera. Nei giorni seguenti meditai spesso su quell'episodio e poco alla volta crebbe in me la voglia di scoprire che c'era scritto di così terribile in quel testo; doveva essere davvero importante se aveva sconvolto tanto il maestro. Fu così che una notte ruppi gli indugi; dopo che tutti erano rientrati nelle loro stanze, uscii dalla camera e raggiunsi il sotterraneo segreto. Una volta all'interno illuminai la cripta con un po' di luce, presi la chiave, aprii lo scrigno e afferrai la pergamena... Povera me, al solo pensiero già vengo meno! Vi gettai sopra lo sguardo, c'erano scritte parole in una lingua sconosciuta; fu un attimo, le lessi a bassa voce e sarebbe stato meglio non l'avessi mai fatto...»

Naivàra abbassò di nuovo il viso e si turò le orecchie con le dita, quasi non volesse udire pure lei quello che stava per dire; tremava come una foglia.

Gherson aspettò pazientemente, finché Naivàra riprese coraggio e andò avanti. «Quando ebbi terminato, la lampada si spense e la cripta si oscurò di nuovo, comparve una fitta nebbia che velò l'ambiente, quindi si udì una voce provenire dal profondo della tenebra. –Coraggio piccola, che cosa vuoi da me? –»

Gli occhi di Naivàra ora sembravano spiritati.

Gherson ebbe un sussulto. «Chi era?»

«La voce di Darkos!» Tremò lei scossa dal panico.

«Darkos?!» Esclamò Gherson incredulo.

«Sì, proprio lui...» confermò la guerriera sempre più sconsolata; esitò un attimo poi riprese: «...Quelle formule erano state scritte proprio dall'oscuro in tempi remoti; temendo ormai di esser cacciato da Ghenesia per le sue malefatte, Darkos riportò su quei fogli alcuni rituali magici che gli avrebbero permesso di rientrare in contatto col nostro mondo, qualora fossero stati nuovamente pronunciati per intero.»

Gherson la guardava incredulo a bocca aperta e solo dopo un lungo sospiro la invitò a proseguire già temendo il peggio.

«–Cara, non aver paura, hai già capito chi sono, non è vero? –, mi sussurrava suadente. Avvertivo però intorno a me una spiacevole sensazione, come se una serpe invisibile mi stesse avvolgendo nelle sue spire. Provai a fuggire ma mi mancavano le forze, quella voce aveva un potere tremendo e rimasi quasi paralizzata. –Su non spaventarti, immagino già le fandonie che ti hanno riferito riguardo a me... tuttavia se mi obbedirai, non ti accadrà nulla. Dai, continua a leggere, quelle parole adesso apriranno pure un varco tra Ghenesia e gli altri mondi, così i miei servi potranno andare dove vogliono; il tuo aiuto è indispensabile, Malion infatti deve raggiungere Arvhèia per occuparsi di un uomo che mi sta particolarmente a cuore...–»

Gherson rabbrividì e in quel momento gli sovvennero le parole di Valdor che non riusciva a comprendere come i demoni fossero riusciti a raggiungere Arvhèia; ora la verità era venuta a galla.

«Tu allora?» Domandò a questo punto, già immaginando il seguito.

Naivàra comprese che Gherson aveva ormai intuito tutto, così in un estremo tentativo di difendersi alzò la voce. «Ti giuro che ho cercato di resistergli in ogni modo! Ci ho provato, ma lui mi ghermiva, assillava di dubbi la mia mente, si faceva forte delle mie debolezze, infine mi strinse alla gola. Non riuscivo più a respirare...»

D'istinto si portò le mani al collo. «–Leggi! Leggi!!!– Mi ordinò ed io purtroppo obbedii come una stolta, solo allora mi lasciò libera. Caddi a terra in ginocchio esanime, mentre la sua orribile presenza scompariva perdendosi in una risata stridula. Subito mi resi conto dell'enorme errore commesso, ti giuro che avrei preferito morire! In quel momento però fui colta dal panico, chiusi di nuovo la pergamena e fuggii. Sì, fuggii via perché non potevo più affrontare lo sguardo dei miei amici! Che cosa avrebbero pensato di me se avessero saputo dell'accaduto? Mi sentivo un verme, avevo tradito tutti, avevo tradito il mondo intero! Allora tornai dalla mia gente e chiesi perdono a Samuyr supplicandolo di rimanere con loro. Cercai inutilmente di dimenticare quei momenti terribili, ma il loro ricordo mi assilla ancora come un incubo; ogni giorno sono tormentata dai sensi di colpa perché so di aver causato molte sofferenze... anche a te.»

Sollevò timidamente gli occhi, cercando un po' di comprensione.

«Perciò t'inseguii con lo sguardo dopo la battaglia al passo di Iefùn, ero consapevole di aver sconvolto la tua vita; poi ti sono venuta a cercare il giorno dopo, avevo voglia di parlarti, conoscere la tua storia, apprendere fino a che punto ti avevo fatto soffrire... ma anche allora non ne ho avuto il coraggio. Mi vergognavo e soprattutto avevo paura della tua reazione e poi... mi avresti mai creduto? La notizia della caduta di Leiksar Karim è stata il colpo di grazia, per cui sono tornata di persona a costatare la conseguenza della mia stupidità. Quando ho visto tutte quelle rovine, ho desiderato davvero morire. Che senso ha la mia vita ormai? Sarebbe stato meglio se non fossi nata... sarò maledetta da tutti! Naivàra, la donna che ha venduto la creazione a Darkos! Comprendi adesso chi sono? Maledetta, che io sia maledetta! Ho distrutto tutto, ho distrutto tutti!»

Strinse forte i pugni alzandoli al cielo.

Gherson rimase in silenzio mentre lei piangeva singhiozzando; alla fine si era sfogata ma si sarebbe mai liberata dai suoi rimorsi?

«Posso comprendere i tuoi sentimenti, continuare a incolparti però non cambia nulla.» le disse infine.

«Tu non capisci... quante persone sono morte a causa mia?» Ribatté lei affranta cercando per un attimo il suo sguardo.

«Ormai quel che è fatto è fatto, non si può tornare indietro.»

«Non mi perdonerò mai... non mi perdonerò mai!» Continuava a ripetere Naivàra come una nenia, scuotendo mestamente la testa.

Gherson l'afferrò per un braccio e la sollevò. «Ora basta! Ascoltami, non voglio sollevarti il morale con inutili chiacchere, la verità è che hai sbagliato e ti sei comportata da idiota, soprattutto non dovevi fuggire ma raccontare tutto a Luvomir, forse lui avrebbe potuto trovare una soluzione. È vero, le tue azioni hanno cambiato il corso degli eventi anche su Arvhèia, nessuno però è in grado di sapere che cosa sarebbe accaduto se avessi agito diversamente, magari avremmo dovuto affrontare guai ben più seri! Ora quel che conta è la realtà, siamo appena scampati a un attacco dei Mavourg e dobbiamo recarci a Sivarin. Sei valorosa in battaglia, non lasciarti ingannare dai tuoi fantasmi e... ho un'ultima cosa da dirti: sono convinto che Yrshar appianerà tutto; non sono parole buttate a caso, perché nella mia vita è successo proprio così!»

Solo allora allentò la presa e si rabbonì.

Naivàra asciugò le lacrime quasi vergognandosi. «Grazie Gherson, non dimenticherò mai le tue parole.» poi insieme tornarono sui loro passi.

Riposarono un paio di siklein finché si fece giorno.

Naivàra si appressò a Gherson già in piedi taciturno. «Che hai? Ti vedo turbato...»

«C'è qualcosa di strano nell'aria, avverto una presenza ostile nei paraggi... qualcuno mi sta cercando insistentemente e non mi piace affatto; non ti sei accorta di quest'insolito tremolio delle foglie? Anche la natura è in subbuglio.»

Naivàra fu scossa da un fremito. «A pensarci bene, in quella direzione c'è Lantaur.» e indicò oltre una collina a occidente.

«Era la dimora di Vrakur, prima che cadesse Ilvàren.» gli spiegò Naivàra.

A Gherson s'illuminarono gli occhi. «Allora è lui! Dimmi, dove si trova questo posto?»

«No Gherson! È troppo pericoloso.» replicò lei intimorita.

«Ho un conto in sospeso con quel mostro e ho fatto una promessa!» Ribatté lui risoluto.

Naivàra lo strinse alle spalle con l'intenzione di farlo recedere dalle sue intenzioni.

«Ma... c'è tuo figlio con noi! Non possiamo affrontarlo, sarebbe troppo pericoloso!»

«Infatti ci andrò da solo!»

«Tu sei pazzo! Non se ne parla proprio!» Protestò la

Tindainun, lui però la scansò. «Ascoltami, io devo andare! Mi sta cercando, avverto la sua ira, è meglio che l'affronti prima che quel mostro combini altri guai! Non potete venire con me, di certo si approfitterebbe di voi, conosco bene la sua crudeltà; devo affrontarlo da solo!»

«Ma Gherson...» reagì ancora Naivàra.

«Obbediscimi e basta!» Il suo sguardo inflessibile questa volta non ammetteva repliche per cui seppur controvoglia, Naivàra si adeguò al suo volere.

«Noi che faremo allora?»

«Aspettatemi qui e se non dovessi tornare entro mezzogiorno, fuggite a Sivarin e cercate Lyanchor, è l'unico di cui mi fido! Proteggete mio figlio, ve ne prego.»

Seguendo le indicazioni di Naivàra, Gherson si diresse verso un gruppo di rilievi montuosi dalla folta vegetazione, ricca di faggi, lecci, roveri, castagni e ontani, dove riposavano placidi alcuni bacini lacustri. Uno di questi ne attirò l'attenzione per il particolare colore delle acque, di aspetto lattiginoso e per il denso vapore che aleggiava intorno; decise pertanto di puntare proprio lì studiandone le forme dall'alto. Il lago era piuttosto ampio ma non molto profondo con rive frastagliate e circondato da rocce rossastre e brune, intorno però non c'era anima viva, si avvertiva invece un forte livore. Una volta al suolo Gherson si approssimò circospetto alla riva; l'acqua era calda e affluiva da alcune sorgenti che calavano delle alture circostanti. C'era un mefitico odore sulfureo nell'aria e sulla superficie si sviluppavano minuscole bollicine con gorgoglii abbondanti; lungo i margini della costa poi, l'atmosfera era resa più inquietante dai resti di piccoli animali mummificati e dalle loro ossa.

«Questo luogo mette proprio i brividi e l'acqua dev'essere avvelenata, a giudicare da quello che vedo intorno... non mi sembra proprio un ambiente salutare.» mormorò Gherson a bassa voce.

«Infatti non ci camperai molto!»

La voce fu seguita da un rumore fragoroso e le acque del lago si agitarono brontolando, subito dopo Vrakur ne uscì tra schizzi enormi. Aveva un aspetto ancor più truce del solito: un'enorme cicatrice gli deturpava l'orbita destra e scrutava Gherson malevolo con l'unico occhio rimastogli. «Sssapevo che sssaresssti venuto maledetto... Ti sssto cercando per ucciderti e quesssta volta ci riusssscirò.»

«Ho percepito la tua presenza ma non illuderti, non ho paura di te!» Replicò l'altro abbassando la visiera.

Ierax lo ammonì: «Coraggio affrontiamolo insieme, sprizza odio da tutti i pori.»

Gherson obbedì e cavalcò l'Aldeivar; con un rapido balzo si alzarono in volo, evitando per poco la fiammata che Vrakur gli indirizzò contro.

«Sai benissimo che non puoi sconfiggermi!» Lo irrise Gherson.

L'altro schizzò fumo dalle narici e subito gli fu dietro. «Quesssto lo dici tu! Non essserne troppo sssicuro, ti ssschiaccerò come un verme!»

«Devi approfittare della sua menomazione, attacchiamolo sempre da destra.» suggerì Ierax al compagno.

Gherson allora afferrò l'arco e sfilate due frecce dalla faretra le scagliò in volo contro il Nuràrgh con l'intenzione di colpire l'occhio sano.

Vrakur riuscì a evitarne una, mentre l'altra lo centrò sotto la mascella; il suo grido di dolore lacerò l'aria, poi però si gettò come una furia impazzita contro gli avversari. Questa volta Vrakur era consapevole di affrontare un nemico degno di tutto rispetto, per cui doveva agire rapidamente sfruttando le proprie qualità; non poteva permettersi di concedere a Gherson alcun vantaggio, tanto meno che il cavaliere alato approfittasse delle sue menomazioni.

Ierax virò bruscamente ma non riuscì a schivare il Nuràrgh, perché Vrakur li colpì in pieno con un repentino colpo di coda; l'urto fu tremendo e Gherson fu sbalzato dal compagno precipitando giù. L'Aldeivar stridette e cercò di afferrarlo raggiungendolo a pochi passi dal suolo e artigliandolo quel tanto che basta per frenarne la caduta, tuttavia non riuscì a risollevarsi in tempo ed entrambi terminarono la loro corsa urtando contro le rocce prossime alla riva. Gherson gemette di dolore, nell'impatto infatti si era incrinata più d'una costola benché fosse protetto dall'armatura e adesso aveva difficoltà a respirare; nonostante tutto si rialzò, sebbene ancora stordito guardandosi intorno, Ierax invece giaceva poco distante e sembrava aver accusato il colpo pure lui.

Vrakur mirava trionfante la scena dall'alto, sapeva di trovarsi in una posizione vantaggiosa e voleva sfruttarla ad ogni costo senza commettere il precedente errore di sottovalutare il nemico, così gli si gettò addosso investendolo con una possente vampata di fuoco. Gherson non fece in tempo a estrarre Altair e fu raggiunto dalle fiamme avvampando come una torcia; fortunatamente fu preservato ancora una volta dall'armatura, tuttavia per quanto ancora avrebbe potuto resistere? Tra l'altro in quelle condizioni non era in grado di difendersi né di fuggire, perché il calore gli bruciava l'aria in gola soffocandolo, mentre il suolo tutt'intorno ardeva fumante.

Vrakur fu subito a terra, afferrò Ierax e lo scaraventò lontano. «Sssparisci ssstupido volatile, devo terminare il mio lavoro.» poi si diresse da Gherson e gli vomitò addosso altre tre fiammate, quindi strabuzzò gli occhi e ringhiò di piacere: «Godo a vederti sssoffrire, sssei veramente una nullità. Helgrund mi ringrazierà del ssservizio ressso, morto tu, Ghenesssia sssarà nelle nossstre mani.»

A quel punto lo sovrastò con tutto il corpo, poi l'afferrò accostandolo alla bocca untuosa di saliva per rimirarlo ben bene. «Prima di triturarti coi miei denti, c'è un'ultima cosssa che devo sssapere: dov'è tuo figlio?»

Gherson aprì gli occhi un istante e accennò una timida reazione con quel poco di forze che ancora aveva. «Mio figlio? Che cosa vuoi da mio figlio? Lasciatelo in pace... almeno lui.»

Dalle narici del drago uscì un getto di fumo, quindi serrò Gherson tra le dita per stritolarlo. «Non sssei in grado di dettare condizioni! Dimmi dov'è tuo figlio e ti farò morire sssubito, altrimenti rimpiangerai di essser nato; ti ssscorticherò un po' alla volta e mi sssazierò della tua carne, mentre sssei ancora vivo.»

Ierax ripresosi dal colpo precedente emise uno stridio agghiacciante e si gettò contro Vrakur nel tentativo di salvare il suo cavaliere; il Nuràrgh si distrasse quel tanto che basta e Gherson ne approfittò per estrarre Altair e affondarla nell'arto della bestia.

Un nuovo ululato squarciò l'aria, Vrakur allentò la presa e Gherson si lasciò cadere a terra, mentre l'avversario vomitava un oceano di fuoco contro Ierax che fu costretto a indietreggiare per non essere investito dalle fiamme.

Vrakur afferrò di nuovo Gherson proprio con l'arto offeso e lo inondò del suo sangue, poi lo gettò furibondo contro le rocce; questa volta Gherson batté il capo su una pietra spigolosa e venne meno, mentre Altair rotolò al suolo poco distante dal suo padrone.

Vrakur allora l'acciuffò di nuovo tenendolo per gli artigli e lo trascinò nel lago. «Ti farò annegare come un topo di fogna ssse non mi riveli dov'è tuo figlio!»

Così dicendo gli spingeva giù la testa.

Il contatto con l'acqua fetida risvegliò Gherson che boccheggiò cercando di trattenere il respiro, ben presto però gli mancò l'aria.

Per l'ennesima volta Ierax piombò su Vrakur ma questi lo scansò con un poderoso colpo d'ala, tanto che l'Aldeivar finì per scontrarsi contro alcuni massi e stramazzò tramortito nella polvere.

Vrakur ringhiò al cielo tutta la sua gioia perché Gherson era nelle sue grinfie e non si dimenava più ed Ierax era fuori combattimento pure lui; aveva quasi raggiunto il suo scopo, gli serviva solo quell'ultima informazione per tornare vincitore da Helgrund.

Proprio allora le sue squame furono raggiunte da un sasso.

«Lascia stare mio padre! Lascialo stare!»

Vrakur fu colto dalla curiosità e mollò la presa.

Tra le rocce comparve un ragazzino che gli scagliò contro un altro ciottolo. «Non fargli più male, hai capito!»

Detto questo, Elazar svicolò dalle braccia di Naivàra che aveva cercato invano di trattenerlo e corse giù nella pietraia.

Gli occhi di Vrakur brillarono di soddisfazione. «Cossì sssaresti tu il piccolo Elazar... e cosssa vorresssti farmi pulce?»

La sua testa si avvicinò pericolosamente al bimbo scuotendo la lingua penzoloni.

«Vattene via!» Gli gridò Elazar agitando le mani in alto.

«Sssì, me ne andrò, ssse è quesssto che desssideri ma tu verrai con me.» sibilò Vrakur, esalando un denso miasma dalle fauci.

Per Graven e Naivàra quelli furono momenti interminabili; Elazar era davanti al Nuràrgh che avrebbe potuto schiacciarlo come una mosca, Gherson galleggiava inerte sulle acque e loro erano completamente impotenti e incerti sul da farsi.

Proprio allora accadde un fatto straordinario; Elazar cambiò aspetto divenendo fulgido come un astro, tanto che Vrakur si ritrasse distogliendo lo sguardo.

«Che cosa vuoi da me?» Domandò Elazar, la cui voce era cambiata, simile a quella di un adulto.

Vrakur esitò perplesso, non erano solo le sembianze del piccolo a turbarlo ma soprattutto l'atmosfera creatasi intorno al bimbo; sembrava in grado di travolgere chiunque e la sua intensità cresceva sempre più.

Alla fine tuttavia il Nuràrgh balenò malvagità dallo sguardo e si rivolse minaccioso ad Elazar: «Darkosss ti vuole... non io! Faresssti meglio a obbedire al sssuo volere.»

«Non sarò mai suo servo! Torna dal tuo padrone e diglielo pure. Ora sparisci! Non ho paura di te.» replicò Elazar per nulla intimorito.

Vrakur s'accese d'ira. «Arrogante come tuo padre... Bene, vediamo ssse ora sssarai dello sssstessso avviso.» dalla sua bocca uscì una vampata furibonda.

Graven e Naivàra urlarono disperati al cielo con le mani nei capelli.

Elazar fu investito dalle fiamme ma rimase illeso tra gli sguardi allibiti dei presenti, si chinò a terra invece e raccolse Altair, che si lasciò prendere nelle sue mani, e subito dopo lacerò la zampa di Vrakur; un fiotto di sangue nero uscì dalla ferita, la bestia ululò di nuovo e iniziò a calpestare il suolo cercando inutilmente di schiacciare il piccolo.

Tutto quel trambusto risvegliò Gherson che, sgomento, vide il figlio splendente come un angelo districarsi tra gli artigli di Vrakur inferocito. Con le ultime forze che aveva in corpo raggiunse la riva, corse da Elazar e lo gettò al suolo schivando Vrakur, poi afferrò la spada e la roteò nell'aria colpendo l'altro arto della bestia.

Vrakur ruggì di nuovo tutto il suo dolore, perse l'equilibrio e rovinò pesantemente nel lago; le acque schizzarono ovunque, mentre il Nuràrgh vi si dimenava dentro furente. A quel punto Gherson gli salì sopra e ne penetrò le squame con Altair fino ad affondarla nel cuore. Vrakur si agitò un'ultima volta tanto che anche la terra fu scossa mentre l'Urwain si teneva ancorato alla spada per non venir sbalzato via, infine la bestia ebbe un fremito, schiuse le ali e spirò.

Gherson ancora ansimante, scese lentamente dal corpo di Vrakur e si avvicinò al figlio, tornato a essere quello di prima.

«Come stai papà?» Gli domandò Elazar preoccupato.

Gherson in effetti camminava zoppicando, premendosi il torace con la mano, il viso poi era tutto escoriato.

«Ho passato momenti migliori... tu invece, che ti è accaduto?» Replicò il padre.

Intanto stavano sopraggiungendo Graven e Naivàra, mentre Ierax aveva appena riaperto gli occhi e fissava confuso il cadavere di Vrakur.

«Papà... non lo so neanch'io, è accaduto lo stesso quando vidi Darkos, anche se di allora non ricordo nulla, fu Malion ad accennarmi che i miei poteri stavano svegliandosi.»

Gherson l'abbracciò fissandolo preoccupato. "Aumar aveva ragione allora... anche Elazar non si trova qui per caso."

Un brivido lo scosse, perché adesso aveva davvero paura per il figlio.

Naivàra intervenne esitante: «Perdonaci se ti abbiamo disobbedito, ma non ce la siamo sentita di lasciarti da solo.»

Gherson le rispose accennando una smorfia di dolore:

«A quanto pare, viste le circostanze, avete fatto bene; ora però, lasciatemi sedere, ho bisogno di riprendermi e di medicare le ferite.»

CAPITOLO XXIV

Le prime luci dell'alba stavano già colorando le onde del mare e Galhan era disteso sul letto al fianco della moglie Ailish, con lo sguardo oltre la finestra velata dalle tende di seta, smosse da una brezza leggera; alla sua destra poco distante s'intravedeva il maestoso faro, orgoglio della città di Sicron, per cui l'abitato era rinomato in tutto il mondo conosciuto. Costruito sopra la scogliera, aveva un basamento quadrangolare slanciato che ospitava le stanze degli addetti e le rampe per il trasporto del combustibile; l'aspetto era quello di una torre ottagonale sormontata da una cupola cilindrica. Nell'intento dei costruttori doveva render più sicuro il traffico marittimo, reso ostico dai banchi di sabbia che si moltiplicavano nel tratto di mare adiacente al porto; consentiva infatti di segnalare la sua posizione attraverso degli specchi di bronzo che riflettevano la luce del sole di giorno, mentre di notte il personale addetto accendeva al suo interno un enorme falò.

Ailish dormiva serena, Galhan ne sfiorò i capelli marezzati d'argento; erano sposati da molti anni e ai suoi occhi appariva ancor più bella del giorno in cui l'aveva incontrata lungo la costa. Dalla loro unione erano nati cinque figli e i primi due erano già sposati; che altro avrebbe mai potuto aspettarsi dalla vita, lui un povero pescatore orfano di entrambi i genitori? Eppure proprio ora, giunto quasi al termine di un'esistenza serena, ecco sopraggiungere le voci di una guerra imminente; Ilvàren era caduta e i Mavourg erano salpati da Mudrùn: Otharion, il re dei Mikeraian, gli aveva inviato dei messaggeri giorni prima per metterlo in guardia.

Galhan aveva ascoltato quegli avvertimenti e aveva subito dato disposizioni in merito, ordinando alle sentinelle di ronda sulle torri di avvistamento di vigilare con la massima attenzione l'intero tratto costiero riferendo ogni movimento sospetto. L'esercito era in stato di allerta e alla popolazione era stato imposto di non allontanarsi da Sicron; il re poi aveva fatto riempire di viveri i magazzini per affrontare un probabile assedio e nessuna nave era più salpata da quei lidi. Ora bisognava solo attendere e sperare che la città riuscisse a resistere all'attacco; se non altro le robuste mura costruite nei tempi antichi per fronteggiare le precedenti incursioni dei Mavourg, avevano sempre retto agli assalti nemici.

Sicron era stata edificata in una vasta insenatura ed era dotata di una cintura difensiva che si estendeva fin quasi al porto. Il tratto di fortificazione che si affacciava sul mare era costituito da un muraglione merlato con torri e forti di difesa sui moli, mentre il resto della fortezza era realizzato su un terrapieno rivestito in pietra con bastioni, fossati e spalti. Tre erano gli ingressi principali, uno davanti al porto e due dalla parte opposta; tutti erano dotati di una tripla cinta con cammini di ronda, due torri ai lati e da un accesso coperto con porte di legno borchiato.

Galhan stava ancora riflettendo preoccupato tra le lenzuola, quando si udì un improvviso rumore di corni in lontananza; il re allora si alzò dal letto e si accostò al balcone, vide così comparire all'orizzonte una flotta immensa di navi e sbiancò in volto.

«Dunque è proprio vero!» Esclamò.

I segnali di allarme si propagarono lungo tutto il litorale. Chi abitava fuori dalle mura uscì in fretta e furia dalla propria abitazione per trovare rifugio nella fortezza, qualcuno però scelse di scappare nei boschi o verso Sivarin ma non tutti riuscirono a salvarsi; alcune navi dei Mavourg, infatti, erano approdate più a valle e le truppe nemiche già sbarcate stavano raggiungendo la città via terra per accerchiarla e impedire ogni possibilità di fuga. Fu così che i Feleraian allontanatisi da Sicron vennero trucidati e le loro teste catapultate all'interno delle mura, terrorizzando ancor più il resto della popolazione.

Dopo essere sbarcati nel porto e aver saccheggiato le case, i Mavourg cinsero d'assedio la città; i primi giorni ne saggiarono le difese ma furono respinti e pertanto preferirono adottare una tattica più attendista, aspettando l'occasione propizia: d'altro canto le scorte alimentari prima o poi sarebbero terminate.

L'intenzione di Helgrund era di isolare Sicron impedendole così di inviare aiuti a Sivarin, il suo vero chiodo fisso; per questo aveva lasciato in rada solo parte della flotta agli ordini di Mansur un suo fido luogotenente. Quasi l'intera armata invece stava ancora navigando sotto il suo comando verso la capitale del regno elvain; sconfitto Uveron infatti, tutta Ghenesia si sarebbe prostrata ai suoi piedi.

Mansur però, d'indole sanguinaria, non aveva alcuna intenzione di indugiare, anche perché voleva ben figurare agli occhi del suo superiore; così sguinzagliò parte dei guerrieri alla ricerca delle condotte sotterranee che convogliavano acqua alla città e dopo tre giorni riuscì a scovarle e a deviarne il corso.

Quando gli abitanti di Sicron si accorsero della tragica realtà, furono colti da un forte sgomento; Galhan udì la disperazione dei sudditi e levò gli occhi al cielo affranto. Chi avrebbe mai potuto salvarli?

Era notte fonda e una brezza soave svegliò Gherson. Si trovavano in una radura erbosa tra imponenti querce secolari a pochi siklein di distanza da Sivarin, tuttavia avevano deciso di sostare lì quella sera perché Gherson, stremato dalle fatiche, si era più volte accasciato sul dorso di Ierax nel corso di quel lungo tragitto; il duello contro Vrakur adesso sembrava esigere il suo prezzo. Naivàra e Graven l'avevano aiutato a medicarsi le ferite e dopo una cena frugale a base di pane secco, lattuga e frutti di bosco raccolti nei dintorni si erano infine addormentati.

Gherson aveva deciso di lasciare subito la valle di Lantaur perché temeva la presenza dei Mavourg nelle vicinanze; peraltro non c'era altro tempo da perdere e comunque dovevano raggiungere subito Uveron, sebbene il pensiero di incontrare il re degli Elvaian gli provocasse più di un turbamento. Come l'avrebbe ricevuto questa volta? Era inutile farsi strane illusioni, la recente fuga da Sivarin non aveva certo giovato alla sua causa; poteva solo augurarsi che Lyanchor e gli altri suoi amici fossero già lì e avessero preso le sue difese. Il dolore al petto tuttavia si era riacutizzato e lo stesso Ierax appariva seriamente provato; anche lui aveva risentito di quel duro scontro e adesso riposava ai margini della radura vicino al Woikan, entrambi con le ali piegate.

Gherson allora si voltò dall'altra parte e vide che Naivàra e Graven stavano dormendo al riparo dei loro mantelli; gettò un occhio su Elazar e fu colto da un fremito: il figlio era sparito. Si alzò e lo chiamò ma nessuno rispose; gli altri due stranamente non si destarono, sembrava che tutt'intorno fosse calato una sorta d'incantesimo, tanto che un insolito silenzio regnava in quel luogo.

«Dannazione! Dove sarà mai andato!» Imprecò Gherson.

Si guardò ovunque e nonostante il buio riuscì a individuare le tracce del bimbo, così si addentrò zoppicando nella boscaglia.

Elazar si era svegliato di soprassalto poco prima del padre, aveva infatti udito di nuovo quella strana voce che lo chiamava per nome; questa volta però aveva seguito il consiglio del vecchio Aumar ed evitando di far rumore si era spinto nella foresta seguendo quel richiamo. Poco distante scorse una luce fioca tra le querce simile a una fiammella che l'invitava proprio lì.

«Ti stavo aspettando.»

«Chi sei?» Domandò lui curioso, giunto ormai a pochi passi da quello scintillio fluttuante nell'aria.

«Sono un messaggero di Yrshar.»

Il bimbo, sebbene perplesso, cercò di sfiorare la fiamma che si lasciò prendere in mano; emanava un calore piacevole.

«Non aver paura, non ti farò del male; sono venuto a cercarti Elazar, perché tu sei l'innocente.»

In quel momento sopraggiunse Gherson che, sbalordito, non intervenne ma rimase nascosto tra i cespugli; in cuor suo avvertiva che il figlio non correva alcun pericolo ed ora desiderava solo comprendere che cosa stesse accadendo.

Pareva che Elazar parlasse da solo, allora s'avvicinò ancora un poco per ascoltare meglio.

«Lui è il Signore e fa bene tutte le cose, se questo è il suo desiderio, io obbedirò.» sussurrò il bimbo.

All'istante la fiamma scomparve lasciando il piccolo da solo. Elazar allora si accinse a tornare sui suoi passi quando Gherson gli si parò di fronte. «Perché ti sei allontanato?»

Elazar non rispose subito ma lo fissò indagandone l'espressione, quasi temesse che il padre avesse scoperto qualcosa, poi sussurrò appena: «Ho sentito qualcuno che mi chiamava e sono venuto qua.»

«Tutto qui?» Fece Gherson.

«Perché?» Domandò il piccolo con una lieve esitazione nella voce.

«Quella luce con cui parlavi?»

Elazar sospirò, il padre aveva visto qualcosa ma forse non aveva compreso tutto, probabilmente infatti, avrebbe reagito diversamente.

Allora rispose in tono dimesso: «Papà, è un mistero anche per me... questo è un mondo nuovo e io lo conosco così poco; era una strana creatura, mi ha detto di stare tranquillo perché nessuno mi farà più del male su Ghenesia, anzi io e te collaboreremo insieme per riportare la pace.»

Gherson si soffermò a lungo studiandone l'espressione, voleva capire se il figlio stesse nascondendo altri misteri. «Per caso ti ha spiegato come?»

Elazar deglutì; ora il bimbo sembrava davvero a disagio ma alla fine trovò le parole per ribattere: «Mi ha parlato dell'albero sacro chiamato Elesian e mi ha chiesto di andare da lui.»

«A far cosa?» Trasalì Gherson. Subito gli tornarono in mente le immagini del suo incontro con l'albero; fu lui stesso a raccomandargli di cercare Elazar. Che nesso poteva mai esserci tra suo figlio ed Elesian? Perché poi l'effige dell'albero era disegnata sul trono di Elazar nella cripta nascosta di Leiksar Karim?

«Non lo so, questo non me l'ha spiegato.» replicò il bimbo.

Il suo atteggiamento però non convinse affatto il padre, difatti Gherson continuò a fissare il figlio che non poté più sostenerne lo sguardo e abbassò gli occhi visibilmente imbarazzato.

Il padre comprese che c'era dell'altro ma preferì soprassedere almeno per il momento, anche perché si sentiva davvero stanco; quanto prima però, sarebbe ritornato sull'argomento: allora lo prese sottobraccio e l'accarezzò. «Va bene così, torniamo dagli altri.»

CAPITOLO XXV

Quel primo pomeriggio i raggi del sole filtravano a sprazzi tra le nubi plumbee, tinteggiando di viola le colline intorno a Sivarin; la città non aveva più quell'aspetto ameno ammirato da Gherson in precedenza, gli eserciti dei Cardaian provenienti da Folkard e le truppe Tindainuin insieme ai centauri infatti l'avevano resa simile a un accampamento militare. Dalle lontane terre di Hundar erano pure giunte delle creature davvero imponenti; erano forse quei giganti di cui gli aveva parlato Aìsian tempo prima? Alti almeno il doppio di un comune mortale, avevano la testa enorme con zigomi pronunciati e la fronte appena accennata; gli occhi di solito erano infossati e avevano la bocca larga, gli arti erano muscolosi e quasi sempre camminavano a piedi nudi, per cui la pelle sotto la pianta era ben spessa. Avevano l'addome globoso e amavano portare il torace scoperto, la folta peluria che lo rivestiva infatti era per loro motivo d'orgoglio; non erano dotati di particolare acume ma si mostravano d'indole buona e sincera.

I soldati intanto correvano ovunque, eseguendo gli ordini dei loro superiori; cercavano di portare a termine i preparativi necessari per affrontare l'imminente battaglia. Anche il resto della popolazione si dava da fare, ognuno secondo le sue possibilità: i fabbri lavoravano instancabili nelle loro fucine per forgiare nuove armi, le donne preparavano le vivande per gli ultimi arrivati, gli altri aiutavano ad allestire barricate o scavavano trincee all'interno della città per ostacolare il cammino del nemico, qualora fosse crollata la cinta muraria; perfino i bambini fornivano il loro contributo nei modi più disparati.

In quel momento Uveron si trovava all'interno della reggia assieme ai consiglieri più fidati; stava discutendo con gli altri sovrani le strategie da intraprendere, dato che gli ultimi rapporti non erano proprio incoraggianti. Lyanchor era stato il primo a giungere con i suoi cavalieri alati riferendo le intuizioni di Gherson ma aveva subito compreso che era stata una pessima idea, perché Uveron era andato su tutte le furie solo a udire il nome dell'Urwain; ancora non aveva digerito l'improvvisa partenza dello straniero, nonostante Galdwjr ne avesse preso le difese. Come si poteva dar credito a quell'estraneo che non sapeva proprio nulla di Ghenesia? In realtà, aveva poi dovuto ricredersi una volta appreso il resoconto delle sue spie, che gli avevano comunicato l'avvenuto sbarco delle navi nemiche lungo le coste; le ultime voci infine erano tutte concordi nel confermare l'imminente arrivo dei Mavourg a Sivarin. La notizia aveva gettato chiunque nel panico, anche perché la flotta di Helgrund aveva coperto l'intero tratto di mare visibile fino all'orizzonte; tra l'altro una parte dei Mavourg stava già assediando Sicron, per cui era inutile aspettarsi rinforzi dai Feleraian che avevano problemi più urgenti da risolvere. A questo punto non rimaneva che rimboccarsi le maniche e sperare; la più grande battaglia di quel tempo era alle porte e toccava proprio a lui comandare la coalizione, perché così doveva essere! Lui e nessun altro! Lui era il sovrano degli Elvaian, la nazione ineguagliabile sotto ogni punto di vista e Sivarin ovviamente l'obiettivo del nemico.

I Mavourg erano ormai dati a quasi due giorni di distanza e le difese erano pressoché approntate. Uveron si sentiva fiducioso, anche perché di Gherson si era persa ogni traccia; gli avevano raccontato delle sue mirabolanti imprese al passo di Iefùn e tutti lo consideravano un eroe, condizione questa davvero intollerabile: l'invidia aveva reso cieco il re degli Elvaian anche di fronte all'evidenza.

Proprio in quel momento Uveron stava impartendo ordini ai suoi comandanti davanti agli altri sovrani che ascoltavano in rigoroso silenzio; pareva provasse piacere a non consultarli ma questo era il suo modo di gestire il potere: tutti dovevano accettare che fosse lui a dettare le regole. Lyanchor cercava di mantenere la calma ma la sua insofferenza traspariva da ogni poro, quand'ecco che all'improvviso si aprirono le porte della sala.

«Che altro starà mai accadendo?» Si domandarono in molti voltandosi in quella direzione.

Sullo sfondo comparvero in controluce quattro persone contornate dai pallidi raggi del sole, precedute dalle loro ombre tracciate sul pavimento marmoreo. Quegli apparenti sconosciuti avanzavano lentamente lungo il corridoio centrale e un po' alla volta un brusio sempre più comprensibile andò propagandosi ovunque, dato che le loro forme si facevano sempre più chiare e distinte.

Anche Uveron focalizzò i nuovi arrivati e ne riconobbe subito uno che camminava a fatica, allora corrugò la fronte e borbottò qualcosa fra i denti: «Dovevo immaginarlo... Gherson! Alla fine sei arrivato pure tu, foriero di cattive notizie immagino!»

Non tutti però reagirono allo stesso modo, Lyanchor come pure Myron e Samuyr furono contenti di quell'inaspettata comparsa, l'assenza del principe di Urwan infatti e soprattutto la mancanza di notizie certe, avevano suscitato grande preoccupazione in loro; Jesavel invece impallidì ancor più riuscendo a stento a nascondere il suo disappunto: tra l'altro ebbe la netta sensazione che il piccolo al fianco di Gherson dovesse essere Elazar, il bimbo cercato da Darkos.

Inclinò leggermente la fronte accarezzandosi nervosamente i lunghi capelli. "No! Non è possibile... non può esser vero!"

La regina non aveva più avuto notizie di Sieglind e se lo straniero era ancora vivo, c'era solo da temere il peggio;

strinse allora i pomelli dello scranno con vigore mordendosi le labbra.

Gherson giunto davanti al trono s'inchinò. «Sono venuto a offrirti il mio aiuto.»

Uveron sbottò in una risata sarcastica: «Il tuo aiuto? Che me ne faccio di voi? Di una donna poi e di un bambino... tra l'altro mi sembri alquanto provato; ti ho già avvertito una volta, chi ti credi di essere Gherson Tanisvar Tinvaril? Sei davvero convinto di poter sconfiggere da solo l'intero esercito dei Mavourg? Forse non ti hanno ben informato sul loro numero; un'imponente armata come mai si è visto prima e avanzano distruggendo tutto ciò che incontrano, lasciando dietro solo morte e devastazione! Meno male che troveranno noi ad affrontarli; sì, troveranno pane per i loro denti!»

«Se Gherson è ridotto in questo stato, è anche grazie a voi Elvaian!»

A parlare era stato Graven in piedi davanti al sovrano.

Uveron lo fulminò con lo sguardo, poi si rivolse pungente all'assemblea: «Avete udito anche voi? Era una mosca a ronzare qua attorno?»

Di nuovo il re degli Elvaian si concentrò su Graven: «Tu chi saresti insolente villano? Come osi parlarmi senza essere stato interpellato? Evidentemente la convivenza con quest'uomo deve averti fatto dimenticare le buone maniere...»

L'altro ribatté per nulla intimorito: «Sono Graven un Videar e sono accompagnato da una valorosa guerriera Tindainun di nome Naivàra, mentre il piccolo al mio fianco è Elazar il figlio di Gherson.»

Uveron s'infiammò in viso: «Uno non ne bastava... abbiamo pure il figlio tra noi insieme a questi due meticci!»

"Allora era proprio come immaginavo..." Jesavel s'irrigidì e per la prima volta cominciò a temere pure per sé e non solo per la sorte di Sieglind; se il suo amante avesse compiuto qualche imperdonabile errore rivelando qualcosa di troppo? Graven scorse la mimica di Jesavel, ma nel medesimo istante fu Myron a intervenire in prima persona per smorzare i toni e per impedire che lo facesse Lyanchor, ormai giunto al limite della sopportazione. «Mio signore, forse è il caso di ascoltare quel che hanno da dirci, magari potrebbero fornirci informazioni degne di nota; se non altro, dobbiamo esser grati al figlio dell'uomo per averci riunito qui nell'ora del bisogno.»

Uveron si rivolse astioso verso Gherson: «Complimenti! Sei riuscito nel tuo intento, credono davvero che tu sia un eroe.» poi si alzò dal trono e fissò ironico Myron. «Cos'altro vuoi che ci raccontino che già non sappia, io ho i miei informatori! Quale aiuto vuoi che ci diano questi... questi quattro qui! Guarda come sono ridotti, sembrano venuti dall'oltretomba!»

«Lo sai perché siamo ridotti così?» Lo interruppe di nuovo Graven.

Il re lo guardò allibito. «Ancora tu! Come osi...»

«Lo sai perché?» Lo incalzò ancora Graven questa volta in tono minaccioso, stringendo forte lo zaino che teneva in mano.

«Guardie a me! Arrestatelo!» Ordinò Uveron.

Alcuni Elvaian corsero subito verso Graven che invece continuò a parlare. «Perché i tuoi uomini hanno distrutto Leiksar Karim! Perché i tuoi scherani hanno ferito Gherson gravemente e poi ne hanno rapito il figlio! Sei stato tu il mandante? Abbi il coraggio di ammetterlo una buona volta!»

L'intera sala entrò in subbuglio e ovunque si udirono cori di disapprovazione; Lyanchor si gettò all'istante su Graven insieme ai suoi facendogli scudo prima che lo raggiungessero le guardie.

«Tu sei pazzo! Solo un folle può permettersi simili affermazioni!» Sbraitò Uveron collerico.

I Cardaian sguainarono le spade.

«Il primo che lo tocca è morto!» Ruggì Lyanchor portando pericolosamente la sua daga a un palmo dalla giugulare di un Elvain troppo solerte.

Furono attimi di trepidazione e la tensione si tagliava col coltello.

Myron batté lo zoccolo sul pavimento. «Queste sono accuse gravi e vanno provate!»

«Io c'ero...» riprese Graven esitante con le lacrime agli occhi, «...quella notte a Leiksar Karim io c'ero quando tutto fu distrutto; io ero lì e ho visto Sieglind il comandante delle tue guardie uccidere il mio maestro e poi mettere tutto a ferro e fuoco con i suoi scagnozzi.»

Di nuovo si udì un vivo clamore nella sala.

«Tu menti... tu menti!» Ribatté stizzito Uveron.

«No! Lui non mente! È fuggito da me dopo quel massacro.» replicò questa volta Lyanchor a muso duro.

«Tu che ne sai avvocato delle cause perse!? Non è possibile... non è possibile! Ah ora capisco... tutto questo è una congiura, una congiura per spodestarmi!» Tuonò sprezzante Uveron.

Lyanchor ringhiò: «Ma quale congiura... Come ti permetti?!»

Graven riprese questa volta più deciso: «Sono tornato a Leiksar Karim alcuni giorni fa e lì ho incontrato il figlio dell'uomo, insieme ci siamo addentrati nel cuore delle montagne e abbiamo conosciuto Gulthor il re dei Sarmaian; loro sono disposti ad aiutarci.»

A questo punto Uveron agitò le mani platealmente e rise ironico. «Ah sì!? Dove sono? Voialtri li avete forse visti qui intorno? Ecco, ora penso che sia chiaro a tutti, costui è un inguaribile bugiardo!»

Graven non si lasciò prendere dal panico, anche se la maggior parte dei presenti lo guardava con astio. «Io non ho paura di te, non ho bisogno dei Cardaian per difendermi, perché so che la verità alla fine trionferà sempre, questo mi ha insegnato Luvomir. Gherson è stato colpito da una freccia scoccata da un Elvain, vagando per giorni sul sentiero che separa la vita dalla morte, ma puoi anche non crederci; se però invierai i tuoi esploratori nella valle di Lantaur, stai pur certo che troveranno il cadavere di Vrakur, così capirai per quale motivo Gherson è in queste condizioni... forse a loro darai ascolto! Penso però che ti ricrederai quando vedrai questo!»

Graven allora lanciò sul pavimento lo zaino che aveva con sé proprio davanti a Uveron e ne sbucò la testa di Sieglind che rotolò sul marmo.

Lo sgomento si dipinse sul volto degli Elvaian; molti gridarono al cielo, altri si tapparono gli occhi o si girarono di schiena, qualcuno fu preso da conati di vomito.

Uveron era inorridito. «Che follia è mai questa!? Portatela via immediatamente! Portatela via!» Ordinò, indicando il capo martoriato di Sieglind, poi si rivolse di nuovo a Graven con il volto acceso d'odio.

Prima che il re potesse pronunziare le sue parole, fu però l'altro ad anticiparlo. «Quest'assassino aveva rapito il figlio di Gherson su volere di tua moglie! L'abbiamo inseguito raggiungendolo a Flind e proprio lì questo bastardo ha svuotato il sacco in punto di morte.»

Gherson ancora in ginocchio si voltò perplesso verso il compagno così come Naivàra, perché non si aspettavano quel genere d'affermazione; Graven era a conoscenza di altri segreti o stava giocando d'azzardo? Il povero Elazar invece teneva gli occhi chiusi per evitare di guardare i resti di Sieglind.

Jesavel sbiancò divenendo simile a una statua di

ghiaccio, poi si alzò dal trono parlando a voce alta e con lo sguardo perso nel vuoto, tanto che i presenti si voltarono verso di lei. «Allora era tutto vero… anche questo si è avverato, anche questo! Ti avevo avvisato di stare attento… perché? Perché non mi hai dato retta?»

Poco alla volta Jesavel sembrò crescere a dismisura così come l'astio che aveva in corpo. «Maledetti… Maledetti tutti!»

Uveron guardò preoccupato la moglie. «Jesavel, che hai?»

La regina dapprima strinse il volto tra le mani, poi additò il marito urlandogli contro: «Avete distrutto la mia vita! Tu per primo!!!»

Il sovrano degli Elvaian era basito, mai avrebbe immaginato una reazione simile da parte di Jesavel.

Lei invece continuò a inveirgli contro in preda alla collera: «Tu e tuo fratello mi avete abbandonato ancora in fasce al mio destino… Voi maledetti… Voi!»

Il re sgranò gli occhi mentre tutti gli sguardi adesso erano perplessi su di lui; allora comprese e il mondo gli crollò addosso, si strappò i capelli gridando di dolore.

Un clima lugubre calò nel salone mentre il re brancolava verso Jesavel. «Non è possibile… non è possibile! Tu sapevi e non mi hai mai detto nulla… No… No… No!!!» Così dicendo si stracciò le vesti e fuggì via.

Jesavel allora si rivolse alle guardie indicando Gherson e i suoi compagni. «Uccideteli, uccideteli tutti!»

Galdwjr però, fino a quel momento in disparte, intervenne stentoreo: «Basta con il sangue! Basta con queste atrocità!»

Poi raggiunse Gherson e gli domandò: «Ma che sta succedendo?»

«Cerca tuo padre e fallo rinsavire, abbiamo bisogno di lui.» rispose Gherson anche lui sorpreso perché ignaro di quei penosi eventi.

Mentre tutti si guardavano ancora esitanti non sapendo come agire, un valletto entrò tutto trafelato da una porta laterale. «Il re... il re...»

L'attenzione della folla allora si spostò sul poveretto ansimante. «Il re è morto! Si è ucciso con la sua spada!»

«Allora siamo perduti!» Gridarono in molti.

Galdwjr alzò la voce cercando di riportare la calma: «Nessuno è perduto se restiamo uniti!»

Poi ordinò: «Conducete la regina nelle sue stanze.»

Le guardie allora si avvicinarono a Jesavel e l'accompagnarono nei suoi appartamenti.

Gherson seppur sconvolto da quelle terribili vicende, riordinò rapidamente le idee e si accostò a Naivàra. «Ascoltami, devo chiederti un favore, anche se non sarai d'accordo; vorrei che tu vegliassi su mio figlio ma soprattutto controllassi la regina; non mi fido di lei e dopo quanto accaduto, ho paura che possa tramare qualche altra diavoleria. Ormai è chiaro che Darkos la sta manovrando, anche se non sappiamo come; non ci resta che scoprirlo! Tu sei una donna accorta e senza dubbio ci riuscirai.»

Naivàra si voltò contrariata.

«So che vorresti essere al nostro fianco sul campo di battaglia, ma spesso le guerre si vincono con l'astuzia nelle retrovie.»

Naivàra rifletté un istante e seppur controvoglia cedette alla sua richiesta. «D'accordo, farò come chiedi.»

Subito dopo Gherson raggiunse Graven per chiedere spiegazioni sulle sue affermazioni.

Questi però l'anticipò subito: «No Gherson, ti giuro che non sapevo nulla! Mentre discutevo con Uveron tuttavia ho notato che la regina aveva cambiato espressione, allora ho intuito che forse era stata lei a escogitare tutto; ricordi quando ti narrai che Luvomir e Sieglind parlavano di una donna? È stato un attimo e ho ascoltato il mio istinto, non chiedermi però le sue motivazioni perché non le conosco.»

«Credo che rimarranno ancora oscure almeno per un po', considerando l'imminente catastrofe che sta per crollarci addosso...» sospirò preoccupato Gherson.

CAPITOLO XXVI

Nei due giorni rimasti furono perfezionati quegli ultimi accorgimenti volti ad affinare l'assetto difensivo di Sivarin; in particolare furono inseriti parecchi pali aguzzi all'interno del fossato che delimitava le mura e il terreno prospiciente fu intriso di una sostanza facilmente infiammabile.

Galdwjr, divenuto il nuovo reggente di Sivarin, doveva adesso affrontare la questione più spinosa; chi avrebbe comandato quell'alleanza di popoli separati da ataviche incomprensioni? Scegliere un re al posto di un altro avrebbe creato solo inutili malumori; inoltre chi poteva avere la necessaria lucidità per dirimere la questione? Eppure bisognava risolvere il problema; serviva una guida carismatica in grado di mettere tutti d'accordo nei momenti cruciali del conflitto: un'idea in testa l'aveva ma gli altri sovrani sarebbero stati d'accordo?

Fu proprio in una delle ultime riunioni che si sciolse pure quel nodo; intorno al tavolo erano seduti tutti i regnanti con i loro più fidati collaboratori, Lyanchor allora si alzò in piedi e prese la parola: «Molto bene, ora che abbiamo chiarito i nostri compiti, resta da definire chi dovrà assumersi la responsabilità di decidere in caso di grave necessità!»

Tutti si guardarono l'un l'altro negli occhi.

Dopo una breve pausa di riflessione Lyanchor riprese: «Cerchiamo di evitare inutili ipocrisie almeno tra noi, immagino che tutti abbiamo già considerato questa eventualità depennando i potenziali candidati, chi per un verso, chi per l'altro; tuttavia, considerando la serietà della situazione, ritengo sia necessario affrontare ora l'argomento. Una volta una persona che ho imparato a stimare, mi suggerì di tornare a fidarci di Yrshar...»

Lyanchor s'interruppe nuovamente fissando Gherson che chinò il capo in evidente imbarazzo, perché già immaginava il seguito del discorso.

Infatti Lyanchor subito dopo seguitò a dire: «...Dio ha creato il mondo e noi l'abbiamo rovinato con le nostre cattive azioni; ultimamente però, Yrshar ha inviato dei segni che peraltro erano già stati profetizzati in passato. Gherson, io ti ho visto combattere al passo di Iefùn e la natura stessa ti obbediva, perciò non ho alcuna remora a inchinarmi al tuo cospetto; sei stato inviato dall'alto per comandarci e non appartieni a nessuna delle razze qui presenti, non hai alcun interesse in merito se non quello di riportare l'unità tra noi.»

Appena ebbe terminato di parlare si avvicinò a Gherson e si piegò dinanzi. Gli sguardi di tutta l'assemblea erano rivolti al giovane di Urwan e alcuni bisbigliavano nelle orecchie dei vicini in attesa di un suo gesto.

Gherson era visibilmente turbato e accennò una timida risposta mentre invitava Lyanchor a rialzarsi: «Non puoi farmi questo...»

Myron intervenne prima che Gherson continuasse a parlare: «Tu hai quel carisma, che ti piaccia o no! Anch'io mi sottometto al tuo volere!»

Pure Samuyr si alzò dal tavolo e si accostò a Gherson accennando un sorriso. «Non aver paura, non sei stato tu a proporti, ti abbiamo scelto noi.»

Ora toccava solo a Galdwjr pronunciarsi; si levò in piedi e, dinanzi agli Elvaian presenti, proferì le seguenti parole: «Anch'io in questi giorni sono stato tormentato dai dubbi ma non su di te, infatti ti conoscevo ancor prima del tuo arrivo su Ghenesia avendo scrutato le pagine di Eine-mos. Tu sei la persona più adatta non io, tuttavia le mie paure scaturivano dal fatto che ignoravo il pensiero degli altri sovrani, ora però queste perplessità si sono sciolte come neve al sole. So che molti Elvaian presenti anche qui sono carichi di pregiudizi, io però ti chiedo innanzitutto perdono per il male che ti abbiamo recato e chiedo perdono a tutti voi Cardaian, Tindainuin e a chiunque altro sia stato offeso in passato dal mio popolo. È ora di dire basta! Basta alle divisioni, basta alle incomprensioni! Siamo tutti figli di un unico Padre e dobbiamo tornare a vivere insie-me e insieme collaborare per la pace contro il nostro unico comune nemico, Darkos!»

Gli Elvaian continuavano a guardare Galdwjr che si chinò di fronte a Gherson come già avevano fatto gli altri sovrani; alcuni rimasero fortemente impressionati da quel gesto e annuirono, altri invece si irrigidirono ancor più sulle loro posizioni: non era facile cambiare le proprie convinzioni in così poco tempo.

Gherson accarezzò il viso di Galdwjr. «Tu sarai un gran re.» sussurrò invitandolo a rialzarsi, poi si rivolse così a tutti: «Ascoltatemi, se può recarvi sollievo, sappiate che non mi dovrete sopportare a lungo, una volta assolto questo compito me ne andrò; sembra che dovrò tornare nel mio mondo, anche se non so ancora quando. Mi rendo conto che la maggior parte di voi ha serie difficoltà ad accettarmi e lo comprendo... da parte mia voglio solo manifestarvi che ho imparato ad amare Ghenesia e darò volentieri la vita per difenderla dalle orde del male; pertanto desidero che ogni sovrano continui a comandare le sue schiere e solo in caso di necessità valuteremo insieme come affrontare Helgrund. Riferite pure alle vostre genti quanto ci siamo detti e sia chiaro, nessun diadema cingerà il mio capo! Sono e rimango il servitore di voi tutti.»

All'udire quel discorso furono proprio i più restii a scuotere il capo favorevolmente accettando di buon grado quelle parole.

La mattina seguente la città fu colta dal fermento, gli esploratori avevano avvistato le prime colonne nemiche oltre la valle, segno che i Mavourg sarebbero giunti a breve; allora furono suonati i corni per dare l'allerta, i cancelli della città furono chiusi e i soldati inviati ai loro posti di combattimento. Da quel momento un lugubre silenzio regnò nelle strade; gli usci delle abitazioni erano serrati e di tanto in tanto s'intravedevano occhi sparuti che si affacciavano dietro le finestre: la tensione era alta e si tagliava col coltello. Non trascorse neanche mezzo siklin che improvvisamente un grido squarciò quella calma irreale.

«I Mavourg! I Mavourg sono arrivati!» Urlò una delle vedette indicando il fondovalle.

La voce si sparse subito ovunque così come la paura e il terrore.

Gherson si recò sugli spalti insieme a Galdwjr e agli altri sovrani; in lontananza s'intravedeva una nube di polvere alzata da un enorme esercito in movimento.

Il sole era oscurato da nubi dense e fosche che rendevano l'atmosfera ancor più carica d'angoscia, quando una delegazione di Mavourg si appressò alle porte della città chiedendo di conferire con il re; la capeggiava Helgrund. Il suo aspetto infondeva puro sgomento; corpulento con due enormi corna taurine ai lati, era rivestito da un'armatura nera come la pece.

Helgrund si portò fin quasi a ridosso delle mura e senza perdersi in inutili chiacchiere esordì altezzoso: «Dov'è quel coniglio di Uveron?»

«Uveron è morto.» rispose Galdwjr.

Helgrund sorrise sarcastico. «Questo mi dispiace... avrei voluto sventrarlo di persona. Ora chi vi comanda?»

«Perché sei tanto curioso di saperlo?» Ribatté Galdwjr.

«Perché è mio! Voglio aprirgli il petto in due!» Tuonò Helgrund.

«Sono io!»

Gherson si sporse fra i merli, mentre Ierax si andò ad appostare sulla cima della torre più alta.

Il comandante dei Mavourg comprese subito chi fosse e ghignò soddisfatto. «Così alla fine ci incontriamo... e avrò anche il piacere di ammazzarti!»

«Non sei il primo a minacciarmi, anche Vrakur la pensava allo stesso modo, adesso la sua carogna giace nella valle di Lantaur.» replicò Gherson imperturbabile.

Helgrund ebbe un fremito e strinse forte le redini. «Ti staccherò quella lingua, maledetto insolente!»

«Se hai così tanta premura, perché non risolviamo la questione tra noi senza mettere in mezzo tutta questa gente?» Domandò invece Gherson.

Helgrund ringhiò: «Bella pensata, davvero! Secondo te io avrei smosso la mia armata solo perché assistesse a un duello? Ti facevo più scaltro... Sono secoli che sogno questo momento; cancellare gli Elvaian e i loro simili dal mondo per instaurare il mio regno su Ghenesia.»

«Quello di Darkos intendi, ricordati che sei solo lo schiavo di un perdente.» lo irrise Gherson.

Helgrund andò su tutte le furie. «È quel che vedremo!»

Girò il cavallo e tornò fra le sue truppe.

«Lo hai fatto proprio arrabbiare.» commentò Lyanchor bonario accostatosi a Gherson.

«Come inizio niente male... la diplomazia non è certo il tuo forte.» soggiunse Samuyr.

«Non senti il male pervadere l'aria? Dobbiamo spazzarli via da questo mondo! Sono come la peste che sta uccidendo Ghenesia.» ribatté Gherson, sicuro delle sue affermazioni.

Myron scalpitò. «Ben detto! Rispediamoli nel nulla da cui provengono!»

Ebbe così inizio la più terribile battaglia mai vista prima sotto le mura di Sivarin. I Mavourg erano migliaia e l'intera valle aveva cambiato aspetto, sembrava ricoperta da un unico immenso ributtante formicaio. Il cielo, già denso di nubi tempestose, si era ancor più oscurato per il sopraggiungere di un enorme stormo di Deathrous, giganteschi volatili neri dalle quattro ampie ali pennute, con due teste dal becco dentato, dotati di artigli affilati sulle lunghe zampe; erano cavalcati da Mavourg di esile statura ma addestrati a volarci sopra.

L'orda ostile dei Mavourg si assiepò sul terreno in vari blocchi quasi regolari disposti uno affianco all'altro; i tamburi rullavano ritmici e il loro frastuono era assordante, subito dietro apparve uno sventolio di bandiere con un serpente rosso al centro su fondo scuro. In mezzo allo schieramento spiccava la figura di Helgrund che a un certo punto sferzò la terra con una frusta zittendo tutto quel fragore; allora cominciò ad arringare l'esercito con il dito minaccioso rivolto verso Sivarin e le sue parole echeggiavano fin sotto le mura. Quando il loro comandante ebbe terminato di incitarli, un urlo sovrumano scosse la valle.

«Ci siamo...» affermò Galdwjr guardando i suoi ufficiali, quindi ordinò loro di recarsi ognuno al proprio posto.

Le catapulte lanciarono i primi massi contro le difese; alcuni sorvolarono i bastioni per andare a colpire poco oltre, terminando la corsa in mezzo ai prati o tra le case dei più sfortunati, altri invece si arrestarono prima: iniziarono così a udirsi i lamenti dei feriti e qualcuno corse in loro soccorso.

"Stanno aggiustando la mira..." rifletté Gherson preoccupato.

Difatti a breve parte dei proietti raggiunse le fortificazioni senza tuttavia provocare ingenti danni; la fanteria intanto avanzava lenta, coperta da palizzate semoventi e accompagnata dalle torri d'assedio e da robusti arieti. Quando i Mavourg giunsero a debita distanza, fu Galdwjr che comandò di azionare le baliste e le catapulte sistemate sulle torri e sui bastioni; fu così che enormi balle infuocate e voluminosi dardi centrarono in pieno le file nemiche provocando decine di vittime, subito dopo furono gli arcieri a bersagliare i Mavourg scagliando nugoli di frecce, tanto da oscurare il cielo già lugubre di suo.

Gli aggressori reagirono lanciando oggetti incendiari avvolti nella pece che, a contatto col suolo, sprigionarono fiamme causando incendi ovunque. All'interno della città ora regnava il caos sebbene ognuno fosse stato addestrato a svolgere il proprio compito a dovere; chi si affaccendava a spegnere i focolai, chi correva ad assistere i feriti, chi gridava aiuto, chi invece urlava di disperazione per la perdita dei propri cari.

A quel punto dalle retrovie nemiche, dopo l'ennesimo sciame di frecce, si levarono in volo i Deathrous diretti contro Sivarin; Gherson non si perse d'animo e ordinò di suonare il corno: come già stabilito, si alzarono all'unisono pure le schiere dei Cardaian che si gettarono sugli avversari alati, instaurando un feroce combattimento in cielo.

Gherson in quel frangente fu raggiunto da Ierax e anche lui si buttò nella mischia per dar man forte agli alleati; in quel marasma i due brillavano come astri in un cielo sempre più irreale, che sembrava aver perso ogni speranza. Quello splendore però gli attirava addosso colpi d'ogni genere, Ierax tuttavia era abilissimo a scansarli, mentre Gherson menava fendenti a destra e a manca destreggiandosi abilmente nel vuoto e precipitando al suolo chiunque si parasse di fronte; più di una volta strappò urla di ammirazione tra i Cardaian, da sempre esperti in quel genere di scontri. In breve Gherson divenne l'apripista fra la moltitudine dei Deathrous creando vuoti imbarazzanti nelle loro file e subito fu seguito a ruota da orde di Cardaian decisi a vender cara la pelle; in tutta quella confusione però il principe di Urwan e i suoi alleati dovevano pure difendersi dagli arcieri mavourg, che purtroppo provocarono perdite sensibili fra i Cardaian: era davvero difficile districarsi in quella moltitudine di insidie provenienti da ogni parte.

La situazione era divenuta critica pure sotto le mura; nonostante gli Elvaian cercassero in ogni modo di rallentare la marcia inesorabile dei Mavourg, gli assedianti erano ormai giunti a pochi passi dalla cinta difensiva. Galdwjr allora ordinò di scagliare al suolo le frecce incendiarie appena sotto le fortificazioni; l'erba cosparsa di pece prese fuoco e le fiamme si propagarono rapidamente, tanto che molti Mavourg rimasero imprigionati in quell'inferno ardendo vivi nel disperato tentativo di un improbabile fuga: anche alcune torri d'assedio s'incendiarono rischiarando la vallata come torce. Gli sfortunati rimasti intrappolati nei roghi urlavano in preda al panico e qualcuno provò a lanciarsi giù schiantandosi inesorabilmente al suolo; a quel punto furono gli arcieri Elvaian a ricomparire fra i merli delle mura per sterminare quanti più Mavourg possibile.

Helgrund urlò furioso minacciando di morte i fuggitivi, non aveva infatti alcuna intenzione di ripiegare e li incitò nuovamente alla carica. Le prime fila tentennanti furono così sospinte dai Mavourg schierati nelle retrovie che continuavano ad avanzare inesorabili, utilizzando quei malcapitati come scudo di protezione. Contemporaneamente Helgrund ululò parole incomprensibili agitando le mani al cielo; le nubi tempestose sembrarono obbedirgli e riversarono una fitta pioggia sull'intera vallata, in modo da spegnere le fiamme che ancora ardevano.

Galdwjr sconsolato scosse la testa guardando il massacro che si andava consumando sotto i suoi occhi. «Non ne hanno ancora avuto abbastanza...»

Le catapulte nemiche intanto continuavano a bersagliare le difese seppur con minor intensità perché molti Mavourg erano ormai giunti a ridosso dei bastioni, che tra l'altro mostravano già in alcuni punti crepe preoccupanti; proprio lì si stavano dirigendo a frotte gli aggressori, ma fortunatamente anche Galdwjr se ne accorse e intimò agli arcieri di decimarli. Per quanti ne cadessero, tuttavia ne subentravano altrettanti e una volta assiepati sotto la cinta, i Mavourg iniziarono a lanciare i rampini per scalare le difese, nonostante gli Elvaian controbattessero gettando olio bollente sul nemico; era una carneficina e mucchi di cadaveri giacevano ovunque.

Ormai anche le torri d'assedio e gli arieti erano prossimi alle fortificazioni e Gherson cogliendo dall'alto le difficoltà degli assediati, si scagliò sui nemici insieme ad altri Cardaian; gli Elvaian sugli spalti dal canto loro continuavano ad adoperarsi in ogni modo tagliando anche le funi ancorate ai merli e facendo così precipitare i Mavourg che si inerpicavano: le torri d'assedio invece furono raggiunte dalle frecce incendiarie e presero fuoco. A quel punto furono i Deathrous a gettarsi sulle mura, determinati a infliggere più perdite possibili nei difensori per favorire i propri compagni. Lo scontro fu durissimo e durò a lungo ma alla fine i Mavourg furono respinti e dovettero retrocedere.

Le ombre della notte imminente stavano calando inesorabili rendendo l'atmosfera davvero cupa e avvilente; la pianura intorno alla città era uno spettacolo raccapricciante, disseminata ovunque da una moltitudine di salme e l'azzurro dei Livynin, i fiorellini che avevano ricamato i prati fino a quella mattina, era ormai solo un pallido ricordo.

Anche dentro Sivarin si contavano numerose perdite e non poche abitazioni erano andate distrutte o danneggiate seriamente, mentre il lamento dei bimbi e delle vedove straziava i cuori dei sopravvissuti.

Il primo assalto era terminato ma che cosa sarebbe accaduto il giorno seguente?

CAPITOLO XXVII

Quello stesso pomeriggio, sul far della sera, Jesavel uscì dai suoi appartamenti scortata da un paio di guardie; vi era stata condotta su ordine di Galdwjr subito dopo la morte del marito e da allora si era rifiutata di parlare con chiunque avesse bussato alla porta, aveva persino allontanato le ancelle che si erano adoperate per portarle del cibo. La regina aveva trascorso quel tempo nella più cupa disperazione fino a stracciarsi le vesti, rivisitando uno dopo l'altro i momenti tragici della sua vita; tutto, aveva perso tutto! Il potere, la gloria, Sieglind...

«Maledetta... maledetta fin dalla nascita! Perché? Perché non c'è mai stata pietà per me? Perché non ho mai potuto avere una vita felice? Perché?»

Non udì però alcuna risposta, solo i suoi singhiozzi le tenevano compagnia; quando infine non ebbe più lacrime da piangere, si alzò e andò davanti allo specchio: quello che vide però non le piacque affatto, la sua proverbiale bellezza infatti stava svanendo lasciando il posto ai segni dell'età. Il viso era smagrito, rughe impercettibili erano comparse sulla fronte, mentre due occhiaie grigiastre avevano infossato le orbite alterandone i lineamenti perfetti.

Si nascose il volto fra le mani e strinse forte le tempie. «Oh no! Oh no!!!»

Fu allora che si sentì montare d'odio. «Ora basta! Qualcuno deve pagare! Gherson, Galdwjr, tutti! Voi siete stati la mia rovina e adesso dovete morire! Voglio giustizia... Giustizia!»

Tornò così ad analizzare la situazione con lucidità ragionando su come ottenere vendetta; in quel momento percepì nell'intimo una voce che la cercava e i suoi occhi brillarono d'insana follia: sì, quello era l'unico modo per vendicarsi.

Subito si riordinò e si cambiò d'abito, poi chiamò le guardie convincendole a scortarla nei giardini reali; inizialmente i custodi storsero la bocca, poi però si persuasero. Che pericolo ci poteva essere? Il parco si trovava all'interno della reggia! Quei luoghi erano sicuri e d'altronde, dove avrebbe potuto fuggire? Sivarin era circondata dalle orde nemiche, fuori dalle mura non avrebbe avuto scampo.

Attraversarono così un lungo corridoio addobbato di statue e arazzi e scesero lungo un'ampia scalinata a spirale, fino a raggiungere l'ingresso dei giardini, mentre in lontananza si udivano gli echi della battaglia. I tre si voltarono preoccupati in quella direzione, poi Jesavel li sollecitò a seguirla. Percorsero allora un viottolo tra le siepi senza incontrare anima viva, peraltro poteva essere altrimenti? Tutti erano occupati a difendere la città dall'attacco dei Mavourg.

Il sentiero li condusse fino alla scalinata che si affacciava sul laghetto artificiale; cominciò a cadere qualche goccia di pioggia e il manto di Jesavel ondeggiò sotto i colpi del vento mentre si rivolgeva alle guardie con fare suadente: «Voglio mostrarvi un segreto.»

I due rimasero ammaliati dal suo fascino e così Jesavel si avvicinò alla roccia sfiorandola coi polpastrelli; all'istante comparve la porta disegnata sulla pietra che si aprì con uno sgradevole scricchiolio. Gli armigeri si ammutolirono indugiando; era comparso un antro dalle pareti irregolari, illuminato dalla luce fioca di alcune lampade a olio. La regina lesse nello sguardo la loro esitazione ma nonostante tutto li invitò a entrare varcando per prima la soglia; i soldati però continuavano a guardarsi increduli non avendo mai visto quel posto.

Jesavel insistette ancora una volta: «Che c'è? Suvvia non abbiate paura, seguitemi!»

Le guardie indugiarono ancora un po' per poi convincersi, quindi accesero una torcia, Jesavel a quel punto chiese loro di precederla lungo la scala che scendeva al pozzo delle lacrime. Erano quasi giunti in fondo che si udì un gemito sordo e subito dopo uno dei soldati si accasciò a terra; la regina gli aveva tagliato il collo con uno stiletto nascosto nella veste. L'altro si voltò rimanendo a bocca aperta per lo stupore, Jesavel infatti gli aveva appena affondato il pugnale nel ventre; il poveretto rimase a fissarla inebetito finché lei ritrasse la lama: la guardia si toccò un istante la ferita per poi cadere riversa in avanti, mentre la regina già stava correndo verso il lago.

Le acque del Draidavar larkhùn erano turbolente e gorgogliavano sinistre, contornate da un denso vapore acqueo.

«Jesavel!» Pronunciò una voce.

La regina fremette guardandosi intorno, mentre dalla densa nube comparve la sagoma di Darkos. «Sono io, non aver timore; perché non sei più tornata? Che fai, non rispondi al mio richiamo?»

Jesavel chinò il capo e rispose con malcelato livore: «Non mi sono nascosta... purtroppo non sono potuta venire prima; mio marito è morto e i Mavourg sono alle porte! Ora il reggente è Galdwjr, Gherson comanda la coalizione e io sono stata detronizzata!»

«Anche Sieglind è morto, non è vero?»

«Sì anche lui!» Confermò Jesavel.

«È stato il figlio dell'uomo?»

Jesavel strinse forte la veste con le mani. «Sì! Ora voglio la mia vendetta! Per questo sono qui.»

«Anche lui pagherà e non solo per la morte del tuo amato! Povera piccola... tutti continuano a martoriarti e nessuno comprende la tua sofferenza... solo io! Hai agito bene tornando da me, io ti darò quel che ti spetta, il potere che ti è stato sottratto ingiustamente! I Mavourg conquisteranno Sivarin e farò uccidere davanti ai tuoi occhi quegli usurpatori, così avrai giustizia; stai serena e rientra nelle tue stanze, lì sarai al sicuro.»

Jesavel annuì.

«Solo un'ultima cosa... dove si trova Elazar?» Domandò Darkos.

Naivàra intanto aveva seguito la regina di nascosto e ora stava scendendo la scalinata in silenzio; quando udì la voce del demone, si appiattì dietro una sporgenza, paralizzata dal terrore: sudava freddo perché ne ricordava bene il timbro.

Jesavel alzò gli occhi verso la nube. «È al sicuro nella reggia.»

La voce di Darkos rimbombò in tutto l'antro, tanto che la regina si turò le orecchie con le mani. «Conducilo subito qui, devo parlarci prima possibile! Se non mi obbedisci, sarà tutto vano! Quel bambino è pericoloso, maledizione! Devo assolutamente piegarlo al mio volere, altrimenti le sorti di Ghenesia saranno stravolte per sempre!»

Lei esitò.

La nube la circondò ghermendola ai fianchi. «Promettimi che lo farai, promettilo!»

Jesavel infine cedette: «Sì mio signore.»

Le acque smisero di ribollire e la sagoma di Darkos scomparve; la regina rimase ancora attonita a guardare il lago, forse a meditare su quanto accaduto, poi si volse indietro e s'inerpicò lungo la scalinata.

Fu allora che Naivàra si parò davanti con la spada sguainata, pronta a colpirla. «Allora è vero! Sei tu la spia!»

Jesavel rimase di ghiaccio, il suo viso non tradiva alcuna emozione. «Levati di mezzo, figlia di una razza bastarda!»

«Invece tu cosa sei?» Ribatté Naivàra carica di risentimento.

Per un istante le pupille di Jesavel brillarono d'odio ma non replicò alla provocazione. «Che vorresti fare?» Le domandò invece.

Naivàra scosse la testa amareggiata. «Ti riporterò nelle tue stanze e informerò gli altri del tuo tradimento! Come hai potuto... come hai potuto fare una cosa simile?»

«Come ho potuto fare cosa!? Io non ho fatto proprio niente!» Replicò Jesavel giustificandosi.

Naivàra era sbalordita da quel comportamento e l'accusò apertamente: «Ora neghi pure l'evidenza? Non stavi forse complottando con il signore delle tenebre?»

Jesavel a quel punto ebbe un'intuizione: «Come sai chi era? Già lo conoscevi?»

Naivàra si sentì venir meno e per un istante lungo un'eternità rivisse il suo colloquio con Darkos e i tormenti che ne erano seguiti; forse Jesavel l'aveva incontrato proprio per colpa sua... ebbe allora un conato di vomito e si chinò in avanti.

La regina s'accorse che la Tindainun era in difficoltà e ne approfittò scagliandosi addosso; nell'urto precipitarono entrambe giù dalle scale rotolando a terra. Naivàra aveva perso la spada, mentre Jesavel armata del suo stiletto adesso minacciava di colpirla, la Tindainun tra l'altro aveva urtato il fianco contro una pietra e faticava a respirare.

Jesavel le fu sopra e alzò il pugnale per trafiggerla, il malanimo che aveva in corpo sembrava centuplicarne le forze.

«Muori bastarda!» Urlò.

L'istante seguente si udì un sibilo nell'aria, la regina rimase sospesa su Naivàra ed ebbe un singulto, poi le si accasciò addosso mentre il coltello cadde pericolosamente nella polvere sfiorando il volto della Tindainun.

Naivàra la scrollò bruscamente riversandola di lato,

subito si accorse che Jesavel era stata colpita da una freccia alla schiena e ora un gemizio rosso colava dalle sue labbra.

Graven comparve dal nulla. «Che te ne pare? Sono arrivato in tempo?»

La nobildonna respirava a fatica. «Sto morendo, vero?»

Naivàra la contemplò senza rispondere.

Jesavel riprese: «Finalmente... finalmente questa maledetta vita avrà termine come tutte le mie sofferenze.»

«Perché l'hai fatto, perché? Perché ci hai traditi?» Le domandò Naivàra.

Jesavel accennò un sorriso amaro. «Che ne sai tu di me... che ne sai...» così dicendo, le sue palpebre scivolarono giù e lo spirito l'abbandonò per sempre.

Solo allora Naivàra intuì che i suoi sospetti erano fondati e si gettò a terra piangendo disperata. «É tutta colpa mia... è tutta colpa mia!»

Graven la raggiunse. «Che ti succede?»

«Lasciami stare! Non puoi capire.» e scosse la testa sconsolata.

«Forse molto più di quanto tu non creda.»

Naivàra alzò lo sguardo tenendosi le mani sullo stomaco.

«Ti ho ascoltato l'altra sera quando parlavi con Gherson.» riprese lui portando le braccia conserte.

Naivàra replicò titubante: «Ma non vi eravate allontanati?»

«All'inizio sì, poi Elazar mi suggerì di tornare indietro e di non preoccuparsi per lui, era convinto che avresti avuto bisogno di me.»

Naivàra rimase a bocca aperta. «Quel bimbo...»

Graven assentì: «Sì, so a cosa pensi, quel bimbo è straordinario... lo abbiamo visto tutti e sono convinto che non sia ancora finita.»

Naivàra si rialzò in piedi sistemando indietro i capelli. «Che facciamo adesso?»

Graven la fissò pensieroso. «Io andrò ad avvisare Gherson, tu torna da Elazar.»

Lei però rispose prontamente: «No! È giusto che vada io da Gherson, resta tu col piccolo.»

«Naivàra...»

«Che c'è?»

«Non colpevolizzarti per Jesavel, anch'io mi sarei comportato come te quella notte.»

Lo sguardo di Naivàra si soffermò su Graven e per la prima volta gli svelò una persona diversa. «Ti sono grata per le tue parole, anche se non cambiano la realtà dei fatti, comunque grazie per avermi salvato la vita.»

Graven accostò l'indice alla bocca e le baciò la guancia, quindi la prese per mano. «Andiamo ora, proseguiremo questo discorso un'altra volta.»

Gherson si trovava su uno dei bastioni con l'armatura intrisa del sangue nemico; era stremato con lo sguardo oltre le mura, intento a scrutare i numerosi fuochi dell'accampamento dei Mavourg intorno alla città; ogni tanto ne echeggiavano clamori, schiamazzi e una strana confusione che non riusciva a spiegarsi: sospirò sconsolato perché era chiaro che se non fossero arrivati gli aiuti sperati, Sivarin sarebbe caduta in breve tempo. Girò il capo verso Meldor, la collina maledetta e ripensò al suo incontro con Elesian, l'albero sacro, circondata da un inestricabile groviglio di rovi, ma neanche da lì giunse conforto.

Lungo gli spalti i soldati correvano ovunque senza una meta apparente; alcuni si incoraggiavano a vicenda, altri portavano via i feriti, altri ancora scaraventavano giù i cadaveri dei Mavourg: qualcuno invece accese delle torce per illuminare meglio le postazioni, infatti non erano da escludersi nuovi attacchi nemici durante la notte. Il cielo era ancora plumbeo e il vento spirava forte ululando, in lontananza si avvertivano gli echi del temporale ormai passato.

Ierax gli era accanto anche lui sporco di sangue, era stanco e ogni tanto sbatteva nervosamente le ali.

«Non ce la fai più, vero?» Gli sussurrò Gherson accennando un sorriso mentre gli accarezzava le piume; chiunque però, al solo sguardo avrebbe capito che l'animo dell'Urwain era triste e amareggiato.

«A che pensi mio signore?» Galdwjr si era avvicinato senza far rumore.

«Al futuro... sono preoccupato, e tu?»

«Anch'io.» replicò l'altro.

Gherson chinò il capo. «Per quanto abbia già vissuto esperienze simili in passato, sono davvero sconvolto!»

«Pure io rimango senza parole ma soprattutto temo fortemente per la nostra sorte.» soggiunse Galdwjr.

«Gherson, Gherson! Lasciatemi passare!» Si sentì urlare lungo gli spalti, era la voce di Naivàra; un istante dopo la Tindainun comparve tutta agitata, attorniata da un gruppo di Elvaian.

«Cos'è successo? È accaduto qualcosa a mio figlio?» Domandò Gherson preoccupato.

«No, tuo figlio sta bene, ma la regina...» Naivàra si arrestò per riprendere fiato.

I due si guardarono esitanti, quindi Galdwjr fece cenno agli altri di allontanarsi, mentre la donna afferrò entrambi per le braccia conducendoli distante.

Quando furono al sicuro da occhi e orecchie indiscrete, Naivàra raccontò loro i recenti trascorsi nella grotta segreta.

«Non posso crederci...» continuava a ripetere Galdwjr

fuori di sé.

Gherson invece accostò assorto le mani al mento. «Ora è tutto più chiaro! Jesavel è stata l'ennesima vittima degli inganni di Darkos. Chissà, forse Sieglind distrusse Leiksar Karim su ordine della regina circuita dalle menzogne di quel demone... ma perché distruggere Ilvàren proprio non lo comprendo! Ora però non ha più importanza, vorrei invece sapere che cosa vuole quel maledetto da mio figlio! Pretende ancora di assoggettarlo perché comandi le sue truppe su Arvhèia o ha in mente qualche altro insano proposito?»

Ebbe un gesto di stizza e diede un pugno su uno dei merli difensivi.

Galdwjr tentò di riportarlo in sé. «Calmati! Adirarsi non serve a niente, proviamo a vivere alla giornata, cercando di anticipare le mosse del nemico.»

Gherson sospirò di nuovo e chiuse gli occhi per alcuni istanti. «Hai ragione, scusami... andiamo da Lyanchor e valutiamo bene la situazione.»

Si rivolse quindi a Naivàra: «Grazie per il tuo operato, sei stata davvero preziosa. So che ti chiedo molto, ma vorrei che tu vegliassi ancora su Elazar, questa continua ossessione di Darkos nei suoi confronti mi spaventa; è il mio unico figlio e io mi fido di te.»

Naivàra arrossì in viso. «Va bene, provvederò io a lui.»

CAPITOLO XXVIII

Il giorno seguente i Mavourg rimasero nel loro accampamento e gli Elvaian ne approfittarono per riorganizzare le difese; ogni tanto gli arcieri nemici si portavano a debita distanza per scagliare le loro frecce, qualcun altro invece, incitato dai compagni, si avvicinava alle mura inveendo contro i difensori: erano però solo inutili schermaglie volte a innervosire gli assediati.

Dall'alto dei bastioni Gherson scrutava meditabondo lo schieramento avversario.

«Che hai?» Gli domandò Galdwjr.

«Questa situazione non mi convince proprio, stanno sicuramente architettando qualcosa ma non riesco proprio a comprendere le loro intenzioni.» rispose lui sconsolato.

«Ti capisco, ma d'altro canto cosa possiamo fare?»

Gherson replicò rassegnato: «Niente per il momento, assolutamente nulla! Dobbiamo solo aspettare.»

Nei due giorni successivi non ci furono novità di rilievo e quella calma piatta finì per snervare ancor più gli abitanti di Sivarin.

Lyanchor percorreva le mura in lungo e in largo senza darsi pace rimuginando tra sé. «Io non li capisco... non li capisco proprio!»

«Forse staranno attendendo dei rinforzi...» accennò una volta Myron.

Lyanchor brontolò qualcosa e poi si rivolse stizzito a Gherson: «Ma i nostri invece, quando arriveranno? Intendo i Sarmaian! Ci avevi assicurato che sarebbero accorsi in nostro aiuto!»

L'altro si limitò a chinare il capo. «Non so che dirti.»

«Dannazione... Dannazione!» Imprecò il Cardain.

«Se facessimo noi una sortita?» Domandò a questo

punto Myron.

«Se volessero proprio questo?» Replicò Galdwjr.

«Non possiamo trascorre l'intera vita chiusi qua dentro.» obiettò sempre Myron scalpitando.

«Forse vogliono prenderci per fame.» questa volta fu Graven a subentrare nella discussione.

Gherson ribatté scettico: «Non credo proprio.»

Gli altri lo fissarono in attesa di una spiegazione.

«Tutto è possibile, Helgrund però è astuto e probabilmente è consigliato dallo stesso Darkos, sicuramente starà architettando qualche diavoleria, non mi meraviglierei più di tanto se li trovassimo improvvisamente in città, senza comprendere da dove sono sbucati; se sono riusciti a ingannare Jesavel, saranno in grado di partorire altre pericolose minacce. Adesso non ci resta che vigilare, cercando di limitare i danni quando sarà il momento.»

Tutti rimasero senza parole perché probabilmente Gherson asseriva il vero, anche se nessuno aveva il coraggio di affermarlo.

Lo stesso giorno seppur in tono dimesso furono celebrate le esequie di Uveron e di Jesavel nelle sale del palazzo reale; i due sovrani furono poi seppelliti nei giardini della reggia in luoghi distinti.

Naivàra rimase a lungo davanti alla tomba della nobildonna e alla fine sparpagliò i petali di una rosa candida come la neve sopra la terra che copriva la bara, mentre una lacrima ne rigava il viso. «Addio Jesavel, sfortunata regina... che tu possa trovare quella pace che non hai mai avuto su Ghenesia e ti scongiuro, perdona le mie colpe!»

Graven comparve al suo fianco. «Una volta Gherson disse che Yrshar trae il bene dal male, tu sei d'accordo?»

«Scusami ma io non vedo il bene in tutta questa storia.» commentò lei avvilita.

«Io vedo te e mi basta.»

Naivàra fu scossa da un brivido. «Non sono discorsi da farsi, specialmente adesso! Domani probabilmente a quest'ora saremo già morti.»

«A me basta l'oggi, le emozioni che mi dai e che provo per te...»

Naivàra si discostò da lui quasi impaurita. «Perdonami, non sono abituata a questo genere di attenzioni, non sono per me.»

«Potrai fingere di essere un guerriero e sterminare tutti i nemici che vuoi sperando così di mettere a posto la tua coscienza, ma non risolverai proprio un bel nulla mentendo solo a te stessa! Guardati dentro e accetta chi sei.»

Dopo queste parole Graven si allontanò, lasciandola libera di tormentarsi coi suoi sensi di colpa.

La settima notte di quell'estenuante assedio i Mavourg tornarono all'attacco con tutto il loro ardore; subito fu dato l'allarme e i difensori iniziarono a scagliare frecce incendiarie contro le torri nemiche in avanzamento. I Mavourg tuttavia riuscirono a raggiungere le fortificazioni e a quel punto lanciarono i rampini posizionando le scale alla base delle mura, intenzionati a superare l'ostacolo; gli Elvaian dal canto loro reagirono tagliando le funi di ancoraggio e versando olio bollente sugli attaccanti.

Si udì allora un boato e parte delle difese franò improvvisamente; tutti rimasero sbigottiti, ignari di quanto fosse accaduto; trascorsero alcuni istanti, giusto il tempo che il polverone si diradasse, e fra le macerie delle mura, ora ricoperte dai corpi agonizzanti degli Elvaian, comparve una breccia rilevante. I Mavourg esultarono convergendo subito verso il varco, mentre i soldati a difesa degli spalti ancora integri si guardavano sgomenti, colti dalla più cupa disperazione.

Frattanto dal sottosuolo comparvero una decina di temibili Kungamour, creature spaventose con un corpo gigantesco rivestito da una spessa corazza; avevano sei arti ricurvi, mentre ai lati del capo spuntavano due grossolane appendici simili a corna appuntite, che quei bestioni avevano utilizzato per scavare una serie di gallerie fin sotto le mura, tanto da provocarne il crollo: i danni arrecati alle fortificazioni tuttavia si ritorsero pure contro di loro, dato che non pochi Kungamour rimasero sepolti fra le rovine.

Gherson si precipitò con Ierax sul luogo del disastro e se li trovò davanti mentre questi stavano facendo strage degli Elvaian sopravvissuti a quella devastazione. L'Urwain rimase a bocca aperta: «Che accidenti sono!? Chi può aver mai partorito una simile oscenità!?»

Senza perdersi d'animo li aggredì badando di evitare le loro zanne acuminate; lo splendore generato dalla sua armatura e da Ierax distolse l'attenzione dei Kungamour dagli Elvaian superstiti e in breve Gherson ne fu accerchiato. Lyanchor si accorse che l'Urwain era in difficoltà e volò a soccorrerlo con parte dei suoi fidi, bersagliando i mostri dall'alto; il resto dei Cardaian invece seguitò a difendere la città dall'attacco dei Deathrous, tornati nuovamente a sorvolare minacciosi il cielo sopra Sivarin.

I Mavourg intanto avevano raggiunto la breccia per sfociare fra le case come un fiume in piena. Fu allora che i centauri e i Tindainuin intervennero a dar manforte e la battaglia diventò cruenta proprio all'interno della cinta muraria; i rinforzi infatti, cercavano di creare un cordone difensivo per impedire ai nemici di riversarsi nelle vie laterali, dagli spalti invece gli Elvaian continuavano a scagliare frecce e a gettare olio bollente sugli aggressori: pure loro però si trovavano in difficoltà, perché alle loro spalle le torri d'assedio avevano agganciato la mura e i Mavourg già assiepati sui ponti levatoi, scalpitavano per avventarsi sui difensori.

Gherson intanto era appena riuscito ad atterrare un Kungamor; aveva compreso che la tecnica migliore consisteva nel tranciargli le zampe in modo da fargli perdere l'equilibrio: una volta a terra, li finiva montandovi sopra e trafiggendoli con Altair. Ci voleva tuttavia un bel coraggio, perché dalle ferite usciva un liquido oleoso e stomachevole che impregnava l'aria; altri tre Kungamour invece erano stati abbattuti dalle frecce dei Cardaian: in tutta quella confusione giunsero in suo aiuto anche una ventina di giganti richiamati dalle urla disperate degli Elvaian.

Ben presto però fu evidente che le sorti della battaglia stavano girando a favore di Helgrund; il numero dei Mavourg infatti era di gran lunga superiore e gli assediati non riuscivano più ad arginare quell'onda senza ritorno. Tutta l'area intorno alla breccia era coperta di cadaveri e gli aggressori continuavano intrepidi a scalare quella collina di corpi senza vita; alla fine lo sbarramento di fortuna creato dagli Elvaian con i loro alleati si sgretolò e i Mavourg sciamarono ovunque dando luogo a feroci corpi a corpo. Le grida di dolore straziavano l'aria e per le donne e i bambini non restava altra via che la fuga verso il palazzo reale. Alcune abitazioni già ardevano come torce e i nemici continuavano ad avanzare massacrando chiunque trovassero sul loro cammino; era quasi l'alba e la disfatta era sotto gli occhi di tutti.

«Non ce la faremo mai...» sospirò affranto Gherson, asciugandosi il sudore dalla fronte, aveva appena ucciso l'ennesimo Kungamor e già ne stava sopraggiungendo un altro.

Proprio in quel momento da una collina alla sinistra di Sivarin si udì lo squillo di un corno e subito dopo comparvero i Sarmaian; erano una moltitudine immensa. A un cenno di Gulthor si catapultarono giù furibondi lungo il pendio cantando i loro inni di guerra al ritmico rullio dei tamburi e la maggior parte dei Mavourg se li trovò alle spalle, perché già impegnata a superare il varco tra le mura; l'impatto fra le due schiere fu tremendo, tanto da vedersi volare in aria più di una vittima.

Helgrund, sconcertato dalla comparsa dei nuovi arrivati, ordinò di rinvigorire il fianco destro e vi inviò altre truppe; i Sarmaian dal canto loro, respingevano chiunque si parasse contro e in breve riuscirono a raggiungere la breccia, creando una nuova barriera e impedendo così l'ingresso dei nemici: i Mavourg che invece si erano già introdotti in città, furono isolati in piccole sacche e trucidati. Gli Elvaian non credevano ai propri occhi e accolsero con urla di gioia quell'aiuto insperato, mentre i Mavourg parevano infuriati come una belva ferita e pertanto si scagliarono con maggior impeto contro gli avversari; tra l'altro il loro numero non accennava a diminuire, perché ne continuavano a sopraggiungerne altri dalle colline limitrofe.

"Ma quanti sono..." si chiese Gherson sbuffando.

Aveva appena tranciato l'arto dell'ultimo Kungamor ancora in vita che stramazzò al suolo in un ruggito di dolore, poi con un balzo felino il principe di Urwan gli fu sopra e lo finì gridando tutta la sua stizza.

Allora si udì un boato dal cielo e cominciò a piovere a dirotto.

Elazar si svegliò all'improvviso, la finestra si era aperta d'impeto e dietro la tenda agitata dal vento comparve un'ombra.

«Chi sei?» Domandò il bimbo impaurito.

«Non aver timore.»

Elazar riconobbe subito quella voce e alzatosi, le corse incontro. «Malion, che ci fai qui?»

Lei indossava una splendida armatura color argento e l'accarezzò dolcemente. «Sono tornata per compiere la mia opera, piccolo mio; prima però, volevo rivederti.»

«Contro chi devi combattere?» Domandò Elazar titubante.

«Questa è l'armatura di Calaroth, ricordi la sua storia? Ebbene l'ho ritrovata nel bosco e ora andrò anch'io a difendere Avigar dalle orde dei Mavourg.

«Ma Malion, tu...» balbettò Elazar.

Lei lo rincuorò: «Non preoccuparti per me, so il fatto mio e comunque devo affrontare il mio destino.»

«Come sapevi che ero qui?»

Malion sorrise. «Rammenta che anch'io possiedo dei poteri magici, per questo ti ripeto di non stare in pena per me.»

Il piccolo si strinse forte a lei. «Non voglio perderti... ti prego, stai attenta!»

Malion lo baciò un'ultima volta e raggiunse la finestra sparendo poi nel buio, Elazar invece rimase solo, angosciato adesso anche per la sorte di Malion, mentre le tende di seta erano scosse da raffiche sempre più impetuose.

Il temporale portò con sé un'amara sorpresa per gli abitanti di Avigar, che dopo l'arrivo dei Sarmaian già stavano pregustando il sapore della vittoria. Un corno risuonò nell'accampamento dei Mavourg che crearono un ampio corridoio centrale nelle loro fila; sbucarono così nuove creature mai viste prima: i Chroutour, l'ultima risorsa di Helgrund per ribaltare le sorti della battaglia. Erano dei bestioni dalla struttura massiccia con le zampe simili a colonne che terminavano con sette solide dita a forma di zoccolo; avevano una testa enorme con due lunghe corna ai lati che si proiettavano in avanti, il muso lungo e curvo era contraddistinto da spaventosi fauci con denti acuminati che sbucavano dalle labbra, mentre un robusto collare osseo ne proteggeva la regione posteriore: il corpo era rivestito da spesse scaglie nere che sfumavano progressivamente al centro in un grigio cinereo. I Chroutour trasportavano due Mavourg sul dorso; il primo seduto proprio alla base del collo, indirizzava i movimenti della bestia, il secondo subito dietro era armato di arco e frecce che scagliava contro i nemici: erano così numerosi che si faceva fatica a contarli.

A un nuovo segnale i Chroutour si lanciarono alla carica spronati dalle loro guide; l'intero suolò rimbombò sotto lo scalpitio di quella mandria furiosa e anche le mura di Sivarin parvero tremare, come se uno spaventoso terremoto ne avesse scosso le fondamenta.

I Chroutour piombarono con la loro devastante forza d'urto contro i Sarmaian assiepati lungo il varco; questi ultimi non riuscirono a frenarne la carica e furono sbalzati via riportando numerose perdite fra le loro fila. Gulthor fu ferito in quel frangente e i suoi fedelissimi dovettero allontanarlo dal campo di battaglia; anche i giganti provarono ad arrestare la carica dei Chroutour ma furono respinti e molti finirono riversi a terra senza vita. Le schiere dei Mavourg esultarono e si gettarono con rinnovata foga contro il nemico; in breve superarono nuovamente il varco aperto dai Kungamour e gli scontri tornarono a imperversare tra le case in fiamme. Era un massacro come mai visto prima; i Mavourg entravano nelle abitazioni, ammazzavano chiunque trovassero senza alcuna pietà, gettando poi i cadaveri dalle finestre.

Gherson proprio in quel momento fu accerchiato da un nugolo di avversari, un paio di Mavourg riuscì a colpirlo con enormi clave e il guerriero cadde a terra tramortito; Ierax strepitò e si gettò in mezzo per proteggerlo: i nemici allora indietreggiarono, atterriti più dallo sguardo che dal numero di vittime lanciate in aria dall'Aldeivar.

Gherson ancora stordito, si rialzò a fatica sulle ginocchia con le lacrime agli occhi.

«Tutto è perduto ormai...»

Ierax si voltò verso di lui apostrofandolo duramente: «Non devi arrenderti all'oscuro, mai!» Poi artigliò altri due Mavourg scaraventandoli contro le mura.

Fu allora che proprio dal medesimo colle dove erano apparsi i Sarmaian, giunsero nuovi e insperati rinforzi; l'intero manto erboso brulicava di fiere, radunatesi per l'occasione insieme agli altri animali di Avigar, accompagnati dalle Maidaian, pronte anche loro a scendere in campo.

I contendenti si arrestarono a osservare gli ultimi arrivati e un turbinio di emozioni attraversò i loro cuori; molti Elvaian, che avevano abbandonato ogni speranza, ora piangevano dalla contentezza, la maggior parte dei Mavourg invece fu colta dallo sconforto.

Allora Aìsian uscì dallo schieramento e scrutò attentamente la scena, quindi s'inginocchiò; le sue mani penetrarono il suolo e per alcuni istanti la terra sembrò ribollire, poi tra lo stupore generale comparvero dal sottosuolo un centinaio di Ardirock.

Aìsian si rialzò, afferrò un sasso e lo lanciò verso i nemici con una violenza tale da fracassare il capo di uno sfortunato Mavorg raggiunto proprio in mezzo alle orbite; quello era il segnale, subito dopo infatti gli alleati calarono dalla collina. Le belve si avventarono sui Mavourg, mentre gli Ardirock si gettarono nella mischia contro i Chroutour; erano gli unici infatti, che potessero resistere alla carica di quei bestioni: li spazzarono via afferrandoli con le loro poderose braccia di pietra per poi rovesciarli addosso agli altri o frantumandoli a suon di pugni e calci.

Era ormai giorno e i Mavourg stavano allentando la presa, lo stesso Helgrund inferocito più che mai sembrava impotente perché non aveva immaginato quell'ultimo imprevisto. Storse la bocca e digrignò i denti mentre nella sua mente già si materializzava l'atroce incubo della sconfitta; in quel momento udì uno squillo di tromba dalle retrovie e purtroppo non era un suono amichevole: anche i Mavourg si volsero di spalle e il mondo parve crollargli addosso perché erano giunti i Mikeraian insieme ai Feleraian. I primi indossavano la loro caratteristica armatura color rubino che ricordava lo scheletro di un crostaceo, i secondi erano protetti da una corazza azzurra come il mare.

Ecco l'ultima insperata notizia; alcuni giorni prima i Mikeraian avevano raggiunto la città di Sicron ormai allo stremo sconfiggendo la flotta nemica, stretta improvvisamente fra due fuochi: i vincitori erano poi partiti senza indugio alla volta di Sivarin per soccorrere gli Elvaian.

Lo scoramento si diffuse tra i Mavourg accerchiati ovunque. Otharion puntò la spada contro di loro e i suoi guerrieri si rovesciarono sui nemici come un oceano in tempesta; anche Helgrund livido in faccia incitò i suoi, dovevano assolutamente aprirsi un varco tra gli ultimi arrivati per augurarsi la salvezza: alcuni tuttavia erano tremebondi e si gettarono a terra in cenno di resa.

Il loro comandante ne infilzò un paio e minacciò gli altri: «Se non mi ubbidite, vi ucciderò io prima che ci pensino loro!»

Poi corse per primo contro i Mikeraian e dopo averne atterrati alcuni, si scagliò proprio su Otharion gridando come un ossesso; tra i due si accese un aspro e violento duello, alla fine però Helgrund superò le difese di Otharion colpendolo all'addome: il demone ghignò di gioia, estrasse la spada e sollevò il sovrano ferito gettandolo nella polvere, lo sgomento allora si abbatté sul popolo del mare.

Gherson che guidava il contrattacco insieme agli altri condottieri, giunto nelle vicinanze, percepì l'urlo di dolore dei Mikeraian e il sangue gli si gelò nel petto.

«Ierax!» Gridò e subito l'Aldeivar obbedì al suo richiamo, quindi entrambi si precipitarono dove giaceva lo sfortunato re.

«Otharion...Otharion!» Gherson si chinò al suo fianco e inorridì perché il sovrano versava in pessime condizioni; provò a scuoterlo ma Otharion non reagiva sebbene fosse ancora vivo.

Helgrund tuonò dietro di lui: «Finalmente ci incontriamo... qui si deciderà tutto! Guarda come muore il tuo amico, perché presto farai la stessa fine!»

«Maledetto!» Strepitò Gherson, pronto ad affrontare il nemico.

La battaglia cessò tutt'intorno e in entrambi gli schieramenti si rincorsero le voci di quell'imminente duello atteso da ere interminabili, le sorti di Ghenesia erano appese al filo delle loro spade; un uomo era tornato a difendere quella terra dalle orde dei Mavourg e a riportare la pace tra i popoli obbedendo al volere di Yrshar, il figlio di Torkul invece reclamava quel suolo come suo assecondando le mire di Darkos, essendo lui stesso legittimo erede al trono di Sivarin. Tutti allora si assieparono ai lati dei contendenti; in prima fila già si riconoscevano i volti di Galdwjr, Lyanchor e Myron ma subito dopo anche Graven raggiunse il cerchio mortale: i due intanto si studiavano sospettosi camminando lentamente.

Helgrund fu il primo ad attaccare, si mosse veloce ma Gherson riuscì a deviare il colpo con la sua spada.

Helgrund gli sputò addosso. «Stai pur tranquillo, le tue difese non ti aiuteranno questa volta, le mie armi sono state create apposta per superarle.»

«È quel che vedremo.» lo irrise Gherson.

Helgrund fiutava l'aria come una belva in caccia incrociando gli occhi del rivale senza pensare ad altro.

«Coraggio Gherson, ora è il tuo momento, hai già affrontato avversari degni di questo nome e li hai sconfitti! Confida nell'Altissimo e impara dai tuoi errori!»

La voce di Ierax gli infondeva coraggio ma quanti altri pensieri si affollavano nelle menti dei presenti... Gherson li percepiva, erano una moltitudine, le speranze di un'intera generazione. "Non posso fallire... No, non posso fallire! Per me, per loro, per tutti! Mio Dio, mio Dio, aiutami tu! Sostienimi nel momento della lotta, donami la forza di un bufalo! Sconfiggi per me quest'abominio vomitato dal nulla!"

Helgrund schiumò bava dalla bocca: «Non ti ucciderò subito, poco alla volta; ti taglierò a pezzi e li darò in cibo ai Deathrous, poi scorticherò il resto con le mie unghie e berrò dal tuo cranio! Di te non deve rimanere niente, niente!»

Un mormorio di approvazione si udì nelle fila dei Mavourg.

Gherson gli rispose per nulla intimorito: «Anche Vrakur era convinto del fatto suo, eppure sta ancora cibando i vermi laggiù a Lantaur!»

Helgrund ringhiò e batté la propria spada sullo scudo nel tentativo di innervosire l'avversario. «Vartaxar ti chiamano, coraggio, mostrami quanto sei terribile.» e all'improvviso lo assalì menando fendenti in ogni direzione.

Gherson li evitò scostandosi più volte e rimanendo sulla difensiva, aspettava solo l'attimo propizio per scoprire il punto vulnerabile dell'avversario, anche se non riusciva ancora a scovarlo.

Helgrund allungò un altro colpo. «Che fai bastardo? Pensi di stancarmi? Sono più forte di te!»

«Calma, Gherson, stai attento!»

Ierax lo sosteneva nel pensiero, mentre il sudore gli colava giù dalla fronte.

«Avanti, Gherson, attaccalo!» Si lasciò sfuggire Lyanchor impaziente con le mani violacee strette sull'elsa della spada intrisa del sangue nero dei Mavourg.

Invece si udì un nuovo urlo, Helgrund caricò ancora e percosse lo scudo di Gherson con forza spaventosa, tanto che questi dovette chinarsi sul ginocchio sinistro per parare il colpo; l'urto fu tremendo e Gherson perse per un attimo l'equilibro.

Helgrund gli fu subito addosso e scalciò la mano destra di Gherson che lasciò la presa di Altair, poi afferrò Gherson per il collo con entrambe le mani e gli assestò una testata terribile sulla fronte, quindi lo scaraventò nella polvere.

I Mavourg esultarono di gioia, Helgrund allora si guardò raggiante e alzò la spada per uccidere l'avversario; gli Elvaian e i loro alleati chinarono il capo sgomenti per non assistere a quella scena.

Mentre Helgrund stava per calare il colpo però, si sentì cedere la gamba destra; alle sue spalle era comparso un guerriero in un'armatura lucente, che gli aveva reciso il tendine d'Achille.

Helgrund cadde in ginocchio e si voltò furibondo, poi sbiancò in volto: «Chi sei maledetto! Come osi colpirmi? Come hai potuto... Quest'armatura... io la conosco!»

Con uno sforzo sovrumano si rialzò in piedi e si avvicinò zoppicando al nuovo arrivato. Lo sconosciuto per tutta risposta si tolse l'elmo e con grande sorpresa di Gherson comparve il volto di Malion come l'aveva incontrata l'ultima volta, che gli si rivolse imperturbabile: «Vattene! Non è più la tua battaglia, sono io che devo concludere quest'impresa!»

«Tu!» Esclamò Helgrund, incredulo pure lui.

«Non è possibile...sei proprio tu maledetta traditrice! Darkos mi aveva informato... Bene, allora oggi vi ucciderò entrambi e farò un doppio regalo al mio padrone!»

Senza perdersi in ulteriori indugi si gettò su Malion nonostante la ferita lo limitasse nei movimenti.

Un silenzio irreale regnava intorno a loro, pure Gherson ancora stordito dopo aver raccolto Altair, assisteva impotente a uno scontro che per la prima volta non lo vedeva protagonista. Malion non si perse d'animo e dopo aver parato un paio di attacchi del demone, lo ferì all'altro ginocchio spezzando in due l'articolazione; Helgrund cascò al suolo con un tonfo cupo cercando invano di rialzarsi.

Malion gli si accostò impavida. «Questa e Rigal, la spada di Calaroth! Nei tempi antichi fu scritto che solo lei avrebbe messo fine ai tuoi crimini per mano di una donna. Ora si compie quanto fu predetto!»

L'istante successivo Malion sventrò l'addome di Helgrund per poi ritrarre la spada intrisa di sangue, mentre il comandante dei Mavourg ancora incredulo a bocca aperta, crollava nella polvere senza vita; solo allora Malion si voltò allontanandosi da lui.

«Gherson è finita, il male è stato bandito da Ghenesia.» pronunciò infine accennando un sorriso.

«Non è ancora finita!» Strillò carico di stizza uno dei Mavourg presenti che le scagliò addosso la lancia per vendicare l'uccisione del suo comandante.

Nel medesimo istante Gherson dilatò le pupille cercando invano di attirare l'attenzione di Malion, quindi le si gettò addosso ma non riuscì nel suo intento; la poveretta fu colpita alla schiena finendo rantolante tra le sue braccia.

Lyanchor avvampò in viso avventandosi sul malvagio e gli staccò la testa dal collo.

«Sterminiamoli tutti!» Strepitò poi incitando i suoi, mentre i restanti Mavourg in preda al panico già si stavano dando alla fuga; la loro sorte tuttavia era ormai segnata, perché gli abitanti di Avigar dopo averli accerchiati, li massacrarono uno dopo l'altro.

Al termine della battaglia l'intera pianura era disseminata di cadaveri e Gherson non ricordava di aver mai visto niente di simile in passato; per le vie di Sivarin intanto i sopravvissuti si aggiravano increduli con gli sguardi persi nel vuoto, sperando allo stesso tempo di ritrovare i propri cari dispersi.

Gherson adagiò a terra Malion, poi alzò gli occhi e fu colto da un fremito; Elazar stava sopraggiungendo insieme a Naivàra. Il padre allora gli andò incontro e lo strinse forte al petto tanto da togliergli il respiro nascondendogli così la vista, perché non voleva che continuasse a guardare quella mattanza. «Che ci fai qui? Questo non è posto per te!»

Elazar alzò gli occhi verso Gherson tutto sporco di sangue e fango. «Come stai papà, sei ferito anche tu?»

«È tutto a posto figlio mio, tu però vattene subito.»

«Dov'è Malion?» Domandò invece lui ma il padre non rispose.

«Papà, dimmi dov'è! Lo so che è qui!» Strillò questa volta Elazar.

Gherson allora lo prese per mano e insieme tornarono da Malion.

Lei ebbe un sussulto, aprì gli occhi e riconobbe il bambino mentre un rivolo di sangue le fuoriuscì dalla bocca. «Il mio tempo sta per finire...»

Elazar s'inginocchiò, guardò la ferita sanguinante e i suoi occhi s'inumidirono di lacrime.

Malion girò il capo quasi vergognandosi. «È quello che

merito... con tutto il male che ho fatto.»

Elazar per tutta risposta le accarezzò le guance e i capelli.

«Ti voglio bene Malion, come se fossi la mia mamma.» furono le uniche parole che riuscì a pronunciare.

«Non ho mai avuto un figlio...ma tu sei stato il dono più grande che potesse capitarmi.» fu la sua risposta.

Elazar riprese con la voce rotta dai singhiozzi: «Sono certo che oggi riposerai nelle braccia di Yrshar e anch'io presto sarò con te.»

«Che cosa stai dicendo?» Ansimò lei.

Elazar però ebbe un singulto mentre le sue mani scivolarono lungo le braccia di Malion.

Proprio in quel momento sopraggiunse Aìsian, che chinò il capo afflitta. «Dunque avevi ragione... le profezie si sono avverate. Perdonami, se le mie parole possono avere ancora senso, ti chiedo perdono, sono stata ingiusta con te, non avevo capito... non avevo compreso.»

Fu allora che comparve fra loro un fascio di luce splendente e tutti si coprirono gli occhi per il bagliore, poi tra lo stupore generale si materializzò la figura di Mishael. L'angelo avanzò lentamente e raggiunta Malion s'inginocchiò davanti, le accarezzò il viso sofferente, quindi sfiorò con le mani la ferita che scomparve all'istante. «Sono venuto a prenderti.» sussurrò infine.

A Malion si illuminarono gli occhi. «Dici davvero?»

«Certo! Il Suo amore è infinito.»

Anche il viso di Malion si rasserenò. «Sì, hai ragione... sai, ora i miei occhi lo vedono, torno a rimirare lo splendore di Yrshar. Sì! Tu sei il mio Signore, oggi sono pronta ad accogliere il tuo amore.»

A quel punto Mishael accarezzò Elazar lì accanto. «Non temere per lei, ora sta bene, il nostro compito qui è ormai concluso ed è giusto che Malion torni a contemplare la gloria dell'Altissimo ma stai tranquillo, presto ci rivedremo; coraggio, ora è giunto il tuo tempo!»

Elazar annuì e solo allora Mishael prese Malion nelle sue braccia per poi scomparire entrambi da Ghenesia.

Graven e Naivàra fino a quel momento attoniti come il resto dei presenti, si accostarono commossi al piccolo stringendolo forte a loro.

Nello stesso momento l'attenzione di Gherson fu attirata da alcuni Mikeraian che lo stavano chiamando.

«Otharion!» Esclamò lui toccandosi la fronte.

Il sovrano del Mikeraian giaceva morente poco distante e aveva chiesto di lui.

«Hai visto... alla fine ci siamo incontrati di nuovo.» esordì ansante.

Gherson gli fece cenno di non affaticarsi ma lui storse le labbra. «Non burlarti di me... sappiamo entrambi che per me è finita ma è meglio così. Ci tenevo a dirti però che Vasuada è tornata e mi ha perdonato... Ora il piccolo è con lei e posso morire in pace.»

Ebbe un sussulto, reclinò il capo e spirò.

«Otharion... Otharion!»

Gherson gli afferrò la testa tra le mani ma lui non rispose, allora gli tolse la maschera d'oro e gli chiuse gli occhi; dopo averne baciato la fronte deturpata dalle cicatrici, impugnò l'ultima gemma di Maiclon che aveva ancora in tasca e la strofinò nell'aria.

«Addio Otharion, re dei Mikeraian, hai già pagato le tue colpe in questa vita, riposa sereno nelle braccia di Yrshar.»

La polvere di Maiclon non si disperse nel vento, depositandosi invece sul viso del re che in breve tornò all'antico splendore; una lacrima brillò sulle palpebre di Gherson, perché aveva compreso che Yrshar aveva perdonato Otharion.

CAPITOLO XXIX

Nonostante la mirabile vittoria sui Mavourg quelli furono giorni tristi; molti avevano perso i propri cari e la gioia per il successo fu stemperata dai lamenti dei superstiti per le vittime innocenti. Una profonda malinconia pervadeva l'intera valle, accentuata anche dai roghi innalzati davanti alle mura dove bruciavano i corpi dei nemici; all'interno della città furono invece rese le esequie ai caduti. Terminati i giorni del lutto, tutti si adoperarono per riparare i danni più urgenti; quando poi ogni lacrima fu tersa, la gente si riunì nuovamente per stare insieme e cercare di dimenticare le proprie amarezze. Per la prima volta dall'inizio dei tempi i rappresentanti di tutte le razze festeggiavano in armonia, persino l'uomo era presente nelle persone di Gherson e di Elazar. I cantori intonavano le loro melodie nelle piazze inneggiando agli eroi del passato ma soprattutto celebrando le vicende recenti e chiunque si lasciava andare a balli e danze per le strade.

Nel culmine delle solennità Aumar entrò nel palazzo reale. L'intero salone era affollato da personalità di spicco in abiti lunghi e sfarzosi e lo stupore fu grande tra gli Elvaian, quando videro la gemma che portava al collo e che splendeva di luce propria, Aster la pietra preziosa di Ascalon. Molti rivolsero lo sguardo al ritratto dell'antico re affrescato su una parete per sincerarsi che fosse proprio il leggendario gioiello di cui si era persa traccia insieme al legittimo proprietario; i più accostarono le mani al volto stupefatti: come mai era indosso a quel vecchio a molti sconosciuto?

Aumar intanto procedeva senza fretta e ogni passo sembrava accrescerne l'autorità, pareva che il luogo stesso mostrasse una particolare riverenza nei suoi confronti;

giunse infine in fondo al colonnato e si arrestò davanti ai troni mestamente vuoti.

Galdwjr si fece avanti e gli rivolse la parola: «Aumar ti riconosco, sei proprio tu, perché porti quella pietra al collo? Dove l'hai trovata?»

L'altro percosse il marmo col bastone e quel rintocco rimbombò ovunque. «Aster è mia da quando fu lavorata, mi fu regalata da Natael, l'antico precettore dei Sarmaian; io sono Ascalon, primo re degli Elvaian.»

Un clamore si levò tra i presenti che strabuzzarono gli occhi, nessuno infatti poteva credere a quelle parole.

«Questa è la verità, non ve ne sono altre, io sono Ascalon sovrano degli Elvaian, tuttavia non desidero più questo scranno da molto tempo e non t'invidio Galdwjr figlio di Uveron; mi è stata concessa una lunga vita per comprendere la conseguenza dei miei sbagli e per imparare a sperare in un mondo nuovo.»

Gherson si accostò a Galdwjr tenendo Elazar a braccetto. «È davvero lui, la prima persona che incontrai su Ghenesia; ho avuto modo di conoscerlo e di scoprire il suo segreto.»

Galdwjr chinò il capo mentre gli altri continuavano a rimanere in silenzio a debita distanza, pareva avessero timore ad avvicinarsi.

«Come hai fatto a raggiungerci?» Domandò Gherson.

Ascalon accennò un sorriso. «Ho ancora qualche amico nella foresta, dopo essermi ripreso dalle ferite, mi hanno accompagnato alcune Maidaian. Come potevo mancare... ormai sono vecchio e sento che il mio tempo sta volgendo al termine; desideravo tornare qui un'ultima volta e soprattutto ringraziarti per il bene che hai reso al mio popolo e a Ghenesia.»

Dopo quelle parole, accennò un inchino ma Gherson lo frenò subito: «Guarda che non ho fatto proprio nulla di particolare, è stata Malion a uccidere Helgrund, io ho solo combattuto insieme al tuo popolo, molti di loro invece hanno compiuto gesti eroici; piuttosto, perché affermi di esser giunto alla fine dei tuoi giorni? Che cosa te lo fa pensare?»

Ascalon sospirò. «Ci sono sensazioni difficili da spiegare ma che avverti nell'animo; ricordi il nostro colloquio prima della tua partenza per Sivarin? Alludesti al fatto che eravamo accumunati dal medesimo destino: tu dovevi riportare la pace su Ghenesia, anche se non sapevi come agire, io invece avrei dovuto contemplare la tua opera conclusa prima di morire. Oggi la tua missione è compiuta, che altro mi resta da constatare?»

Gherson non azzardò alcuna replica rimanendo in silenzio.

Fu allora Galdwjr a intervenire rivolgendosi ad Ascalon: «Vieni, ti accompagno al tuo legittimo trono.»

Ascalon s'irrigidì. «Non sia mai!»

Galdwjr però s'inginocchiò davanti. «È tuo! Lo è sempre stato e ti spetta di diritto!»

Poi si alzò e ordinò a tutti stentoreo: «Inchinatevi ad Ascalon sovrano degli Elvaian e rendetegli omaggio.»

Un brusio si sparse per la sala ma nessuno osò disobbedire al volere di Galdwjr.

Il vecchio sovrano fu quindi accompagnato al trono e si sedette davanti all'assemblea.

Troppe, davvero troppe erano state le emozioni provate dalla gente in quei giorni, contemplare addirittura coi propri occhi un re riemerso dal passato, era davvero inconcepibile! Tutti quanti tuttavia si avvicinarono circospetti ad Ascalon riverendolo, quasi avessero di fronte una divinità; in quel momento invece l'anziano re avvertiva solo il peso degli anni insieme alla consapevolezza di essere stato perdonato dei propri errori.

La mattina seguente Gherson scese nei giardini reali con Elazar. Il padre notò subito che il figlio sembrava più serio del solito ed era stranamente taciturno, inoltre gli teneva la mano assai stretta; allora decise di sedersi su una panchina e invitò il bimbo a fare altrettanto.

«C'è qualcosa che non va?» Gli domandò infine.

«Questa notte non ho dormito molto.» rispose laconico Elazar.

«Come mai?»

«Ti ricordi quando parlai con quella strana creatura luminosa prima di arrivare a Sivarin?»

«Certo.» rispose Gherson tornando indietro con la mente a quell'episodio; sembrava trascorsa una vita, eppure erano passati solo un paio di settimane: gli avvenimenti di quell'ultimo periodo lo avevano decisamente travolto e non aveva più avuto modo di rifletterci, d'istinto si morse il labbro e si sentì in colpa per non esser tornato sull'argomento con Elazar.

Il figlio riprese a parlare con calma: «Questa notte è tornata a trovarmi.»

«Ti ha parlato di nuovo?»

Elazar scosse il capo in senso affermativo.

«Ebbene, che ti ha detto?» Lo sollecitò il padre.

«Mi ha spiegato cosa fare.»

Gherson rimase in silenzio a riflettere. Già, che cosa doveva fare Elazar? Anche lui era giunto su Ghenesia e, a quanto pare, non solo per assecondare le ambizioni di Darkos.

«Ebbene raccontami un po'.» domandò allora Gherson tra il curioso e il preoccupato.

Elazar divenne ancor più serio in volto. «Conducimi da Elesian e lì capirai.»

«Da Elesian?» Domandò Gherson ora titubante.

«Sì padre, sono nato per questo.»

Gherson lo guardò perplesso come se non avesse compreso.

Elazar lo sollecitò di nuovo: «Papà, porta anche Ascalon con noi, non c'è più tempo da perdere!»

«Mah...» balbettò Gherson.

Il bimbo allora gli strinse forte la mano. «Papà, fa' come ti ho detto, ti prego.»

«Va bene.» assentì il padre, convinto alla fine da tanta insistenza.

Giunsero così sulla collina di Meldor di fronte al cupo roveto. Gherson smontò da Ierax insieme a Elazar che si avvicinò a quell'immane groviglio di aculei; c'erano anche Ascalon insieme ad Aìsian e il vecchio appariva molto turbato.

«Non toccarli! Sono velenosi.» Gridò il padre, ma appena Elazar si accostò furono i rami stessi a ritrarsi aprendo una via tra le spine com'era successo tempo prima proprio a Gherson.

«Aspettami!» Gli ordinò Gherson raggiungendo il figlio e prendendolo per mano.

Camminavano adagio perché Ascalon avanzava a fatica respirando affannosamente e sfregandosi il petto; più di una volta Gherson si trattenne chiedendogli se volesse tornare indietro, ma lui fece sempre segno di proseguire.

"Poveretto..." considerò tra sé Gherson e gli si strinse il cuore, immaginando le sensazioni che poteva nutrire l'anziano re.

Quando arrivarono davanti a Elesian, tutt'intorno regnava un silenzio irreale.

«È qui, non è vero?» Domandò Ascalon esitante.

Aìsian gli accarezzò il braccio. «Sì padre, è di fronte a noi.»

Ascalon continuò a bassa voce, quasi in un sussurro: «Sai, riesco a sentirla, percepisco il suo dolore.»

Gli altri si intrattennero a osservare la pianta dagli esili rami cadenti; pareva secca se non fosse stato per quell'esile fogliolina lanceolata che spuntava in basso.

Il tempo scorreva adagio e Gherson si rivolse al figlio in attesa di una risposta. Allora Elazar abbracciò il padre e lo strinse forte, poi accennò un sorriso dicendo: «Siamo chiamati a fare nuove tutte le cose.»

Le sue dita scivolarono via mentre si avvicinava a Elesian con lo sguardo ancora rivolto al genitore.

Gherson era incredulo non sapendo che rispondere.

Elazar raggiunse l'albero sacro e lo toccò; nello stesso momento accadde un fatto prodigioso, Elesian s'illuminò e il suo aspetto mutò poco alla volta sotto gli occhi esterrefatti dei presenti. Le sue radici si ritrassero dalla terra, i rami divennero filiformi e si colorarono d'oro, il tronco assunse l'aspetto di una donna bellissima in una veste candida che aprì gli occhi guardandosi intorno smarrita; Erianna aveva ripreso le sue antiche sembianze, mentre ai suoi piedi stava il giovane Euleos ancora esanime: Elazar ne lambì il braccio ed Euleos si destò.

Nel medesimo istante Ascalon ebbe un fremito, i suoi occhi tornarono a vedere la luce e s'inumidirono di lacrime. «Ora ti vedo... ora ti vedo un'ultima volta! Allora la morte è stata davvero vinta, il cerchio è stato infranto! Posso finalmente addormentarmi anch'io nelle braccia di Yrshar.»

Così dicendo si appoggiò a un rovo senza esserne punto; anche quei rami, infatti, stavano cambiando aspetto ritraendo le spine e dando vita a nuovi germogli.

«Che significa tutto questo?» Domandò Gherson improvvisamente colto dal timore.

Elazar ora rifulgeva di luce, simile a come l'aveva visto durante lo scontro con Vrakur. «Papà, non devi più temere per me, io sono venuto per riportarli alla vita e aprirvi una nuova via alla speranza.»

«Figlio, ma che dici...» esitò Gherson che ormai cominciava a comprendere e d'istinto s'avvicinò loro.

«No papà, non è ancora il tuo momento. Ricordi? Devi completare la tua opera su Arvhèia; là tornerai un giorno ma non sarai solo, la mamma e io saremo sempre con te.»

Poi Elazar prese per mano Euleos e Erianna e tutti e tre volarono via sparendo ai loro occhi; frattanto uno splendente arcobaleno era comparso nel cielo tornato improvvisamente turchino. Gherson rimase a lungo in ginocchio e pianse senza voler esser consolato; non fu l'unico però a commuoversi quel giorno, quando la notizia dell'accaduto raggiunse Sivarin.

CAPITOLO XXX

Dopo le esequie di Ascalon, tumulato a perenne memoria proprio dove si ergeva Elesian, l'intera città si preparò all'incoronazione di Galdwjr. Vi fu un gran radunarsi di persone, perché la notizia della vittoria si era sparsa in tutta Ghenesia, così chiunque si affrettava alla volta di Sivarin; le vie erano gremite di donne e bambini, mentre i musicanti rallegravano con le loro note ogni angolo della città illuminato di luci policrome.

Galdwjr raggiunse il palazzo attraversando la strada principale ricoperta da petali di fiori tra una folla inneggiante; indossava una cotta d'argento e un lungo manto bianco fermato al collo da Aster, la gemma preziosa appartenuta ad Ascalon, che il vecchio re gli aveva donato volentieri la sera prima di morire.

«È tua...» gli aveva manifestato in separata sede, «...Ormai non mi resta molto tempo da vivere, sento che le forze vengono meno e te la cedo volentieri. Tu sarai un buon re se saprai servire i tuoi sudditi e non le tue ambizioni, come purtroppo feci io in passato.»

Il giovane principe giunse infine davanti al palazzo reale ed entrò nella sala del trono, dove già lo stavano aspettando le supreme autorità, tra cui i sovrani delle altre nazioni; c'erano Lyanchor, Myron, Samuyr insieme a Vasuada, la nuova regina dei Mikeraian, accompagnata da Galhan e dalla moglie Ailish.

Galdwjr s'avvicinò al trono e gli fu consegnata la corona.

A quel punto pronunciò le seguenti parole: «Se oggi mi trovo qui, è grazie all'opera e al valore di tutti voi. In pegno di riconoscenza vorrei che fosse proprio Gherson a porre questo diadema sul mio capo, lui è stato il principale artefice di quanto è stato compiuto, questa è la sua vittoria; d'ora in poi chiunque appartenga al genere umano sarà ben accetto su questo suolo, il tempo degli odi e dei rancori è concluso!»

Allora Gherson si fece avanti, prese la corona e la pose sulla testa di Galdwjr inginocchiato davanti a lui.

Le trombe squillarono e la folla acclamò il nuovo re, mentre questi camminava ora tra la gente guadagnando nuovamente l'ingresso del palazzo, dove una moltitudine di persone lo attendeva in tripudio sul piazzale; nei giorni seguenti molti sudditi furono poi recati al suo cospetto per essere ricompensati del loro valore. Quello però fu anche il tempo dei saluti; un po' alla volta tutti gli altri condottieri si accomiatarono da Galdwjr per rientrare alle loro dimore, giurandosi amore fraterno; anche Gherson si congedò dai suoi amici che non riuscirono tuttavia a confortare il suo dolore. Naivàra rientrò a Lauron al servizio di Samuyr sperando di dimenticare le inquietudini che seguitavano a perseguitarla; il suo addio fu uno dei più struggenti perché la Tindainun in quel breve lasso di tempo si era affezionata a Elazar e la scomparsa del bimbo l'aveva molto provata. Graven cercò invano di trattenerla, poi però decise di tornare a Leiksar Karim, avendo percepito nell'intimo uno strano richiamo verso la sacra dimora; all'inizio non vi aveva dato particolare credito, convinto che fosse esclusivamente dettato dalla nostalgia: poi però diede ascolto a quella voce e partì con l'intento di riportare Leiksar Karim all'antico splendore.

La stagione autunnale era ormai alle porte e l'umore di Gherson non accennava a migliorare neanche un po', nonostante trascorresse gran parte delle giornate tra feste e banchetti che lo stesso Galdwjr organizzava per sollevarlo di morale. Ci voleva ben altro però per scacciare la malinconia dal cuore di Gherson; ancora una volta era rimasto solo e nemmeno le lusinghe e i complimenti delle più affascinanti dame di corte sarebbero stati in grado di colmare la solitudine che era tornata ad albergare nel suo animo. Fu così che una mattina decise di estraniarsi da quell'ambiente ameno che mal si attagliava alla sua condizione; chiamò Ierax e insieme volarono oltre le colline verso Noren. Dopo l'addio di Elazar i due non si erano più visti, Ierax percepiva i tormenti del compagno e se ne doleva pure lui; avrebbe voluto parlargli ma alla fine decise di attendere che fosse proprio Gherson a cercarlo, per cui attese pazientemente quel momento, certo che prima o poi sarebbe giunto.

Il cielo era di un blu intenso e sotto di loro il paesaggio andava cambiando rapidamente: le verdi colline avevano ceduto il posto a rilievi montuosi ricoperti da boschi di castagni che sembravano non terminare mai; le foglie si stavano ingiallendo e i ricci già maturi erano prossimi a cadere. In lontananza Gherson scorse tre vette slanciate, simili alle dita di una mano che si stagliavano armonicamente verso l'alto; incuriosito chiese a Ierax di puntare in quella direzione.

Atterrarono sulla cima più alta, quella centrale, e furono accolti da una raffica di vento che per poco li fece ruzzolare. Gherson allora si sedette su una roccia e sempre in silenzio continuò a contemplare il panorama; sotto di lui molto più in basso la foresta si prolungava oltre l'orizzonte, incorniciando un'infinità di corsi d'acqua che sfociavano in laghi immensi, intervallati da imponenti e fragorose cascate.

«Che hai? Sono giorni che non mi parli.»

Gherson rispose senza voltarsi: «Tu mi conosci, sai

bene quali siano i miei sentimenti.»

«Tuo figlio non è morto.»

Anche questa volta la voce proveniva dalle sue spalle ma non era quella di Ierax.

Gherson però ne riconobbe subito il timbro e reagì all'istante: «Ramson! dovevo immaginarlo... Allora non è un caso se ci troviamo qui.» ammiccò poi verso Ierax.

«Il caso non esiste, dovresti saperlo ormai.» replicò Ramson.

Rimasero tutti assorti alcuni istanti, poi Gherson riprese sconsolato: «So bene che Elazar non è morto anzi, probabilmente ora è felice insieme a sua madre, io però, non lo trovo giusto! Tutta questa storia è un gioco al massacro, ho impiegato una vita per ritrovare mio figlio e ora l'ho perso di nuovo...»

Solo allora Gherson si voltò continuando verso il vecchio: «...Vedi, ultimamente sono anche tornato a dubitare di Yrshar e della sua volontà; mi dispiace, non sarò mai un awax vaimar.»

«Perché?»

Gherson afferrò un sassolino e lo lanciò in aria. «Nel mio corpo scorre sangue umano e io resterò sempre e solo un uomo con le mie debolezze e incredulità, io non sono Elaiar!»

«Nessuno ti ha mai obbligato a essere come lui e soprattutto non svendere il tuo lato umano! Elaiar ha deciso di rimanere su Arvhèia perché amava Antalia.»

Gli occhi di Gherson si accesero all'improvviso. «Dato che sai tutto, perché Yrshar ha scelto mio figlio per quel compito e non me! Perché ha dovuto sacrificare lui? Non c'ero già io su Ghenesia? Già, forse non ero all'altezza... forse ho commesso troppi errori in passato! Non ero abbastanza innocente per riportare in vita Erianna e Euleos?»

Ramson accennò un sorriso.

Gherson lo fissò quasi risentito. «Che hai da ridere ora?»

«Quando fai certe affermazioni, assomigli a quel vaso che suggerisce le proprie forme al suo artefice. Nessuno di noi, me compreso, sa perché Yrshar abbia agito così e forse non lo sapremo mai; quel che conta invece, è camminare ognuno nel proprio solco. Guarda tuo figlio! Non credi che anche lui sarebbe stato contento di rimanere con te? Eppure ha fatto una scelta, gli è stata prospettata un'alternativa e ha accettato liberamente il suo fato, liberamente ripeto, perché poteva anche rifiutarsi. C'è un piano di Dio ma c'è sempre la libertà dell'uomo, ricordalo!»

Ramson terminò la frase serio in volto.

Gherson abbassò lo sguardo quasi vergognandosi delle sue affermazioni e tornò a sedersi. «Perché sei qui?»

Questa volta il vecchio riprese in tono più conciliante: «Sono venuto a complimentarmi con te per le tue gesta.»

Gherson sorrise ironico. «Forse non sei ben informato, Helgrund è stato ucciso da Malion, non da me.»

«Tu però hai obbedito dando origine a tutto, come quel sassolino che hai appena lanciato... Non sottovalutarlo mai, fosse anche un granellino di sabbia, perché talvolta, come nel tuo caso, può smuovere una valanga di eventi. Apri gli occhi, grazie a te l'armonia è tornata a regnare su Ghenesia e molto presto altri angeli solcheranno questo cielo insieme a creature meravigliose come Ierax, dilettando i popoli con la loro presenza.»

Gherson raccolse altre due pietruzze mostrandole al vecchio. «Il mondo è pieno di sassolini...»

«Il dolore e la solitudine ti inducono a certe asserzioni.»

«Allora vedi che ho ragione? Non sono in grado di seguirti, sono troppo debole.»

Ramson portò le braccia conserte. «Eppure Yrshar la

pensa diversamente.»

Gherson lo fissò di nuovo. «Tu che ne sai?»

«Presto dovrai tornare su Arvhèia, prima di quanto tu creda.»

«A far che?»

«Non ricordi? Devi convincere gli uomini che Ghenesia è casa loro; qui ormai sono tutti pronti a riaccogliere il genere umano.»

Gherson scosse il capo scettico. «Come farò? Com'è possibile condurre qui intere nazioni?»

«Non ti preoccupare, abbi fede e quando sarà il momento, vedrai che tutto si appianerà. Rammenta chi eri e come Yrshar ha agito con te, non dimenticare i tuoi trascorsi.»

«Bah... mi sembra tutto così assurdo, ma forse è meglio così, cambiare aria mi aiuterà; poi se dubiteranno di me, forse vedendo Ierax crederanno a lui.»

«Ierax non ti seguirà su Arvhèia.»

Gherson questa volta mutò espressione guardando entrambi sbigottito. «Perché mai?»

Ramson invece continuò a parlare con la calma che da sempre l'aveva contraddistinto: «Prima di raggiungere la tua terra, dovrai affrontare un altro compito di straordinaria importanza e solo dopo, se tutto andrà per il verso giusto, potrai rimettere piede su Arvhèia.»

Gherson pareva sempre più perplesso. «Mmm... la faccenda si fa seria, non potresti essere più chiaro?»

«Stai tranquillo, per ora non posso accennarti altro, comprenderai tutto al momento opportuno.»

«Quando sarebbe?»

«Presto, prima di quanto tu creda, perciò ti consiglio di rientrare a Sivarin e di prepararti.»

«Stai alludendo che non avrò il tempo di salutare nessuno?»

«Una volta accennasti a qualcuno che gli addii possono essere molto tristi, ricordi?»

Gherson tornò al suo passato e gli sovvennero le immagini dell'ultimo incontro con Tamar.

«Tu che ne sai?» Domandò infine.

«Ho avuto modo di chiacchierare con lei dopo la tua partenza...»

Gherson inspirò profondamente: «Già Tamar... Anche lei è una di noi, non è vero?»

L'altro annuì.

«Il suo incontro non fu un caso allora... D'altra parte lei stessa mi raccontò che era stato Valdor a suggerirle di cercarmi. C'è qualcos'altro che devo sapere?»

«Fai troppe domande e non c'è tempo di risponderti. Non temere, capirai tutto prima di quanto tu immagini.»

Gherson sbuffò: «Va bene! Dammi almeno un aiuto, come convincerò gli uomini a credermi?»

«Raccontagli di te, narragli quanto hai visto e comunque ricordati che non sarai mai solo; già l'hai sperimentato, quando meno te l'aspetti, le strade ti si spianeranno davanti.»

Gherson allora si alzò in piedi. «E sia! So che sei veritiero e poi mi hai salvato la vita, avrò sempre un debito nei tuoi confronti.»

Ramson lo abbracciò. «Coraggio, forse non è un addio, chissà... magari un giorno ci rivedremo.»

Gherson accennò un sorriso. «Sta bene!»

Quindi si voltò verso Ierax. «Tu non hai niente da dire? Sai che mi mancherai?»

«Anche tu! Sei un prode guerriero, anche se un po' troppo spavaldo; sono stato contento di essere al tuo fianco e credo proprio che Elaiar sia orgoglioso di te.»

Gherson divenne paonazzo dall'imbarazzo e cambiò argomento: «Voi invece che farete?»

«Per il momento resteremo qui, c'è molto da lavorare... Ricostruire Sivarin ad esempio, insegnare ai popoli di Ghenesia a vivere insieme e poi prepararli al ritorno dell'uomo, non credi?»

Gherson ancora a disagio si sfregò il capo. «Sei troppo ottimista, vecchio mio.»

«È possibile, ma ho i miei buoni motivi.»

Una volta rientrato nella sua stanza, Gherson s'inginocchiò davanti al letto e cercò di far silenzio nell'animo come non accadeva da tempo; le emozioni degli ultimi giorni erano state davvero tante, tutti quei duelli, quelle battaglie e poi la perdita di Elazar... troppe pure per uno come lui.

«Mio Dio sono stanco... Sono solo e non ho le forze per riuscire in questa nuova impresa. No, non ce la farò! Aiutami, ti prego.» continuò così in quel monologo per un paio di siklein.

Poco prima del tramonto si alzò e cominciò a prepararsi; indossò l'armatura e ripose sul letto i suoi pochi averi, decidendo di portare con sé solo quegli strani oggetti dalle punte aguzze scagliategli contro dai demoni la notte trascorsa a Folkard. "Chissà... forse potrebbero tornarmi utili un giorno, non si può mai sapere."

Bussarono alla porta.

«Avanti!»

Galdwjr entrò nell'anticamera e Gherson s'inchinò davanti.

«Che stai facendo?» Domandò Galdwjr sorridendo.

«Porgo gli ossequi al re degli Elvaian.»

«Per te sono e rimarrò sempre Galdwjr, le avventure che abbiamo trascorso insieme ci rendono più che semplici conoscenti.»

«Ti ringrazio per le tue parole.» si schernì Gherson imbarazzato.

Galdwjr non rispose subito ma si accostò al dipinto sulla parete. «Non abbiamo più avuto modo di parlare in questi giorni, intendo da soli; so che stai soffrendo per tuo figlio e me ne rammarico, anche se la sua scomparsa ha schiuso il cerchio di tenebra che avvolgeva Ghenesia.»

Gherson non replicò e chinò il capo, per cui Galdwjr riprese a parlare: «Immagino che presto tornerai su Arvhèia, anche se non so ancora quando. Innanzitutto volevo dirti che mi mancherai; non esistono doni che possano compensare la tua opera ma sappi che se Yrshar lo vorrà, noi saremo pronti a soccorrerti, dovunque tu sia.»

Detto questo, prese dalla tasca un sacchetto e lo porse a Gherson; l'Urwain l'aprì e nel palmo della sua mano si riversarono un gran numero di diamanti e altre pietre preziose.

«Non posso accettare.» accennò Gherson titubante.

Galdwjr gli chiuse il pugno. «Invece sì, ne avrai sicuramente bisogno! Hanno un valore inestimabile, potresti comprarci un intero esercito.» sorrise infine terminando la frase.

Poi si tolse il mantello grigio di seta, ornato di ricami arzigogolati alle estremità e glielo porse. «Tieni, lo cucì mia madre per me; è uno dei pochi ricordi che ho di lei ma te lo dono volentieri, tu per me sei come un fratello.»

Entrambi allora si abbracciarono giurandosi ancora una volta eterna amicizia con gli occhi inumiditi dalle lacrime.

Era ormai notte e Gherson stava contemplando nei

giardini reali le candide stelle già sbocciate nel cielo blu zaffiro; l'aria era tiepida e recava con sé un gradevole aroma boschivo. Era solo, appoggiato alla balconata del terrazzo che guardava verso la collina di Meldor, dove in passato aveva colloquiato con Jesavel e il suo cuore era di nuovo gonfio di tristezza e nostalgia.

Ripensò ancora una volta al figlio: "Lui ha salvato Ghenesia da Darkos... Elazar era il figlio del reietto, quello che secondo le profezie doveva liberare Ghenesia dal male, nessuno l'aveva compreso, neppure io. La tua sapienza mio Dio, è davvero oltre ogni immaginazione; un bambino capace di sconfiggere il signore del male... chi avrebbe mai potuto arrivarci? Eppure le parole di Ramson, per quanto profonde, non mi hanno convinto completamente, Elazar è stato preferito per la sua innocenza e adesso non è più con me. Se in passato non fossi stato un sanguinario, forse sarebbe stato tutto diverso... forse Yrshar avrebbe scelto me ed Elazar a quest'ora sarebbe ancora vivo. Io invece, che ci faccio qui?! Che senso ha continuare a vivere come un vagabondo? Non ho più moglie, figli..."

Dopo essersi congedato da Galdwjr, Gherson aveva sentito il bisogno di uscire dalla sua camera ed era sceso nei giardini reali, dove aveva incontrato alcuni Elvaian che l'avevano salutato sorridendo e lui aveva contraccambiato allo stesso modo; poi inaspettatamente tutti si erano eclissati, anche gli uccelli che di solito rallegravano quei luoghi con le loro dolci melodie si erano acquietati, sembravano scomparsi o forse volevano solo rispettare i suoi sentimenti.

Gherson stava continuando a fissare la collina che aveva ripreso l'antico splendore, quando all'improvviso avvertì una nuova brezza che gli sfiorò il viso recando con sé un piacevole profumo di rose; subito dopo una voce femminile interruppe la quiete che lo circondava.

«Tutto è cominciato lì tanto tempo fa...»

Gherson si voltò di scatto e rimase stupito. «Tamar tu qui!? Ma tu, tu sei...» non riuscì però a proferire altre parole.

«Allora non ti sei dimenticato di me... Sì Gherson, sono io.» continuò lei accostandosi con calma. Indossava una lunga veste splendente ed era circondata da un alone di luce, i riccioluti capelli corvini scendevamo oltre le spalle e i suoi occhi smeraldo luccicavano come astri.

Gherson non si era ancora ripreso dallo stupore e si strofinò la nuca. «Ho visto la tua immagine in una cripta a Leiksar Karim, perché non me l'hai mai detto?»

«Come avrei potuto? Mi avresti creduto?» Riprese lei mentre si sedeva accanto.

Gherson rimase in silenzio mentre nella mente riapparvero le immagini di quei giorni vissuti insieme, sembrava trascorso un secolo.

Tamar non riusciva a comprendere se quel turbamento fosse legato alla sorpresa o se ci fossero altri motivi, per cui decise di rompere gli indugi posando entrambe le mani sulle ginocchia: «Non ti ho potuto raccontare tutto di me perché io stessa non avevo mai accettato la mia natura e ho cercato in ogni modo di fuggire al mio destino, fin quando sei spuntato tu nella mia vita complicandola ulteriormente, perché...»

Si trattenne un attimo esitando, mentre le sue guance arrossivano, quindi si fece forza e continuò: «...Perché dentro me avevo cominciato a provare un sentimento importante nei tuoi confronti.»

Gherson seguitò a tacere e chiuse gli occhi.

«Avrei voluto tutto tranne questo... era meglio se non fosse accaduto, se non ci fossimo mai incontrati.» riprese lei sconsolata mentre chinava il capo.

«Perché ora invece me ne parli?» Domandò lui.

Tamar levò lo sguardo sospirando, anche se adesso sembrava più determinata: «Penso sia giunto il momento di narrarti la mia storia come facesti tu quando ci siamo conosciuti; in verità non ho mai saputo nulla della mia nascita, solo che venni portata ancora in fasce a Khareem Vasta dove conobbi Ramson, anche se il mio precettore fu Valdor. A quel tempo non avevo ancora una chiara cognizione dei miei poteri, poco alla volta però, iniziai ad avere alcune premonizioni e fu allora che acquisii una maggior consapevolezza del mio destino. Quando lo ritenne opportuno, Valdor mi condusse nella cripta segreta e lì contemplai alcune immagini del mio possibile futuro con le relative conseguenze, terribili in alcuni casi specialmente per me. Non ti nascondo che rimasi profondamente turbata e così decisi di scappare; in fondo la mia vita è sempre stata un'eterna fuga dalle responsabilità, forse ero troppo piccola e non potevo comprendere, forse avevo solamente tanta paura... considera che ero solo una dodicenne. Dopo innumerevoli peripezie raggiunsi la valle dove abitava Ainur, che mi trovò spaventata nel bosco; non avendo figlie femmine mi accolse nella sua casa adottandomi come fossi sua. Non tutti però approvarono quella decisione, Gabaon in particolare, il mio fratellastro maggiore, non accettò mai la mia presenza, soprattutto quando le mie visioni cominciarono a intensificarsi; aveva timore di me e così alla prima occasione cercò di allontanarmi: convinse parte del villaggio che ero una strega e che avrei procurato solo sfortune e disgrazie a tutti. Il vecchio Ainur fu costretto a vendermi ad Arsen anche se poi se ne pentì come il resto della gente, perché si erano resi conto della mia innocenza. La mia nuova condizione di serva peraltro non mi creò particolari disagi; certo, la vita in cucina era faticosa, tuttavia vivevo nascosta e questo era per me una gran consolazione: chi avrebbe mai pensato che un angelo si nascondesse tra pentole e padelle? In quanto al mio padrone, un tipo davvero superstizioso, per lui era sufficiente che lo consigliassi quando me lo chiedeva o lo curassi dai suoi mali di stagione; le mie doti gli facevano davvero comodo e comunque, alle strette, avrei saputo benissimo difendermi anche da sola. Poi quel giorno arrivasti tu a Lamoran... Quando appresi della tua venuta, tremai, perché già ti avevo visto nei miei sogni; ero consapevole che le nostre vite si sarebbero in qualche modo intrecciate ed ero molto combattuta, ma alla fine compresi che il mio destino mi avrebbe perseguitato ovunque, nonostante avessi cercato di scansarlo in ogni modo. Allo stesso tempo però ero curiosa di conoscerti e il tuo comportamento mi colpì profondamente; così quando Valdor mi chiese di raggiungerti perché eri in pericolo, accettai di buon grado, tu infatti eri già parte della mia vita e sebbene avessi cercato di evitarlo, per me non eri più uno sconosciuto: poi il resto lo sai pure tu...»

Chinò il capo, arrossendo di nuovo.

Gherson l'aveva ascoltata attentamente e appena ebbe terminato le domandò: «Che cosa avevi presagito su di noi? Posso saperlo ora?»

Tamar notò un certo disappunto nel tono della voce e riprese con calma: «Comprendo il tuo risentimento dato che non ti ho raccontato subito la verità, ma sinceramente ti ripeto, mi avresti mai creduto? Ricordi come reagisti quella sera nel deserto? Guarda che non è stato semplice, anche perché tutto quel che so di me l'ho acquisito nel tempo.»

«Vai avanti!» La invitò allora Gherson interessato schiudendo il palmo della mano.

«La prima volta ero ancora bambina... riconobbi me stessa davanti a un enorme sagoma nera nascosta nel buio e mi mancava l'aria. In seguito quella visione tornò a ossessionarmi più volte e in ogni occasione riuscivo a focalizzare qualche nuovo particolare. Tempo dopo scorsi nel medesimo antro un leone enorme che mi accompagnava ed ebbi paura di lui; era robusto e i suoi artigli simili a pugnali, la criniera folta e i suoi occhi... i suoi occhi erano i tuoi Gherson, lo stesso sguardo, la stessa espressione! Questo però l'ho intuito solo dopo averti conosciuto, invece già prima avevo capito chi fosse l'essere oscuro, era Darkos!»

Un brivido la scosse mentre si nascondeva il viso tra le mani.

«Gherson, ancora non l'hai inteso? Siamo uniti da un comune destino, affrontare Darkos! Yrshar desidera che quella creatura immonda torni a lui, vuole cancellare tutte le sue colpe e noi siamo i messaggeri.»

«Perché noi? Perché non qualcun altro?» Domandò Gherson ansioso di sapere.

«Yrshar da sempre ha donato a tutti la libertà di scelta e non può obbligare Darkos costringendolo contro la sua volontà.»

«Perché Valdor non ha voluto che tu venissi con me su Ghenesia?»

«Perché aveva paura dei miei sentimenti e forse anche dei tuoi... temeva che ci avrebbero distolto dalle nostre responsabilità; tu dovevi affrontare un'infinità di pericoli e non potevi essere distratto da altro: chissà, probabilmente Valdor avrà avuto modo di scrutare il Libro della Vita e forse avrà immaginato che...»

Tamar smise di parlare visibilmente imbarazzata, ma Gherson sembrò non accorgersene e la esortò a proseguire.

«Forse ore comprenderai perché mi adirai con te quando incontrammo gli Ascaur; ogni tua azione ci spingeva irrimediabilmente verso il nostro destino ed era proprio quello che non volevo: in quei giorni poi ci siamo conosciuti meglio e ho cominciato a provare nuove emozioni... inoltre stando con te non ho più avuto paura.»

Tamar sfiorò il balcone e guardò le stelle che luccicavano nel cielo. «Sai, spesso nei momenti di malinconia ho pensato a noi; tu sei discendente di un angelo come me, è come se avessimo entrambi un'unica ala: se tuttavia rimaniamo uniti, forse un giorno potremo tornare a volare...» chinò il viso quasi vergognandosi per quelle parole appena pronunciate.

Anche Gherson abbassò la testa sconsolato poggiandosi al ballatoio.

«Perdonami Tamar, ma è tutto così confuso che ancora non me ne capacito, ho appena perso mio figlio e nel corso di questa maledetta guerra sono morte persone a me care; adesso sei ricomparsa tu all'improvviso raccontandomi questa storia così assurda... ma ti credo, oh sì che ti credo, se non altro per le esperienze vissute in questi ultimi mesi: dunque, che cosa dovremmo fare?»

Tamar non rispose ma prese Gherson per mano e quasi all'istante furono immersi entrambi in un vortice creatosi dal nulla scomparendo da Ghenesia.

Fu un attimo e Gherson ebbe la netta sensazione che non avrebbe più rivisto quei luoghi. Ierax, Galdwjr, Aìsian, tutti quei volti conosciuti... li avrebbe più incontrati? Una fase della sua vita sembrava conclusa, le loro immagini tuttavia sarebbero rimaste sempre vive nel suo cuore.

CAPITOLO XXXI

Ora si trovavano entrambi in un luogo buio e inquietante, dove il freddo pungente ne trafiggeva le membra, tanto da sentirsi scossi dai brividi; avevano difficoltà a respirare, perché l'aria era permeata da un fetore nauseabondo. Il bagliore dell'armatura di Gherson era appena percettibile, sembrava soffocato da un alone venefico; ovunque c'era un silenzio angosciante e misterioso che non lasciava presagire nulla di buono. Si guardavano spaesati senza parlare, per timore di evocare chissà quale altro maleficio. Con il passare del tempo i loro occhi si abituarono all'oscurità e scorsero lì vicino, in quella landa desolata e arida, confinata in qualche oscuro angolo dell'universo, un'enorme cavità simile a un cratere vulcanico. Incoraggiandosi a vicenda, decisero di incamminarsi verso il crinale e, giunti nei pressi della cresta, dovettero turarsi il naso con i gomiti: il lezzo proveniva proprio da lì, da quell'immensa voragine che si perdeva a vista d'occhio sotto di loro.

«Dicono si sia formata a seguito della spaventosa caduta di Darkos; la terra si è scostata per non esserne sfiorata, almeno finché ha potuto.» sussurrò Tamar.

Gherson sospirò. «Non ho mai avvertito un tanfo simile; l'ineluttabilità della morte, il rifiuto della vita, la mancanza di speranza... e noi vi ci stiamo proprio addentrando!»

Le sue labbra abbozzarono poi un sorriso sarcastico. «Neanche il più folle tra i folli sarebbe così temerario.»

Tamar, con il viso contratto dalla paura, cercò di rinfrancarlo: «Solo per obbedienza... solo per obbedienza! Ora comprendi perché sono fuggita tutta la vita al mio destino? Ormai però è troppo tardi; animo, andiamo!»

Dopo quelle parole, sfiorò la mano di Gherson per sentirsi rassicurata ed entrambi si calarono nell'oscura spaccatura seguendo un irto sentierino radente la parete e a tratti quasi inesistente. Il tempo scorreva adagio come le gocce di sudore che colavano dalle loro fronti nonostante il freddo intenso; i cuori battevano sempre più forte quasi all'unisono e sembravano rimbombare in quella conca che andava restringendosi verso il basso. Quando giunsero al fondo, in quel silenzio tombale si parò dinanzi un impervio pertugio nero come la pece ed entrambi provarono una nuova improvvisa repulsione, come se i loro corpi rifiutassero di proseguire.

"Obbedienza!" Intimò Gherson a sé stesso, sebbene un magone gli pesasse addosso come un macigno.

All'improvviso avvertirono un alito nel nulla e subito dopo le loro orecchie percepirono suoni lamentosi che ondulavano penosi nell'aria, poco alla volta anche i loro occhi riuscirono a focalizzarle: erano scie eteree che volteggiavano intorno aumentando sempre più, man mano che scendevano in quel pozzo senza fine. In alcuni momenti sembravano volerli toccare, ombre che cercavano disperate di accostarsi, attirate dal loro spirito vitale; erano anime perdute, alcune si libravano nell'aria, altre indugiavano immobili, altre svanivano per ricomparire subito dopo, tutte però con la medesima espressione angosciata priva di speranza.

«Chi siete stolti mortali che osate entrare nel regno dei dannati? Andatevene, forse siete ancora in tempo, avete così fretta di consegnarvi al signore del male per tutta l'eternità?»

Un coro di lamenti seguì quel monito angoscioso.

I due allora si arrestarono e Tamar stupì Gherson in un sussurro: «Non dovete preoccuparvi per noi, anzi, abbiate fiducia...» alzò leggermente la mano come se volesse accarezzarne qualcuna; al suo contatto però, quelle svanirono come fumo nel vento.

"Abbiate fiducia... ma che sta vaneggiando? In cosa poi... non certo in noi, poveri sventurati." rifletteva Gherson tra sé pervaso dalla paura; sì, questa volta ne aveva anche lui. Si sentiva fragile e da molto tempo non provava più quella sensazione che gelava il sangue nelle vene, quindi si rivolse a Tamar sollecitandola a scendere e lei annuì. Continuarono a camminare lungo un cunicolo dalle pareti ruvide e opprimenti che procedeva irregolare e scosceso, seguiti da un numero sempre più considerevole di quegli spiriti infelici che facevano da contorno.

Quand'ecco comparire tra le altre un'immagine dai tratti noti. «Io ti conosco Gherson, Tanisdar Tindaril, maledetto tra i maledetti... allora c'è una giustizia a questo mondo! Pure da vivo sei finito in questo luogo di atroci tormenti.»

La frase terminò con una risata stridula che rese l'ambiente ancor più tetro. Gherson focalizzò meglio la figura in quel buio ed ebbe un fremito, era l'anima di suo cugino Arcadis.

Questi si parò di fronte puntando il dito evanescente. «Guarda dove mi hai mandato, infame! Costretto a vagare in queste tenebre per l'eternità... che tu sia dannato per sempre!»

Poi si udì provenire dal basso una nuova lugubre voce: «Cos'è tutto questo baccano?»

Le anime fuggirono impaurite, compresa quella di Arcadis che volò via dopo aver lanciato un'ultima occhiataccia al cugino. Si avvertì un rimbombo di passi e comparve un'enorme figura alta più di un diacron di carnagione vermiglia; aveva una testa imponente con un nerboruto corno ricurvo in mezzo alla fronte che si continuava nel naso, mentre gli occhi sanguigni sporgenti ai lati, si agitavano furiosi nelle tenebre. Dalla nuca emergevano delle protuberanze spinose che proseguivano lungo il dorso terminando in una lunga coda penzolante, che sbatteva minacciosa ora a destra ora a manca; le mani sembravano le teste di serpenti che si muovevano sibilando nel buio.

La bocca si aprì di nuovo lasciando trapelare una lingua biforcuta: «Stolti, chi vi ha autorizzato a entrare da vivi nel regno di Darkos?»

Tamar d'istinto si attaccò a Gherson. «È Vurkul, il custode delle anime dannate.»

«Un tipo degno del massimo rispetto.» soggiunse l'Urwain mettendo mano all'elsa della spada.

«A proposito, ci sono altre sorprese di cui non sono al corrente, oppure abbiamo...»

Non riuscì però a completare la frase, perché fu gelato dallo sguardo di lei. «Credevo che tu lo sapessi e comunque vorrei ricordarti che anch'io mi trovo qui per la prima volta!»

Gherson sospirò: «Già... la prima e temo anche l'ultima per tutti noi!»

Detto questo, sguainò Altair che sfolgorò nelle tenebre inondando di luce quell'ambiente funesto, quindi rotti gli indugi, esclamò: «È Yrshar che ci manda! Scostati, se non vuoi essere ucciso!»

Quella frase fu subito seguita da un sordo brontolio e da un'imprecazione: «Non sai che certi nomi qui sono proscritti? Questa è la dimora di Darkos l'oscuro! Io sono Vulkur, il suo guardiano e tu non hai nessun potere quaggiù! Pagherai a caro prezzo la tua insolenza.»

«Questo lo vedremo!» Replicò Gherson, mentre le anime dei dannati tornarono a ondeggiare intorno, sfiorando i due contendenti.

Tamar si nascose silenziosa dietro le spalle del compagno.

Vulkur attaccò subito con uno scatto felino, Gherson però fu più veloce e con un rapido movimento tranciò di netto l'arto destro del demone che schizzò via continuando a contorcersi al suolo; Vulkur urlò di rabbia e una vampata di fuoco gli uscì dalla bocca investendo Gherson che fu protetto dall'armatura.

Tamar approfittò di quell'attimo per fuggire via lungo il corridoio.

«Dove vai?» Le gridò Gherson ma le sue parole si persero nel nulla, la donna era già lontana con un'idea fissa nella testa; era giunta la sua ora, il tempo di compiere la sua missione.

«Non puoi andare da sola, non ci riuscirai!» Strepitò nuovamente Gherson.

Ancora una volta niente, non si udì risposta; di fronte a lui era rimasto solo quel demone che schiumava odio dalla bocca, ferito e più inferocito che mai.

«Lasciami andare, non ho tempo da perdere!» Gli ordinò Gherson improvvisamente colto dall'ansia e dal timore che potesse accadere qualcosa di grave a Tamar.

Vulkur per tutta risposta gli vomitò contro un'altra vampata e poi un'altra ancora.

«Tu non andrai da nessuna parte! Io ti fermerò! Alla tua amica ci penserà il mio padrone.»

«No! Questo no!» Gridò Gherson gettandosi addosso al rivale e menando fendenti ovunque.

Vulkur però si era fatto prudente, comprendendo allo stesso tempo che il nemico aveva perso la calma e avrebbe potuto commettere qualche passo falso; si muoveva adagio studiando con attenzione le mosse dell'avversario, poi improvvisamente il suo braccio destro reciso poco prima, riprese vita e afferrò la gamba di Gherson che perse l'equilibrio e cadde a terra. Il demone allora lo raggiunse subito e lo sollevò agguantandolo per il collo; Gherson si divincolava ma Vulkur lo stringeva sempre più forte. «Ti spezzerò in due maledetto!»

Infine Vulkur stizzito scaraventò l'avversario contro la parete; si udì un tonfo cupo e Gherson finì riverso nella polvere. Il demone gli si avventò addosso e con due calci allontanò Altair, mentre un terzo lo rifilò in faccia all'Urwain con il viso ormai tumefatto e sanguinante; a quel punto Vulkur afferrò l'arto amputato e lo serrò al collo di Gherson mentre trionfante si divertiva a colpire il poveretto con la sua coda irta di aculei.

Gherson in debito d'aria arrancava senza sapere come reagire, poi quasi per caso scorse un luccichio davanti agli occhi, lo focalizzò meglio e scorse una di quelle stelle metalliche che aveva portato con sé, probabilmente caduta a causa dei colpi ricevuti; senza indugiare oltre, l'afferrò scagliandola contro Vulkur colpendolo in fronte. Il demone strepitò dal dolore e con la mano sana cercò di staccarsi quello strano oggetto.

Nello stesso istante Gherson si liberò dell'arto che gli stringeva il collo e lo gettò via, poi corse verso Altair, l'afferrò e l'affondò nel ventre dell'avversario. Vulkur dilatò le pupille inorridito, guardando impotente la parte trafitta; dal foro d'ingresso scaturirono nuove piaghe che andarono propagandosi lungo tutto il corpo, finché il demone si disintegrò in una miriade di frammenti, lasciando Gherson a bocca aperta.

Il clangore di Altair caduta a terra lo riportò in sé.

«Dannazione non c'è tempo da perdere! Devo ritrovare Tamar prima che si cacci nei guai!»

Così detto, agguantata Altair, riprese a correre lungo l'angusto pertugio.

Tamar nel frattempo aveva raggiunto la fine del corridoio che sbucava proprio al centro di un enorme antro desolato dalle pareti irregolari. Il cuore le galoppava nel petto e sentiva una gran fame d'aria, respirò profondamente ma subito dopo avvertì una fitta profonda al basso ventre che la fece piegare in due; fu colta dal terrore perché ora c'era solo Darkos di fronte a lei.

L'oscuro stava seduto su un trono di pietra, era alto poco più di un diacron con il corpo nero nudo e robusto.

Tamar in preda all'angoscia girò gli occhi intorno in cerca di un improbabile aiuto, ovunque però regnava un'immensa solitudine; allora chiuse le palpebre e, setacciando quel po' di coraggio che le era rimasto nelle viscere, avanzò adagio.

«Chi sei?» La voce penetrò il suo intimo mentre l'ombra di Darkos le incombeva sopra; lui non aveva aperto bocca, eppure Tamar aveva udito nitide quelle parole.

"Sta comunicando attraverso la mente." rifletté lei mentre sulla cute viscida e glabra del demone si disegnavano a intermittenza strani simboli color rubino.

Darkos schiuse gli occhi, evidenziando due pupille simili a braci ardenti.

«Il mio nome è Tamar.» rispose lei esitando.

«Ti stavo aspettando.»

Darkos, accortosi dello smarrimento dipinto sul volto della donna, riprese disinvolto: «Davvero pensavi che non sapessi della tua venuta?»

Lei cercò di mascherare le sue paure: «Forse ne eri al corrente, ma probabilmente non conosci il motivo.»

Non era facile aprir bocca, perché il senso di vuoto che la circondava prosciugava tutte le sue forze.

Darkos poggiò la mano al mento e domandò sarcastico: «Coraggio allora, cerca di stupirmi e rivelami perché sei qui!»

Tamar alzò gli occhi adagio e iniziò a parlare con voce tremolante: «Yrshar mi ha inviato; Lui ti ama e desidera che ritorni a lui, aspetta solo un segno ed è pronto a riaccoglierti, il mio compito era riferirti questo messaggio.»

Darkos esitò, anche se il suo corpo continuava a emettere incessante quell'andirivieni d'immagini pulsanti, dopo una breve pausa tuttavia l'oscuro ruggì il suo disappunto: «Perché dovrei tornare? Per essere un servo? Per implorare un po' d'affetto da qualcuno? Io non voglio niente! Io voglio essere solo nella mia solitudine, reclamo la mia autonomia! Voglio essere io a stabilire che cosa è giusto per la mia vita e basta! Nessuno, nessuno deve decidere per me!!!»

Quella voce fu come un boato che scosse l'intimo di Tamar, Darkos terminò la frase sollevandosi dallo scranno e questa volta spalancò la bocca; ne uscì un suono stridente acutissimo e subito dopo una vampata di fuoco.

Tamar si turò le orecchie con le mani per proteggere i timpani da quella vibrazione dolorosa ma invano, perché da entrambi i meati scaturirono due rivoli cremisi, quindi esausta, si accasciò a terra.

Darkos si sedette nuovamente sul trono e spostando le gambe, lasciò intravedere che erano incatenate alla base del seggio, mentre dietro la schiena comparvero due enormi ali nere.

A questo punto riprese con voce suadente: «Tamar, povera piccola, ti ho fatto male? Forse non ti avevano preparato a dovere al nostro incontro! Non ti hanno mai parlato dei miei poteri? Sono infiniti!»

Lei faticava ad ascoltarlo ancora china sul pavimento e cercò di rialzarsi un po' alla volta.

«Tamar, Irsharvar Eldramian... Tamar, la schiava del Creatore, che bel soprannome, anche se poi non mi sembra proprio così adatto; sbaglio o anche tu in passato hai disobbedito al Suo Volere? Anche tu sei fuggita, non è vero? Allora sei come me, non ti pare?»

Le sue parole erano improvvisamente divenute simili

al miele.

Tamar giaceva al suolo in preda alla disperazione, mentre il demone la dominava dall'alto compiaciuto; ai suoi occhi sembrava che strisciasse come un verme.

"Mi ha sfiancata... mi ha lasciata senza forze e ora vuole sedurmi. Mio Signore aiutami, non lasciarmi sola in questo combattimento, non sono in grado di resistergli se Tu non sei con me.»

Gherson giunse in quel frangente ma si accorse di non poter intervenire, si sentiva frenato da una forza misteriosa; alla fine comprese che era proprio Tamar a proteggerlo con le sue ultime energie. La donna era ormai convinta di aver fallito, presto sarebbe crollata e l'unica preoccupazione rimastale era che almeno Gherson potesse fuggire sano e salvo; l'awaixa adesso appariva davvero provata.

L'oscuro riprese: «Suvvia Tamar, perché essere schiava quando puoi essere regina, quando puoi decidere il tuo presente e il tuo futuro senza dover chiedere conto a nessuno? In fondo tutte le volte che sei scappata, hai desiderato proprio questo, lo sai anche tu che è così; coraggio, vienimi accanto, ti voglio per me!»

Si alzò di nuovo dal trono e si avvicinò con tutta calma mentre lei si dimenava a terra scuotendo invano la testa per scrollarsi di dosso quelle lusinghe che le si stavano insinuando nell'animo.

Darkos era giunto ormai a pochi passi dalla sua vittima con le catene tese come corde dietro le spalle; accostò la mano destra al viso della giovane fin quasi a sfiorarla. «Suvvia Tamar, io posso aiutarti, smettila di torturarti inutilmente! Ho solo bisogno di un tuo gesto, di un semplice sì; dillo Tamar, dillo! Ti libererò per sempre da questa tentazione, non posso farlo se non vuoi. Mi basta un sì, perché in fondo al cuore già sai che sei mia, tu sei già mia, sei sempre stata mia! Accettalo e vieni con me, maledetta con me!»

«No!!!» L'urlo di Tamar lacerò le pareti della caverna, quindi la donna sollevò il volto rigato dalle lacrime singhiozzando: «No! Se il mio destino era di morire recandoti questo messaggio per te inutile, allora lo accetto; uccidimi pure e fallo subito!»

Darkos ringhiò e il suo volto si contrasse in una miriade di simboli oscuri, poi la sollevò da terra afferrandola per il collo mentre lei si dimenava inutilmente soffocata dalla presa. «Stupida awaixa, credi di risolvere i tuoi problemi morendo? Se ti rifiuti, ti costringerò io a cambiare idea torturandoti un po' alla volta... non sei la prima, sai? È una mia prerogativa. Povera piccola, considera quanto sia stato buono il tuo Creatore, ti ha mandato qui da sola a mani nude contro il più grande fra i seduttori. Povera agnellina... contro di me non puoi avere nessuna speranza, io ho deciso che devi essere mia!» Ghignò con gli occhi carichi d'insana passione.

«No!» Questa volta fu Gherson a gridare e come un leone si scagliò su Darkos, colpendo con Altair il braccio che afferrava Tamar e il demone la lasciò cadere a terra.

Tamar visse in quel momento l'immagine che l'aveva a lungo torturata; la fiera che si avventava su Darkos per liberarla dalle grinfie del male.

Allora con quel poco di forza che aveva ancora in corpo si rivolse a Gherson. «Vattene sciocco, fuggi! Il mio destino è morire per liberarvi tutti.»

«Se questo è il tuo destino, allora sarà anche il mio!» Rispose Gherson mentre Darkos guardò con nuovo interesse l'ultimo arrivato.

«Tu chi saresti, sentiamo.»

«Vartaxar, discendente di Elaiar.» rispose lui mostrando Altair.

Darkos emise una lugubre risata che echeggiò in tutto

l'antro e i suoi occhi brillarono come fuoco: «Benvenuto tra noi, finalmente ci incontriamo... era da tempo che aspettavo questo momento, da prima che ti riempissero la testa con tutte quelle chiacchiere assurde, da prima che ti permettessero di ostacolare i miei progetti! Coraggio allora, perché sei qui? Non certo per omaggiarmi, immagino.»

«Non credo proprio!» Replicò Gherson stentoreo.

«Allora che sei venuto a fare? Non credo per sfidarmi spero, sei davvero così folle?»

Darkos diceva il vero, solo un pazzo avrebbe potuto affrontarlo.

Gherson, soggiogato dalla paura, cercò tuttavia di restar calmo. «Hai ragione, sei più forte di noi due, ma con l'aiuto di Yrshar ti sconfiggeremo; di questo sono convinto, altrimenti il nostro Dio non ci avrebbe inviato allo sbaraglio, incontro a una morte certa.»

Darkos questa volta ridacchiò di gusto: «Povero idiota, mi fai quasi pena... d'altra parte lo capisco pure, con tutte quelle frottole che ti hanno raccontato.»

«Non lo ascoltare!» Gridò Tamar.

Darkos si girò verso la poveretta e la fulminò con gli occhi: «Zitta tu, che sei già mia!»

Nello stesso istante Tamar si portò le mani alla gola come se le mancasse il respiro, cercando invano di divincolarsi da una morsa invisibile che la attanagliava.

«Che cosa le stai facendo? Che cosa le stai facendo?» Urlò Gherson avvicinando minaccioso Altair al torace del demone.

«Ci tieni alla ragazza? Beh se vuoi, te la darò ma in cambio dovrai promettermi la tua fedeltà.»

Gherson guardò Tamar ormai ridotta allo stremo, mentre Darkos non accennava a liberarla da quei tormenti. «Ascoltami figlio dell'uomo, prima di uccidere Tamar ti invito a riflettere su alcuni aspetti di questa vicenda, poi dipenderà tutto da te, anche la vita di questa donna. Tu non sei qui per difendere Tamar e questa povera disgraziata non è venuta per convincermi a tornare sui miei passi, Yrshar vi ha teso una trappola inviandomi da me con l'inganno; anche voi infatti siete due ribelli, né più né meno di me. La tua amica ha disobbedito per una vita intera al volere del vostro Dio, tu invece sei un assassino! Sì mio caro, è inutile nascondere la verità, tu sei un assassino! Per questo vi trovate qua, Yrshar vi ha punito per le vostre malefatte relegandovi qui con me. No Gherson, non ti scandalizzare, accetta i fatti per quel che sono, anzi sarò franco con te, tu sei molto più che un assassino; se ragioni solo un istante, ti accorgerai quanto il male sia radicato in te: anche tu sei dannato e in fondo già lo sapevi.»

Gherson abbassò lo sguardo un istante; era difficile sostenere quello di Darkos e soprattutto le sue verità. "Sì è vero, ha ragione, quante volte in passato ho cercato di capire chi fossi e alla fine ho solo visto un pozzo vuoto senza fondo; la mia anima è nera come la pece! In un modo o nell'altro tutte le mie azioni sono sempre state dettate dall'egoismo e dalla paura di morire. Sì è vero, anche Ierax me l'ha spesso chiesto, perché sfidavo la morte? Perché ne avevo paura ed era l'unico modo per esorcizzarla, questa è la verità!»

Tamar ebbe un sussulto e gli si rivolse quasi implorandolo: «Non ascoltarlo, non lo fare...» poi chiuse gli occhi sfinita da quella tortura.

«Maledetto! Stai cercando di ingannarmi!» Urlò Gherson scacciando quei pensieri dalla mente e gettandosi contro l'avversario.

«Povero illuso...» replicò Darkos con il viso divenuto un turbine di colori.

All'improvviso il demone vomitò una valanga di fuoco che investì Gherson ma fortunatamente Altair separò le fiamme che si dispersero ai lati.

«Non puoi vincere!» Gridò Gherson divenuto un fascio di nervi tesi, perché mai si sarebbe sognato di incontrare un nemico simile nella sua vita.

Di nuovo Darkos sputò contro di lui tutto il suo furore e ancora una volta Gherson riuscì a difendersi.

A quel punto l'Urwain ebbe un'intuizione. "Che sto dicendo? A pensarci bene non è la prima volta che l'affronto; ha cercato sempre di sedurmi coi suoi inganni... sono già caduto e mi sono rialzato e quando non potevo, qualcun altro mi ha soccorso!»

La sua spada brillò e così l'armatura come mai era accaduto prima, tanto che l'intera grotta fu immersa da quel bagliore, la stessa Tamar ancora nella polvere socchiuse le palpebre risvegliata dalla luce; il leone stava combattendo ancora.

Con un balzo Gherson menò un affondo con Altair ma Darkos fu più veloce e si ritrasse; allora nella destra del demone comparve come per magia una lunga spada con innumerevoli dentature lungo la filatura e nella sinistra un enorme scudo tondo fiammeggiante. I due contendenti cominciarono a martellarsi a suon di stoccate e colpi di taglio, tanto che l'antro riecheggiava del loro clangore; poco alla volta la grotta si riempì di una moltitudine di anime evanescenti attirate da quello scontro furibondo. Darkos era furente, non tollerava che quell'insulso individuo gli resistesse e allora menò un fendente tremendo con l'intenzione di fracassargli il cranio; Gherson vacillò ma riuscì a parare il colpo, tuttavia lo scudo fu sbalzato via.

Il demone ringhiò di nuovo: «Ti do un'ultima possibilità; presto sarò libero e se ti arrendi, verrete entrambi con me lontano da questo mondo di tenebra.»

«Non sarò mai tuo schiavo!» Urlò Gherson.

«Stupido idiota!»

Darkos investì in pieno l'avversario col suo scudo e nell'impatto l'elmo volò via dalla testa dell'Urwain.

L'oscuro esultò di gioia, si avvicinò a Gherson e calò giù la spada. «Muori!»

«No!» Strepitò disperata Tamar.

Proprio nel momento in cui la lama incontrava il viso del rivale, Darkos fu avvolto da un fuoco ardente.

Lui stesso contrasse l'espressione del viso, un misto di gioia e furore, poi eruppe a gran voce: «Sono libero! Sono libero! Sono libero!»

Il suo corpo si affrancò dalle catene e scomparve all'istante, trascinato via insieme a una scia infinita di anime nere; subito dopo tutto divenne nuovamente buio mentre Tamar e Gherson giacevano a terra doloranti, il principe colava sangue dalla fronte ma nonostante tutto raggiunse la donna riversa sul fianco.

«Tamar, Tamar come stai?»

La prese tra le braccia accostando l'orecchio al petto; respirava ancora.

Tamar schiuse gli occhi e le apparve davanti il viso sfigurato del compagno.

«Gherson, sei ferito!»

«Non è niente, non morirò per questo... ascoltami invece! Darkos è fuggito e siamo rimasti soli.»

«Non siamo soli, ricordi tutte quelle anime? Alcune sono già qui, non le vedi?»

Gherson si guardò intorno cercando di aiutarsi con la luce che ancora emanava l'armatura e un po' alla volta focalizzò le scie fumose che volteggiavano tremebonde attorno a loro.

Tamar allora riprese a parlare: «Se Darkos è scappato, significa che qualcuno è riuscito a liberarlo con oscuri malefici, chissà dove si troverà ora... speriamo non sia dove temo.»

Gherson la guardò perplesso.

Lei continuò sollecita: «Su Arvhèia Gherson, non capisci? Ti prego però, non farmi parlare ora, mi manca l'aria e mi duole il torace.»

Gherson allora l'aiutò a distendersi meglio, mentre gli spiriti dei dannati cominciarono ad avvicinarsi sempre più, circondandoli poco alla volta.

«Che cosa volete da noi?» Intimò Gherson alzando Altair e puntandola contro di loro. Qualcuna volò via accorata, ma la maggior parte rimase lì ondulando.

La mano di Tamar accarezzò la sua. «No Gherson, non li spaventare, abbassa la spada.»

Lui però replicò subito: «Che stai dicendo? Non ti accorgi che abbiamo fallito? Darkos è fuggito e se davvero si trova su Arvhèia, laggiù non ci sarà più speranza per nessuno; noi invece siamo qui prigionieri senza via di scampo in compagnia di queste anime perdute.»

Tamar lo guardò con dolcezza, simile a una madre indulgente verso il figlio quando fa i capricci. «Ma non capisci? Noi non abbiamo fallito, l'intento di Yrshar era anche di riportare alla sua dimora questi poveretti.»

Gherson non rispose ma si asciugò la ferita che colava sangue lungo il viso; non doveva essere certo un bello spettacolo.

Tamar invece si rivolse a quell'esercito di spiriti che aveva ormai popolato l'enorme antro: «Ascoltatemi! Voi tutti avete vagato senza speranza in questi luoghi maledetti per innumerevoli anni a causa delle vostre malefatte, oggi vi è offerta la possibilità di redimervi e di tornare nelle braccia dell'Altissimo. Sta a voi la scelta.»

«Ma com'è possibile? Chi li porterà da Yrshar?» Domandò Gherson sorpreso; lei però non rispose.

«Non dirmi che saremo noi?» Chiese di nuovo lui sempre più perplesso ma la donna chinò il capo.

Infine Tamar si rianimò, alzò lentamente il viso e guardandolo come se avesse voluto imprimerlo per sempre nella mente, sussurrò: «Ascoltami Gherson, ti sono davvero grata, più di quanto tu creda, mi hai insegnato a non aver paura e abbiamo compiuto insieme l'opera affidataci da Yrshar; spezzare le catene che tenevano prigionieri della morte questi condannati per ricondurli al Padre. Ora però le nostre strade si separano; non puoi venire con me, la mia missione termina qui, tu invece devi completare la tua.»

Gherson sembrava confuso e rimase a bocca aperta.

Tamar lo sfiorò un'ultima volta per poi discostarsi, accompagnata lentamente da chi aveva deciso di seguirla; non tutti infatti accettarono, qualcuno restio, scelse di rimanere lì e soffrire le pene eterne.

Accadde allora che una luce investì quel luogo senza tempo, una scala splendente si aprì verso l'infinito e Tamar con quanti erano con lei ne furono risucchiati, Gherson invece fu avvolto da un turbine d'aria che lo ricondusse su Arvhèia.

Quella stessa notte Varanis era seduto nella sua camera davanti al tavolo con lo sguardo perso nel vuoto. Le notizie appena giunte andavano oltre le più rosee previsioni; gli Adamaint erano stati sconfitti così come l'esercito di Arvor, la regina Ainousa aveva riportato gravi ferite e forse era già morta, Arvaj inoltre era stato catturato. Adesso poteva davvero considerarsi il signore incontrastato di quasi tutte le terre emerse; restavano solo i Toultaian da soggiogare lassù nel Noren ma domare quei selvaggi sarebbe stato un gioco da ragazzi. C'era soltanto un ultimo fastidioso neo che lo separava dal tripudio completo, non conosceva la sorte del nipote; Gherson era sparito, svanito nel nulla: qualcuno in realtà aveva asserito che fosse fuggito in un altro mondo.

«Bah, che razza di fandonie! Roba da vecchi rimbambiti...» alzò gli occhi al cielo disgustato; ancora una volta quel maledetto non gli permetteva di godere appieno della sua vittoria, possibile che non riuscisse a vederlo morto una volta per tutte? Quella singolare scomparsa lo infastidiva più dell'insopportabile spina che gli tormentava il calcagno.

Dette un pugno sul tavolo. «Dannazione!»

Stava ancora meditando quando udì all'improvviso una folata di vento, le tende furono scosse e subito dopo si materializzò nella stanza un essere orrendo, imponente e nero come la pece con gli occhi simili a braci ardenti; nel medesimo istante comparve uno stuolo di fumose scie lamentose che saturarono poco alla volta l'intero ambiente.

«Finalmente ci incontriamo Varanis.»

Il re si alzò tutto tremante. Com'era possibile? Lo sconosciuto non aveva aperto bocca eppure aveva udito chiaramente le sue parole.

«Chi sei?» Domandò infine esitante.

«Come chi sono? Non mi riconosci? Io sono Darkos il tuo padrone. Con le tue azioni mi hai servito fedelmente in tutti questi anni e sei stato ben ricompensato come vedi; hai avuto quello che volevi: potere, fama, gloria... sbaglio o sei il padrone di Arvhèia?»

Varanis indietreggiò e, inciampando nella sedia, cadde a terra terrorizzato. «Che ci fai qui? Che cosa vuoi da me?»

«Sei stato un buon amministratore e ora vengo a riprendermi quanto mi spetta, compresa la tua stessa vita!» Terminò Darkos con una risata orribile.

«No! No!» Gridò Varanis in preda al panico.

Il re cercò disperatamente di fuggire ma invano, perché fu avvolto da una vampata di fuoco mentre ancora urlava e di lui non rimase che ben misera cenere sul pavimento.

Darkos aveva osservato in silenzio l'accaduto e poco alla volta assunse le sembianze dello sfortunato tiranno, quindi si avvicinò ai rimasugli di Varanis e li sparse via con un calcio, poi ghignò di piacere: «Finalmente sono libero di governare su un mondo tutto mio!»

Le anime dei dannati che l'avevano seguito continuavano a girargli intorno sibilando in attesa dei suoi ordini; allora Darkos si rivolse loro: «Coraggio miei fidi, volate nella valle degli scheletri, un esercito di pietra vi sta aspettando per prendere vita, non fatelo attendere oltre!»

Senza altri indugi, gli spiriti uscirono dalla stanza dirigendosi verso il deserto, smaniosi di reincarnarsi in un nuovo corpo per compiere le loro efferatezze.

NOREN
NAG
DONAU
GARTH
SOREN

ΛPPENDICE

NΘMÍ

Afdhal	Città portuale nel regno di Arvor.
Ailish	Principessa dei Feleraian, poi sposa di Galhan.
Ainousa	Principessa Adamant, figlia del re Alcain.
Ainur	Padre di Tamar.
Airìa	Amante di Arsen.
Aìsian	Maidain amica di Gherson.
Aiwin	Servo di Rhiannon.
Alanj	Cugino di Silaj.
Alaurin	Il più grande fiume di Arvhèia.
Alcain	Re degli Adamant, padre di Ainousa.
Alghior	Isola dell'arcipelago di Salavar.
Altair	La Spada di Elaiar.
Angar	Lupa dei boschi che salvò Diniar.
Antàlia	Moglie di Elaiar.
Arasia	Moglie del pastore adamant Lucas.
Arcadis	Primogenito di Varanis, tiranno di Urwan.
Ardirock	Esseri fantastici di Ghenesia.
Arion	Fratello di Tamar.
Arsen	Signore della contea di Lamoran.
Artinia	Una delle isole dell'arcipelago Ghelàos.
Artisia	Sorella di Ascalon.
Arvaj	Amico fraterno di Gherson, di etnia Lachvain.
Arvor	Nazione alleata di Adamant.
Ascalon	Re degli Elfi su Ghenesia.
Ascaur	Uomini ingannati da Darkos.
Asman	Awax Vaimar.
Aumar	Elvain solitario conosciuto da Gherson su Ghenesia.
Aurun	Antico capo dei Sarmaian.
Avalakos	Catena montuosa di Ghenesia.

Havaris	Fratello di Euleos.
Avigar	Terra degli Elvaian.
Awax vaimar	Termine con cui si definisce un "Uomo sacro".
Bashuar	Dimora del re dei Mikerain.
Calaroth	Principe elvain.
Cardaian	Popolo di Ghenesia.
Carvaria	Città portuale di Urwan.
Carvoun	Ardirock conosciuto da Gherson al passo di Iefùn.
Daigon	Anziano re Arvor, padre di Sirion.
Dalìa	Inserviente di Eleanor.
Darida	Moglie di Drusan.
Darkos	L'antico Demone, primo dei ribelli.
Denaer	Figlio di Teirios.
Dilàia	Mikerain conosciuta da Gherson a Bashuar.
Diniar	Figlio di Ascalon.
Drilion	Lacrima di Yrshar nascosta nel faro di Bashuar.
Drusan	Adamant, avversario di Gherson.
Ecaton	Valle di Ghenesia.
Efaialtos	Primo Consigliere del re Alcain.
Elaiar	L'angelo posto a custodire il passaggio tra Ghenesia e Arvhèia.
Elazar	Figlio di Gherson.
Eleanor	Cugina di Rhiannon.
Elderrim	Catena montuosa dove abitano i Cardaian.
Elesian	Creatura arborea di Ghenesia.
Elevar	Capitale del regno degli Adamant.
Elision	Marito di Artisia.
Elora	Madre di Gherson.
Elvain	Popolo di Ghenesia.
Engàr	Antica valle di Ghenesia sede della stirpe di Euleos e Havaris.
Endèia	Endèia Lago sopra la città di Elevar.
Erianna	Figlia del re degli Elfi: in seguito trasformatasi in Elesian.
Euleos	Uno dei primi uomini comparsi sulla terra, amante di Erianna.

Evalion	Capobranco dei Lonegrain.
Fleed	Fratello di Naivàra.
Fradibon	Paese di Arvhèia dove soggiornarono Gherson e Tamar.
Galdwjr	Figlio di Uveron re degli Elvaian.
Galhan	Re dei Feleraian.
Gavaon	Fratello di Tamar.
Garund	Soldato Adamant, amico di Gherson.
Ghelàos	Arcipelago di isole di Arvhèia.
Gherson	Principe ereditario di Urwan.
Ghorèl	Villaggio dei Tindainuin.
Ghrourzak	Lupo famelico.
Golkàn	Lachvain padre di Malkaj.
Gormor	Creatura malefica generata da Malion nel duello con Gherson.
Graven	Videar figlio di Aìsian.
Helgrund	Comandante dei Mavourg, figlio di Torkul.
Jesavel	Moglie di Uveron.
Iefùn	Valico di Ghenesia.
Ierax	Il falco misterioso.
Ilvàren	Barriera che separava Avigar da Mudrùn, le due terre di Ghenesia.
Isalan	Giovane principessa Elvaian moglie di Sandor.
Kailin	Unicorno di Orhel.
Khareem Vasta	Dimora degli awox vaimer.
Kaleidon	Fiume della valle di Elaiar.
Kouderos	Segretario di Varanis.
Kratis	Insegnante di Gherson, durante l'Accademia.
Lakùn	Serpente, servo di Asman.
Laikin	Consigliere di Otharion.
Lamash	I destrieri dei Lachvain.
Lamoran	Contea confinante con il regno di Adamant.
Lantàra	Una delle due lune di Arvhèia.
Lantaur	Antica dimora di Vrakur su Ghenesia.
Lantius	Fiume di Ghenesia.
Larios	Fratello di Garund.

Lauron	Dimora dei Tindainuin.
Leiksar Karim	Dimora sacra su Ghenesia costruita da Valdor.
Lingar	Cavaliere dei Tindainuin.
Liumir	Mikerain abitante di Alghior, isola dell'arcipelago di Salavar.
Lonegran	Razza di cavalli selvaggi.
Lorthan	Sovrintendente degli Elvaian.
Lucas	Pastore adamant.
Luvomir	Reggente di Leiksar Karim.
Lyanchor	Re dei Cardaian.
Lyung	Destriero di Lingar.
Maidaian	Ninfe dei boschi.
Malion	Demone serva di Darkos.
Malkaj	Lachvain figlio di Golkàn.
Martay	Lago di Arvhèia.
Mavourg	Sudditi di Helgrund.
Mikerain	Abitante del mare.
Mishael	Angelo di Yrshar.
Mourkadis	Mostro marino di Ghenesia.
Mudrùn	La terra dei Mavourg.
Myron	Signore dei centauri.
Naivàra	Guerriera Tindainun.
Nerinos	Una delle isole dell'arcipelago Ghelàos.
Nestor	Adamant, amico di Gherson morto durante l'assedio di Elevar.
Nevious	Re delle isole dell'arcipelago di Ghelàos, marito di Eleanor.
Nicanor	Nave con cui Gherson raggiunge Xantios.
Orhel	Signora delle fate.
Orghuir	Servi di Malion.
Otharion	Re dei Mikeraian.
Ramson	Il vecchio pastore: Avax Vaimar, che in passato salvò Gherson.
Raukar	Creatura selvaggia del Nord di Arvhèia.
Rhiannon	Moglie di Gherson.
Rhivial	Spada di Ascalon.

Rodia	Locandiera che ospita Gherson e Tamar a Fradibon.
Roskar	Felino di Aumar.
Ruvion	Comandante della nave Nicanor.
Sahin	Deserto di Arvhèia.
Salavar	Arcipelago di Ghenesia.
Samuyr	Signore dei Tindainuin.
Sandor	Capostipite dei Tindainun.
Sartanis	Ufficiale urwain.
Sefiron	Paese al confine con le terre di Urwan.
Sidora	Sorella di Garund.
Sieglind	Ufficiale, capo delle guardie del re degli Elvaian.
Silaj	Fratello di Arvaj.
Sinnarin	La grande pianura di Arvhèia.
Sivarin	Capitale del regno degli Elvaian.
Syrion	Principe di Arvor.
Tamar	Schiava di Arsen.
Tanàkis	Consigliere di Varanis.
Tanis	Padre di Gherson.
Tarsidis	Vecchio generale dell'esercito di Urwan.
Teirios	Ufficiale di Elevar amico di Gherson.
Therim	Primo marito di Vasuada.
Thourgol	Woikan di Uveron.
Toultaian	Popolo di Arvhèia.
Ulaur	Abitante delle paludi.
Urghuir	Servitori di Malion.
Uveron	Re degli Elvaian.
Vaikal	Lago di Ghenesia.
Valaur	Capitale di Urwan.
Valdor	Awax vaimar di Kareem Vasta.
Varanis	Il tiranno di Urwan.
Vasuada	Moglie di Otharion.
Voulthan	Comandante delle truppe di Helgrund al passo di Iefùn.
Vrakur	Drago di Ghenesia.

Vulkur	Demone di Darkos.
Xantios	Isola principale dell'arcipelago Ghelàos.
Yrshar	Nome dato al Creatore di tutto. Significa l'Onnipotente.
Zavron	Soldato Cardain.
Zeugma	Il capo degli Ascaur.
Zirchana	Città nel sud di Urwan sede dell'accademia.
Zivros	Antico serpente di Ghenesia.

CRONOLOGIA DEGLI EVENTI

CALENDARIO DI ARVHÈIA	IL NOSTRO CALENDARIO	
1 Avrist	1° gennaio	
1 Meron	31 gennaio	
1 Nainur	2 marzo	
15	16	Alcain invia Teirios da Gherson.
22	23	Inizio della storia.
23	24	Gherson combatte con i Raukar.
24	25	Incontro con Ramson.
26	27	Ritorno di Ramson e incontro con Teirios.
27	28	Scontro con i Raukar e partenza per Aser.
28	29	Fuga da Aser.
1 Enver	1° aprile	
2	2	Gherson riconosciuto alla locanda vicino Stirion.
3	3	Sfogo di Garund.
4	4	Scontro con gli Urwaian.
5	5	Pernotto sul lago di Visona.
6	6	Gherson raggiunge Elevar.
7	7	Gherson racconta la sua storia.
8	8	Incontro con Evalion.
11	11	Gherson conosce la storia di Nestor.
		Varanis scopre che il nipote è vivo.
13	13	Partenza per Kareem Vasta.

		La comitiva raggiunge il castello di caccia.
16	16	Arrivo a Kareem Vasta.
		Rhiannon scopre che Gherson è vivo.
17	17	Partenza da Kareem Vasta.
19	19	Arrivo nel territorio di Arsen.
20	20	La notte nel castello di Arsen e fuga.
		Rhiannon giunge a Carvaria.
21	21	Rientro al castello di caccia.
23	23	Rientro ad Elevar.
24	24	Incontro con Aiwin partenza per Carvaria.
26	26	Gherson giunge a Sefiron.
27	27	Morte di Rhiannon a Carvaria.
28	28	Gherson è liberato da Arvaj e uccide Sartanis.
29	29	Scontro con la colonna degli Urwaian.
1 Kougar	1° maggio	
2	2	Rientro ad Elevar.
3	3	Gherson incontra Alcain.
24	24	Gli Urwaian assediano Elevar.
		La notte Gherson entra nella grotta di Antalia.
25	25	Gherson libera Elevar e uccide il cugino.
		Morte di Alcain.
26	26	Gherson sconfigge l'esercito di Urwan.
27	27	Funerali di Alcain.
28	28	Ainousa Incoronata regina.
30	30	Partenza per Afdhal.
1 Avar	31 Maggio	
5	4	Arrivo ad Afdhal.
7	6	Partenza per le isole Ghelaos.
10	9	Arrivo alle isole.
11	10	Scontro con i pirati, Arvaj rimane ferito.
17	16	Gherson parte dall'arcipelago.
18	17	La nave affronta una tempesta improvvisa.
20	19	Gherson naufraga sull'isola misteriosa.

		Incontro con Malion.
21	20	Asman incontra i soldati Urwaian.
22	21	Gherson fugge dall'isola con Ierax.
23	22	Scontro con Malion e incontro con Tamar.
		Malion raggiunge Ghenesia.
24	23	Elazar conosce Mishael.
		Gherson incontra gli Ascaur.
25	24	Asman incontra Varanis.
26	25	Gherson giunge a Fradibon.
27	26	Gherson giunge a Ramius.
		Malion incontra Mishael.
28	27	Gherson e Tamar partono per Kareem Vasta.
29	28	Gherson parte per Ghenesia e incontra Aumar.
		Valdor parte per Xantios.
30	29	Gherson conosce le Maidaian.
		Uccisione di Luvomir.
		Tamar rimane ferita.
		Helgrund ordina a Vrakur di cercare Gherson.
1 Nizar	30 Giugno	Colloquio di Gherson con Aìsian
		Gherson parte per Salavar.
2 Nizar	1° luglio	Duello fra Vrakur e Gherson.
		Gherson conosce Otharion.
3 Nizar	2	Gherson riparte dall'arcipelago.
		Incontro con Sieglind.
8	7	Arvaj incontra Valdor.
9	8	Arvaj si dichiara ad Eleanor.
		Morte di Silaj
10	9	Gherson raggiunge Sivarin.
11	10	Arvaj parte alla volta di Afdhal.
		Tamar si sveglia dal coma.
		Gherson raggiunge Folkard.
12	11	Malkaj nominato capo dei Lachvaian.
		Gherson incontra Lingar.

15	14	Battaglia al passo di Iefùn.
16	15	Arvaj incontra Teirios ad Afdhal.
		Gherson rimane ferito.
19	18	Scontro di Arvaj e Teirios con gli Ulaur.
20	19	Teirios e Arvaj raggiungono la dimora di Lucas.
21	20	Teirios e Arvaj incontrano Asman.
		Valdor è sconfitto da Asman.
		Gherson si risveglia dal coma.
22	21	Teirios e Arvaj raggiungono Elevar.
27	26	Varanis raduna il consiglio di guerra.
		Gherson conosce Orhel.
28	27	Gherson ritrova Elazar.
30	29	Darkos incontra Jesavel.
1 Elar	30 luglio	
5	4 Agosto	Asman raggiunge Khareem Vasta.
		Ramson e Tamar fuggono da Arvhèia.
		Ainousa scopre i piani di Varanis.
6	5 Agosto	Elazar è rapito da Sieglind.
		Gherson raggiunge Leiksar Karim.
7	6 Agosto	Gherson incontra Gulthor e Ramson.
8	7 Agosto	Gherson si scontra con i Mavourg.
		Gherson apprende il rapimento del figlio.
9	8 Agosto	Gherson libera il figlio.
		Morte di Sieglind.
		Morte di Vrakur.
10	9 Agosto	Gherson raggiunge Sivarin.
		Morte di Uveron.
13	12 Agosto	I Mavourg attaccano Sivarin.
		Morte di Jesavel.
		Ainousa parte da Elevar con l'esercito.
19	18 Agosto	Sconfitta degli Adamaint al fiume Kaleidon.
20	19 Agosto	Secondo attacco dei Mavourg.
21	20 Agosto	Morte di Helgrund e Otharion.

24	23 Agosto	Aumar giunge a Sivarin.
25	24 Agosto	Elazar incontra Elesian.
		Morte di Aumar.
1 Kistar	28 Agosto	Incoronazione di Galdwjr.
	2 Settembre	Gherson incontra Ramson.
		Scontro con Darkos.
1 Tamir	28 Settembre	
1 Silvar	28 Ottobre	
1 Elidar	27 Novembre	

MONTI ELDERRID
HABVAST
GRANDI PIANURE
LAURON
HUNDAR
GRONDAR
FIUME HAVRAD
FIUME LANTIUS
PASSO DI IEFUN
VALLE ECATON
DIMORA DI MALION
VEICLAN
ROCCA DI CALOROTH
DIMORA DI WELGRUND
VALLE DI ENOR
SIVARIN
VALLE DI LANTAOR
LAGO VAIKAL
MUDRUN
FLIND
MONTI ERAUNIR
MONTI AVVAROY
FIUME DOLNIR
DIMORA DI AUDAR
KHARADOR
SICRON
VALLE DI SERCON
LEIKSAR KARLO
TERRE SCONOSCIUTE
BASHVAR
NOREN
ARCIPELAGO DI SALAVAR
DONAD
GARTH
SOREN

ISBN : 978-1-913964-05-4

Cover: Maria Chiara Lorenzelli
Author: Gian Paolo Lorenzelli
Editor: Wolf Graham

Publishing Company: Black Wolf Edition & Publishing Ltd.
www.blackwolfedition.co.uk

Finito di stampare nel mese di Giugno 2023

da

Rotomail Italia S.p.A

9 781913 964054